MOEWIG BEI Ullstein

D1986498

ZUM BUCH:

Um die Jahrhundertwende siedelt Nathaniel Carrington, Mitinhaber der Fernöstlichen Galerien in London und Brüssel, nach Peking über. Er und seine Familie bewohnen dort das »Drachenhaus« in der Nähe der *Verbotenen Stadt*, in der sich der Palast der gefürchteten Kaiserin-Witwe befindet. Als die Carringtons während des Boxeraufstandes fliehen müssen, gelingt es ihnen, bedeutende chinesische Kunstschätze zu retten.
Jahre später gibt es in England ein »Drachenhaus«. Es wird von der exzentrischen Suzie Blenheim bewohnt, einer Tochter Carringtons. Seltsamerweise wird sie mit zunehmendem Alter der Kaiserin-Witwe immer ähnlicher. Doch nicht einmal engste Familienangehörige wissen von dem Geheimnis, das über ihrer Geburt lastet.

ZUR AUTORIN:

Dorothy Eden verbrachte ihre Kindheit auf einer Farm in Neuseeland. Mit sechzehn siedelte sie nach England über, wo sie eine Zeitlang als Sekretärin arbeitete, bevor sie sich der Schriftstellerei widmete. Sie schrieb etwa dreißig Romane, mit denen sie zu einer international bekannten Autorin wurde. Dorothy Eden gilt als eine der erfolgreichsten Schriftstellerinnen Englands. Sie starb 1983 in London.

Dorothy Eden

Das Drachenhaus

Roman

MOEWIG BEI Ullstein

Moewig bei Ullstein
Englischer Originaltitel:
The Time of the Dragon
Übersetzt von
Elisabeth Epple-Lang

Ungekürzte Ausgabe

Umschlagentwurf:
Hansbernd Lindemann
Illustration:
Bildagentur UTOPROP

Lizenzausgabe mit freundlicher
Genehmigung des Franz
Schneekluth Verlages
Printed in Germany 1995
Druck und Verarbeitung:
Ebner Ulm
ISBN 3-8118-2881-9

April 1995
Gedruckt auf alterungs-
beständigem Papier mit
chlorfrei gebleichtem Zellstoff

Von derselben Autorin
in der Reihe
Moewig bei Ullstein:

Heißer Mittag (62854)
Krähenrufe (62671)
Sing mir das Lied noch einmal (62849)
Die Spur führt durch die Wälder (62829)
Die vollen Tage des Lebens (62805)
Yarrabee (62868)

Die Deutsche Bibliothek –
CIP-Einheitsaufnahme

Eden, Dorothy:
Das Drachenhaus : Roman /
Dorothy Eden. [Übers. von
Elisabeth Epple-Lang]. –
Ungekürzte Ausg. – Rastatt :
Moewig bei Ullstein, 1995
ISBN 3-8118-2881-9

Peking

November 1899

1

Amelia, die in der Wahl ihrer Kleider so sicher war und ohnehin nicht allzuviel Eitelkeit besaß, änderte zweimal ihre Meinung darüber, was sie zum Damentee im Winterpalast anziehen sollte.
Weder sie noch Nathaniel hatten bisher einen Fuß in den geheiligten Bezirk der Verbotenen Stadt gesetzt. Die Geschichten, die über diese außergewöhnliche Person, die Witwe des Kaisers von China - die große Ts-U-Hsi, die Drachenkaiserin -, im Umlauf waren, genügten, um auch den kaltschnäuzigsten Fremden ein bißchen nervös zu machen, wenn er tatsächlich die Erlaubnis bekam, ihre ehrfurchtgebietende Gegenwart zu erfahren. Es hieß, daß dic Kaiscrin unbeweglich zusah, wenn das Todesurteil an irgendeinem bedauernswerten Individuum vollstreckt wurde, das sie erzürnt hatte. Ein kräftiger Eunuche enthauptete den knienden, zitternden Missetäter mit einem Hieb seiner Axt, und einer der unzähligen Höfe in der Kaiserstadt schwamm in Blut. Während die weißen Tauben umherflatterten und die kühle Brise die Mandelblüten erbeben ließ, warteten die Zuschauer mit züchtig gefalteten Händen, bis die Kaiserin sich erhob und würdevoll davonschritt. Der Gerechtigkeit war Genüge getan. Der Geist des Verbrechers war nur früher als vorgesehen zu seinen Ahnen gegangen; das war alles. Es erinnerte an die Französische Revolution, wenn die widerlichen Gaffer die Guillotine umstanden. Alles, was der Kaiserin Ts-U-Hsi fehlte, waren ein Paar Stricknadeln und Strickzeug. Aber ihre übertrieben langen Fingernägel steckten in Schutzhüllen aus Jade und Türkisen. Sie konnte nie-

mals so etwas wie eine Strickarbeit ausführen. Angeblich aß sie nicht einmal selbst, sondern wurde von knienden Dienern gefüttert.

»Die menschliche Natur«, sagte Amelia zu sich selbst, »kann so beängstigend sein - voll schwarzer Tiefen. Man darf nur hoffen, sie niemals aufzurühren.«

»Sprechen Sie von den Eingeborenen, Madam?« fragte Cassidy, ihre ältliche Zofe. Cassidy war britisch bis ins Mark und bezeichnete die Bewohner eines jeden fremden Landes als Eingeborene. Das schien ihr eine hinreichend abträgliche Bezeichnung zu sein.

»Von den Chinesen, Cassidy. Mein Mann sagt, die fernöstliche Gedankenwelt sei die unergründlichste von allen. Es sind reizende Menschen, aber man muß ihre teilweise grausamen Gepflogenheiten in Kauf nehmen. Das liegt in ihrer Natur.«

»All diese gebundenen Füße«, brummelte Cassidy. »Torkeln herum wie Krüppel.«

»Die Mandschus nicht. Die Kaiserinwitwe hat keine gebundenen Füße. Ich muß dir recht geben, das ist ein barbarischer Brauch. Mein Schwager in Shansi kämpft auch dagegen an. Aber Reformen brauchen Zeit, und es gibt noch immer das Argument, daß die westliche Zivilisation auch nicht vollkommen ist.«

»Wenn Sie sich nur entschließen könnten, was Sie anziehen wollen, Madam«, sagte Cassidy geduldig. »Sie sagten, das grüne Seidenkleid, aber jetzt soll ich es wieder weglegen.«

»Ja, mir ist plötzlich eingefallen, daß der Thronsaal, oder wo immer wir unseren Tee einnehmen werden, voller Farben sein wird. Du weißt, wie gern die Chinesen roten Lack und leuchtende Farben mögen. Wenn ich das dunkelblaue Taftkleid trage, schlägt es sich farblich wenigstens nicht mit etwas anderem. Und meine Perlen trage ich auch.«

»Ihre Perlen habe ich schon rausgelegt, Madam. Und Ihre Handschuhe und den Fächer und ein Taschentuch. Und das Perlentäschchen. Oder möchten Sie lieber die Silbertasche nehmen?«

»Ich glaube, die Perlentasche ist richtig. Stell dir vor, Vertreter von elf Gesandtschaften werden da sein. Elf Sprachen! Ich kann mich französisch und auch ein bißchen deutsch verständigen, aber darüber hinaus werden wir einander wohl nur höflich zunicken und zulächeln können. Ich habe mir vorgenommen, nächste Woche anzufangen, Mandschu zu lernen. Wie sollte ich mich sonst jemals mit den Dienstboten verständigen? Ich bin sicher, der Koch betrügt mich. Wir können letzte Woche keine siebzig Eier verbraucht haben, auch wenn Ching sagt, die chinesischen Eier seien sehr klein.«

Cassidy schniefte. Ihr düsterer Gesichtsausdruck verriet keinerlei Überraschung.

»Sie treiben ein böses Spiel: Sie glauben, die fremden Teufel sind da, um betrogen zu werden.«

»Aber sie machen es sehr charmant. Und sie lieben die Kinder.«

»Verschlagenes Gesindel«, sagte Cassidy. »Ich würde ihnen nicht über den Weg trauen. Diese gelben Gesichter verbergen Geheimnisse, glauben Sie mir!«

»Allmählich glaube ich, daß das auch auf die Kaiserinwitwe zutrifft. Abgesehen davon sind wir ungebetene Gäste in ihrem Land. Sie ist bestimmt nicht sehr begeistert, daß sich elf fremde Gesandtschaften wie Wachhunde vor den Toren der Ewigen Stadt niedergelassen haben.«

»Die sollen froh sein, Sie hier zu haben, solange Sie bereit sind, für siebzig Eier in der Woche zu bezahlen«, sagte Cassidy mißmutig.

»Mein Mann sagt, es sei wichtig, daß ich meinen Koch so behandle, daß er sein Gesicht nicht verliert. Das muß ich noch lernen. Schließlich sind wir erst sechs Wochen hier. Glaubst du, daß sich die Kinder wohl fühlen?«

Cassidy meinte: »Sie werden von diesem chinesischen Kindermädchen sehr verwöhnt. Master Georgie liebt es, wenn man ihn ›Kleiner Meister‹ nennt, und Miß Henrietta und Miß Lucy kichern jedesmal, sobald man sie mit Missy anspricht. Sie fangen schon an, Befehle zu erteilen.«

»Ach, wirklich? Ich weiß, wir hätten eine Gouvernante mitbringen sollen. Aber mein Mann versicherte mir, wir würden hier etwas Passendes finden. Immer wieder schicken Angehörige der Gesandtschaft ihre Kinder nach Hause zur Schule oder kehren selbst nach Hause zurück, und dann lassen sie die Kindermädchen und Gouvernanten, die hier bleiben wollen, in Peking. Aber bisher haben wir noch niemand gefunden. Heute nachmittag erfahre ich vielleicht etwas mehr. Andererseits schadet es den Kindern nicht, Ferien zu haben. Sie sollen sich akklimatisieren. Und wenn wir gerade davon sprechen, Cassidy: Wie hast du selbst dich hier eingewöhnt?«
»Peking ist nicht Henley an der Themse, Madam.«
»Aber findest du es nicht recht erfrischend?«
»All die Gesichter - wie Zitronen«, sagte Cassidy, »als ob sie Gelbsucht hätten.«
»Ich nehme an, sie halten uns für ziemlich farblos.«
»Wir sind Briten, Madam, und die Chinesen sollten sich diese Frechheit lieber nicht herausnehmen. Ich weiß nicht, Madam, was Sie tun werden, wenn Ihr Parfüm aufgebraucht ist«, fügte Cassidy hinzu und spritzte einige Tropfen auf ein weißes Spitzentaschentuch. »Hier können Sie so etwas nie kaufen.«
»Dann muß ich meinen Mann dazu bringen, an einem anderen Duft Gefallen zu finden. Oder ich bestelle mir noch etwas aus Paris. Halte dich nicht mit Nebensächlichkeiten auf, Cassidy.«
Nathaniel hatte ihr dieses besondere Parfüm vor zehn Jahren auf der Hochzeitsreise gekauft. Sie hatte es seither immer benützt, weil es für sie gleichbedeutend mit Glück war. Wie dumm, daß sie keine größere Flasche mitgebracht hatte. Aber in der Eile der Abreise hatte sie nicht an alles denken können. Es war alles so plötzlich gekommen. Nathaniels Vater, James Carrington, der in diesem Haus mit den ungezählten Räumen und Innenhöfen gewohnt hatte, war unerwartet gestorben, und somit war der Pekinger Zweig seines Geschäfts verwaist. Er war einer der großen

Kenner chinesischer Keramik sowie Experte für Jade und Elfenbein gewesen. Er hatte klug eingekauft und für den Export nach Europa gesorgt, wo Nathaniel in London und sein Bruder Edmund in Brüssel über eine stattliche Liste wohlhabender Kunden verfügten.
Mr. Carrington hatte immer gesagt, er kratze nur die Oberfläche des Marktes an. China barst förmlich vor Kunstgegenständen aus vergangenen Jahrhunderten. In der Nähe der Chinesischen Mauer gab es zum Beispiel zahllose Königsgräber, die eines Tages ihre Schätze freigeben würden.
In der Zwischenzeit brannten viele auf Profit bedachte Händler darauf, ihre Tang-Pferdchen und ihre aus Jade geschnitzten Wasserbüffel, Karpfen oder Mongolenponys an die westliche Welt zu verkaufen. Dabei war das Feilschen um die Preise eine Kunst für sich, die ihnen großen Spaß machte.
Nathaniel wollte sowohl für Museen als auch für private Kunden einkaufen. Der Beweggrund dafür war, daß er Europa und Amerika auf die Vielfalt und Schönheit chinesischer Kultur aufmerksam machen wollte. Daß er damit auch noch Geld verdiente, wurde als angenehme Begleiterscheinung betrachtet. Er war in der Lage, seiner Frau französisches Parfüm zu kaufen und Kleider, die für einen Empfang bei Hof erforderlich waren. Er wollte nur das Beste für Amelia und die Kinder. Sie waren der repräsentative Hintergrund für ihn, und natürlich liebte er sie auch. Er fand, Amelia habe die zarte Farbe einer Rose aus der Familie der Ch'ieng Lung. Eines Tages wollte er seine ganze Familie von einem der besten chinesischen Maler porträtieren lassen. Er stellte sich dabei feine Pinselstriche auf Seide vor. Niemals hätte er auch nur im Traum daran gedacht, die weite Reise nach China zu machen und die Familie zu Hause zu lassen. Er machte sich auch nichts daraus, allein zu leben. Er schätzte die Bequemlichkeit des Familienlebens. Vielleicht würden sie mehrere Jahre hierbleiben, wenn sie sich gut einlebten. Er fand es viel interessanter, einzukaufen und den Schätzen nachzujagen als zu verkaufen.

Es war schon gegen Ende des Jahres 1899, und man spürte, obwohl es nur eine Zahl auf dem Kalender war, daß das neue Jahrhundert, das zwanzigste, Veränderungen bringen mußte. Jedoch nicht für die englische Vorherrschaft in der Welt. Das war unwahrscheinlich und undenkbar.
Amelia hätte sich auf jeden Fall geweigert, zu Hause zu bleiben. Abgesehen davon, daß eine Familie zusammenbleiben mußte - was sie für ungeheuer wichtig hielt -, war ihre einzige Schwester Lilian mit einem englischen Missionar, Thomas Beddow, verheiratet, der eine protestantische Mission in der Provinz Shansi führte. Wenn der Winter vorüber war - und in dieser Gegend Chinas waren die Winter bitterkalt -, beabsichtigten Amelia und Nathaniel, die lange Reise mit dem Zug, dem ›Feuerwagen‹, wie die Chinesen ihn nannten, zu machen und Lilian und ihren Mann zu besuchen. Thomas war ein hingebungsvoller, beinahe fanatischer Christ, von dem Amelia insgeheim glaubte, er wäre am liebsten einer jener frühchristlichen Märtyrer gewesen. Sie hatte nie begriffen, weshalb Lilian sich in ihn verliebt hatte. Er liebte die ganze Welt so sehr, daß sein entrückter Blick niemals wirklich auf einem einzelnen Menschen zu ruhen schien.
Hoffentlich traf das nicht auch auf Lilian und das Kind zu. Sie hatten eine kleine Tochter namens Angel. Thomas fand dies einen wundervollen und sehr zutreffenden Namen. Amelia fragte sich, wie das Kind wohl damit fertig wurde. Henrietta und Lucy waren davon überzeugt, daß die bis jetzt unbekannte Angel ehrfurchterregend sein mußte, und Georgie war sicher, daß sie Flügel hatte. Er konnte es kaum erwarten, dieses Wunder zu sehen.
Jeder Gedanke an Georgie, ihren einzigen Sohn, ließ Amelia weich werden vor Zärtlichkeit und Belustigung. Er war ein origineller kleiner Junge mit Zahnlücken, schlimm, eifrig und komisch. Er sah in dem wattierten chinesischen Mantel, den sie ihm für kälteres Wetter gekauft hatte, hinreißend aus. Sie konnte einfach nicht widerstehen, sie mußte ihn immer ein bißchen verwöhnen. Aber auch ihre

Töchter liebte sie innig: Henrietta, die Älteste, die sich selbst so ernst nahm, und die scheue, blonde Lucy.
Amelia war eine sehr glückliche Frau, selbst wenn sie sich zeitweise fragte, wie sehr Nathaniel sie liebte. Sie hatte Grund zu dem Verdacht, daß er sie nicht so sehr liebte wie sie ihn, obwohl ein Mann offensichtlich nach anderen Regeln lebte. Sie versuchte, das zu akzeptieren und ein oft aufkeimendes Gefühl des Zweifels aus ihren Gedanken zu verbannen. Sehr lange hatte sie dieses Gefühl noch nicht. Erst seit dem letzten Jahr. Noch nicht lange genug, um damit fertig zu werden. Sie hatte die Reise nach Peking als eine Flucht aus dem Haus begrüßt, das für eine Weile unerfreuliche Erinnerungen barg. Bis sie zurückkehrten, würde sie alles vergessen haben. Sie und Nathaniel waren dann noch enger miteinander verbunden.
Trotz allem war ihr ihr lebensfroher, leidenschaftlicher Mann viel lieber als der ernste und würdevolle Missionar, den ihre Schwester geheiratet hatte. Man stelle sich vor, niemals ein Pariser Kleid tragen und niemals teures Parfüm benutzen zu dürfen. Immer nur Hymnen zu singen und zu beten. Ob die Chinesen mit ihrer Liebe zur Schönheit diese sauertöpfischen Missionare wohl mochten? Nicht, daß die trostlose, arme Welt der Bauern sehr viel Schönheit enthielte, aber das leugneten sie möglicherweise. Sie hatten den Himmel, den Wind und das Wasser; sie hatten die Weiden, die kleinen weißen Reiher, die im Frühling wiederkehrten, die flatternden Tauben und den Wiedehopf; und sie sahen in der Ferne das goldene Dach eines Buddhistentempels und das unglaubliche Grün der dichten Wiesen.
Obwohl sie erst sechs Wochen in Peking lebte, war Amelia schon sicher, daß sie sowohl dieses weite, fremde Land als auch seine Bewohner lieben würde. Sie hatte eine Dichtung gelesen, die vor tausend Jahren geschrieben worden war. ›Es sind Schatten im blauen Pavillon der Tänzer, und Musik schwillt an und verklingt . . .‹
Und die Legenden waren faszinierend. Die Kinder interessierten sich besonders für die Geschichte von der Weide,

die ein Zauberer war. »Nachts wird er lebendig«, sagte Georgie und deutete auf die Weide, die über dem Teich hing, »und läuft auf Holzbeinen herum und flüstert seine Zaubersprüche.«

Es war eine alte Weide, knorrig und krumm, und ihre gelblichen Blätter tauchten ins schwarze Wasser. Wenn ihre langen, triefenden Zweige im Wind erzitterten, schauderte auch die sensible, phantasiebegabte Lucy. Also verzichtete Amelia darauf, noch eine andere Geschichte zu erzählen, nach der die wunderschönen weißen und gelben Chrysanthemen die Seelen toter Kinder waren. Außerdem war das eine Geschichte für Erwachsene. Für sie war sie bezeichnend und wunderschön. Während Nathaniel ausdauernd nach seinen Ming- und Sung-Vasen und nach antiker Keramik suchte, ließ sie sich von den Geschichten, Worten und Redewendungen gefangennehmen. ›Schlaf mit den Lilienhänden ...‹ Sie schlief weder gut, noch war sie sehr kräftig, und Sätze wie diese beruhigten sie während der langen Nacht.

Das Leben in Peking würde aufregend und wundervoll werden.

Die Teeparty bei der Kaiserinwitwe heute nachmittag würde einer der Höhepunkte sein. Wie glücklich war sie, daß man sie eingeladen hatte. Die kleine, unförmige Mandschu-Kaiserin gab heutzutage nur noch wenige Empfänge für Fremde. Man munkelte, daß sie unter dem Einfluß ihres Neffen Prinz Tuan und der Regierung, des Tsungli Yamen, eine feindselige Einstellung gewonnen hätte gegenüber den ›Barbaren‹, die sich seit den berüchtigten Opiumkriegen ungebeten in ihrem Land niedergelassen hatten und alle ihre eigenen Interessen verfolgten, die nichts mit dem Wohl des chinesischen Volkes zu tun hatten.

Die Mitglieder der elf Gesandtschaften nannten sich das Corps Diplomatique, informierte Nathaniel Amelia. Nach der heutigen Teegesellschaft gaben der amerikanische Gesandte und seine Frau, die Congers, einen Empfang in der amerikanischen Gesandtschaft. Da würde Amelia die Män-

ner der Frauen kennenlernen, die die Ehre gehabt hatten, zu der kaiserlichen Teegesellschaft geladen worden zu sein: den deutschen Gesandten, Baron von Ketteler; den Russen, de Giers; den Franzosen, Pichon, und den Amerikaner, Mr. Conger, der nicht daran dachte, die wirtschaftlichen Interessen seines Landes zu leugnen, obgleich er territoriale Ansprüche Amerikas in Abrede stellte. Amelia hatte Sir Claude MacDonald, den britischen Gesandten, bereits kennengelernt, einen gutaussehenden Schotten mit einem großen gezwirbelten Schnurrbart, und seine Frau, Lady MacDonald, Mutter von zwei kleinen Kindern. Sie und Nathaniel waren in der britischen Gesandtschaft herzlich willkommen geheißen worden. Lady MacDonald hatte Amelia gestanden, wie froh sie darüber war, mehr Menschen ihrer eigenen Gesellschaft in Peking zu haben. Da waren immer diese Touristen und unglücklicherweise die zweifelhaften Geschäftsleute, die es auf einen Handel mit Opium oder Waffen abgesehen hatten. Aber James Carrington war ein Freund gewesen, und deshalb war es gut, seinen Sohn und dessen Familie hier zu haben. Vielleicht konnten sie zusammen Picknicks veranstalten oder gemeinsam in das Sommerhaus nach Waiheiwai fahren, wo sie die Kinder während der heißen Monate Juni und Juli hinbrachten. Peking war im Hochsommer einfach unerträglich.
Das alles war so vollkommen verschieden von ihrem bisherigen stillen Leben an der Themse, zwanzig Meilen von London entfernt, daß Amelia es noch immer nicht glauben konnte. Und absolut unglaublich erschien ihr, daß sie an diesem Nachmittag vor der großen Drachenkaiserin auf die Knie gehen sollte. Verneigte man sich oder küßte man den Boden? Sie mußte Nathaniel fragen. Sie konnte es nicht darauf ankommen lassen, daß man ihr den Kopf abschlug, weil sie entweder unehrerbietig oder unschicklich gewesen war.
Nathaniel kam herein, als Cassidy gerade die Perlenkette zumachte. Er nickte Cassidy zu, die sich sofort zurückzog, wie es sich für eine gut geschulte Zofe gehörte.
»Steh auf und laß dich ansehen«, sagte er. Sein kritischer

Blick ging über Amelia hin, die gehorsam vor ihm stand. Er hielt sich für einen Kenner in bezug auf Frauenkleider.
»Hübsch«, sagte er. »Aber du siehst ja immer hübsch aus.«
»Ja? Ich habe wohl ein halbes dutzendmal meine Meinung geändert. Aber dann dachte ich, man sollte nicht versuchen, die kaiserlichen Gemächer oder gar die Kaiserin selbst zu übertrumpfen.«
»Nun, das dürfte unmöglich sein. Sie wird eine jener phantastisch bestickten chinesischen Roben tragen, mit denen es niemand aufnehmen kann. Und du wirst unter einer Menge geschmacklos gekleideter Europäerinnen wie eine Prinzessin aussehen.«
Amelia spürte, wie die Freude durch ihre Adern rieselte. Seit einiger Zeit brauchte sie diese Art der Bestätigung.
»Wirklich, Nathaniel, du machst mich direkt eitel.«
»Ganz recht. Eine schöne Frau muß eitel sein.«
Er war sanft, charmant und gutgelaunt. Das Licht des Ehrgeizes in seinen Augen war verschwunden, und sein langes, schmales Gesicht zeigte einen seltenen Ausdruck von Zärtlichkeit. Amelia wußte, der Nachmittag und der Abend würden ein Erfolg werden. Ganz plötzlich wollte sie zu ihren Kindern laufen und es ihnen sagen, damit sie ihr Glück mit ihr teilten.
Nathaniel sah den Ausdruck ihrer Augen und sagte: »Nun, beruhige dich, meine Liebe, das wird alles vermutlich todlangweilig. Du wirst Schalen voller Reis verzehren und mit Mrs. Howard Gebbler aus Missouri nostalgische Gespräche über das heimatliche Essen führen.«
»Wer, um Himmels willen, ist denn das?«
»Die habe ich gerade erfunden. Aber jemand dieser Art wird ganz bestimmt dort sein. Ich habe Li gesagt, er soll für vier Uhr eine Sänfte bereithalten. Bis zum Tien-An-Men-Tor werde ich dich begleiten, aber weiter darf ich nicht mitkommen. Merk dir alles gut, damit du mir später davon erzählen kannst. Ich glaube, die Kaiserin besitzt eine wundervolle Uhrensammlung. Man begann etwa vor einem Jahrhundert damit, als die Jesuiten emaillierte Louis-Quinze-

Uhren und andere Nippsachen brachten, um den Mandschu-Herrschern zu imponieren und sie zum christlichen Glauben zu bekehren. Ich denke, du findest im Innern des Palastes eine Menge französische Möbel. Aber achte vor allem auf das Porzellan.«
»Du weißt doch, ich kann Ming einfang nicht von Sung unterscheiden, und außerdem finde ich diese kleinen grauen Schalen sehr uninteressant.«
»Barbarin.« Nathaniel küßte ihre Augenbraue. »Geh gleich nach der Party zur amerikanischen Gesandtschaft. Ich treffe dich dort. Und betrinke dich nicht mit Jasmintee.«

2

Der Gesandtschaftsbezirk, der von der hohen, dicken Tatarenmauer umgeben war, hatte europäischen Charakter. Die Gesandtschaften waren in großartigen Villen innerhalb weitläufiger, von Mauern umgebener Gärten untergebracht. Die französische Gesandtschaft lag an der Ecke der Gesandtschafts- und der Marco-Polo-Straße, in der Nähe eines der großen Tore der Mauer. Diese von roten Steinlöwen flankierte Pforte führte hinaus in die chinesische Stadt und auf den Mongolenmarkt. Das wirkliche China! - dachte Amelia - farbig, überfüllt, laut und voller Gerüche. Lebendig!
Innerhalb der Mauer war die Atmosphäre viel steifer. Die deutsche und die amerikanische Gesandtschaft befanden sich weiter unten in der gleichen Straße. Auf der gegenüberliegenden Seite, inmitten eines großen Grundstücks, befand sich das großzügige Gebäude der britischen Gesandtschaft und das Kanzleigericht. In einem weiter entfernten Park hatte ein chinesischer Prinz, Prinz Su, einen Palast mit Höfen, Pavillons, Zwergbäumen und Blüten, die die Chinesen so liebten. Neben der französischen Gesandtschaft befand sich die französische Gärtnerei von Père Nicolas. Auch

das beliebte Peking Hotel, ein bevorzugter Ort für Dinners und Bankette, war in dieser Straße.
Die Niederlassungen der Italiener, Belgier, Russen und aller übrigen Repräsentanten der westlichen Welt waren weit verstreut, dazwischen gab es eine ganze Reihe von Häusern, wie das der Carringtons, die meist von Europäern bewohnt waren. Es war eine Welt für sich und vollständig überschattet von dem traumhaften Anblick der Kaiserstadt mit ihren rosaroten Mauern und Häusern mit gelben Ziegeln. Amelia war im Begriff, dieses verbotene Wunderland zum erstenmal zu betreten.
Nicht durch das große Tien-An-Men-Tor, denn dieser Eingang war reserviert für die kaiserlichen Familienmitglieder, deren Ankunft durch Gongschläge und Trompetenstöße angekündigt wurde. Fremde mußten die kleinen Seitentore benutzen und unauffällig von einer Welt in die andere schlüpfen.
Hier erfuhr Amelia, daß sie ihre gemietete Sänfte gegen eine des Palastes umtauschen mußte, die mit rotem Satin ausgeschlagen war und von zwei breitschultrigen Eunuchen getragen wurde.
Jetzt begann ihr Herz aufgeregt zu klopfen. Sie wünschte, Nathaniel wäre bei ihr, als sie durch die Tore in eine Welt von ineinanderführenden Marmorhöfen getragen wurde, in denen marmorne Tiger Wache hielten. In eine Welt von Zwergbäumen und Seerosenteichen, gurrenden Tauben und vielen kleinen Palästen wie Puppenhäuser, in denen vermutlich die Konkubinen des Kaisers lebten. Manchmal sah man ein geschminktes Gesicht an einem Fenster oder hörte das Rascheln von Seide. Es ging Marmortreppen hinauf und durch mehrere Gänge, bis man endlich an der Schwelle des Winterpalastes angelangt war.
Alle Damen trafen ein, stiegen aus ihren Sänften und plapperten erregt mit gedämpften Stimmen. Amelia freute sich zu hören, daß Englisch gesprochen wurde. Sie begrüßte Lady MacDonald und Alice Conger. Dann wurde die kleine Gruppe von einem großen, imposanten Eunuchen gebeten,

ihm durch zahllose kleine, über und über geschmückte Räume zu folgen, bis er endlich schwungvoll die Tür zu dem Raum öffnete, in dem die Kaiserinwitwe wartete.
Sie saß in der Mitte des Raumes. Eine kleine, kompakte Gestalt in einer Robe aus gelber Seide, die mit farbenprächtigen Drachen bestickt war.
Als die europäischen Damen eintraten, streckte sie die Hand aus und deutete damit an, daß sie jedem Gast die Hand reiche. Das schloß die Notwendigkeit einer unterwürfigen Verbeugung aus, dachte Amelia dankbar. Die kleine weiche Hand, die sich in die ihre legte, überraschte sie. Sie hatte einen festen, gebieterischen Händedruck erwartet, denn in dem Gesicht dieser seltsamen, mächtigen Frau war nichts Sanftes. Im Gegenteil, es zeigte äußerste Wachsamkeit und kaum verborgene Feindseligkeit. Oder war das nur Einbildung? Ihr Mund war eine schmale Linie und zeigte nicht die Spur eines Lächelns. Ihre Mandelaugen waren stechend. Das glänzende Haar war zu einem Knoten zusammengedreht und wurde von einer langen Nadel aus Jade festgehalten. Sie saß auf einem Diwan, auf dem eine Decke aus der gleichen gelben Seide wie ihre Robe lag. Ihre Beine waren kurz, ihre ungebundenen Füße steckten in bemalten eckigen Schuhen, die kaum den Boden berührten.
Jeder Gast bekam ein kleines Etui, das einen Ring enthielt. Eine große Perle in schwerer Goldfassung. Man hörte Rufe des Entzückens. Die Kaiserin sah ausdruckslos zu, wie die Damen die Ringe an die Finger steckten. Amelia war davon überzeugt, daß diese Geste des guten Willens pure Heuchelei war, und sie fragte sich, ob es sehr unhöflich wäre, das Geschenk zurückzuweisen. Sicherlich wäre es das, aber es ärgerte sie, Freude vorspiegeln zu müssen. Sie warf das kleine Etui in ihre Handtasche und trat zurück, um den Weg frei zu machen, als die Kaiserin das Zeichen gab, ihren Tragsessel zu bringen. Amelia zählte verwundert, daß nicht weniger als zwölf Eunuchen vortraten, um der Kaiserlichen Hoheit ehrerbietig in den Sessel zu helfen, der ebenfalls mit gelber Seide ausgeschlagen war. Dann wurde sie aus dem

Raum hinaus, über einen Hof und in den Bankettsaal getragen, während ihre Gäste zu Fuß folgten. Einige der jüngeren Damen kicherten nervös. Amelia fand, daß die Kaiserin von hinten eine erstaunliche Ähnlichkeit mit Königin Viktoria hatte, kurz und dick, aber von ungeheurer Würde. Gewiß würde niemand wagen, ihr zu widersprechen, genausowenig wie jemand Königin Viktoria in Windsor Castle widersprach.

Amelia versuchte, sich jedes Detail zu merken, damit sie nachher alles Nathaniel und den Kindern erzählen konnte. Da gab es Schalen mit wundervollen Chrysanthemen, einige aufsehenerregende, juwelenbesetzte Uhren, die leise im Hintergrund tickten, und viele, offensichtlich unbezahlbare Porzellanschalen, Figuren und Lacktischchen. Die Teeschalen, aus denen sie schwachen, geschmacklosen Tee tranken, hatten Ornamente aus grünen Drachen. Das Porzellan war fast durchsichtig. Die Kaiserin, die angeblich niemals in der Öffentlichkeit aß, ließ sich aus Höflichkeit von knienden Dienern aus einer gelben Porzellanschale mit Reis füttern.

»Ist das nicht einfach phantastisch?« flüsterte ein junges amerikanisches Mädchen Amelia zu. »Aber ich zittere vor Angst, ich könnte mit dem Teelöffel klirren und dafür den Kopf abgehackt bekommen.«

»Pst, machen Sie keine derartigen Bemerkungen«, zischte Mrs. Conger, die Frau des amerikanischen Gesandten, tadelnd. »Mrs. Carrington, darf ich Ihnen Miß Medora Deacon vorstellen. Das böse Kind hat das Schiff aus Tientsin verpaßt und muß ein paar Wochen auf das nächste warten.«

»Sie scheinen darüber recht glücklich zu sein, Miß Deacon!« bemerkte Amelia und betrachtete das Mädchen interessiert. Sie hatte ein ungewöhnliches Gesicht, nicht unbedingt hübsch - mit gelber Haut und hohen Backenknochen -, doch ihre leuchtenden dunklen Augen ließen alles andere vergessen.

»O ja, ich bin glücklich.« Sie beugte sich zu Amelia und flü-

sterte. »Ehrlich, ich habe das Schiff absichtlich verpaßt.«
»Wirklich? Haben Sie denn dadurch die Leute, mit denen Sie reisten, nicht beunruhigt? Sie waren doch sicherlich nicht allein? Sie sehen nicht viel älter aus als meine Tochter.«
»Ich bin zwanzig, und das ist alt genug. Und ich bin mit einer Tante gereist, die . . . na ja, Sie verstehen schon.«
»Ich kann es nicht ganz verstehen, wenn Sie es mir nicht sagen«, meinte Amelia und lächelte liebenswürdig. »Und ich fürchte, hier ist nicht der richtige Ort dafür. Die Kaiserin beobachtet uns. Ich weiß nicht, wieviel Englisch sie versteht, aber ich habe das Gefühl, sie errät genau, was wir sagen. Und was wir denken.«
Das alles sagte sie lächelnd. Sie wußte, sie waren außer Hörweite der Kaiserin, aber sie wurde ein unbehagliches Gefühl nicht los. Die wachsamen Elfenbeinaugen blickten nicht freundlich. Diese ungewöhnliche Teeparty hatte unangenehme Hintergründe
Aber war in China nicht alles hintergründig und geheimnisvoll, für westliche Begriffe unverständlich? Nathaniel machte diese Erfahrung täglich. Diese ausgedehnten Höflichkeitsrituale, die so undurchsichtig waren; Ching, der Koch, der sich dauernd verbeugte und schwor, sie nicht zu betrügen und nur das allerbeste für Big Missy zu tun; die Boys in ihren blauen Kulianzügen, die wie besessen arbeiteten, wann immer sie auftauchte. Sie fegten die Höfe, eilten hierhin und dorthin, aber sie war sicher, daß sie träge wurden, sobald sie ihnen den Rücken kehrte. Und Li beteuerte, daß ihre Interessen und ihre Bequemlichkeit allein für ihn wichtig seien. Das Kindermädchen Ah Wan lächelte breit übers ganze Gesicht, wenn Georgie schlimm war oder die Mädchen etwas Kluges taten. Was waren ihre geheimen Gedanken? Wie ehrlich war ihr Wunsch, diesen Fremden mit den bleichen Gesichtern zu gefallen?
Nun, sie sollte sich nicht ausgerechnet jetzt Sorgen darüber machen, da sie doch hier war, um sich zu vergnügen. Die Dienstboten waren ohnehin verhältnismäßig harmlos.

Aber die Kaiserinwitwe war ein anderer Fall. Man hatte das Gefühl, sie könnte sie alle mit einer Geste in grinsende Steinlöwen verwandeln oder in etwas anderes Abscheuliches. Ihre Autorität und ihre Macht waren erdrückend greifbar.
Ein chinesischer Diener verbeugte sich vor Amelia und unterbrach ihre Gedanken. Er gab ihr zu verstehen, daß die Kaiserin mit ihr sprechen wollte.
»Mit mir?« flüsterte Amelia erstaunt.
Nervös trat sie näher und machte unwillkürlich einen tiefen Knicks vor der kleinen, hoheitsvollen Gestalt. Als sie sich wieder erhob, fühlte sie den prüfenden Blick aus den schwarzen Augen auf sich gerichtet.
Die Kaiserin sagte rasch etwas in Mandschu, und ein Dolmetscher wandte sich an Amelia: »Mrs. Carrington, die ›Große Dame‹ möchte wissen, ob Sie viele Dinge aus China hinausbringen?«
»Viele Dinge?« Amelia war verwirrt.
»Die ›Große Dame‹ sagt, die Vorfahren Ihres Mannes haben das gemacht.«
»Oh, Sie meinen den Antiquitätenhandel. Aber die chinesischen Händler möchten diese Dinge verkaufen. Sagen Sie der ›Großen Dame‹, daß diese Händler Geld verdienen wollen.«
Der Dolmetscher übersetzte das rasch, und Amelia beobachtete das ungeduldige Gesicht der Kaiserin und fragte sich erneut, ob sie sich die versteckte, aber darum nicht weniger erbitterte Feindschaft nur einbildete.
Wieder wurde sie angesprochen.
»Die ›Große Dame‹ sagt, diese Schätze gehören dem chinesischen Volk. Unwichtige Dinge können verkauft werden, ja, aber sie hörte von einem Grabpferd, das gehört den Ahnen von Chinesen. Das bleibt hier.«
Amelia erinnerte sich an Nathaniels Aufregung kurz nach ihrer Ankunft, als ihm ein Händler ein glasiertes Keramikpferd mit einem eigenartigen Reiter, der einen Vogel auf der geballten Faust hielt, anbot. Es sei sehr kostbar,

hatte Nathaniel gesagt. Man mußte es dem Britischen Museum anbieten. Es war ein äußerst aufregender Fund, aber es war klüger, nicht nach seiner Herkunft zu fragen. Grabbeigaben waren in China heilig. Die Ahnen durften nicht gestört werden.

»Sag der ›Großen Dame‹, daß ich meinen Mann davon unterrichten werde.«

Sie wartete unbehaglich, während ihre Antwort übersetzt wurde, und fürchtete einen kaiserlichen Befehl, dem Folge geleistet werden mußte. Sie wußte, daß Nathaniel das Tang-Pferd bereits gut verpackt per Schiff auf den Weg nach England gebracht hatte.

Die Kaiserin schien sich jedoch daran zu erinnern, daß dies ein gesellschaftlicher Anlaß und Amelia ihr Gast war, denn sie winkte kaum merklich mit der Hand, und das Gespräch war beendet. Bald danach erhob sie sich und gab dadurch zu verstehen, daß die Party vorüber sei. Erleichtert wie Kinder nach Schulschluß, eilten die Damen hinaus zu ihren Sänften und machten sich auf den Weg zur amerikanischen Gesandtschaft. Dort würde es wenigstens etwas Handfesteres zu essen und zu trinken geben als Reis, klebrige Süßigkeiten und parfümierten Tee.

Abends wurde es ausgesprochen kühl, denn der grimmige Pekinger Winter war im Anzug. Die letzte Kamelkarawane mit Handelsgütern aus der Mongolei war eingetroffen, und nun wurde die Route durch die Wüste Gobi bis zum Frühjahr gesperrt. Dann fegte der mit Sand beladene Wind aus der Wüste über die Stadt. Die Erde wurde braun und die Bäume kahl. Zahlreiche Zierteiche und Seen lagen still und schwarz und spiegelten schemenhaft das zerzauste Schilf an ihren Ufern wider. Es gab dann weder Picknicks noch Jagdgesellschaften, noch Ausflüge zu den Tempeln in der Umgebung. Unterhaltungen und Gesellschaften fanden drinnen statt, was sehr schade war, denn im Sommer saß man draußen auf den kleinen Terrassen oder in den Höfen, die von den lustigen chinesischen Lampions beleuchtet wurden, die in den Bäumen schaukelten.

Alice Conger verkündete, daß dies leider auch nichts weiter sei als eine weitere Party, obwohl sie eine chinesische Kapelle engagiert hatte, die fernöstliche Musik spielte. Und es gebe Reiswein, wenn Amelia etwas Neues probieren wolle.

Amelia entschied sich für einen konventionellen trockenen Sherry und war dankbar, als sie Nathaniel in der Menge entdeckte.

Sofort bahnte sie sich ihren Weg zu ihm und nahm seinen Arm. Teilweise, weil ihr diese kleine Demonstration von Besitzerstolz gefiel, teilweise, weil sie den strahlenden, gierigen Ausdruck in seinen Augen entdeckt hatte. Er liebte es, Leute auf einer Party zu treffen, er sammelte sie, wie er Kostbarkeiten sammelte. Allerdings war er sehr kritisch. Diejenigen aber, die ihn mit klugem und geistreichem Charme für sich einnehmen konnten, hegte und pflegte er. Sie wollte ihn so lange wie möglich an ihrer Seite haben.

Er tätschelte ihr geistesabwesend die Hand und sagte: »Es freut mich zu sehen, daß du noch ganz in Ordnung bist, meine Liebe. Darf ich dir Colonel Manners vorstellen? Das ist meine Frau, Colonel. Sie hat soeben mit der Kaiserinwitwe Tee getrunken, und da fürchteten wir, sie könnte etwas Falsches sagen und ihren Kopf einbüßen.«

Der Colonel, ein älterer Mann mit dichtem weißem Haar, einem beachtenswerten weißen Schnurrbart und kühnen blauen Augen, sah Amelia interessiert und offensichtlich bewundernd an.

»Es wäre eine Tragödie gewesen, einen so reizenden Kopf zu verlieren. Wie fanden Sie den alten Drachen, Mrs. Carrington?«

»Ich halte sie für eine faszinierende Persönlichkeit, allerdings ziemlich furchteinflößend. Jede von uns bekam ein teures Geschenk; einen Goldring mit einer Perle. Sie werden die meisten dieser Ringe heute abend hier sehen. Ich bin sicher, es war ein diplomatisches und keineswegs ein wohlwollendes Geschenk. Und für dich hat sie eine Nachricht, Nathaniel.«

»Für mich? Wie aufmerksam von ihr.«
»Ich fürchte, auf diese Art von Aufmerksamkeit würdest du gerne verzichten. Sie sprach eine scharfe Warnung aus, weiterhin Kostbarkeiten chinesischer Vorfahren außer Landes zu bringen. Sie hat von deinem Grabpferd gehört.«
Der Colonel nickte ohne Überraschung.
»Die alte Dame hat ihre Spione. Aber dieses Land ist voll von Grabpferden, oder wie immer Sie das nennen wollen. In der Vergangenheit haben die Chinesen sie nur allzugern gegen Opium eingetauscht. Ihr Vater wußte das, mein Junge. Allerdings hat er niemals mit Opium gehandelt.«
»Da bin ich sicher«, sagte Nathaniel. »Er zahlte in guten englischen Guineen, und ich mache das genauso. Dieses Pferd, von dem die Kaiserin spricht, ist sowieso schon fort. Da könnte ich nichts mehr machen. Es wurde letzte Woche mit der ›Eastern Star‹ von Tientsin aus verschifft.«
»Ach, das ist das Schiff, das das amerikanische Mädchen verpaßt hat«, sagte Amelia.
»Welches Mädchen?«
»Ich bin ihr auf der Teegesellschaft begegnet. Sie ist heute abend hier. Du wirst sie bestimmt kennenlernen.«
Die Augen des alten Colonels funkelten unternehmungslustig. Klar, junge Frauen erweckten sein Interesse mehr als Tang-Pferde.
»Ich nehme an, Sie sprechen von Miß Deacon. Eine kleine Rebellin, glaube ich. Wir nehmen sie hier auf, wissen Sie - sie landen hier wie fliegende Fische. Entweder sie laufen ihren Eltern weg, fliehen vor dem eintönigen Alltag, oder aber sie gehen einer unerwünschten Ehe, beziehungsweise irgendeinem Problem aus dem Weg. Sie denken, sie können im romantischen Asien ihrem Schicksal entgehen. Haben Sie sich in Ihrer Jugend unterdrückt gefühlt, Mrs. Carrington?«
»Eigentlich nicht. Ich glaube, ich war sehr anpassungsfähig. Außerdem habe ich jung geheiratet.«
»Verteufelt jung, wenn Sie eine zehnjährige Tochter haben. Sie sehen selbst noch wie ein Mädchen aus.«

»Ich war damals neunzehn.«
»Und glücklich verheiratet, wenn ich fragen darf? Aber ich sehe, ich brauche nicht zu fragen.«
Nathaniel lachte.
»Nimm dich vor Colonel Manners in acht, Amelia. Er steht in dem Ruf, ein großer Charmeur zu sein.«
»Verdammt noch mal, die weggelaufene Amerikanerin ist schließlich nicht der einzige Mensch, der nach Peking kam, um sich zu amüsieren. Ich auch.«
Amelia gefiel der alte Mann mit seinem Witz und seinen klugen, lebhaften Augen.
»Leben Sie gerne hier, Colonel?«
»Natürlich, sonst würde ich nicht bleiben. Ich glaube allerdings, daß wir Schwierigkeiten bekommen werden. Aber das geht schon vorüber.«
»Welche Art von Schwierigkeiten?« fragte Nathaniel.
»Nun, es hat damit zu tun, daß die Kaiserin das Keramikpferd erwähnt hat. Noch vor ein paar Jahren hätte sie nichts davon gewußt oder sich um so etwas Nebensächliches gar nicht gekümmert. Nationales Selbstbewußtsein macht sich breit, hauptsächlich geschürt von ihrem recht hinterhältigen Neffen Prinz Tuan. Und man spricht von Aufständen in den Provinzen. Man hört immer häufiger darüber. Sir Claude lebt buchstäblich mit dem Ohr am Boden.«
»Aufstände gegen wen?« fragte Nathaniel.
»Hauptsächlich gegen die Missionare - die ausländischen Teufel. Die Bauern haben beschlossen, daß sie sich nichts aus dem christlichen Glauben machen, schon gar nicht, wenn man ihn ihnen aufzwingen will. Selbst die Konvertiten bekommen Schwierigkeiten. Man nennt sie Unterteufel. Und anscheinend geht es gegen die Kirchen, die die Missionare gebaut haben. Es heißt, daß die Turmspitzen den Wind- und Wassergeistern ins Gehege kommen. Aber über die Telegrafenmasten, die wir entlang der Eisenbahnlinie gebaut haben, haben sie das gleiche gesagt. Sind ein abergläubischer Haufen, wie alle Eingeborenen.«

»Aber hinter ihnen stehen Jahrhunderte alter Kultur«, sagte Amelia.
»Das trifft nur auf die wenigen Glücklichen zu, wie die Mandarine und Gelehrten zum Beispiel. Wer unter den Oberen geboren ist, der ist in Ordnung. Wer nicht, der ist ein ungebildeter Bauer mit einem unangenehmen Hang zur Grausamkeit. Im Augenblick richtet sich ihr Haß gegen die Missionare. Das könnte aber die Spitze eines Eisbergs sein. Ich habe das unangenehme Gefühl, daß sie alle Fremden loswerden wollen.«
»Alle Gesandtschaften?« fragte Nathaniel ungläubig.
»Wer weiß. Irgendein Komplott wird da im Kaiserpalast geschmiedet.«
Amelia nahm Nathaniels Arm. »Glaubst du, mit Lilian und Thomas ist alles in Ordnung? Meine Schwester ist mit einem Missionar verheiratet, Colonel.«
»Wo sind sie?«
»In Shansi.«
»Das ist eine große Provinz. Da wird schon alles in Ordnung sein, Mrs. Carrington. Das geht vorüber. Entschuldigen Sie, ich hätte das Thema nicht anschneiden sollen. Lassen Sie sich davon nicht die Party verderben. Mal sehen, wem ich Sie vorstellen könnte. Wie wär's mit Madame Leonora Vasour, unserer Opernsängerin? Sie hat eine ausgezeichnete Stimme. Ich glaube, später wird sie uns mit einem Stück erfreuen. Ich muß sagen, mit dieser chinesischen Jammermusik kann ich nichts anfangen. Da ist mir eine Arie von Wagner schon lieber.«
»Wer ist die Dame, die auf der Couch sitzt?« fragte Amelia. Sie hatte schon einige Zeit neugierig die puppenhafte ältere Dame mit dem hochgesteckten, schneeweißen Haar und den sorgfältig geschminkten Wangen angesehen. Sie trug ein chinesisches Seidenkleid und wirkte so farbenfreudig wie ein exotischer Vogel. Auf ihrem Busen und an ihren Händen glitzerten Brillanten und Edelsteine.
»Das ist auch so eine eingefleischte Verbannte, die Marquise von Comerford. Ihr Mann ist hier vor fünfzig Jahren

an Typhus gestorben. Sie brachte es nicht über sich, von hier wegzugehen. Sie kann sein Grab nicht verlassen, sagt sie, und das Haus in der Heimat wäre zu leer. Vor fünfzig Jahren hätte sie das nicht ertragen, und jetzt wäre es für eine Rückkehr ohnehin zu spät. Verrückt! Menschliche Schicksale. Wir alle reagieren auf verschiedene Weise.«

»Und wie ist es mit Ihnen, Colonel?« fragte Amelia.

»Ach, ich bin nur ein alter Soldat. Ich habe an den Opiumkriegen teilgenommen und dann mein Offizierspatent verkauft, weil ich in diesem Land leben wollte. Hatte mich daran gewöhnt. Aber ich werde Sie jetzt mit Lady Comerford bekannt machen. Sie liebt neue Gesichter.«

Amelia wurde gebeten, neben der kleinen Marquise auf der Couch Platz zu nehmen. Sie bemerkte, daß weder Rouge noch Puder imstande waren, die Runzeln und Falten von mindestens achtzig Jahren zu verbergen. Welch eine despotische alte Dame mußte das sein mit ihren sorgfältig geordneten Seidenröcken, ihren ringbeladenen Fingern und ihrem stolz erhobenen Kopf. Sie war auf ihre Weise ebenso eindrucksvoll wie die Kaiserinwitwe, nur daß diese lavendelfarbenen Augen niemals Grausamkeit ausdrückten.

»Sie müssen mir alles von sich erzählen, Mrs. Carrington. Es ist so schön, neue Gesichter zu sehen.«

»Hier müssen doch eine Menge Menschen ein und aus gehen, Lady Comerford?«

»O ja, natürlich. Es sind aber nicht immer Gesichter, bei denen man gerne verweilt. Haben Sie Kinder?«

»Ja, drei.«

»Reizend. Und ein gutes Kindermädchen, hoffe ich?«

»Sie scheint sehr ordentlich zu sein, soweit man das beurteilen kann. Aber wer weiß schon, was in den Gedanken dieser Orientalen vor sich geht. Die Kinder mögen sie. Trotzdem muß ich mir eine Gouvernante suchen - meine beiden Töchter müssen lernen, und Georgie wächst mir über den Kopf.«

»Ich kann mich daran erinnern, daß meine Gouvernante mich zu zwicken pflegte, und zwar immer in die Oberarme, damit man die Flecken nicht sah. Verklemmte Frauen, diese Gouvernanten - alle! Ich bezweifle, ob es den vollkommenen Typ einer Gouvernante überhaupt gibt. Wenn sie zu alt ist, ist sie griesgrämig, und wenn sie zu jung ist, hat sie den Kopf voll gefährlicher Romantik. Sie hätten besser daran getan, eine mitzubringen.«

Flüchtig huschte der Name Gertrude durch Amelias Gedanken. Rasch unterdrückte sie ihn. »Mein Mann fand die Reisekosten für eine Frau, drei Kinder und ein Dienstmädchen ohnehin sehr hoch, auch ohne Gouvernante.«

»Ihr Gatte ist ein gutaussehender Mann. Er erinnert mich an einen jungen und glücklichen Abraham Lincoln. Dieselbe Strenge, aber ohne Starrköpfigkeit. Ist es leicht, mit ihm zu leben?«

»Nicht ganz«, gab Amelia zu.

Lady Comerford nickte. »Aber wer will schon einen langweiligen Ehemann?«

Amelia hatte das Gefühl, Nathaniel gegenüber ungerecht gewesen zu sein, und fügte schnell hinzu: »Er hat einen starken Willen und nimmt sich, was er will. Wie dieses Pferd aus Keramik, von dem die Kaiserinwitwe sprach. Sonst ist er ein herzensguter Mann. Sie sollten sehen, wie er seine Kinder erzieht. Jeden Morgen zum Frühstück hat er einen Slogan für sie bereit, wie zum Beispiel: ›Heute will ich nicht lügen‹ oder ›Heute will ich zu jedermann freundlich sein‹. So etwas führt dazu, daß die Kinder ihn respektieren.«

Lady Comerford zog ihre sorgfältig gemalten Brauen mit einer Andeutung von Ironie in die Höhe.

»Was unsere Königin den Frauen Englands auferlegt hat, als sie das Ideal eines gehorsamen Ehemannes erfand! Ich bin sicher, der arme Albert wurde ihren Vorstellungen nicht gerecht. Welcher Mann könnte das? Sie müssen mich verstehen, meine Liebe, ich spreche nicht von irgendeinem Mann, sondern von solchen Männern, die Sie oder ich heiraten würden. Wir wollen Kraft und Charakter, vielleicht sogar eine gewisse Rücksichtslosigkeit. Kränke ich Sie? Ich weiß, ich habe die Angewohnheit, alles geradeheraus zu sa-

gen. Das ist beinahe das einzige Vorrecht, das man noch hat, wenn man alt ist.«
Amelia versicherte, daß die alte Dame sie nicht im mindesten kränke, im Gegenteil, sie habe die volle Wahrheit gesprochen.
Vor allem, weil gerade in diesem Augenblick Nathaniel am anderen Ende des Raumes seinen dunklen Kopf zu einer grüngekleideten Dame hinabbeugte. Sie konnte das Mädchen nicht erkennen, denn es drehte ihr den Rücken zu. Aber Nathaniel fand sie interessant genug, um ihr zuzuhören, statt selbst zu sprechen. Eine bemerkenswerte Tatsache, dachte Amelia. Oder war sie nur überempfindlich? Und würde sie etwa ihr restliches Leben so reagieren?
Mit Sicherheit wußte sie nur, daß Lady Comerford ihre direkten Anspielungen deshalb gemacht hatte, weil auch sie das Paar bemerkt hatte.
»Ja, ein interessanter Mann«, murmelte Lady Comerford. »Eine ausgesprochene Bereicherung für unsere kleine Kolonie. Sie beide müssen mich besuchen.«
»Sie leben in diesem Bezirk hier?«
»In einem Puppenhaus mit einem winzigen Hof voller Vogelkäfige. Wir singen miteinander.« Die alte Dame öffnete und schloß ihren Fächer wie ein Vogel, der seine Federn spreizt. Dann klopfte sie Amelia auf den Arm. »Aber nicht so, wie Madame Leonora jetzt gleich singen wird. Langweilig! Nun müssen wir alle still sein und diesen weiblichen Stier brüllen hören. Wenn uns diese Rebellen, die sich ›die Boxer‹ nennen, bedrohen, dann genügt sie allein, um sie in die Flucht zu schlagen.«
Amelia lachte und vergaß Nathaniel für einen Augenblick. Dann flüsterte ihr Lady Comerford hinter vorgehaltenem Fächer boshaft zu: »Man sagt, sie war die Geliebte des früheren russischen Gesandten. Er wurde nach Moskau zurückberufen. Er hatte eine Frau mit einem Kartoffelgesicht, der arme Kerl. Oh, ich kann Ihnen viele amüsante Geschichten erzählen. Aber zuerst sind wir dazu verdammt, uns, wenn ich mich nicht irre, eine Arie vorschmettern zu lassen.«

Lady Comerfords Beschreibung von Madame Leonoras Stimme war nur wenig übertrieben. Sie füllte den Raum und wäre mit Leichtigkeit einem großen Konzertsaal gerecht geworden. Sie hatte eine große, herrliche Stimme. In Europa hätte sie sicherlich eine erfolgreiche Karriere machen können. Was hatte sie nach Peking geführt und hier zurückgehalten? Der verbannte russische Gesandte? Madame Leonora war eine ansehnliche, vollbusige Frau mit sprühenden Augen und kräftigen weißen Zähnen, die sie beim Singen entblößte. Amelia wünschte, Nathaniel säße neben ihr. Dann hätten sie amüsierte Blicke austauschen können. Sie reagierten in so vielen Dingen gleich. Sie hätte Madame Leonoras Vortrag viel mehr genossen, wenn sie ihren kleinen Finger mit dem von Nathaniel verhaken und so ihre privaten Eindrücke auf vertrauliche Weise hätte austauschen können.
Aber er saß am anderen Ende des Raumes neben der schlanken Dame in Grün. Und jetzt sah Amelia, wer es war: Medora Deacon, die davongelaufene Amerikanerin. Sie hatte nach der Teegesellschaft ihr Kleid gewechselt und sah jetzt viel älter und viel ernster aus, was zweifellos ihre Absicht war. Man sah sofort, sie gehörte zu der Sorte junger Mädchen, die eine Gouvernante lästig fanden. Sehr gut möglich, daß die unbekannte Tante an Bord der ›Eastern Star‹, die regelmäßig das Chinesische Meer überquerte, ebenfalls erleichtert war, die unbequeme Bürde los zu sein.
Die Arie endete in großem Applaus, und die erstarrte Szene belebte sich augenblicklich wieder. Die Kellner in ihren makellosen weißen Jacketts begannen, Erfrischungen herumzureichen. Amelia stand auf und war entschlossen, sich ihren Weg zu Nathaniel zu bahnen, gleichgültig, ob es unhöflich war, die Marquise so unvermittelt zu verlassen, oder ob Nathaniel über ihren Einbruch in sein *tête-à-tête* mit Medora Deacon glücklich war oder nicht.
Er empfing sie herzlich. Seine Augen glänzten in diesem bezeichnenden Ausdruck des Triumphs, der erkennen ließ, daß irgend etwas ihn freute. Er wollte ihr davon erzählen.

»Amelia, ich wollte dich gerade suchen. Ich glaube, du und Miß Deacon, ihr kennt euch schon. Aber weißt du, was das Wunderbare ist? Sie hat mein Angebot angenommen, als Gouvernante für unsere Kinder zu uns zu kommen.«

Amelias Verdacht, daß das amerikanische Mädchen attraktiv aussah, bestätigte sich. Eine hübsche Röte übertönte den gelblichen Ton ihrer Haut. Das schmale Kinn und die hohen Backenknochen, die auf der Party der Kaiserinwitwe schlichtweg einfältig gewirkt hatten, waren jetzt ungewöhnlich und beinahe reizvoll. Ihr tief ausgeschnittenes Kleid ließ ihre schmalen Schultern frei und betonte ihre schlanke Figur. Trotzdem war ein derartiges Kleid für ein so junges Mädchen viel zu streng. Sie hatte das Alter für weißen Tüll und eine einfache Perlenkette, nicht aber für dieses enganliegende jadegrüne Seidenkleid, das so aufreizend schlicht und schmucklos wirkte.

»Oh, einen Augenblick, Nathaniel«, sagte Amelia schnell. »Ich glaube nicht, daß wir so unüberlegt eine Gouvernante einstellen sollten. Ich meine, Empfehlungen und . . .«

»Ich kann wirklich lesen und schreiben, Mrs. Carrington«, sagte Medora Deacon mit einem amüsierten Unterton in der Stimme. »Und ich bin hinreichend anständig. Meine Tante würde da wahrscheinlich anderer Meinung sein, aber ich bin es wirklich.« Ihre dunklen Augen flackerten eigenartig. Amelia fragte sich, ob Medora Deacon immer so aussah, wenn sie sich mit einem gutaussehenden Mann unterhielt, und wozu Nathaniel sich da wieder hatte hinreißen lassen. Wie ungünstig, daß Miß Deacon kein nettes, pummeliges Landmädchen war, das man ohne die geringsten Bedenken hätte einstellen können.

Aber Amelia wurde das Gefühl nicht los, daß da ein Feuerwerkskörper vor ihr stand, eines von diesen lärmenden chinesischen Dingern, die unerwartet losgingen und einen vor Schreck hochspringen ließen.

»Meinst du nicht, Nathaniel, daß Miß Deacon uns morgen aufsuchen sollte? Bei all diesem Lärm kann man sich nicht ernsthaft unterhalten. Und ich habe eine Menge Fragen.

Entschuldigen Sie, Miß Deacon« - Amelia lächelte so liebenswürdig, wie es ihr unter den gegebenen Umständen möglich war -, »aber ich bin einer von diesen Menschen, die meinem Mann so auf die Nerven gehen: eine sorgende Mutter.«

»Dann darf ich am Morgen vorbeikommen, Mrs. Carrington? Es ist wichtig für mich; denn die Congers wollen mich auch nicht für immer behalten, und ich habe nicht mehr viel Geld.«

»Hätten Sie daran nicht denken sollen, ehe Sie Ihr Schiff verpaßten?«

Das Mädchen lächelte schwach.

»Nicht unbedingt. Ich wußte, irgend etwas würde sich ergeben.«

»Es schadet nichts, wenigstens den Versuch zu unternehmen«, sagte Nathaniel auf dem Weg nach Hause. Seine Stimme war barsch. Er fand, Amelia sei unhöflich gewesen. Sie war zu müde, um sich zu verteidigen. Der Weg die Gesandtschaftsstraße hinab kam ihr sehr lang vor. Ein kalter Wind fegte über die leeren Plätze, und Sand kam ihr in die Augen. Die hohe Tatarenmauer sah düster aus wie die Mauer eines Gefängnisses. Die ganze Begeisterung des Tages war dahin.

Und sie brachte es einfach nicht fertig, den Namen Gertrude zu erwähnen. Diese Geschichte war zu Ende. Hatte ihr Nathaniel das nicht geschworen?

Weshalb bildete sie sich ein, es könnte eine Wiederholung geben, nur weil Nathaniel Medora Deacon freundlich angesehen hatte? Er sah junge Frauen immer freundlich an. Gertrude, diese blonde, unscheinbare, schüchterne Person war die erste gewesen, mit der er es gewagt hatte, einen Schritt weiterzugehen, oder war es nur die erste, von der sie erfahren hatte? Das war ein Mißtrauen, mit dem sie nicht leben konnte. Sie hatte es so heftig verdrängt, wie Nathaniel es abgestritten hatte. Sie hatte seinen Liebesbeteuerungen geglaubt und ihm verziehen. Ein Mann durfte ein- oder zweimal in seinem Leben ausgleiten. Ein Mann lebte nach anderen Gesetzen.

Amelia wußte, sie neigte zu plötzlicher Niedergeschlagenheit, wenn sie müde war. Ganz einfache Probleme wurden dann unerträglich. Am Morgen, wenn sie ausgeruht sein würde, fände sie Nathaniels Entscheidung wegen des Mädchens vielleicht nicht mehr so bestürzend. Sie wußte, wenn sie jetzt darüber sprächen, würden sie streiten. Schließlich war es immer so gehalten worden, daß sie sich um den Haushalt kümmerte und er sich um das Geschäft.

»Wir müssen mehr über Miß Deacons Herkunft erfahren«, sagte sie endlich.

»Du lieber Himmel, du machst dir doch nicht etwa immer noch Sorgen wegen dieses netten amerikanischen Mädchens!« Er wußte genau, daß sie sich Sorgen machte. Auch bemerkte sie den allzu herzlichen Unterton in seiner Stimme.

»Colonel Manners sagte, an diesen Küsten hier landen die Menschen wie fliegende Fische.« Sie fügte Lady Comerfords Bemerkung über Gouvernanten nicht hinzu. Medora Deacon sah nicht verklemmt aus. Aber sie war ja auch keine Gouvernante. Was die Sache nur noch verschlimmerte.

»Ich finde nicht, daß Miß Deacon wie ein fliegender Fisch aussieht. Eher wie eine Meerjungfrau. Schlank, aalglatt und ziemlich kalt. Liebste, wenn es dir nicht recht ist, werden wir sie auch nicht nehmen. Aber sei gerecht. Prüfe sie zuerst. Stell ihr alle Fragen, die du ihr stellen willst. Wenn sie deinen Ansprüchen nicht genügt, ist ja nichts verloren. Ich dachte, sie ist jung und lebhaft, und die Kinder würden sie gern haben.«

»Oh, das würden sie ganz bestimmt.«

»Ist denn das nicht wichtig?«

»Natürlich. Nun, sie scheint mir nicht viel älter als Henrietta zu sein. Und du weißt, wie leicht beeinflußbar Zehnjährige sind.«

»Du fürchtest, sie könnte einen schlechten Einfluß auf die

Mädchen haben, weil sie Unabhängigkeit liebt? Ich finde, das ist keine schlechte Eigenschaft für ein Mädchen. Und ich möchte, daß unsere Töchter Geist und Klugheit besitzen.«

»Solange sich das auf die Unabhängigkeit bezieht, gut«, sagte Amelia. »Mir wäre wohler, wir könnten etwas von ihrer Tante oder einem anderen Familienmitglied erfahren.«

»Das können wir, aber nicht bis morgen. Du mußt schon deine berühmte Intuition sprechen lassen.«

Amelia hätte am liebsten gesagt, daß sie das bereits getan habe. Sie hielt sich jedoch zurück, weil Nathaniel gesagt hatte, es sei nicht fair, sich nach so flüchtiger Bekanntschaft eine Meinung über Miß Deacon zu bilden. Sie mußte tun, worum sie ihr Mann gebeten hatte, und am Morgen ganz ruhig mit Miß Deacon sprechen. Sie glaubte, sie würde es bemerken, falls das Mädchen lügen sollte. Und sollte sie sich als Fehlschlag erweisen, konnte man sie ja sofort entlassen. Amelia kam zu der Erkenntnis, daß sie aus einer Mücke einen Elefanten machte. Warum sollte sie eigentlich nicht die Kinder selbst über Miß Deacon entscheiden lassen? Schließlich waren sie am meisten davon betroffen.

Allmählich schämte sie sich, daß sie so sehr mit dem Problem der Gouvernante beschäftigt war; denn es gab doch viel wichtigere Dinge, an die sie hätte denken müssen. Zum Beispiel die unverhohlene Warnung der Kaiserinwitwe oder die Gefahr, in der Lilian, Thomas und die kleine Angel sich befinden würden, wenn diese Banditen wirklich das Land unsicher machten.

Dies war ein fremdes Land, und sie waren in mehr als einer Beziehung Fremde. Alle Westeuropäer sollten zusammenhalten. Auch die Ausreißer mußten aufgenommen werden, selbst wenn sie bereits jetzt eifersüchtig darauf war, wie Nathaniel diese spezielle Ausreißerin verteidigt hatte. Denn das war, wie sie sich eingestehen mußte, der eigentliche Grund für ihr Vorurteil.

3

Henrietta hatte rasch erraten, was in der Luft lag. Sie war ein wißbegieriges Kind und nahm ihre Verantwortung als Älteste sehr ernst. Die beiden jüngeren mußten beschützt werden; denn Lucy war hoffnungslos schüchtern und empfindlich, und Georgie lebte in einer Traumwelt. Im Augenblick war er von Drachen eingenommen. Und Henrietta fand, hier sei nichts normal, hier sei alles äußerst seltsam, auch die Art, wie Ah Wan kicherte, wenn überhaupt nichts Komisches geschah.

In England, wo sie ein normales Leben geführt hatten, hatte Georgies besonderes Interesse Straßenräubern gegolten, die in seiner Phantasie ihr Unwesen auf dem Treidelweg am Fluß trieben.

Er verkündete jetzt großsprecherisch, die Drachen seien viel gefährlicher, aber die Mädchen brauchten sich nicht zu fürchten. Er würde die Drachen mit dem Schwert vernichten.

»Du hast ja gar kein Schwert«, sagte Henrietta.

»Was ist ›vernichten‹?« fragte Lucy ängstlich.

»Töten«, antwortete Georgie genüßlich. »Ihnen die Augen ausstechen und ihre gefletschten Zähne rausreißen. Und ihre langen nassen Zungen. Papa wird mir ein Schwert geben, wenn ich ihn darum bitte.«

»Die Banditen haben Schwerter«, sagte Henrietta. »Auch die Wachen der Kaiserinwitwe. Sie schlagen den Leuten die Köpfe ab. Papa sagt, sie nennen uns Barbaren, weil wir Briten sind, aber ich glaube, sie selbst sind die Barbaren. Lucy, warum siehst du so ängstlich aus?«

»Du sagst so fürchterliche Dinge«, flüsterte Lucy.

»Ach, sei doch kein solcher Feigling. Hört mal zu, könnt ihr beide den Mund halten? Mama hat eine Frau hierherbestellt, sie will sie sich anschauen, ob sie unsere Gouvernante werden kann. Wir könnten an der Tür horchen, wenn ihr versprecht, nicht zu niesen und zu kichern oder so was.«

»Ist sie schon da?« fragte Lucy.

»Sie wird um elf Uhr erwartet. Ich habe gehört, wie Mama mit Papa gesprochen hat. Sie sagte, der erste Eindruck wird ausschlaggebend sein. Sollen wir aus dem Fenster schauen?«

So kam es, daß die Kinder wenig später Medora Deacon durch den ersten Hof kommen sahen. Sie sah sehr adrett aus in einer weißen Bluse, einem langen Rock und einem kleinen Strohhütchen, das sie ins Gesicht gezogen hatte. Henrietta hatte jemand Exotisches erwartet, vielleicht in einem langen orientalischen Kleid. Alle in China sahen so ganz anders aus. Wie konnte Miß Deacon nur so langweilig sein!

»Sie ist scheußlich!« sagte sie fassungslos.

Lucy jedoch schien beruhigt und sagte, Miß Deacon sehe genauso aus wie Miß Gertrude Wimpole, die sie in London zurückgelassen hatten und die zwar langweilig, aber freundlich gewesen war und plötzlich zu weinen angefangen hatte. Freundlichkeit war nach Lucys Meinung das Wichtigste. Georgie ließ sich von seiner Phantasie mitreißen. Er spürte sofort, daß Miß Deacon an Drachen glaubte. Er konnte seinen Schwestern nicht erklären, woher er das wußte. Er wußte es einfach.

»Ihr Gesicht ist wild«, sagte er.

»Aber wir konnten ihr Gesicht ja gar nicht sehen. Sie hielt den Kopf gesenkt«, sagte Henrietta vernünftig.

»Ich konnte es sehen«, sagte Georgie. »Ich hoffe, Mama behält sie. Wir können Kampf gegen die Boxer spielen.«

»Ach, du bist ein dummer kleiner Junge. Sie ist doch hier, um uns Unterricht zu geben. Außerdem, was weißt du eigentlich von den Boxern?«

»Eine Menge«, sagte Georgie. »Sie tragen Schärpen und sie können zaubern. Man kann sie nicht mit Schwertern und Gewehren oder so was umbringen.«

»Rede nicht so daher«, sagte Henrietta tadelnd. »Lucy fürchtet sich.«

Aber Georgie war so richtig in Fahrt.

»Sie leben in den Bergen und sie werden möglicherweise

Onkel Thomas und Tante Lilian töten. Nur Angel wird auf ihren Flügeln wegfliegen können.«
»Georgie, wer hat dir das bloß gesagt?«
»Ah Wan. Und Li hat mir gezeigt, wie man mit einem Schwert umgeht. Lucy braucht sich also gar nicht zu fürchten. Ich werde sie beschützen.«
»Du bist ein dummer kleiner Junge«, sagte Lucy tapfer.
»Bin ich nicht.«
»Sei still«, zischte Henrietta. »Mama hat Miß Deacon in den Salon geführt. Kommt jetzt! Schließlich«, fügte sie folgerichtig hinzu, »geht uns das ja auch was an.«

Amelia war erleichtert und trotzdem enttäuscht, daß Medora Deacon an diesem Morgen so anständig aussah. Was konnte sie nur für Gründe ins Feld führen, um diese bescheidene und offensichtlich intelligente junge Frau, die da vor ihr saß und aus ihrem Leben erzählte, nicht einzustellen?
Natürlich konnte sie wenig von sich erzählen. Sie war erst seit zwei Jahren volljährig. Davor hatte sie die üblichen Schulen besucht, auf die wohlhabende Bankiers aus Philadelphia ihre Töchter zu schicken pflegten. In ihrer Erziehung konnte man keinen Mangel entdecken, ebensowenig in ihrem familiären Hintergrund. Weshalb reist sie dann mit einer Tante in der Welt herum anstatt das angenehme gesellschaftliche Leben eines Mädchens ihrer Position zu führen, bis sie heiratete?
»Tante Agatha wollte eine Gesellschafterin haben«, erklärte Miß Deacon. »Sie überredete Mutter und Vater, mich mit ihr reisen zu lassen, und ich dachte, es wäre wundervoll, den Fernen Osten zu sehen.«
»So wundervoll, daß Sie geblieben sind?«
»Ja, auch. Aber hauptsächlich lag es wohl daran, daß Tante Agatha und ich nicht besonders gut miteinander auskamen.«
»Wessen Fehler war das?«
»Wenn ich Ihnen jetzt sagte, es war ihr Fehler, würden Sie

mir nicht glauben. Außerdem klingt das etwas niederträchtig. Vermutlich lag es einfach daran, daß wir zu verschieden sind.«
»Aber Sie dachten nicht daran, daß Sie ihr etwas dafür schuldeten, daß sie Sie auf diese Reise mitgenommen hat?«
»Oh, das habe ich ihr vergolten, lange ehe wir nach Schanghai kamen. All diese Herumschlepperei, dieses Hol-mir-dies und Hol-mir-das und niemals auch nur einen Augenblick ohne Aufsicht. Ich war soweit, daß ich am liebsten über Bord gesprungen wäre.«
»Könnte es sein, daß sie Ihnen nicht traute, wenn sie Sie aus den Augen verlor?« fragte Amelia ganz ruhig und war erschrocken über den Ausdruck der Entrüstung, der das schmale, unbewegliche Gesicht des Mädchens plötzlich lebendig werden ließ. Erst war sie ein schlichtes kleines Mädchen, im nächsten Augenblick waren diese großen dunklen Augen voll leidenschaftlicher Gefühle. Eine zwiespältige Persönlichkeit. Gewiß interessant, aber wünschte sie sich das für ihre Kinder?
Ohne mit der Tante gesprochen zu haben, erfuhr man wohl niemals den Grund für die Unstimmigkeiten, oder aber welche Gründe die Tante dazu bewogen haben könnten, eine offensichtlich nicht allzu geliebte Nichte auf eine so große Reise mitzunehmen. Hatte es zu Hause einen Skandal gegeben? Hatte der reiche Vater seine Schwester hinreichend dafür entschädigt, daß sie sich seine schwierige Tochter aufbürden ließ?
Amelia war durchaus fair und merkte, daß ihr Vorurteil schwand, einfach deshalb, weil sie persönlich Medora Deacon nicht sehr attraktiv fand. Nathaniel hatte ihr empfohlen, ihrer Intuition zu folgen. Wenn sie das täte, hätte sie mittlerweile beschlossen, Miß Deacon höflich die Tür zu weisen.
Aber die Vernunft siegte. Die Kinder brauchten dringend eine Gouvernante, und es war niemand anderer zur Stelle. Das würde sich auch nicht ändern, weil der Winter vor der Tür stand und keine Reisenden mehr ankamen. Es konnte

nicht schaden, Miß Deacon einen Monat zur Probe zu behalten. Nathaniel wäre erfreut, und bei regelmäßigem Unterricht würden sich auch die Kinder besser eingewöhnen und zu einem normalen Leben zurückfinden. Henrietta wurde aufsässig, Lucy hatte Heimweh, und Georgie entdeckte, daß er die Dienstboten um den kleinen Finger wikkeln konnte. Außerdem wäre Alice Conger dankbar, die Zukunft ihres ungeladenen Gastes gesichert zu sehen.

»Tante Agatha und ich kamen nicht miteinander aus«, sagte das Mädchen frei heraus. »Aber müssen Tanten und Nichten das? Oder Mütter und Töchter? Jeder muß er selbst sein.«

»Und Sie glauben, Sie können in Peking mehr Sie selbst sein?«

»Ohne meine Familie kann ich das. Oh, ich wollte nicht, daß das böse klingt, Mrs. Carrington. Es ist nur so, ältere Menschen können so muffig und altmodisch sein. Meine Eltern haben mich nie verstanden. Ich denke, ich bin vielleicht ein Wechselbalg. Ich wollte einfach nicht meine ganze Jugend damit verbringen, zu tanzen und zu sticken. Ich möchte etwas sehen und etwas lernen, ich möchte, daß meine fünf Sinne geweckt werden. So, wie das hier an diesem herrlichen Ort geschieht. Der Winterpalast gestern, das war doch ein Erlebnis! Aber wenn Tante Agatha dort gewesen wäre, hätte sie sich die ganze Zeit nur über ihre schmerzenden Füße beklagt.«

Medora Deacon sah Amelia mit funkelnden Augen an und fürchtete plötzlich, zuviel gesagt zu haben; denn Mrs. Carrington war trotz ihres jugendlichen Aussehens schließlich Mutter von drei Kindern und konnte deshalb ebenso muffig sein wie die ältere Generation.

Sie hätte keine Angst zu haben brauchen, denn Amelia betrachtete sie zum erstenmal mit etwas Sympathie. Medora Deacon war romantisch, unpraktisch, eine Rebellin, eine Träumerin. Georgie lebte in einer eigenen Traumwelt, die ihn überaus glücklich machte. Aber vielleicht würde eine Spur von Miß Deacons Lebenshunger den Mädchen nicht schaden. Henrietta war ein bißchen altklug und strebsam, und Lucy brauchte mehr Unternehmungsgeist.

»Also gut«, sagte sie liebenswürdig, nachdem sie einen raschen Entschluß gefaßt hatte, »wir beide sind hier fremd und können gemeinsam etwas über China lernen. Ich schlage vor, Sie kommen für einen Monat zu uns, und dann sehen wir, wie wir miteinander auskommen. Aber ich möchte Ihren Eltern schreiben. Es wäre nett, wenn Sie mir Ihre Adresse geben würden.«

»Natürlich. Sie werden sehr froh sein und denken, daß ich seßhaft geworden bin.«

Amelia zog die Brauen hoch.

»Denken Sie das etwa nicht?«

Die seltsamen dunklen Augen, deren Blick durch die Begeisterung noch strahlender wurde, sahen Amelia mit einer Offenheit an, der sie nichts entgegensetzen konnte.

»Ich werde mein Bestes tun, um Ihre Kinder zu unterrichten, Mrs. Carrington. Aber ich selbst passe in kein Schema. Das war schon zu Hause immer die Schwierigkeit. Wer weiß, was ich tun werde, wenn der Winter vorbei ist.«

»Man sagte mir, der Frühling in Peking sei etwas, das man erlebt haben muß. Also machen Sie keine Pläne, wieder wegzugehen, bevor sie ihn erlebt haben. Andererseits gehen so viele Gerüchte um. Sicherlich haben Sie gehört, daß möglicherweise niemand von uns wird hierbleiben können.«

»Sie meinen, die Chinesen werfen uns raus?«

»Ich weiß nicht. Mein Mann sagt mir, seit den Opiumkriegen sind die Fremden hierzulande nicht beliebt. Und wenn jemand Einfluß auf sein Volk hat, dann ist es die Kaiserinwitwe. Ich hatte gestern das Gefühl, daß sie uns alle haßt. Insgeheim, aber gründlich! Fanden Sie das nicht auch?«

»Ich finde, sie ist eine ebenso großartige wie grausame alte Frau. Außerdem heißt es, daß sie selbst Opium raucht. Weshalb regt sie sich dann über die Fremden auf?«

»Tut sie das wirklich? Ich wußte nicht, daß Frauen so etwas tun.«

»Mrs. Carrington, Sie sind nun einmal im verruchten Fernen Osten.«
Amelia mußte über Medora Deacons scherzhaften Tonfall lachen. Plötzlich kam sie sich als die Unerfahrenere vor, als die verhätschelte, beschützte Frau, während dieses Mädchen bereits eine Menge Lebenserfahrung besaß. Sie war noch immer nicht ganz sicher, ob sie das Richtige getan hatte, aber eines wußte sie: Die neue Gouvernante würde Leben ins Haus bringen.

»Sie hat einen Monat Probezeit«, betonte sie Nathaniel gegenüber. »Wenn sie sich nicht bewährt, muß sie gehen. Aber die Kinder scheinen sie zu mögen, vor allem Georgie. Ich fürchte, sie ergänzen einander, wenn es darum geht, Dinge zu erfinden.«
»Was zum Bespiel?«
»Nun, Drachen auf dem Dach, Löwenhunde in der Weide.«
Nathaniel lachte herzlich. Jetzt, da er seinen Willen durchgesetzt hatte, dankte er Amelia aufs liebenswürdigste. War er nicht ein wenig zu froh, daß Medora Deacon Mitglied der Hausgemeinschaft werden sollte? Würde sie ihrem Mann denn immer mißtrauen? Die Eifersucht ringelte sich in ihrem Inneren wie ein Wurm, und sie dachte angestrengt an das schmale, gelbliche Gesicht unter dem Strohhut. Hoffentlich würde Nathaniel dieses Gesicht sehen und nicht das lebhafte und strahlende.
Dieses Mädchen war eine kleine Hexe. Nicht so wie die andere, die ihn vorübergehend mit ihrem wallenden blonden Haar und ihrem sanften, weichen Gesicht verzaubert hatte. Außerdem war an der Tatsache nicht zu rütteln, daß die Kinder eine Gouvernante brauchten.
»Ich werde an ihre Eltern in Philadelphia schreiben. Außer daß sie eine Rebellin ist, habe ich nur sehr wenig aus ihr herausbekommen. Ich denke nicht, daß das Henrietta und Lucy schaden wird.«
»Großer Gott, nein. Sie brauchen einfach einen intelligenten Menschen, der sich mit ihnen beschäftigt.«

»Hältst du sie für intelligent?«
»Ja, allerdings.«
»Ich finde, sie schwebt in den Wolken. Außerdem ist sie sehr schlicht. Du wirst überrascht sein: Sie ist nicht dauernd eine Sirene in einem langen grünen Kleid.«
Nathaniel lächelte. Sein spöttischer Blick verriet ihr, daß er ihre Gedanken kannte. Er küßte sie flüchtig.
»Sag mir bloß nicht, du seist eifersüchtig auf das gute Aussehen einer anderen Frau, meine Liebe. Das ist unmöglich. Ich habe noch niemals eine schönere Frau als dich gesehen. Wie oft habe ich dir das schon gesagt?«
»Ich glaube, du würdest mich am liebsten in einen Glaskäfig stellen, zusammen mit deinen Sung- und Ming-Schalen«, sagte sie.
»Ja, aber ich würde dich nicht lange dort lassen. Übrigens, die Kaiserinwitwe hat gestern abend ihre Warnung nicht nur so dahingesagt. Sie hat heute ein Edikt erlassen.«
»Wie lautet es?« fragte Amelia erschrocken.
Nathaniel nahm ein Stück Papier aus der Tasche und las laut: ›Jeder soll danach streben, seine ererbten Güter und die Gräber seiner Ahnen vor Zerstörung und Plünderung durch die erbarmungslosen Hände der Eindringlinge zu bewahren.‹ Ich hätte mir ja denken können, daß dies genau dann passiert, wenn ich eine Reise zu den Ming-Gräbern vorbereite.«
»Wo sind die?«
»In der Nähe der Chinesischen Mauer.«
»Nathaniel, geh nicht!«
»Ich will die Gräber ja nicht ausrauben. Das ist eine vollkommen harmlose Expedition.«
»Aber wird die Kaiserin das glauben? Und dann treiben doch diese Banditen ihr Unwesen.«
»Ich fürchte mich nicht vor Banditen. Miß Deacon kann ja jetzt dir und den Kindern Gesellschaft leisten. Rupert Fortescue vom Kanzleigericht begleitet mich.«
Amelia schlug die Hände zusammen.
»Ich wünschte, du würdest nicht gehen.«

»Liebling, du bist sehr nervös!«
»Das weiß ich. Aber da gehen diese Gerüchte um, von denen wir gestern abend gehört haben, und die Kaiserin ist eine unberechenbare Frau, der man nicht trauen kann.«
»Mein liebes Dummchen, die Kaiserin interessiert sich bestimmt nicht für eine kleine Reise, die zwei Engländer unternehmen, um die Antiquitäten ihres Landes zu bewundern. Und das Geschäft läuft nicht, wenn ich nur hier herumsitze und darauf warte, daß man mir Sachen bringt. Ich will gehen und selbst Sachen ausfindig machen. Erinnerst du dich nicht an die Geschichte meines Vaters über die Mongolen, die in einem Wirtshaus nahe der Grenze aus Schalen der Han-Dynastie gegessen haben? Ich will nur meine Augen offenhalten, und ich möchte einige Tempel sehen. Im Frühjahr werden wir alle eine Reise machen, jetzt wird es zu kalt, um die Kinder mitzunehmen.«
»Wie lange bleibst du weg?«
»Sieben oder acht Tage. Rupert hat die Reise schon einmal gemacht; er kennt den Weg. Er ist ein netter Kerl, außerdem Fachmann auf dem Gebiet der Khan-Überfälle. Ich habe ihn gebeten, heute abend vorbeizuschauen. Wann kommt Miß Deacon?«
»Später.«
»Ausgezeichnet. Wir werden einen vergnügten Abend haben. Sie und Rupert verstehen sich bestimmt großartig.«
Das taten sie auch. Und es gelang Amelia, sich ihrer Ängste und Mutmaßungen zu entledigen, als Rupert von Kublai-Khan und seinem berühmten Freudenhaus erzählte, das ganz in der Nähe gestanden hatte, wo sie jetzt saßen. Sie unterlag wieder ganz dem Mysterium und der Faszination dieses Landes. Miß Deacon erging es ebenso, was ihrem begeisterten Gesichtsausdruck zu entnehmen war. Sie war eine schlanke Erscheinung mit großen, stillen Augen. Sie hört mit ihren Augen zu, dachte Amelia und wußte, daß auch Nathaniel sie beobachtete, obwohl er so tat, als lausche er hingebungsvoll Rupert Fortescues Bericht.
Rupert war ein ausgesprochen englischer Typ - blond und

blauäugig. Er wirkte fast zerbrechlich, was aber täuschte. Er erinnerte Amelia an ihren Bruder, der vor einem Jahr bei einem Scharmützel in Indien ums Leben gekommen war. Er war der jüngste Offizier seines Regiments gewesen und trotz seines kränklichen Aussehens zweimal für Tapferkeit ausgezeichnet worden - einmal zu Beginn des Krieges und das zweitemal posthum. Rupert Fortescue sagte, er habe seine Berufung nach Peking angenommen, weil er Abenteuer erleben wollte. Er könne ausgezeichnet auf einem Muli reiten und sei ein sicherer Schütze.

»Gewehre?« fragte Amelia entsetzt.

»Wir müssen uns vielleicht fürs Abendessen Wildenten schießen.«

»Solange es bei Wildenten bleibt!«

»Ich verspreche dir, ein Boxer wird es nicht sein«, sagte Nathaniel leichthin.

»Warum nennen sie sich Boxer?« fragte Medora. »Ich muß dabei immer an etwas denken, das mit Fäusten zu tun hat.«

»Das hat es auch«, antwortete Rupert. »›Die Fäuste der Gerechtigkeit und Harmonie‹ ist eine der Interpretationen, deshalb haben die Missionare ihnen den Spitznamen Boxer gegeben. Es ist eine Geheimsekte, die dem Aberglauben der Bauern Vorschub leistet. Sie brüsten sich damit, daß sie die Geister von Helden seien und weder durch Gewehrkugeln getötet noch in Gewässern ertränkt oder auf irgendeine andere Art vernichtet werden könnten.«

»Was für ein Glück für sie«, sagte Medora.

»Wenn die erst zu kämpfen anfangen, sind sie gefährliche Feinde«, sagte Nathaniel. »Diese Art von Selbstvertrauen macht sie vielleicht unbesiegbar.«

»Und wir haben im ganzen Gesandtschaftsviertel etwa eine Feldkanone und vier schußbereite Gewehre«, sagte Rupert. »Aber wenn der Feind unverletzbar ist, sind nicht mal die von großem Nutzen, oder?«

Amelia hörte zu, und plötzlich durchlief sie ein Schaudern. Wie weit war das alles von dem stillen Tal entfernt, wie weit ...

Um Mitternacht hatte sich der Wind, dieser trockene, sandige Eishauch aus der Wüste Gobi, gelegt, und der Mond schien strahlend an einem klaren, frostkalten Himmel.
Georgie, Henrietta und Lucy Carrington schliefen trotz der Aufregungen des Tages tief und fest. Miß Deacon war noch überraschend in ihr Schlafzimmer gekommen, nachdem Ah Wan ihre Kleider aufgeräumt und Mama ihnen einen Gutenachtkuß gegeben hatte. Miß Deacon hatte sich ans Fußende von Henriettas und Lucys Betten gestellt und mit ihrer etwas heiseren amerikanischen Stimme gesagt: »Ihr solltet jetzt ganz fest schlafen, denn morgen beginnt der Unterricht, und wenn ich auch sanft aussehe, ich bin es nicht.«
Henrietta fand, daß sie alles andere als sanft aussah. Lucy war auch dieser Ansicht. Im Halbdunkel sah sie so dünn und groß aus wie ein Besenstiel. Als sie an Georgies Bett stand, dachte er das gleiche. Sie hatte irgend etwas Hexenhaftes. Anders als die Mädchen, erregte es ihn. Er ahnte, daß sie wunderschöne, geheimnisvolle Geschichten erfinden und wilde Spiele machen würden. Miß Deacon war nicht zu alt, das war die Hauptsache. Georgie hatte nichts gegen alte Leute, es gab nur zu viele davon. Sogar Henrietta wurde von Tag zu Tag größer und zänkischer. Er und Miß Deacon würden auf Tigern reiten und auf Drachen fliegen. Er hatte den Verdacht - er wußte nicht, wieso -, daß Papa das gleiche über ihre übernatürlichen Kräfte dachte. Papa war aber alt, und die Tage, da er fliegen konnte, waren sicherlich vorüber.

In ihrem großen, luftigen Schlafzimmer, dem einzigen Raum von normaler Größe in dem ganzen Haus, sah Amelia Cassidy zu, wie sie die Kleider wegräumte. Sie wünschte, sie würde sich beeilen. Aber man konnte Cassidy nicht zur Eile antreiben. All ihre Bewegungen waren langsam und genau. So wie Medora Deacon mit den Augen zu hören schien, so drückte Cassidy ihre Gefühle in der besonderen Art aus, wie sie die Kleidungsstücke faltete. Irgend etwas

paßte ihr nicht. Vielleicht, daß das amerikanische Mädchen ins Haus gekommen war? Selbstverständlich konnte Cassidy es nicht gutheißen, wenn man ein junges Mädchen ganz ohne Empfehlungen engagierte. Aber hier war nicht das ordentliche England. Der Koch schwindelte; die Gesichter der Hausburschen waren undurchsichtig, und Miß Deacon war bis jetzt noch ein Rätsel. Man mußte die Gelegenheit, eine Gouvernante zu bekommen, wahrnehmen. Wenigstens war Amelia erleichtert, daß dieses Problem gelöst war. Die Kinder mochten Miß Deacon, und Nathaniel war zufrieden.
Cassidy hätte niemals ihre Meinung über Miß Deacon zu äußern gewagt, aber Amelia wußte ganz genau, daß sie enttäuscht war, nicht gefragt worden zu sein. Man konnte nur hoffen, daß sie zu dem Mädchen nicht unfreundlich war.
Amelia lag da und betrachtete den hellen Mond, der sicherlich nicht der gleiche war, der sanft über Englands friedliche grüne Wiesen und Hügel schien. Sie fragte sich, ob Nathaniel wohl in ihr Zimmer kommen würde. Sie schlief schlecht, und schon vor einiger Zeit hatten sie beschlossen, getrennte Schlafzimmer zu nehmen, um sich gegenseitig nicht zu stören. Trotzdem blieb Nathaniel häufig bis zum Morgen bei ihr; allerdings waren seine Besuche seit Georgies Geburt weniger regelmäßig geworden. Sie hatte lange gebraucht, um sich von dieser Geburt zu erholen, und obwohl die Ärzte eine weitere Schwangerschaft nicht verboten hatten, wollten Amelia und Nathaniel doch kein Risiko eingehen und nahmen sich in acht. Sie war schon immer zart und litt häufig unter Kopfschmerzen. Manchmal gefiel es ihr, wenn Nathaniel sie wie kostbares Porzellan behandelte, aber gelegentlich erwuchs in ihr das Verlangen, bedingungslos und leidenschaftlich genommen zu werden. So, wie Nathaniel vermutlich jede andere außer seiner eigenen zarten Frau nehmen würde. Aber vielleicht irrte sie sich.
Es war selbstsüchtig, solchen Gedanken nachzuhängen, wenn es soviel anderes gab, um das sie sich Sorgen machen

sollte. Lilians und Thomas' Sicherheit zum Beispiel, die feindlichen Elemente in diesem weiten Land, Nathaniels geplante Reise zu den Ming-Gräbern, die aller Wahrscheinlichkeit nach von den Spionen der Kaiserin beobachtet wurde . . . Sie warf sich unruhig hin und her. Dies würde wieder eine schlaflose Nacht werden.

Nathaniel war sofort eingeschlafen. Aber der Mond, der ihm ins Gesicht schien, weckte ihn nach zwei Stunden, und dann konnte er nicht wieder einschlafen. Ihm kam der Gedanke, zu seiner Frau zu gehen und mit ihr zu sprechen. Aber wenn sie schon schlief, wäre es schade, sie aufzuwekken. Es gelang ihr einfach nie, genug Schlaf zu bekommen. Ihre zarte Erscheinung hatte ihn ästhetisch immer sehr befriedigt, sie war sozusagen sein Aushängeschild, sein Schmuckstück. Er wünschte sie sich in keiner Weise anders. Wenn das bedeutete, enthaltsamer leben zu müssen, als ihm lieb war, so war das ein angemessener Preis. Allerdings gab es Zeiten, da überstieg dieser Preis seine Kräfte. Um ganz ehrlich gegen sich selbst zu sein, er gehörte zu den Männern, die gewisse Frauen einfach unwiderstehlich fanden.

Heute nacht verschmolz das Mondlicht mit seinen Gedanken an die Expedition Ende der Woche, und das hielt ihn wach. Und während er so dalag, begann er intensiv an diese rätselhafte junge Frau zu denken, die unter seinem Dach wohnte.

Sie war ein unruhiger Geist, ein willensstarker, möglicherweise amoralischer Mensch. Von dem Augenblick an, da er sie getroffen hatte, spürte er ihre erotische Ausstrahlung. Trotz ihrer Jugend kannte sie ihre Wirkung auf das andere Geschlecht genau. Der überraschte, glühende Blick der großen verträumten Augen, das verstohlene, nur angedeutete Lächeln, der Wechsel von Schläfrigkeit zu lebhafter Anteilnahme . . . Ihr gelblicher Teint unterschied sie so vollkommen von Amelia, die im Vergleich zu ihr wie eine zarte Rose wirkte. Vielleicht war es das, was die Situation für ihn

so reizvoll machte. Auf der einen Seite seine makellose Frau und auf der anderen dieses eigenartige Mädchen, linkisch bemüht, zu gefallen, und ganz schön raffiniert.
Dies war eine völlig andere Situation als diejenige, die er durch sein Verhältnis zu Gertrude herbeigeführt hatte, was er zutiefst bedauerte. Er fragte sich noch immer, wie er sich nur mit ihr hatte einlassen können. Was er für reizende Unschuld gehalten hatte, war Geschmacklosigkeit und Fadheit gewesen. Und noch bevor Amelia von seiner Liaison erfahren hatte, die sich ohnehin in Küssen und Umarmungen erschöpfte, war ihm Gertrudes Hingabe auf die Nerven gegangen. Er hatte sich geschworen, niemals wieder in eine solche Lage zu kommen. Für einen Mann von Welt war das lächerlich und ungeschickt gewesen. Dieses dumme, überschwengliche Mädchen war die ganze Aufregung nicht wert gewesen, die sie ausgelöst hatte. Außerdem war es ihm schrecklich gewesen, Amelia weh zu tun. Mehr noch, es verletzte seine Eitelkeit, daß sie zumindest vorübergehend ihr Vertrauen zu ihm verloren hatte. Jede zukünftige außereheliche Beziehung - welcher Mann hatte sie nicht? -, in die er geraten sollte, wollte er mit äußerster Diskretion und Vorsicht pflegen. Und nun das! Obwohl er wußte, daß Medora Deacon ein ganz anderer Fall als Gertrude war, stellte sie doch eine Quelle neuer Versuchungen dar.
Er versuchte, sich einzureden, daß er an das Wohl der Kinder denke. Sie brauchten jemand, sie konnten nicht ohne Schulbildung bleiben, und es war immerhin unwahrscheinlich, daß bis zum Frühjahr ein anderes weibliches Wesen in Peking auftauchen würde. Medora war so etwas wie Strandgut, ein ziemlich ungezogenes Kind, das man mit den anderen Kindern zusammen erziehen mußte. Das konnte er. Er fragte sich, weshalb er diese Aussicht so aufregend fand.

Medora hatte ein einfaches, langärmliges Baumwollnachthemd an und trug ihr Haar in langen, dunklen Locken offen auf den Schultern. Sie sah aus wie ein Schulmädchen. Ihre Gedanken aber waren die einer Erwachsenen. Sie ahnte, dies würde eine dieser Nächte werden, in denen sie kaum wußte, wie sie die seltsame Erregung verbergen sollte, die sie ergriff. Sie liebte dieses Gefühl. Es war so anders als in den Zeiten tiefer Depression und Auflehnung. Gewöhnlich schwankte sie zwischen diesen beiden Extremen hin und her. Es schien für sie keinen neutralen Standpunkt zu geben, obwohl sie begriff, daß es zweckmäßig war, ihre Gefühle zu verbergen. An ihren traurigen Tagen war sie still und gefaßt. Diese Augenblicke brennender Erregung waren viel schwieriger zu verbergen, und wenn es sich um den richtigen Menschen handelte, verbarg sie sie überhaupt nicht. Nach der Ansicht ihrer Eltern fand sie an den falschen Dingen Spaß. An verbotenen Dingen, wie zum Beispiel schamlosen Flirts mit den Männern anderer Frauen. Sie hatten nie verstanden, daß das Verbotene für sie unwiderstehlich war, so wie die Flucht vor der langweiligen, rechthaberischen Tante Agatha; die Reise nach Peking; das Erlebnis, die Verbotene Stadt betreten zu dürfen; die Begegnung mit der schrecklichen alten Frau auf dem Drachenthron und jetzt das Zusammentreffen mit Nathaniel Carrington, der ihrer Meinung nach mit seinen strahlenden, hungrigen schwarzen Augen der attraktivste Mann mittleren Alters war, den sie je kennengelernt hatte. Natürlich war er verheiratet. Aber gerade diese Tatsache reizte Medora ja so sehr. Es verlieh dem ganzen einen Hauch von Verruchtheit, der sie erst zu vollem Leben erweckte.

Sie mochte auch die Kinder. Die Mädchen waren so still und folgsam, wie ihre Mutter sie sich nur wünschen konnte. Der kleine Junge hatte die ihr vertraute und verwandte Art, Dinge anders zu sehen, als sie in Wirklichkeit waren.

Medora Deacon - die Rebellin, das Problemkind - hatte nicht die Absicht, der liebenswürdigen und guten Mrs. Carrington von ihrem Fluchtversuch zu erzählen, der jämmerlich gescheitert war, denn Vater hatte nicht nur seine Spione, sondern auch die schnelleren Pferde. Sie holten Neville und sie ein, ehe sie zehn Meilen von zu Hause weg wa-

ren. Neville, von Vaters Zorn eingeschüchtert, hatte klein beigegeben und geschworen, er habe sie niemals angerührt. Und das stimmte! So konnte sie zurückkehren und rein und unbefleckt wieder den Heiratsmarkt bereichern.
Sie hatte geglaubt, unsterblich in Neville verliebt zu sein. Er war dunkelhaarig - eine blendende Erscheinung - und zehn Jahre älter als sie. Er spielte eine Rolle in der Finanzwelt, wo man munkelte, er sei viel zu schlau, als daß man ihm trauen könne. Sie war die Tochter eines reichen Mannes, dem Neville nicht gewachsen war, als der Tag der Prüfung kam. Undurchsichtige Geldgeschäfte waren eine Sache - eine Anklage wegen Entführung aber war etwas anderes. Außerdem merkte er, daß Medora ihren ganzen Reiz verlor, wenn sie gelangweilt oder unglücklich war.
Von da an hatte sie das Gefühl, daß ihr Leben, das sie ganz auskosten wollte, sinnlos geworden war. Bis sie nach Peking kam, bis zur Party der Kaiserin, bis sie Nathaniel Carrington kennenlernte. Sie war ganz sicher, daß die allernächste Zukunft all das Aufregende bringen würde, wonach sie sich gesehnt hatte. Kein Wunder, daß sie der kaltglänzende, chinesische Mond wach hielt.
Sie drehte den Ring der Kaiserin an ihrem Finger und beschloß, ihn zu ihrem Talisman zu machen. Sie hoffte, sich so gut aufzuführen, daß sie Mrs. Carrington nicht enttäuschte. Und - gut genug, um Mr. Carrington zu gefallen.

In ihrem großen Schlafzimmer im ersten Stock des britischen Gesandtschaftsgebäudes lagen Sir Claude und Lady MacDonald wach.
Lady MacDonald schlief nie, wenn sie wußte, daß sich ihr Mann Sorgen machte, wie jetzt über die Gerüchte eines im Frühjahr geplanten Boxeraufstandes. Er quälte sich mit der Frage, ob er an Lord Salisbury nach London schreiben und um Truppenverstärkung bitten sollte. Aber die anderen Gesandten hatten beschlossen, die Dinge vorläufig auf sich beruhen zu lassen, und er wollte kein Angsttreiber sein. Ihm wurden immer wieder von freundlich gesinnten Chinesen

Nachrichten aus den Provinzen überbracht. Die letzte Mitteilung lautete, daß die Boxer geschworen hatten, die Ching-Dynastie zu schützen und die Fremden auszurotten. Nicht vertreiben - ausrotten! Ein abscheuliches Wort. Als hätten sie es mit Ratten zu tun.

Aber es konnte nicht zum Krieg kommen. Die Kaiserinwitwe, ihr intriganter Neffe Prinz Tuang, das Tsungli Yamen selbst würden sicherlich keine Rebellion gegen elf mächtige Nationen unterstützen, die alle Truppen zur Verfügung stellen würden, falls man danach schickte. Die augenblicklich vorhandenen Verteidigungsmittel waren eher jämmerlich. Aber die Rebellion hatte noch nicht begonnen und würde es höchstwahrscheinlich auch nie.

Sir Claude warf sich auf die andere Seite und begann tief zu atmen. Lady MacDonald kannte die Zeichen und wußte, daß er bald eingeschlafen sein würde. Sie erinnerte sich an ihr Heimweh nach Englands grünem Land und der reinen Luft von Schottland. Dann sagte sie sich, daß sie dieses Leben freiwillig gewählt hatte, als sie heiratete. Sie hatte nicht das Recht, sich zu beklagen. Sie mußte tun, was in ihren Kräften stand, damit sich diese nette junge Mrs. Carrington hier wohl fühlte. Das würde keine leichte Aufgabe werden.

In seinem Bungalow erwachte Colonel Manners aus einem lebhaften Traum, in dem er sich von schreienden, gelben Horden umzingelt fand. So wie es ihm einmal in einer engen Straße in Schanghai während der Opiumkriege ergangen war. Was konnten die Chinesen doch für ein barbarisches Volk sein. Hinter ihren ausdruckslosen Gesichtern, ihrer Liebe zu schönen Dingen, Tauben, Glocken, Pfirsichblüten, Kindern, verbarg sich so viel Bosheit. Sie waren alle miteinander falsch. Er würde keinem chinesischen Boy in seinem Haus trauen, wenn die Boxer einfallen sollten. Einem guten, altmodischen Europäer jederzeit - einem Franzosen, einem Deutschen oder einem Österreicher, irgend jemand. Selbst die Buren in Südafrika mit ihrer religiösen Sturheit waren diesen schlitzäugigen Asiaten vorzuziehen.

Falls diese Bande von Rebellen durchs Land ziehen sollte, würden durchgeschnittene Kehlen an der Tagesordnung sein. Seiner Meinung nach waren all diese Gesandten viel zu arglos und selbstsicher.
Doch der Gedanke an die Schlacht brachte das Blut des alten Schlachtrosses, das er war, in Wallung.

Lady Comerford fürchtete sich vor den langen Winternächten. In England hatte sie sich nie gefürchtet. Aber das war schon lange her. Humphrey war fünf Minuten nach Mitternacht gestorben, und noch Jahre danach betrachtete sie dies als die Todesstunde und blieb angespannt wach, bis die Zeit vorüber war. Selbst jetzt, wo sie alt und müde war und viel döste, blieb ihr die Gewohnheit, um Mitternacht wach zu liegen. Sie sagte sich selbst immer wieder, was für eine dumme alte Närrin sie doch war, daß sie es noch immer nicht fertigbrachte, die Überreste ihres Geliebten in der fremden Erde zurückzulassen. Eine Handvoll armseliger Knochen, die er jetzt war. In England hätte sie ein angenehmes Leben führen können, ohne die Bedrohungen eines unberechenbaren Volkes, einer selbstherrlichen, ruchlosen Kaiserin und ohne Banditen und Kriegsherren. Vor allem diese mysteriösen Boxer, die sich rote Schärpen um die Hüften banden und so taten, als seien sie feuerspeiende Drachen.
Jetzt war es ohnehin zu spät, noch irgend etwas zu unternehmen. Sie würde weiterhin auf Partys ihr fröhliches Gesicht zeigen, farbenprächtige Kleider anziehen, die sie so liebte, lebhaft plaudern und niemals etwas von ihren mitternächtlichen Ängsten verlauten lassen. Und schließlich würde man sie neben diese Handvoll Knochen in den Europäerfriedhof außerhalb der Stadt legen.
Sie würde bis zum Ende durchhalten, und zwar mit Anstand, wie sie hoffte. Aber sie war ein sehr ängstlicher Mensch und fürchtete sich davor, ihre Feigheit zu zeigen.

Nach und nach gingen in allen Gesandtschaftsgebäuden die Lichter aus. Bevor Alice Conger einschlief, sagte sie noch zu ihrem Mann: »Gott sei Dank sind wir diese komische Medora Deacon los, aber ich weiß nicht, ob es recht war, sie Amelia Carrington aufzuladen.«

»Sie hat es aus freien Stücken getan«, sagte ihr Mann.

»Oder ihr Mann steckt dahinter. Es schien mir mehr seine Idee zu sein.«

»Tatsächlich? So ein Mädchen möchte ich ja nicht gerade in meiner Nähe haben; das muß ich zugeben. Zu launisch. Wenn uns die Boxer angreifen, Alice, sind wir in einer sehr gefährdeten Lage. Es kann sein, daß wir uns dann in die britische Gesandtschaft und unter den Schutz dieses Schotten mit seinen borstigen Brauen begeben müssen. Ich habe die Engländer noch nie richtig verstanden und die Schotten noch weniger. Vielleicht gehört dieses kleine Biest, diese Miß Deacon, zu der Art von Frauen, die die Engländer insgeheim bewundern!«

Alice versetzte ihrem Mann einen kleinen Rippenstoß.

»Mein Lieber, ich habe dich nicht gebeten, zu phantasieren. Das muß am Mond liegen. Schau doch, wie hell er über der Stadt steht. Soll ich die Vorhänge zuziehen?«

»Ich sehe den Mond sowieso nicht an«, sagte er, nahm die Hände seiner Frau von seinen Schultern und führte sie unter seine Pyjamajacke.

Tief in ihrem Opiumtraum war es der Kaiserinwitwe noch immer nicht ganz gelungen, die verhaßten Fremden zu vergessen, die wie eine Horde von Wachhunden ihre Palasttore umlagerten. Sie trug lose Gewänder. Ihre kleinen Patschhände mit den zwei extrem langen Nägeln lagen auf ihrer Brust. Ihre Augen waren nur zwei schwarze Schlitze in ihrem ausdruckslosen gelben Gesicht. Sie hörte weder das leise Ticken der wunderschönen emaillierten Uhren noch das Rascheln von Seide, wenn sich einer ihrer vom Sitzen steif gewordenen Diener bewegte. Undeutliche Erinnerungen an ihren Sohn Prinz Tung-Chih, als er noch ein Kind war, kamen ihr. Am schönsten war es gewesen, als sie ihn verhätscheln und schelten konnte. Später hatte er sie enttäuscht. Er war reizbar, grüblerisch und kränkelte. Noch ehe er das zwanzigste Lebensjahr erreicht hatte, starb er. Die Macht lag also wieder bei ihr. Oder jetzt bei Prinz Tuang, ihrem Neffen. Er haßte die Fremden noch erbitterter als sie selbst.

Sie dachte an die Damen der fremden Gesandtschaften in ihren scheußlichen Kleidern, an ihre blassen Gesichter und an die Gier in ihren Augen, als sie die Geschenke erblickten. Eine cremefarbene Perle in einer Goldfassung, nicht von bester Qualität. Aber was verstanden diese ungeschlachten Frauen schon von Juwelen, von der Vollkommenheit kühler Jade, von Reihen schwarzer Perlen, von Rubinen und Smaragden? Die weißen Fremden waren offensichtlich nicht stark genug, um sich mehr als eine Frau leisten zu können, was sie noch verachtenswerter machte.

Die Vorfahren jener Fremden hatten allerdings die magische Pfeife gebracht, die ihr allnächtlich angenehme Träume bescherte. Zuerst war ihr das wie ein Wunder erschienen. Für sie, die alte Dame, war es gut. Aber für die Jungen und Starken war es nicht gut. Ihre Kraft schwand durch den heimtückischen Rauch dahin, und ihre geistige Entwicklung wurde zerstört. Die Augen wurden matt und leblos wie der tödliche Stempel der Mohnblume selbst.

Nein, die gierigen Fremdlinge, die sich in alles einmischten, denen es nicht genügte, strategisch wichtige Stützpunkte in ihrem Land zu errichten, sondern die auch versuchten, das chinesische Volk zur Aufgabe seines alten Glaubens zu bewegen, diese Fremdlinge mußten gehen. Sie mußten gehen, ehe der Frühling vorüber war, ehe die Hitze begann und sie die langen Tage dösend in ihrem Sommerpalast verbringen würde ...

England

Januar 1975

4

Obwohl das Haus im Tal an der Themse einen chinesischen Namen hatte und die Eibenhecke in Form eines Drachens geschnitten war, war es ganz und gar viktorianisch. Es stand etwas vom Fluß entfernt, mit weiten abfallenden Wiesen, einer Terrasse und einer Pergola. Im Winter sah es düster und unfreundlich aus. Selbst im Sommer, wenn die Rosen blühten und die Vögel in den Bäumen sangen, wirkte es kühl und abweisend. Wenn man draußen sitzen wollte, mußte die Sonne scheinen. Im Winter, wenn der Garten feucht und die Bäume ohne Laub waren, wenn der Fluß ebenholzschwarz dahinfloß, war es traurig.

Hugh begann ungeduldig zu werden, als Georgina mit der Nachricht ankam, daß man von ihnen ein weiteres Wochenende im Drachenhaus erwartete.

»Deine Familie«, stöhnte Hugh immer, wenn er nachsichtig und gelangweilt, aber immer leicht gereizt von den Carringtons sprach. Zumindest hatte er so gestöhnt, solange Georginas Vater noch lebte. Jetzt hieß es, deine Tanten; denn es waren außer dem schwächlichen und verkrüppelten Charles keine männlichen Familienmitglieder mehr am Leben. Hugh war jedoch immer höflich zu den Tanten, besonders jetzt, da nur noch zwei davon lebten: Tante Lucy, eine kleine, senile, elfenbeinzarte Frau mit einem Dutt weißer Haare und unschuldigen blauen Augen, die niemals den Ausdruck ihrer lebenslangen Schüchternheit verloren hatten; und Tante Suzie. Sie war neun Jahre jünger als Tante Lucy und noch immer voller Vitalität, mit glattem, schwarzem Haar und listigen, unergründlichen Augen.

Tante Henrietta, die älteste Schwester, war vor zwei Jahren gestorben und hatte Lucy verstört und hilflos zurückgelassen. Keine von ihnen war verheiratet. Als Kinder hatten sie den Boxeraufstand in Peking erlebt, eine lange zurückliegende, beinahe vergessene Episode in den Annalen britischer Geschichte. Es war ein schreckliches, traumatisches Erlebnis gewesen, das keine von ihnen jemals wirklich ganz überwunden hatte. Henrietta und Lucy hatten zusammen in einem Dorf in Sussex gelebt, ganz zurückgezogen von der Welt. Eine treue Magd, Bessie, hatte sie umsorgt. Glücklicherweise kümmerte sich Bessie auch jetzt noch um Lucy und schirmte sie vor den Schrecken der modernen Welt ab. Zum Beispiel vor Straßenlümmeln, die Steine an die Fenster warfen, was Lucy sofort an das entsetzliche Schreien und Lärmen der Boxer vor der großen Tatarenmauer erinnerte.
George, ihr jüngerer Bruder, Georginas Vater, hatte ebenfalls ein zurückgezogenes Leben geführt und erst mit vierzig Jahren geheiratet, was er später sehr bedauerte, denn er erkannte, daß er nicht viel länger leben würde, als bis sein geliebter Enkel Benjamin fünf Jahre alt wäre. Sieben, sagte er, sei das ideale Alter für einen Jungen. Er war in Peking sieben Jahre alt gewesen und erfüllt von den Wundern dieser Welt. Ben war jetzt sieben, aber sein Großvater lag seit zwei Jahren unter einem schönen bewachsenen Findling auf einem kleinen Friedhof auf dem Land. Tante Lucy sagte, daß er mit seinem aufgeweckten Gesicht und seiner lebhaften Phantasie genauso sei wie sein Großvater als Kind.
Nachdem sein Großvater nicht mehr da war, um ihn in seine Phantasiewelt mitzunehmen, tat Tante Suzie das, aber ein bißchen zu wild. Er bekam richtige Alpträume davon.
Tante Suzie hatte als einzige die Schrecken der Belagerung nicht miterlebt, denn sie war damals noch gar nicht geboren. Trotzdem erreichte auch sie der lange Schatten Pekings, denn sie war diejenige in der Familie, deren fanatisches Interesse allem Chinesischen galt. Vermutlich hatte

sie das von ihrem Vater, Nathaniel Carrington - Georginas Großvater -, geerbt, der mit chinesischer Keramik und anderen Antiquitäten gehandel hatte. Aber ihre Liebe zu Wandschirmen und Kommoden aus glänzendem Lack, zu Schnitzereien aus Elfenbein und Jade und blassen Schalen und Vasen der Ming- und Han-Dynastie verband sich mit ihrem Interesse an dem Aufstand, den sie so gerne miterlebt hätte, und mit ihrer Liebe zu allem Dramatischen sowie ihrer Bewunderung für die verstorbene Kaiserinwitwe von China, die große Ts-U-Hsi. Suzie glich der Kaiserin sehr. Sie war kurz und dick, hatte schwarze Haare und Augen und war eine Persönlichkeit. Sie trug sehr viel Gelb, das chinesische Kaisergelb. Sie zwirbelte ihr dünnes schwarzes Haar zu einem Knoten oben auf dem Kopf, färbte sich die Augenbrauen schwarz und ließ an jeder Hand den Nagel des kleinen Fingers ungewöhnlich lang wachsen. Sie war eine Schauspielerin, die sich so sehr in ihre Rolle eingelebt hatte, daß sie sich wirklich einbildete, die Reinkarnation der Kaiserinwitwe von China zu sein, die in einem stillen englischen Landhaus lebte, umgeben von ihrem kleinen Hofstaat.
Das zumindest glaubte Georgina. Im Gegensatz zu Hugh, hielt sie Tante Suzie nicht für eine verrückte alte Betrügerin. Um die Wahrheit zu sagen, sie hatte sich schon von Kindheit an vor dem Drachenhaus gefürchtet, vor seinen dunklen Zimmern, die mit allem möglichen orientalischen Plunder angefüllt waren. Und am meisten hatte sie sich vor der Herrin des Drachenhauses gefürchtet, vor der herrschsüchtigen, undurchschaubaren Tante Suzie.
Ben dagegen liebte und bewunderte alles hier. Nichts machte ihm mehr Freude, als ein Wochenende oder längere Ferien im Drachenhaus zu verbringen. Er war für Tante Suzies blutrünstige Geschichten ein hingebungsvoller Zuhörer. Nach dem Erzählen raste er schreiend durch den Garten, schlug mit Weidenruten auf alles mögliche ein und ließ seiner Erregung freien Lauf. Er durchlebte letzten Endes mehr als einmal einen Alptraum. Besonders gern

mochte er die Weide am Ende des Gartens, die ihre knorrigen Zweige über das dunkle, träg dahinfließende Wasser des Flusses hängen ließ. Großvater hatte ihm erzählt, daß die Chinesen glaubten, die Weide sei ein Zauberer, aber er hatte nicht einmal in Peking herausbekommen können, ob es ein guter oder ein schlechter Zauberer sei. Tante Suzie erklärte, alle Zauberer seien schlecht. Was für einen Eindruck würde ein guter Zauberer schon machen? Läppische Güte nützte niemandem etwas.

Hugh konnte nicht viel mit diesen Phantastereien anfangen und fürchtete, Ben könne unter seinen weniger phantasiebegabten Schulkameraden zu einer Witzfigur werden. Aber Georgina, die ihren Vater sehr verehrt hatte, meinte, wenn er durch die Geschichten keinen Schaden genommen hätte, würden sie auch Ben nichts anhaben. Bens wegen beschloß sie, Tante Suzies Befehl - denn darauf lief es hinaus - Folge zu leisten und die Einladung für das letzte Januarwochenende anzunehmen. Tante Suzie wollte eine Dinnerparty geben. Sie hatte einen reizenden neuen Freund, einen Schauspieler, und der mußte unterhalten werden. Der Winter war todlangweilig. Man mußte ihn, so gut es ging, beleben. Georgina und Hugh würden da sein, natürlich auch Ben und Charles, Hal Jessel, der Schauspieler, und eine Freundin von Hal und ein paar der langweiligen und öden Nachbarn.

»Ich bitte euch, schreibt mir, ob ihr mit dem Wagen kommt, oder aber, wann euer Zug hier eintrifft, damit Smythe euch abholen kann«, schrieb Tante Suzie.

Tante Suzie war einer der wenigen Menschen im Themsetal oder vielleicht sogar in ganz England, die es sich leisten konnten, immer noch Personal zu halten. Sie hatte zweimal geheiratet. Beide Ehemänner waren tot und hatten ihr ansehnliche Vermögen hinterlassen. Ihr einziger Sohn Charles war ein Verschwender gewesen, ein kleiner, mürrischer Mann, dem es einmal gelungen war, einen beträchtlichen Teil ihres Vermögens in die Hände zu bekommen. Das hatte er dann in Spielcasinos und bei Pferderennen vertan.

Als seine Mutter merkte, was vor sich ging, hatte sie wütend eingegriffen und Charles buchstäblich mittellos gemacht. Eine Weile hatte er auf Kosten von Freunden gelebt, viel getrunken und schließlich einen Verkehrsunfall gehabt. Seitdem war er teilweise gelähmt und für immer an den Rollstuhl gefesselt. Schlimm war, daß er ins Drachenhaus zurückkehren mußte. Er war der Gefangene seiner Mutter oder seiner Krankenpflegerinnen und seiner eigenen nutzlosen Glieder. Er hatte sich in sich selbst zurückgezogen und sprach kaum noch. Seine Haut wurde immer gelblicher, und seine Augen wurden bitter und mißtrauisch. Kronprinz ohne Nachkommen oder Einfluß und ohne Hoffnung auf einen Ausweg.

Von all den Carrington-Kindern - Henrietta, Lucy, Georgie und Suzie - gab es wenig Nachkommen. Nur Georgina, Charles und Ben.
Es war, als hätten ihnen jene schrecklichen acht Wochen ihrer Kindheit in Peking die Kraft zum Leben geraubt. Die Familie lief Gefahr, auszusterben.
Georgina sehnte sich nach einem zweiten Baby, aber Hugh war nicht gerade ein einfacher Ehemann. Er war von zwiespältiger Natur - klug, rastlos und ungeduldig; er konnte niemals seine Verachtung für Leute verbergen, die ihn langweilten. Aber in Augenblicken der Zärtlichkeit war er unwiderstehlich. Ihr ganzer Körper schmerzte vor Sehnsucht nach ihm. Sie gehörte ihm voll und ganz, und das würde immer so bleiben. Sie kannte seine Fähigkeit, ihr weh zu tun, obwohl er es nachher zutiefst bereute. Sie betrachtete das als Preis, den sie dafür bezahlen mußte, mit einem viel bedeutenderen Menschen verheiratet zu sein, als sie selbst es war. Sie kamen viel besser miteinander aus als viele andere Paare, denn neben den alltäglichen Differenzen und Unstimmigkeiten war diese tiefe, dauernde Liebe. Zumindest glaubte Georgina hoffnungsvoll daran.
Sie hielt an ihrem Recht fest, alles selbst zu entscheiden, was den Haushalt betraf. Sie hätte Tante Suzies Einladung

auf jeden Fall angenommen, ob Hugh es wollte oder nicht. Bens wegen, sagte sie, nicht ihretwegen. Sie mochte das ziemlich gespenstische Haus nicht und hätte viel lieber im gemütlichen Cottage in Sussex Tante Lucys verworrenen Erinnerungen zugehört, anstatt zuzusehen, wie Tante Suzie Kaiserin von China spielte. Auch der arme Charles war deprimierend und überhaupt nicht ansprechbar. Hal Jessel schien einer von jenen schöngeistigen, zerbrechlichen jungen Männern zu sein, deren Gesellschaft Tante Suzie schätzte. Insgeheim nannte sie sie ihre Eunuchen, und dabei leuchteten ihre schwarzen Augen boshaft. Aber wenn Hal Jessel eine Freundin mitbrachte, schien er doch etwas männlicher zu sein als Tante Suzies verflossene Günstlinge.

Armer Hugh. Das war nicht gerade die Gesellschaft, die er bevorzugte. Aber wenn sie jetzt hingingen, brauchten sie bis zum Sommer nicht mehr zu kommen.

Ben konnte es kaum erwarten, nachzusehen, wie weit der Drachen gediehen war, den Smythe aus der Eibenhecke schnitt. Smythe nannte Ben junger Herr, was ihm ungemein gefiel.

»Es dauert Jahre, um ein lebendiges Tier zu machen, junger Herr«, sagte Smythe, als Ben allzu deutlich seine Enttäuschung darüber zeigte, daß der Drachen noch immer ziemlich formlos war.

»Wird er denn leben? Wird er Feuer speien?«

»Er ist gewissermaßen lebendig, weil er aus der lebenden Eibe gemacht ist. Ich muß immer weiter schneiden und stutzen, sonst verwandelt sich sein Schwanz in einen Busch und die Flügel würden nach unten fallen, wo sie doch nach oben zeigen müssen. Was du wissen solltest, nachdem du dich so gut mit Drachen auskennst. Das braucht Zeit und Geduld, aber bis du groß bist, ist das hier der tollste Drachen im ganzen Land.«

»Aber dann lebst du ja nicht mehr«, sagte Ben und betrachtete prüfend Smythes graues Haar. »Und Tante Suzie auch nicht.«

»Das macht nichts, denn es ist ja dein Drachen, junger Herr.«
Ben sauste ins Haus, um Tante Suzie von dieser Unterhaltung zu berichten. Er fand sie im Salon. Eine dickliche kleine Person auf einer gelben Seidencouch, damit beschäftigt, ihren Gästen Jasmintee einzuschenken.
Bens Vater saß in der Fensternische neben einem Mädchen mit kurzgeschnittenem rotem Haar. Mutter unterhielt sich mit einem gut aussehenden Mann in einem braunen Kordsamtanzug, und Onkel Charles sah mürrisch wie immer aus und saß in seinem Rollstuhl neben dem Feuer. Im Drachenhaus waren niemals andere Kinder, aber das machte Ben nichts aus, er betrachtete alles als sein Reich.
Tante Suzie winkte ihn zu sich und bot ihm einen der kleinen klebrigen Kuchen an, die sie immer zum Tee servierte. Sie trug den Ring mit der großen Barockperle, der von der echten Kaiserin von China stammte. Ihre Mutter hatte ihn auf einer Teegesellschaft im Kaiserpalast bekommen, als die Kaiserin guter Laune gewesen war und vorgegeben hatte, sich für die fremden weißen Frauen der Gesandtschaften zu interessieren. Wenigstens war das die Geschichte, die Tante Suzie erzählte. Der schwere Ring hing wie ein Felsbrocken an ihrem Finger.
Außerdem trug sie an den beiden kleinen Fingern mit Türkisen geschmückte Schutzhüllen für die Nägel. Sie hatte eine ihrer langen, mit Chrysanthemen und Drachen bestickten Roben an. Sie ist wundervoll, dachte Ben. Und er fürchtete sich nicht im mindesten vor ihr. Oder nur ganz wenig.
»Du warst also schon draußen, um deinen Drachen zu sehen«, sagte sie mit ihrer tiefen, rauhen Stimme. ›Wie das Krächzen einer Pekingkrähe‹, hatte ihr Vater immer gesagt. »Wie findest du den Drachen?«
»Er wird ganz prima, sagt Smythe. Mit einer langen, gekrümmten Zunge.«
»Er wird Feuer und auch Rauch speien, um alle bösen Geister zu erschrecken«, sagte Tante Suzie, und Ben hätte –

dem Ausdruck ihrer Augen nach zu urteilen - geschworen, daß sie selbst daran glaubte. »Du hast noch nicht mit den Hunden gesprochen.«

Gehorsam beugte sich Ben nieder, um die zwei fetten Möpse zu streicheln, die zu Tante Suzies Füßen auf ihren Kissen schnarchten. Er machte sich nicht viel aus ihnen. Er hätte gern einen kleinen Terrier gehabt. Aber Mutter sagte ganz richtig, daß er diesen Hund dann niemals zum Drachenhaus mitnehmen könne, denn er würde die zwei fetten, faulen Möpse zu Tode erschrecken. Tante Suzie hielt sich die Möpse, weil das die Lieblingstiere der verstorbenen Kaiserin gewesen waren. Es waren keine Löwenhunde, aber sie glichen ihnen.

»Ben«, ertönte die Stimme seiner Mutter, »du hast eigentlich noch mit niemand gesprochen. Komm und sag hallo zu Onkel Charles. Und dies ist Mr. Jessel.« Der gutaussehende Mann mit dem gekräuselten goldblonden Haar streckte ihm eine lange, schmale Hand entgegen. »Und Miß Russell.«

»Amy«, sagte die junge Frau, die mit seinem Vater gesprochen hatte. Sie lächelte freundlich. Hübsch war sie eigentlich nicht. Sie hatte mehr kastanienbraunes als rotes Haar. Ihre Augen waren wie grünes Glas. Ben fand sie recht nett und vermutete, daß sie gut spielen konnte. Tante Suzie wollte immer Boxer im dunklen Gebüsch spielen, ein ziemlich nervenaufreibendes Spiel; denn sie fand es ganz normal, wenn sich eine alte Frau einen roten Schal um den Kopf band und laut ›Schah! Schah!‹ schreiend herumsprang. In diesem Spiel mußte Ben immer einer der fremden Teufel sein, die weder genügend Waffen noch Munition hatten. Aber er dachte, wenn Miß Russell mitspielen würde, könnte sie auch ein fremder Teufel sein und seine Truppenstärke vergrößern.

Bis dahin wollte er, statt den klebrigen Kuchen zu essen, den er nicht mochte, lieber das Mongolenpferdchen aus kühler Jade in der Hand halten, das immer auf dem Seitentischchen stand. Neben Smythes Drachen war es ihm das liebste im Drachenhaus, obwohl es da noch viele andere schöne Dinge zu bewundern gab.

Er liebte die wilden, goldenen Reiter, die mit hoch erhobenen Krummsäbeln um den lackierten Wandschirm galoppierten. Und die Zwillingskarpfen aus seidig weißer Jade. Eine Kostbarkeit! Und die mit goldenen Chrysanthemen und Peonien bemalten Lampen und den Schreibtisch aus rotem Lack mit seinen unzähligen Schubladen sowie die verschiedenen emaillierten Uhren, die eifrig tickten. Dann waren da noch Löwenhunde mit den langen Gesichtern, die zu beiden Seiten des Kamins hockten, und der kleine gehörnte Drachen mit seinen gespreizten Klauen, der aus dem Kaiserpalast in Peking stammte. So hieß es wenigstens.

Jedesmal, wenn sie hierherkam, fiel es Georgina wieder auf, wie sehr Tante Suzie Großvater Carringtons Haus nach seinem Tod ausgeplündert hatte.

Ausplündern war genau das richtige Wort, denn eben dies hatte auch Großvater nach der Belagerung im Kaiserpalast von Peking getan. Viele hatten das damals gemacht, verteidigte er sich. Ein Wahn hatte alle Legationsmitglieder nach Wochen des Terrors und der Brutalität ergriffen, die sie mit ansehen mußten. Wenn die Befreiungsarmee, Soldaten und Seeleute aller Nationen, die keinerlei Beziehung zum chinesischen Handwerk hatten, sich die Säcke mit geplündertem Gut vollstopften, dann war es seine Pflicht, die schönsten der wundervollen Antiquitäten in Sicherheit zu bringen und zu bewahren. Er hatte vorgehabt, sie an ein Museum zu geben oder vielleicht sogar zurück an die chinesische Regierung, aber nachdem er in England angekommen war, konnte er sich einfach nicht davon trennen. Eifersüchtig und voller Schuldgefühl hatte er sie gehortet, und in seinem Testament wurden sie seinen Kindern zugesprochen.

Er hatte gedacht, Georgie, sein einziger Sohn, würde sich die schönsten Dinge aussuchen, denn er hatte Orientalistik studiert. Aber seltsamerweise wollte Georgie nichts haben. Genausowenig wie Tante Henrietta und Tante Lucy. Noch nach fünfzig Jahren schreckten sie vor den Erinnerungen

zurück, die diese Dinge in ihnen wachriefen. Außerdem, wenn sie ganz ehrlich waren, wollten sie nicht im Besitz von Diebesgut sein.
Solche Skrupel kannte Tante Suzie nicht. Aber sie hatte ja auch nicht die Schrecken des Boxeraufstandes durchgemacht, und deshalb waren die Dinge für sie nur faszinierend schön, weiter nichts. Sie beschloß, in das alte Haus der Carringtons an der Themse zurückzukehren, nannte es Drachenhaus und ließ alle Schätze unberührt. Sie hatte sich schon immer brennend für die letzte Kaiserin Chinas interessiert, aber erst nach ihrer Rückkehr in das Haus ihrer Kindheit bildete sie sich ein, die aus dem Exil mit allem Pomp einer großen und geliebten Herrscherin zurückgekehrte Ts-U-Hsi zu sein.
Tante Suzie war ein bißchen verrückt, argwöhnte Georgina. Aber ungefährlich. Man mußte nur darauf achten, daß sie Ben nicht zu sehr aufregte.

Hugh hatte sich mit Amy Russell unterhalten, weil er davor zurückschreckte, Charles in eine Konversation zu verwikkeln. Hal Jessel war genauso berechenbar wie alle anderen jungen Männer vor ihm, eingebildet und aufgeblasen, und die alte Frau spielte noch mehr Theater als sonst, wenn dies überhaupt möglich war. Welch ein Haus! Weshalb fühlte sich Georgina immer verpflichtet, hierherzukommen? Georginas Familiensinn war langweilig.
Sie saß neben Tante Suzie, den Kopf auf ihrem langen, schlanken Hals leicht geneigt, die Augen erfüllt von der sanften Verträumtheit, die Hugh so gut kannte. Es bedeutete, daß sie nicht eine Silbe von dem hörte, was die rauhe Stimme zu ihr sagte. Sie dachte hingebungsvoll an etwas anderes, wie so häufig, wenn er mit ihr redete. Sie war immer zerstreut, nie konzentriert, was teils sehr störend, teils ganz reizvoll sein konnte. Manchmal fragte er sie, wo sie war, und erhielt etwa die Antwort, sie hätte sich vorgestellt, sie seien alle nach New York geflogen, um bei Tiffany einzukaufen.

»Tiffany! Wünschst du dir heimlich Diamanten?«
»Natürlich nicht, aber es macht Spaß, sich Dinge vorzustellen, die mit Sicherheit niemals geschehen werden.«
»Warum sollte das niemals geschehen?« Jetzt war Hugh verärgert über ihren offensichtlichen Mangel an Vertrauen zu ihm.
»Liebling, du weißt, warum. Du bist ein schwer arbeitender Rechtsanwalt, und Rechtsanwälte machen kein Vermögen. Wenn wir erst die Hypothek abgezahlt, uns ein neues Auto gekauft und Bens Studium finanziert haben, können wir uns keine kostspieligen Pretiosen von Tiffany mehr leisten.« Ihr Gesicht, nicht unbedingt hübsch, aber weich, ausdrucksvoll und sehr sensibel, faszinierte ihn immer wieder. Seine Verstimmung schlug um in zärtliche Liebe. Mit Georgina zu streiten, war, als wollte man eine Libelle einfangen. Sie entzog sich einfach den Tatsachen und vergaß den Ausgangspunkt der Unterhaltung. Immer gab er nicht nach. Tat er es aber nicht, fühlte er sich nachher scheußlich. Trotzdem konnte sie einen rasend machen, und er fragte sich manchmal, wieso er, Hugh Morley, dem man nachsagte, einer der besten Anwälte zu sein, ein Mann mit einem klaren und brillanten Verstand, ausgerechnet eine solche Frau geheiratet hatte. Alle in Georginas Familie waren ein bißchen komisch. Ihr Vater war ebenso unkonzentriert und verträumt gewesen wie seine Tochter, und die beiden noch lebenden Tanten waren ganz bestimmt senil oder verrückt. Er hatte Georginas Mutter nicht gekannt, die auf tragische Weise bei der Geburt eines totgeborenen Kindes starb. Georgina hatte ihre Mutter selbst kaum gekannt und neigte aus diesem Grund dazu, Ben als Ausgleich für ihren Mangel an Mutterliebe zu verhätscheln und übermäßig zu beschützen.
Im stillen war Hugh sehr enttäuscht, daß Ben, ein ziemlich zarter, besonders kleiner Junge mit einem Eulengesicht, abstehenden Ohren und einer Brille, so wenig von dem brillanten Verstand seines Vaters und so viel von der Verträumtheit der Carringtons geerbt hatte.

Er führte immer wieder viele Gründe dafür an, wie nötig es sei, ihn zu einem zähen Burschen zu machen, der den Tatsachen der Welt ins Gesicht sehen konnte. Aber Georgina lächelte nur still und sagte: »Laß ihn auf seine eigene Weise erwachsen werden, Hugh. Laß ihn zu sich selbst kommen.«
»Eine kleine Eule mit einem Kopf voller Phantastereien?«
»Was ist daran so schlimm? Er kann so glücklich sein. Laß ihn. Ich mag es, wenn er mit sich selbst spricht. Wenn er nicht der Sohn ist, den du haben wolltest, hättest du mich nicht heiraten dürfen.«
Da war es wieder, sie schlug immer empfindlich zu, wenn auch unabsichtlich. Vollkommen unbefangen und treuherzig machte sie manchmal Feststellungen, auf die es einfach keine Antwort gab.
Wenn er nicht Georgina geheiratet hätte, wäre es vermutlich ein Mädchen gewesen, das ihm selbst ähnlich war: ein nüchternes, vernünftiges Mädchen mit klarem Verstand. Dann hätte er die klugen und normalen Kinder gehabt, die aus solchen Verbindungen hervorgingen, und nicht seinen verträumten Eulensohn.
Von dem heutigen Nachmittag in diesem verrückten Haus erwartete er nichts als tödliche Langeweile. Deshalb sprach er mit dem Mädchen. Amy Russel schien, obgleich sie die Freundin des hübschen jungen Mannes war, mit beiden Beinen auf der Erde zu stehen und machte einen recht vernünftigen Eindruck. Sie hatte ehrliche, lebhafte grüne Augen, das einzig Schöne in ihrem schmalen, sommersprossigen Gesicht. Er fand sie interessant und wohltuend natürlich.
Sie sagte, sie sei Innenarchitektin und habe zum größten Teil im Ausland - in Genf und Paris - gearbeitet. Jetzt eröffnete sie mit Hal Jessels, der ihr sowohl finanziell als auch durch seine Verbindungen helfe, ein eigenes Geschäft in Chelsea. Ihre Preise waren bescheiden; sie hielt nichts von überkandidelten Kunden. Hatten er und seine Frau vielleicht die Absicht, ihr Haus oder vielleicht einen Raum neu gestalten zu lassen? Sie hatte phantastische neue Tapeten.

Sie konnte dunkle Räume hell machen oder, wenn man mehr ein Nachtmensch war, helle Räume dunkel.
»Aber so sehen Sie eigentlich nicht aus«, sagte sie.
»Kann's mir auch nicht leisten. Ich muß tagsüber arbeiten.«
»Sie sind nicht der Typ«, sagte Amy. »Hal ist so. Vermutlich kommt es daher, daß er bei der Bühne ist. Er läßt die Vorhänge bis Mittag zugezogen, und wir essen um sechs Uhr abends zu Mittag.«
»Wir?«
»Hal und ich. Und andere. Wenn man in Chelsea ein leeres Zimmer hat, ist sofort jemand drin.« Amy seufzte und streckte sich. »Viel Lust zur Arbeit hat man dann nicht.«
Hugh ließ seine Blicke über den knabenhaften Körper mit den langen Beinen gleiten. Er unterdrückte sofort die Erregung, die ihn heiß durchlief.
»Wollen Sie sich einmal meinen Laden ansehen, Hugh?«
»Sehr gern.«
»Ich werde Ihnen meine Karte geben. Der Laden trägt einfach meinen Namen. Amy Russell. Ich mag es nicht, wenn man sich hinter modischen Pseudonymen versteckt.«
»Wieso heißen Sie Amy? Der Name ist so schlicht und viktorianisch.«
»Ich weiß. Er paßt nicht zu mir. Ich glaube, es war die Idee meiner Großmutter. Sie muß eine Persönlichkeit gewesen sein, wenn auch ganz anders als Mrs. Blenheim. Ist sie nicht wundervoll?«
»Tante Suzie? Sie ist so eine Art Zimmerschmuck, das gebe ich zu. Vermutlich sehen Sie sie so. Aber sie ist eine verdammte Heuchlerin. All dieses Getue mit ihren Kleidern ist nichts als Pose, um den Leuten zu imponieren und um ihren Willen durchzusetzen.«
»Wie die Richter, die mit ihren Perücken ihre Autorität dokumentieren?« fragte Amy neckisch.
»Aber um der Gerechtigkeit willen. Nicht um privaten Spinnereien zu frönen.«
»Oh, Hugh, Sie sind ja eingebildet. Wie süß!«
Noch niemand hatte ihn bisher eingebildet genannt. Er

mochte das gar nicht. Und es stimmte auch nicht. Wirklich nicht? Wenn er eingebildet und hochnäsig gewesen wäre, hätte er nie zugestimmt, Wochenende über Wochenende in diesem verrückten Haus zu verbringen. Dieses Wochenende schien allerdings weniger langweilig als sonst zu werden, wenn Miß Amy Russell ihn weiterhin mit ihrem Spott herausforderte.
Schlief sie mit diesem wunderschönen jungen Mann? Er sah nicht so aus, als gehörte er zu dieser Art von Männern.

Tante Suzie redete vor ihren Zuhörern - Georgina, Ben und Hal Jessel - von ihrem Lieblingsthema, ihren chinesischen Schätzen. Hal hielt das Jade-Pony in der Hand, und seine langen, feminin wirkenden Finger strichen über die klaren Linien.
»Ich schenke Ihnen das, mein lieber Junge, wenn es Ihnen so sehr gefällt«, sagte Tante Suzie.
»Sie werden nichts dergleichen tun. Es ist viel zu wertvoll. Sie verdächtigen mich, Ihre Schätze zu begehren.«
»Nun, das tun Sie natürlich auch, lieber Junge. Jeder normale Mensch begehrt das, was er bewundert.«
»Ich bewundere die Dinge in ihrer richtigen Umgebung, und die ist hier bei der Besitzerin.« Hal balancierte das Pony auf der Hand, wie Ben das vorher getan hatte. »Dieses verehrungswürdige Stück wäre verloren in der unglaublichen Unordnung meines Hauses. Es würde möglicherweise gar von einem meiner unehrenhaften Freunde gestohlen.«
»Niemand würde mir das Pony stehlen, Tante Suzie«, sagte Ben ernsthaft und ängstlich. »Wenn du es mir gibst, bewahre ich es neben meinem Bett auf.«
»Ben!« tadelte Georgina.
»Laß ihn sagen, was er denkt«, sagte Tante Suzie mit ihrer barschen Stimme. Ihr unschönes Gesicht sah fast zärtlich aus. Sie liebte Ben, das wußte Georgina, und sie wunderte sich, weshalb sie etwas dagegen hatte, weshalb sie dieses Gefühl nicht loswurde, daß man Tante Suzie nicht trauen konnte, daß sie unter ihrem rätselhaften Gehabe eine bos-

hafte, skrupellose, ja sogar grausame alte Frau war, deren Hauptvergnügen darin bestand, die Leute zu manipulieren. Sie wußte nur, daß Tante Henrietta und Tante Lucy ihre jüngere Schwester nie gemocht hatten. Aber Tante Henrietta und Tante Lucy waren reizende altmodische Damen aus der viktorianischen Zeit, während Tante Suzie zeitlos schien. Sie war einzigartig. Sie war egozentrisch und lebte nach eigenen Gesetzen.

»Ihr sollt alle eine Erinnerung an das Drachenhaus haben«, fuhr Tante Suzie fort, und es klang, als erlasse sie ein Gesetz. »Ben möchte offensichtlich das Jadepony haben, also soll er es auch bekommen. Wenn ich tot bin, natürlich. Hal, mein lieber Junge, was möchten Sie haben?«

»Soll das eine Bestechung sein, Hoheit?« fragte Hal. Er zeigte das Lächeln, das ihn bei seinem Publikum im Fernsehen und auf der Bühne so beliebt machte. »Sie verrückte alte Frau.«

»Ich bin vierundsiebzig, das ist alt. Aber verrückt bin ich nicht. Und ich meine es ernst. Schließlich kann ich meine Schätze nicht mitnehmen. Selbst die letzte Kaiserin von China konnte das nicht, und sie war eine der mächtigsten Frauen der Welt. Sehen Sie sich all diese entzückenden kleinen Uhren an, die für sie tickten. Sie hatte sie überall in ihrem Schlafzimmer hängen. Jetzt ticken sie für mich. ›Die Zeit ist beinahe um, Suzie‹, sagte sie.«

»Rede keinen Unsinn, Tante Suzie«, sagte Georgina. »Du wirst ewig leben.«

»Tue ich auch, Schätzchen. Wie beruhigend. Aber ich mache noch immer leidenschaftlich gern mein Testament. Es ist das letzte Spiel, das eine alte Frau spielen kann. Deshalb bin ich gezwungen, es gelegentlich zu ändern. Letztes Jahr vermachte ich all meine Schätze aus der Ming- und Tang-Periode einem reizenden, hinterlistigen jungen Mann namens Peter. Aber ich widerrief das Testament, als er mich enttäuschte. Ich erwarte von meinen Protegés gutes Benehmen.«

»Sie erschrecken mich zu Tode, Hoheit«, sagte Hal.

Das gefiel Tante Suzie. Sie lächelte, was sie selten tat. Wenn sie ihre stark geschwärzten Augenbrauen hob, wurde ihr Gesicht zur Maske, zur Maske eines Clowns. Es sollte lustig sein, aber das war es nicht. Die Gänsehaut konnte einem über den Rücken laufen.

»Ausgezeichnet. Ich habe es gern, wenn man mich ernst nimmt. Versteht ihr? Mein Problem ist dies: Als mein Vater diese Sachen aus Peking mitbrachte, waren es ziemlich bescheidene Andenken. Diebesgut, wenn man so will. Aber nun sind sie ungeheuer im Wert gestiegen. Glaubt nur nicht, ich wüßte das nicht. Natürlich werde ich für meine Familie sorgen. Aber ich möchte auch Freundschaft belohnen. Besonders Freunde, die mich amüsieren und die loyal sind.« Ihre runzelige Hand mit den lächerlichen Nagelschützern legte sich auf Hals Hand. »Ich schätze Loyalität über alles. Ich kann Verräter nicht dulden. Wenn ich die große Ts-U-Hsi wäre, würde ich ihnen die Köpfe abschlagen lassen, bis der Hof im Blut schwimmt.«

»Sie spielt eine Rolle«, sagte Georgina zu Hal. »Sie versucht, Sie zu bestechen, oder wie immer Sie das nennen wollen.«

Hal Jessels blaue Augen strahlten, sein Lächeln war voller Charme.

»Keine Sorge, ich will kein Vermächtnis. Greuliche Dinge, die nach dem Grab riechen. Wenn Sie wirklich darauf bestehen, mir irgend etwas zu hinterlassen, Hoheit, geben Sie mir etwas Bescheidenes, was mich an Sie erinnert.«

»Mein lieber Junge, ich nehme Sie vielleicht beim Wort.«

»Ich Sie vielleicht auch«, sagte Hal. »Aber könnten wir nicht das Thema wechseln. Ich dachte, dies sollte eine Party sein.«

»Es ist eine Party«, sagte Tante Suzie. »Und ich vernachlässige meine anderen Gäste. Ich muß mich mit der jungen Dame unterhalten, die Sie mitgebracht haben. Ich bin mir noch nicht klar darüber, ob sie mir gefällt.« Ihre Augen funkelten boshaft. »Sie haben mich überrascht. Ich dachte, Sie seien einer von meinen Eunuchen. Sie und der arme Charles. Er ist es notgedrungen, Sie, nehme ich an, aus Neigung. Habe ich mich geirrt?«

Hal lächelte liebenswürdig. Nur Georgina sah, daß die Knöchel seiner Faust weiß wurden, als er seinen Ärger unterdrückte. »Ich bin Schauspieler, Hoheit. Ich kann sein, was immer Sie sich wünschen. Wenn Sie Amy nicht mögen, tut es mir leid, sie hierhergebracht zu haben.«
»Sie wissen, ich ziehe die Männer den Frauen vor«, sagte Tante Suzie. »Sagt mir, weshalb sind die Mädchen heutzutage so mager? Schlimmer als chinesische Bauern während einer Hungersnot.«

»Sie müssen sie ernst nehmen, wenn sie über ihr Testament spricht«, erklärte Georgina. »Es ist ihr Lieblingsthema. Sie glaubt, sie kann dadurch die Menschen an sich binden. Ich denke, sie mißtraut allen.«
»Vermutlich tun das alle reichen Frauen. Der Besitz von Wertsachen birgt ein Risiko. Aber manche können ihre Macht besser ausnützen als andere. Wie Ihre Tante zum Beispiel.«
»Sie ist ein bißchen verrückt«, gab Georgina zu. »Mehr als nur ein bißchen. Aber sie ist die jüngste Schwester meines Vaters, deshalb fühle ich mich verpflichtet, sie zu besuchen, wenn sie uns darum bittet. Nicht, daß ich ihre Wertsachen möchte. Ich spüre, daß Blut daran klebt. Meinem Vater ging es genauso. Und meinen beiden anderen Tanten. Aber Tante Suzie ist ohne jedes Gefühl und kennt keine Skrupel.«
»Dazu noch verrückt?«
»Das auch noch.«
»Sie haben sicherlich recht.«
»Aber sie ist auch irgendwie rührend. Sie ist im Grunde genommen ebenso allein wie der arme Charles. Deshalb habe ich das Gefühl, wir müssen hierherkommen, wenn sie uns darum bittet. Gott sei Dank kommt Ben gern her.«
»Und Ihr Mann?«
»Der haßt es. Heute scheint es ihm allerdings besser zu gefallen, weil er sich mit Ihrer Freundin unterhalten kann. Sie ist doch Ihre Freundin, oder?«

Hal hob die Schultern. »Wir sind Geschäftspartner. Ich helfe ihr, sich in London als Innendekorateurin niederzulassen. Ich dachte, das Haus hier würde sie ungemein interessieren.«
Und insgeheim schätzt sie den Wert jedes Stückes, dachte Georgina und haßte sich für ihr Mißtrauen. Es hatte in der Vergangenheit schon viele Hals gegeben, aber glücklicherweise hatte ihre Freundschaft Tante Suzie nicht überdauert. Hal gelang es vielleicht, aber wenn, dann nur, weil Tante Suzie mit jedem Tag älter wurde.

Ben schlief in dem alten Kinderzimmer, in dem sein Großvater und seine beiden Tanten als Kinder gewohnt hatten. Georgie, Henrietta, Lucy und ihre Gouvernante Miß Deacon. Nein, Miß Deacon war nur in Peking bei ihnen gewesen. Bevor sie England verließen, hatten sie ein englisches Kindermädchen. Ben grübelte viel darüber nach. Sie waren dann für ihn nicht die alten Leute, die er kannte. Sie blieben für immer Kinder - lebhaft, schlimm, laut und ungehorsam. Manchmal glaubte er, sie reden zu hören. Henrietta, die älteste, war tonangebend, Lucy schüchtern, und Georgie lebte in seiner eigenen Märchenwelt.
Sie sind alle in mir drin, dachte Ben, sagte aber nichts davon zu seiner Mutter, die hereingekommen war, um ihm einen Gutenachtkuß zu geben. Aber sie waren alle da, ganz bestimmt. Das merkte er, wenn er mit Tante Suzie Boxeraufstand spielte. Er konnte immer die Kinder schreien hören, selbst Georgie, der vorgab, tapfer zu sein.
Einmal hatte er eine Schublade geöffnet und eine Menge Spielsachen gefunden. Sie waren verstaubt, die Farben verblichen, aber er fand sie ungemein schön. Die Reiter trugen rote und goldene Uniformen, der Zug hatte eine Feldküche und zog komische Wagen hinter sich her. Da war ein Gouvernantenwägelchen, das von einem Esel gezogen wurde, und ein paar Puppen mit Porzellangesichtern und echten Haaren. Er mochte die Spielsachen fast genauso gern wie Tante Suzies Jadepony und den kleinen gehörnten Dra-

chen. Heute abend stand das Jadepony auf dem Tisch neben seinem Bett. Er hatte um Erlaubnis gebeten, es mitnehmen zu dürfen. Er fürchtete, der große Mann mit dem gelben Haar würde es stehlen. Er wußte, daß er gekommen war, um zu stehlen.

»Ben, Schätzchen, du bist habgierig«, sagte seine Mutter und beugte sich über ihn.

Ohne Brille sah Ben die Gestalt neben seinem Bett angenehm verschwommen.

»Hat die Mutter der anderen Kinder ihnen auch gute Nacht gesagt?« fragte er.

»Großmutter Amelia? Ja, vermutlich. Es heißt, daß sie sehr schön gewesen ist. Sie hatte goldenes Haar. Großvater hat gesagt, sie sei wie eine jener zarten, gekräuselten Chrysanthemen gewesen, die die Chinesen so gut malen können.«

Ben wußte das alles natürlich, aber er wurde nie müde, immer wieder davon zu hören.

»Kann ich mir noch einmal das Familienbild anschauen?«

»Oh, Liebling, es steht auf dem Kaminsims im Eßzimmer. Na gut, wenn es so wichtig für dich ist.«

Georgina ging hinunter und kam mit der verblaßten braunen Fotografie wieder zurück.

»Es wurde, kurz nachdem sie alle wieder aus China zurück waren, aufgenommen. Großmutter war krank. Sie hat die schrecklichen Erlebnisse nie ganz überwunden. Deshalb ist sie nicht auf dem Bild, und die Kinderschwester hält das Baby.«

»Das Baby ist Tante Suzie?«

»Das weißt du sehr gut.«

Ben studierte jede Kleinigkeit auf dem Foto. Henrietta war groß und ernst, und Lucy stand mit weit geöffneten, großen Augen da. Offensichtlich fürchtete sie sich vor dem Fotografen. Beide trugen Schürzenkleider und hatten das Haar zu Zöpfen geflochten. Ihr Bruder Georgie hatte einen Kilt an und grinste fröhlich. Er mußte ein lustiger kleiner Junge gewesen sein. Großvater Carrington stand sehr aufrecht dahinter und sah streng und ziemlich unglücklich aus. Viel-

leicht, vermutete Ben, weil Großmutter Amelia nicht gesund genug war, um auf dem Bild zu sein. Das Gesicht des Babys war undeutlich.
Ben interessierten diese Menschen ungemein. Er konnte nie genug über sie und den Boxeraufstand erfahren. Tante Lucy war zu alt und zu vergeßlich und hatte außerdem alle Erinnerungen an die Belagerung in sich begraben. Tante Suzie kannte wohl viel vom Hörensagen, war aber seinerzeit leider noch nicht auf der Welt.
Also reimte sich Ben seine eigenen Geschichten zusammen. Nachdem seine Mutter ihn geküßt und gesagt hatte, er könne die Fotografie auf dem Tisch neben seinem Bett stehenlassen, wenn er das so gerne möchte, lag er im Dunkeln und wiederholte die Zeilen eines chinesischen Gedichtes, das ihm seine Mutter manchmal vorlas:

Und ich sehe in meinen Träumen
die Geister des Frühlings mir winken . . .

5

Tante Suzie gab Georgina und Hugh immer das Zimmer, das Nathaniel und Amelia Carrington gehört hatte. Darin stand ein breites, altmodisches Bett mit hohem Kopfpolster und einem schneeweißen Bettüberwurf. Der Schrank war riesig, der Toilettentisch - eine Lackarbeit aus Rot und Gold - viel zu schade, um Toilettenartikel daraufzustellen. An den Wänden hingen chinesische Glasmalereien in Goldrahmen. Ein blaßblauer chinesischer Teppich bedeckte den Boden.
In keinem Zimmer dieses Hauses konnte man dem chinesischen Fluidum entfliehen. Georgina wußte, daß es Hugh als bedrückend empfand. Gewöhnlich besänftigte sie ihn, indem sie ihm vorhielt, wie viel mehr er nach seiner Rückkehr ihr schlicht und bequem möbliertes Haus in Kensington zu schätzen wüßte.

An diesem Abend achtete sie jedoch gar nicht auf ihn, als er fluchend über den wackeligen Bambustisch neben dem Bett stolperte. Das geschah jedesmal, und sie glaubte, er machte es absichtlich. Heute abend war sie weder amüsiert noch zärtlich, noch besorgt. Sie dachte an etwas ganz anderes.

»Wie gefiel dir Hal Jessels Mädchen? Du hast dich ja lange mit ihr unterhalten. Ich muß sagen, sie sieht nicht danach aus, als sei sie die Freundin von Hal. Er ist doch sicherlich wieder einer von Tante Suzies Eunuchen. Sie würde es nicht sehr gut aufnehmen, wenn Hal sich mehr für ein Mädchen als für sie interessierte.«

»Es ist leicht zu erraten, was dieser junge Mann ist und was er hier will.«

»Erben?« Georgina hob die Schultern. »Er wird seine Erfahrungen machen müssen, wie seine Vorgänger. Dieses berühmte Testament wird ja recht oft geändert. Außerdem versicherte Hal charmant, daß er nicht ein einziges Stück haben will.«

»Solche wie ihn habe ich schon auf der Anklagebank gesehen«, sagte Hugh zynisch.

»Oh, ich weiß. Tante Suzie geht ja immer wieder dieses blöde Risiko ein. Aber ich hatte dich gefragt, wie dir Amy Russell gefallen hat.«

»Sie findet, ich sei eingebildet.«

Georgina lächelte und legte ihm zärtlich die Hände an die Wangen.

»Das kannst du manchmal sein, aber zufällig mag ich das.«

Er war alles andere als eingebildet, als er auf ihre Zärtlichkeit antwortete: Er sah jung und sensibel aus, ähnlich wie Ben, und sie spürte, wie sehr sie ihn liebte.

»Weshalb glauben die Mädchen heutzutage bloß, es sei attraktiv, so dürr zu sein?« fragte er. »Das Mädchen sieht aus wie fünfzehn und halbverhungert.«

»Sie ist sechsundzwanzig - mindestens. Und sie kommt mir vor wie eine von den ruhelosen Frauen, die nicht sanft genug sind, um Fett anzusetzen.«

»Liebling, du wirst boshaft.«
»Nein, nur nüchtern. Du sagst mir immer, ich soll nüchtern sein.«
»Allerdings. Aber ich denke, deine Bemerkung hatte ein bißchen was von beidem. Vielleicht interessiert es dich, daß Miß Russell gerne unseren Salon oder unsere Küche oder vielleicht auch nur unser Badezimmer neu dekorieren möchte. Sie ist nicht ehrgeizig.«
Georgina bürstete sich heftig das Haar und betrachtete sich dabei in dem alten, blinden Spiegel. Wie anders war ihr Gesicht als das schmale, kluge von Amy Russell. Es war verträumt, weich, vielleicht sogar ein bißchen dumm. Oder war arglos ein besseres Wort? Wobei sie in Wirklichkeit weder arglos noch dumm war. Hinter dem Zynismus in Hughs Worten hatte sie noch etwas entdeckt. Trotz all seiner angeblichen Entrüstung hatte es ihm Freude gemacht, eingebildet genannt zu werden. Natürlich kam es sehr darauf an, wer dieses Wort anwandte. Vielleicht gefiel ihm alles, was Amy Russell sagte.
»Weder unser Salon noch unsere Küche, noch unser Badezimmer haben es nötig, umgestaltet zu werden. Wenn es soweit ist, mache ich das selbst. Mach das der gar nicht ehrgeizigen Amy klar, Hugh. Höflich, natürlich. Ich maße mir nicht an, ihre Arbeit zu kritisieren, ehe ich sie gesehen habe. Teilt sie Tante Suzies Vorliebe für asiatische Kunst?«
»Ich nehme an, sie ist hauptsächlich deshalb hier. Hal hat ihr sehr viel davon erzählt. Ich könnte mir eher vorstellen, daß sie ein Mädchen ist, das Andy Warhol, Francis Bacon oder Picasso liebt.«
»Wenn das so ist, wird sie nicht wieder eingeladen.«
»Ich glaube auch nicht, daß sie das will. Sie hat dort, wo sie sich sonst aufhält, bestimmt mehr Spaß.«
»Und wo ist das? Hat sie dir das erzählt?«
»Weinstuben, italienische Trattorias . . . Ich kann nur raten.«
»Dann wird sie das Abendessen heute genießen. Und sie kann nachher noch einen guten Cognac bekommen. Sie

sieht aus, als lebe sie nur von Wochenende zu Wochenende.«
»Georgina, du bist doch boshaft!«
»Wenn ich je ein paar Erbschleicher gesehen habe, dann diese . . . nun, vielleicht bin ich ungerecht. Vorurteile. Hugh, sprich heute abend mit Charles. Er sieht so elend aus. Da steckt er in diesem Rollstuhl und hat nichts als diesen Drachen, seine Pflegerin. Und er kann nicht einmal das Spiel seiner Mutter spielen - Testamente aufsetzen und seine Macht auskosten. Sie ist durchaus imstande, alles ihrem jeweiligen Günstling zu vermachen und Charles auszubooten. Außerdem möchte ich, daß Ben etwas von den chinesischen Dingen bekommt. Er hat, glaube ich, Großvater Carringtons leidenschaftliche Liebe zum Fernen Osten geerbt. Hast du was dagegen?«
Da das wieder seine vertraute Georgina war, die die Fäden ihrer Unterhaltung durcheinanderbrachte, mußte er lächeln und sagte: »Warum sollte ich? Es könnte sogar eine gute Sache sein. China ist dabei, wieder eine Weltmacht zu werden. Aber er muß vorwärts schauen, nicht zurück auf alte Kriege und Unterdrückung.«
»Ja, ich weiß das. Wenn ich hier in diesem Haus bin, schaue ich auch immer rückwärts. Ich muß immer daran denken, wie Amelia vor diesem Spiegel gesessen haben mag.«
»Amelia?«
»Meine Großmutter. Sie starb, lange ehe ich geboren wurde, aber man hat mir immer gesagt, daß sie wunderschön war. Das Wunderliche ist, daß ich glaube, sie in diesem Spiegel mit Tränen in den Augen zu sehen. Ich vermute, Großvater Carrington war grausam zu ihr. Mit dieser ganz besonderen Art rechtschaffener viktorianischer Grausamkeit. Ein grausamer Ehrenmann! Ich frage mich, ob er wohl noch andere Frauen hatte.«
»Ich dachte, viktorianische Männer waren aus Eisen.«
»Sie waren sexbesessen und sadistisch. Oft bewunderten ihre Frauen sie völlig grundlos. Ich bin vollkommen sicher, daß Amelia vor diesem Spiegel saß und sich fragte, ob ihre

Frisur und ihr Kleid ihrem Mann wohl gefallen würden.«
»Nun, deins gefällt mir, falls du das hören wolltest. Ich mag das blaue Ding. Hab' ich es schon mal gesehen?«
»Du weißt sehr gut, daß du es schon mindestens zwanzigmal gesehen hast«, schimpfte Georgina. »Demnach scheint es sehr unscheinbar zu sein.«
»Sei nicht so empfindlich, Liebling.«
»Ja, ich bin empfindlich, nicht wahr? Ich habe mich nur gefragt, was die kleine Innendekorateurin anziehen wird. Ich wette, sie richtet sich da ganz nach den Betrachtern. Sie wird aufgeklebte Wimpern haben und rote Flecken über den Backenknochen, und ich werde mir hoffnungslos altmodisch vorkommen.«
»Ich glaube, du bist eifersüchtig.« Hugh war halb entrüstet, halb erfreut. Er zögerte einen Moment, sich das Hemd anzuziehen, so, als wolle er es wieder ausziehen.
Georgina bemerkte es mit Genugtuung. Verlangen stieg in ihr hoch - schwer und heiß. Aber es war jetzt nicht die richtige Zeit, um zu lieben, wenn Hugh von einer anderen Frau angeregt war und sie es nicht fertiggebracht hatte, ihre Gefühle zu verbergen.
Ein solches Benehmen paßte gar nicht zu ihr. Die arme Amelia hatte vermutlich den Mund halten müssen, wenn ihr Mann einen Fehltritt beging.
Weshalb mußte sie heute abend nur so viel an Amelia denken? Es war dieses Haus. Auf Ben übte es die gleiche Wirkung aus. Sie beide hatten das starke Gefühl, daß die Menschen, die einst darin gewohnt hatten, noch immer da waren.
Und während sie an all die vergangenen Jahre zurückdachte, fiel es Georgina plötzlich ein, daß sie und Hugh sich niemals in diesem breiten viktorianischen Bett geliebt hatten. Und auch jetzt würden sie es nicht tun.

Mrs. Suzie Blenheim, Tante Suzie, oder Ts-U-Hsi, wie sie sich heimlich selbst nannte, hatte wenig Sorgen mit dem Ankleiden. Sie tauschte nur ein steifes Seidenkleid gegen ein anderes aus. Diesmal wählte sie ein kräftiges Karminrot, das, wie man ihr gesagt hatte, die Farbe des Kaiserpalastes in Peking war. Diese losen Gewänder vereinfachten das Anziehen ungemein, denn es waren keine einengenden Gürtel notwendig. Eine Erleichterung für ihren runden Körper. Und sie hatte ihre Füße niemals gebunden gehabt.

Ihre Füße gebunden! Was dachte sie eigentlich? Manchmal verwechselte sie sich tatsächlich mit der Kaiserinwitwe, die breite, gesunde, ungebundene Füße gehabt hatte.

Sie mußte sich selbst immer öfter daran erinnern, daß dies nur ein Spiel war. Ihr Spiel, das oft erstaunlich real wurde. Sie schätzte untertäniges, ja serviles Benehmen an ihren Gästen und Dienstboten. Sie hatte eine Vorliebe für Schauspieler, denn sie glaubte, selbst eine große Schauspielerin zu sein, die Karriere hätte machen können, wenn sie nicht einer spießigen Mittelklassefamilie angehört hätte, für deren weibliche Mitglieder es nichts anderes gab als Ehe und Haushalt. Dies bedeutete, daß sie zu einer unzufriedenen, frustrierten Ehefrau wurde, der man nachsagte, sie habe ihre Ehemänner durch Vernachlässigung ums Leben gebracht.

Der neue junge Mann, Hal Jessel, den sie in einem Fernsehspiel gesehen hatte und dessen Adresse sie daraufhin sofort von der *BBC* anforderte, war ganz reizend. Sie war in jeder Hinsicht mit ihm zufrieden - nicht aber bei diesem Besuch, wo er um die Erlaubnis gebeten hatte, ein Mädchen mitzubringen. Sie würde derartigen Dingen einen Riegel vorschieben. Er war bis jetzt erst zweimal im Drachenhaus gewesen. Es war wirklich ein bißchen anmaßend, so früh schon um Vergünstigungen zu bitten. Aber sie hatte gefürchtet, er würde nicht kommen, wenn sie sagte, Amy Russell sei nicht willkommen. Also hatte sie es gestattet, dies eine Mal. Hal war wirklich der hübscheste von all ihren jungen Männern, der amüsanteste und zärtlichste. Sie konnte es nicht ertragen, ihn jetzt schon zu verlieren. Es bestand sogar die Gefahr, daß sie schwach werden und ihn zu früh belohnen könnte. Es war jedoch wichtig, ihren Grundsätzen treu zu

bleiben. Wenn die Leute erst einmal ihre gierigen Hände auf irgendeinem begehrten Gegenstand hatten, verschwanden sie für immer damit. Diese Lektion hatte sie gelernt, als sie einem gerissenen jungen Mann, der sehr obskure Gedichte schrieb, spielerisch ein Tang-Pferd anbot. Er hatte sie beim Wort genommen, das Pferd eingepackt, und weg war er. Sie hatte beabsichtigt, den Fall der Polizei als Diebstahl zu melden, sich dann aber eines Besseren besonnen. In Zukunft würde sie nichts mehr hergeben, sie würde nur versprechen, im Testament daran zu denken. Testamente konnten geändert werden, aber Versprechen konnten ihr amüsante und angenehme Freundschaften auf lange Zeit verschaffen.
Konnte man ihr daraus einen Vorwurf machen - ihr, einer einsamen Witwe, deren einzige Gesellschaft ein invalider Sohn war, der sie haßte? Und wenn dadurch dieses Spiel mit einem Hauch von Gefahr verbunden war, so wurde es nur um so aufregender. Sie war kein Feigling. Die große Kaiserinwitwe von China war kein Feigling gewesen.
Eines stand fest, sie würde niemals ihren Großneffen Ben übergehen, den einzigen Menschen, den sie wirklich liebte. Die jungen Männer kamen und gingen. Hugh, Bens Vater, warnte sie. Nun, die Aufrechterhaltung der Gesetze war mit sein Beruf, und er machte den Eindruck, als wolle er sie dauernd ins Kreuzverhör nehmen. Georgina, Georgies kleines Mädchen, war wirklich nett, aber sie glich zu sehr Suzies älteren Schwestern Henrietta und Lucy, die sie immer herumkommandiert hatten, weil sie ein ungewolltes viertes Kind war, und ihre Mutter sie nicht so geliebt hatte wie die anderen. Abgesehen davon, daß sie nicht erwünscht war und ihrer Mutter gesundheitlich sehr geschadet hatte, konnte die zarte und schöne Amelia nicht glauben, daß sie ein so unansehnliches Kind hatte.
Nun, das unansehnliche Kind war inzwischen nicht nur Herrin des Familiensitzes, ihr gehörte auch die Sammlung asiatischer Kunst, die keines von den anderen haben wollte. Gewiß, das war vor vierzig Jahren gewesen, und die Sachen

besaßen damals nicht den zehnten Teil ihres heutigen Wertes. Später hatten sie vielleicht ihren Entschluß bedauert. Das alles bewies jedoch, daß sie die richtige Carrington war, die wahre Tochter des alten Nathaniel. Und der nächste Carrington war nicht Charles, ihr Sohn, noch Georgina, sondern ihr Großneffe Ben. Man erkannte das an seiner Freude, die er an ihren Schätzen hatte. Er würde das Jadepony erben, den Zwillingskarpfen und die Ming-Schale mit der Abbildung der Drei Freunde Bambus, Kiefer und Pflaume und den kleinen gehörnten Drachen aus Bronze, dessen einziges und berühmtes Gegenstück in einem namhaften Museum in Amerika stand.

Oder sie wurde unvorsichtig, und Hal Jessel oder einer seiner Nachfolger stahl die Wertgegenstände Stück für Stück aus dem Drachenhaus. Aber das würde sie niemals zulassen. Dazu war sie viel zu klug und aufmerksam. Sie gehörte nicht zu den Leuten, die senil wurden, wie die arme Lucy.

Sie blickte sich in ihrem Zimmer um. Da standen das hohe, schmale Bett, das man nur über einen Fußschemel erreichen konnte; die Möbel aus schwarzem und goldenem Lack; die Statue von Kuan-Yin, dem Gnadengott; auf ihrem Nachttisch die reich verzierten Spiegel und die Windglokken auf dem Fensterbrett, die so fein gearbeitet waren, daß sie beim leisesten Windhauch geheimnisvoll klingelten.

Vor allem aber sah sie ihr eigenes Spiegelbild: eine untersetzte, aber eindrucksvolle Gestalt, eingehüllt in eine karmesinrote Robe, den Kopf in majestätischer Pose hoch erhoben, mit langen Ohrringen aus Jade und gefalteten Händen mit grotesken Nägeln. Wenn sie die mit Türkisen besetzten Schutzhüllen überstreifte, stellte sie sich vor, die Drachenklauen zu verstecken.

Ganz zum Schluß streifte sie den schwarzen Perlenring, das persönliche Geschenk der Kaiserinwitwe an ihre Mutter, an den vierten Finger ihrer linken Hand, wo er schon seit Jahren den Platz des Eherings einnahm. Ohne diesen Ring kam sie sich nicht richtig angezogen vor. Erst mit diesem Kleinod am Finger fühlte sie sich wie eine Kaiserin.

Sie lächelte ihrem Spiegelbild vielsagend zu, während sie auf den ehernen Ton des Gongs wartete, ein Instrument, das einst das Kommen und Gehen hochgestellter Persönlichkeiten in der Verbotenen Stadt ankündigte. Schade, dachte sie, daß es jetzt nur noch zum Dinner rief. Was konnte man gegen eine solche Zweckentfremdung tun? Eines Tages würde sie eine Antwort darauf wissen. Eine, die ihre zahmen englischen Gäste aufrütteln würde.

Amy Russel hörte den Gong und fuhr erschrocken zusammen. Sie war fürchterlich nervös. Hal hatte gesagt, es bestehe dafür überhaupt kein Grund. Mrs. Blenheim sei eine verrückte alte Frau, die makabre Spielchen liebte. Aber die Stimmung im Drachenhaus war anders als sie erwartet hatte. Das Ganze war phantastisch. Sie hätte schwören können, daß die ziemlich klobige Schale in der Halle, die als Schirmständer diente, ein Weinkrug aus dem dreizehnten oder vierzehnten Jahrhundert war. Wenn ja, war sein Wert unschätzbar. Gerne hätte sie ihn einem Experten in London gezeigt. Sie wußte selbst eine Menge, aber so viel auch wieder nicht.
Die andere verwirrende Tatsache war Hugh Morley. Er war genau der guterzogene, gebildete Engländer, der sie erregte. Hal würde lachen, wenn er das wüßte. Oder nicht? Hal strahlte Kälte aus. Sein Charme bemäntelte nur die kalte Gier. Sie kannte das, sie war genauso. Was nicht bedeutete, daß ihr das imponierte, oder daß sie keine anderen Qualitäten besaß als den Wunsch nach Geld oder Wertgegenständen. Ihre Gier dehnte sich auch auf Gefühle aus. Nicht so bei Hal. Das war der Unterschied zwischen ihnen.
Georgina Morley gehörte zu der Art von Frauen, die Amy verärgerte, weil sie so verträumt, nett und unbefangen war, hauptsächlich aber, weil sie Hughs Frau war. Sie hielt mit sanfter Hand fest, was Amy gerne gehabt hätte - zumindest für eine Weile.
Die alte Frau inmitten all dieser lächerlichen Großartigkeit war nur ein Schemen, man brauchte sich vor ihr nicht zu

fürchten. Der arme Charles in seinem Rollstuhl war ein Teil des Mobiliars.

Aber Hugh Morley beanspruchte die meisten ihrer Gedanken. Es hatte ihr Spaß gemacht, ihr langes, weißes, mit Rüschen besetztes romantisches Kleid anzuziehen, in dem sie wie eine scheue viktorianische Braut aussah. Sie wußte, Hugh hätte wohl am wenigsten von ihr erwartet, daß sie so etwas trug. Sie freute sich schon auf die Überraschung. Manchmal wünschte sie, sie würde nicht so viel an Sex denken. Nicht an Liebe, das war altmodisch und nichts als Schwindel. Aber Sex konnte sie an der Arbeit hindern und sie unnötig in unangenehme Situationen bringen. Trotzdem war das die beste Seite des Lebens. Sie hoffte, ihre Urteilskraft würde dadurch nicht behindert. Vielleicht hatte Hal doch Glück, daß er von Gefühlen unberührt blieb.

Charles bestand darauf, seinen Rollstuhl selbst zu fahren, denn er wollte trotz seiner Lähmung unabhängig bleiben. Er haßte seine gegenwärtige Krankenpflegerin, dieses sanftträge Wesen. In seiner Frustration machte er alle Pflegerinnen zu Zielscheiben seines Hasses. Er wußte, daß er erbärmlich, mürrisch und ungerecht war, aber das löste den heißen Knoten der Wut in ihm. Lebe mit deiner Behinderung, finde dich damit ab, bedenke, du hast die Vorteile des Reichtums und Komforts. Erfolgreiche Ärzte und Psychiater, selbst die unvermeidlichen Pflegerinnen hatten ihm das jahrelang und oft gepredigt.

Aber sollten sie doch einmal diesen Tod im Leben verspüren, sie mit ihren kräftigen Beinen und ihrer Freiheit. Sie hatten gut reden. Dazu die finanzielle Abhängigkeit von einer Frau wie seiner Mutter akzeptieren zu müssen und in einem orientalischen Museum begraben zu sein. Mutter hatte ihm einen Buddha aufs Kaminsims gestellt. Außerhalb seiner Reichweite, sonst hätte er diesen fetten, grinsenden Wicht längst zerschmettert. Sie hatte geglaubt, das Studium des Buddhismus könnte ihm helfen. Aber er hatte keinen Sinn für das Mystische. Selbst wenn er jeden Abend eine Opiumpfeife rauchen könnte, bezweifelte er, daß er irgendwelche Schleier durchdringen würde. Und woher sollte man in diesem verdammten, langweiligen Land Opium bekommen?

Sein Leben war vorüber. Es hatte nur in diesen wenigen Jahren zwischen dem Abgang von der Schule und seinem Unfall existiert. Er war ein dünner, kleiner, kluger junger Mann gewesen, seltsamerweise nicht ohne Reiz auf Frauen. Er hatte gespielt, getrunken, ein bißchen mit Drogen herumprobiert, meist Gras, und in einem düsteren Zimmer hinter einer chinesischen Wäscherei in Camden Town die komische Opiumpfeife geraucht. Er war an all den mondänen Orten bekannt gewesen, hatte sich, ganz zu Recht, wie er meinte, einen Teil von dem Geld seiner Mutter beschafft und dann pffft! Jetzt war er eine erbarmungswürdige Figur im Rollstuhl.

Die einzige Genugtuung in seiner jetzigen Situation bestand darin, daß er sozusagen als Außenseiter zusehen konnte, wie seine Mutter sich von Tag zu Tag mehr zum Narren machte.

An der Wand in seinem Schlafzimmer hing ein chinesisches Krummschwert von der Art, wie sie die Boxer benutzt hatten. Manchmal erging er sich in Vorstellungen, dieses Krummschwert gegen sich selbst zu richten oder gegen ein paar dieser abscheulichen Gäste seiner Mutter oder gar gegen die große Gebieterin selbst.

Ganz bestimmt aber nicht gegen seine Kusine Georgina, den einzigen Menschen, zu dem er Kontakt fand, wenn auch nur bis zu einem gewissen Grad. Gelegentlich konnte sie seine Bitterkeit durchdringen und seine zitternde Seele finden.

Sie hatte die Idee, daß er im Frühling damit beginnen sollte, einen Garten anzulegen.

»Das könntest du, Charles. Es gibt eine Menge Gartenwerkzeuge für Behinderte. Ich dachte an die geschützte Ecke, die sehr viel Sonne bekommt. Du könntest für mich ein Beet mit Stiefmütterchen anlegen, die mag ich so gern. Und

Pflanzen, die nachts so wundervoll riechen. Und eine Sonnenuhr oder ein Vogelbad, vielleicht sogar beides. Der alte Smythe ist derart mit seinem Eibendrachen beschäftigt, daß er den Blumengarten ganz vernachlässigt. Ben würde dir helfen. Er will vielleicht eine Weide pflanzen. Und Chrysanthemen im Herbst. Diese großen, zerzausten.« Sie sah, daß er sich nur wenig begeisterte, und sagte: »Ich rede so daher, weil ich selbst nur einen Hof mit Topfpflanzen habe und mir so sehr einen richtigen Garten wünsche.«
»Findest du nicht, daß Mutter immer verrückter wird?« fragte Charles.
»Sie ist vierundsiebzig. Und ein bißchen verrückt war sie schon immer. Aber hast du mir denn überhaupt nicht zugehört?«
Charles nickte widerstrebend. »Ich finde es nur ziemlich schwer, etwas anderes als grausam zu sein. Das verträgt sich nicht mit Gartenarbeit. Könnte sein, daß ich absichtlich Unkraut züchte. Aber was ist denn das?« Er konnte es sich nicht verkneifen, Georginas Aufmerksamkeit auf Hugh zu lenken, der wieder einmal in eine Unterhaltung mit Amy Russell vertieft war. Vielleicht nicht ganz verwunderlich, denn Amy war überraschenderweise mit allen Symbolen der Weiblichkeit geschmückt. Aber keine aufgeklebten Wimpern, kein schreiendes Make-up. Einfach ein unschuldiges Kind in weißem Musselin, und Hugh fiel prompt auf dieses sorgfältig kalkulierte Bild herein. Na ja, macht nichts, dadurch wurde das Wochenende für Charles erträglicher, und sie würde sich bestimmt nicht durch seine bösartigen Anspielungen herausfordern lassen.
»Dieses Mädchen ist mir ein Rätsel«, sagte sie.
»Sie ist ein Luder.«
»Glaubst du, das ist alles? Ich hab' das komische Gefühl, da steckt noch mehr dahinter. Ach, ich weiß nicht. In diesem Haus verliert alles an Realität. Ich nehme an, das ist der Einfluß deiner Mutter. Sie durchdringt alles mit ihren Phantastereien. Und die sind ziemlich wild. Jedenfalls kommen sie mir so vor. Sie lasten erdrückend auf allem hier.«

»Dann komm doch einfach nicht mehr her. Du weißt, so meinte ich das natürlich nicht. Du mußt kommen.« Georgina sah ihn mit ihrem sanften klaren Blick an.
»Du weißt, ich werde kommen.«
Der Winterwind heulte ums Haus. Georgina glaubte, die Weidenzweige auf das schwarze Wasser des Flusses klatschen zu hören. Plötzlich fiel ihr ein, wie ihr Vater von dem bitterkalten Wind aus der Wüste Gobi erzählt hatte, der über Peking fegte. Man dachte, es wäre dort immer Sommer, aber so war es nicht. Amelia hatte in ihrer langen Federboa gefröstelt, und Nathaniel hatte Pelze von den mongolischen Händlern gekauft, die mit ihren Kamelkarawanen durch die Tore der Stadt einzogen.
Laut denkend sagte Georgina an diesem Abend zum zweitenmal: »Man sagte, sie sei wie eine bronzene Chrysantheme gewesen.«
»Wer?«
»Unsere Großmutter. Ich wünschte, wir hätten ein Porträt von ihr. Es ist traurig, wenn ein so schöner Mensch vollkommen von der Erde verschwindet.«
»Unschöne Menschen verschwinden auch.«
»Gott sei Dank. Aber ich weiß nicht, weshalb ich immer an Amelia denken muß, wenn ich in diesem Haus bin. Und Ben denkt an die Kinder.«
»Georgina«, ertönte Tanze Suzies barsche Stimme, »Hal hat mich nach diesem Grabpferd gefragt. Es kommt aus den Ming-Gräbern, du weißt ja. Als mein Vater sie zum erstenmal besuchte, waren sie noch nicht geöffnet und galten als heilig. Erst viel später wurden die Grabschätze herausgenommen. Eine Entweihung war es trotzdem.«
»Sind Sie denn nicht abergläubisch, wenn Sie es in Ihrem Haus aufbewahren?« fragte Hal spöttisch.
»Teilweise war das der Grund für den Boxeraufstand«, fuhr Tante Suzie fort. »Die Plünderung der Schätze durch die Barbaren. Nein, ich bin nicht abergläubisch, mein lieber Junge. Ich betrachte mich als die rechtmäßige Hüterin dieser Werte.«

Hal lächelte charmant. »Dann müssen Sie für sich selbst auch ein Ming-Grab in Auftrag geben, Hoheit.«
»Und all diese Dinge mit mir begraben lassen? Welch eine glänzende Idee.« Unter halb gesenkten Lidern glitzerten Tante Suzies Augen boshaft. »Dann hätten alle das Nachsehen, nicht wahr?«
»Und du kämst um dein Lieblingsspiel, Mutter«, sagte Charles kalt. »Keine weiteren Testamente mehr?«
»Das wäre mal eine angenehme Abwechslung«, sagte Hugh, und Georgina ging zu ihm hinüber ans andere Ende des Zimmers, wo er mit Amy Russell beisammen saß.
»Worüber habt ihr beide euch denn unterhalten?« fragte sie.
»Eigentlich über Mode«, sagte Amy entwaffnend. »Hugh sagte mir, Sie hätten eine sehr schöne Großmutter gehabt. Sie muß Kleider getragen haben, die so ähnlich aussahen wie das, was ich jetzt anhabe. So gehen wir immer vorwärts und zurück, nicht wahr?«
»Ja, das tun wir«, sagte Georgina. »Vorwärts und zurück, zurück und vorwärts.« Sie sah nicht mehr das Mädchen mit dem verschlagenen, herausfordernden Gesicht und dem jungfräulichen Kleid, sondern hörte den Wind gegen das Haus anstürmen und dachte, wie Großmutter Amelia und die Kinder ängstlich den schlimmen Botschaften über die mordenden Boxer und ihr unaufhaltsames Vordringen nach Peking gelauscht haben mochten . . .

Peking

Mai 1900

6

Es wurde unerträglich heiß in Peking. Gewöhnlich brachte der Mai angenehm warmes Wetter, aber in diesem Jahr stöhnte die ganze Provinz unter der Dürre. Die Ebenen waren von verdorrtem Braun, die Flußläufe ausgetrocknet, das Wunder des Frühlings mit Mandel- und Pflaumenblüten, knospenden Weiden, singenden Vögeln nichts weiter als eine Erinnerung.

Man wußte im Herzen dieser staubigen, trockenen Stadt nicht viel von dem, was im Landesinnern vor sich ging. Die Nachrichten waren unzuverlässig, und viele Gerüchte kursierten. Aber es stand fest, daß die Reisernte vernichtet war und eine Hungersnot bevorstand. Diese trüben Aussichten erhöhten die Unruhe. Es hieß, die Boxer machten die Anwesenheit der unerwünschten Fremdlinge für die Dürre verantwortlich, und Sir Claude MacDonald schrieb in einem offiziellen Brief an die Regierung in London:

> »Ich bin jetzt davon überzeugt, daß ein großer Regen, der die langanhaltende Dürre beenden würde, die viel zu den Unruhen in den Provinzen beigetragen hat, eher die Ruhe wiederherstellen könnte als Maßnahmen der chinesischen oder einer fremden Regierung.«

Lilians letzter Brief aus Shansi war beunruhigend gewesen, aber er hatte sechs Wochen gebraucht, um Amelia zu erreichen. Seine Nachrichten waren daher schon überholt. Niemand wußte, ob sich die Situation, von der sie berichtete, inzwischen verschlimmert oder verbessert hatte.

Lilian schrieb, es hätte mehrere Überfälle auf der Missionsstation gegeben. Kleine Gruppen von chinesischen Soldaten seien, rostige Schwerter und Speere schwingend, in die Schulräume und in die Kirche gestürmt. Thomas war sehr tapfer. Bis jetzt war es ihm immer gelungen, die Soldaten dazu zu bewegen, wieder friedlich abzuziehen. Es waren Mitglieder der schrecklichen Boxerarmee, denn sie trugen rote Schärpen und rote Bänder an ihren Zöpfen oder rote Turbane. Manche von ihnen waren sehr jung, nur dumme Knaben. Lilian fand sie trotz ihrer Jugend sehr bedrohlich.

Sie sehen aus, als haßten sie uns erbarmungslos, schrieb Lilian. Sie nennen uns fremde Teufel, aber sie selbst sehen viel teuflischer aus als wir. Sie grinsen gräßlich und schneiden Fratzen, und ihre Augen glühen vor Haß. Thomas ist ein Heiliger. Er sagt, Gott wird ihnen den Irrtum ihrer Handlungen zeigen, aber ich bin davon überzeugt, daß wir außer ihrem eigenen Kriegsgeschrei nichts hören. Letzte Woche wurde kaum zwanzig Meilen entfernt eine Kirche niedergebrannt, und wir wissen nicht, was mit Mr. Blundell, dem katholischen Missionar, und seiner Frau geschehen ist. Obgleich Thomas ruhig bleibt, habe ich entsetzliche Angst, nicht nur um mich und Angel, sondern um all unsere Bekehrten, die im Krankenhaus und in der Missionsschule arbeiten. Ich dränge Thomas immer wieder, zusammenzupacken und zu euch nach Peking zu fahren, aber er steht so fanatisch zu seiner Arbeit, daß ich beinahe fürchte, niemals Erfolg zu haben. Ich habe auch Angst um Angel, aber sie ist ein bemerkenswert unabhängiges Kind, das keinerlei Angstgefühle zu kennen scheint. Ich beneide dich, in einer befestigten Stadt zu leben. Ihr könnt die Tore der Tatarenmauer schließen und seid in Sicherheit. Die britische Regierung würde es niemals zulassen, daß den Angehörigen ihrer Gesandtschaften irgend etwas zustößt, wogegen ein paar Missionare in der großen Wildnis verloren sind. Wenn du mir auf diesen Brief anwortest, bitte erwähne meine Feigheit nicht. Thomas würde das nicht mögen.

Amelia besprach den Brief und die beunruhigenden Nachrichten mit Nathaniel. Früher hatte er den Gerüchten über einen Aufstand nur wenig Beachtung geschenkt und wie Lilian gesagt, daß sie innerhalb der Tatarenmauer vollkommen sicher seien, falls eine Handvoll verrückter chinesischer Bauern angreifen sollte. Mit Lilian und Thomas dagegen war es etwas anderes, und Amelia täte gut daran, Lilians Bitte zu entsprechen und Thomas zu überreden versuchen, seine Familie nach Peking zu bringen. Anscheinend waren Missionare ein Lieblingsopfer der Boxer. Mehrere der unglückseligen Prediger hatten bereits die Köpfe hinhalten müssen.

Als er sah, wie seine Frau bleich wurde, fügte er rasch hinzu, er sei ganz sicher, daß Thomas auf sich aufpassen könne. Niemand würde es wagen, diesen knorrigen John Knox anzugreifen. Wenn Thomas trotzdem auf diese Weise starb, dann nur, weil er insgeheim einen solchen Tod erhofft hatte, um es seinem Schöpfer nachzutun. Amelia verschwendete ihr Mitleid an ihn. Er war aus dem Stoff, aus dem Märtyrer gemacht sind.

»Um Lilian und Angel mache ich mir Sorgen«, sagte Amelia.

»Schreibe ihr und beschwöre sie, hierher zu kommen. Wie alt ist das Mädchen eigentlich?«

»Angel? So alt wie Lucy. Gerade acht. Aber das müßtest du doch eigentlich wissen.«

»Ja, natürlich. Ich hätte mich daran erinnern müssen. Dann kann sie am Unterricht im Klassenzimmer teilnehmen. Miß Deacon wird sich um sie kümmern. Ich muß sagen, die Kinder machen bedeutende Fortschritte. Sogar unser fauler Sohn, der gewöhnlich in Tagträumen schwebt.«

»Hat Miß Deacon dir das gesagt?«

»Nein, die Kinder selbst. Hast du nicht gesehen, wie geduldig ich mich von ihnen über ihre neuen Kenntnisse informieren ließ?«

Nathaniel war ein guter, aber strenger Vater. Er liebte es, seine Kinder sauber und gut angezogen, mit guten Manieren und schweigend zu sehen. Er war stolz auf sie und gab

sich große Mühe, ihnen jeden Morgen eine besondere Mahnung mit auf den Weg zu geben. Seit einiger Zeit hatte er seine Taktik geändert. Anstatt die Kinder beim Frühstückstisch zu ermahnen, tat er das im Schulzimmer. Er saß neben Miß Deacon am Tisch, erörterte die Tagespläne und verkündete sein Motto: »Seid gehorsam! Georgie, Miß Deacon sagt mir, du hast die Angewohnheit zu widersprechen. Unterlaß das bitte! Denke daran, Manieren machen einen Mann aus.«
Amelia fühlte sich von diesen kurzen Besprechungen ausgeschlossen. Das war sie nicht, solange Nathaniel seine väterlichen Ermahnungen noch am Frühstückstisch gegeben hatte. Sie wußte, daß Miß Deacons große Augen zu leuchten begannen, und schon sehr bald war zu erkennen gewesen, daß das Mädchen nur allzu bereitwillig auf männliche Gesellschaft reagierte.
Abgesehen von dieser Eigenart mußte man zugeben, daß sie sich in den drei Monaten, die sie nun schon im Haus verbracht hatte, tadellos benahm. Sie war eine unkonventionelle Lehrerin, und die Kinder schienen ihre Lektionen mehr im Spiel als im Ernst zu lernen. Oft hörte man es im Schulzimmer lachen. Man konnte denken, dort würde nichts als gespielt. Doch Henrietta konnte alle Könige und Königinnen Englands aufsagen und wundervoll handarbeiten. Lucy las viel besser, bemerkenswert besser. Und Georgie begann zum erstenmal in seinem Leben etwas von Arithmetik zu verstehen. Er zählte Drachen zusammen, berichtete er begeistert.
Unkonventionell, gewiß, aber leicht verständlich, und wer wollte sich beklagen, wenn Miß Deacon die Kinder glücklich machte und beschäftigte. Wie Nathaniel betonte, hatte Amelia nun eine Menge Zeit, all die Lunchpartys und Abendgesellschaften zu arrangieren, die sie so liebte.
Wenn es auch mühsam war, immer einen einzelnen Mann zu finden, der bei Dinnerpartys das Gleichgewicht bei Tisch herstellte, so bot Miß Deacons Anwesenheit im Haus vielerlei Vorteile. Zuerst war immer der nette junge Rupert

Fortescue, der Nathaniel auf seiner Expedition zu den Ming-Gräbern begleitet hatte, zur Verfügung gestanden. Aber seit neuestem häuften sich seine Entschuldigungen. Hatte er etwas dagegen, als Miß Deacons Partner zu fungieren? Mochten die beiden einander nicht mehr?
Amelia erkundigte sich vorsichtig.
»Miß Deacon, haben Sie eine Ahnung, weshalb Rupert plötzlich ein so ausgefülltes Gesellschaftsleben führt? Er kann nicht zu meiner Dinnerparty nächste Woche kommen.«
Miß Deacon lächelte ihr kleines Lächeln, und ihre dünnen Lippen zogen sich nach oben. Sie sah an diesem Morgen sehr unscheinbar aus.
»Machen Sie mir keinen Vorwurf, Mrs. Carrington. Ich habe damit nichts zu tun.«
»Ich habe Ihnen keinen Vorwurf gemacht. Aber Ihrem Ausdruck nach zu urteilen, wissen Sie etwas.«
»Natürlich. Jeder weiß es. Rupert hat sich in ein chinesisches Mädchen verliebt. Sie heißt Almond Chen.«
»Oje, das wird nicht gutgehen«, rief Amelia aus, dann sah sie Miß Deacons höhnischen Ausdruck.
»Warum sollte es nicht gutgehen, Mrs. Carrington? Almond ist sehr attraktiv, und Rupert ist Junggeselle. Viele weiße Männer sind glücklich mit chinesischen Frauen verheiratet.«
»Aber in England sind sie nicht glücklich.«
»Oh, das ist Ihr furchtbares Klassendenken. Vielleicht will Rupert gar nicht nach Hause zurück. Vielleicht will er lieber hierbleiben, wie Colonel Manners und Lady Comerford.«
»Die nicht gerade die glücklichsten Menschen sind, die ich kenne. Menschen im Exil sind niemals glücklich. Und es wäre fatal für Ruperts Karriere. Sie können mir nicht weismachen, daß dieser nette, aber ziemlich phantasielose junge Mann ausgerechnet um der Liebe willen der Welt den Rükken kehrt.«
Miß Deacons Augen sahen sie ernst an.

»Würde das nicht jeder, wenn er es könnte?«
»Wenn man sehr jung ist, vielleicht«, sagte Amelia unfreundlich. »Nicht, wenn man in reiferem Alter ist wie ich und mein Mann. Da zählen andere Dinge wie Kameradschaft, Gleichheit der Interessen, Elternschaft.«
Lieber Himmel, da verteidigte sie sich und Nathaniel gegenüber diesem blutjungen, dummen Mädchen, das sie doch tatsächlich mitleidig ansah. Das führte zu gar nichts. Und wie ärgerlich, diese unglückselige Liaison von Rupert Fortescue!
Das war nur wieder diese Angst. Ihre anfängliche Verzauberung von Peking war vorüber, sie wußte, sie wäre froh, könnten sie wieder nach England und in die Sicherheit zurückkehren. Hier bedrückte sie das oftmals befremdende Benehmen der Weißen im Ausland, die schreckliche Sorge um Lilian und Thomas, und nicht zuletzt die Erbitterung - ja, es war Erbitterung, wenn nichts Schlimmeres -, Medora Deacon so fest im Haushalt und in jedermanns Zuneigung verankert zu wissen.
Außer in der ihren. Sie empfand noch immer ein tiefes Unbehagen gegenüber diesem Mädchen. Oder, um vollkommen ehrlich zu sein, war es Unbehagen in bezug auf den Charakter ihres Mannes?
Tatsache war jedenfalls diese aufreibende Hitze, die andauerte und von Tag zu Tag schlimmer wurde. Schwarzer Staub drang in die Kleider, schmeckte bitter auf der Zunge und hing ständig in der Luft. Die großen Kuppeln der Paläste in der Kaiserstadt, die golden und karminrot leuchteten, verstärkten noch die Atmosphäre drückender Hitze. Die Zweige von Georgies Weide hingen schwer herab, ihre Blätter welkten bereits. Die Goldfische schwammen träge in dem dunkelgrünen Wasser des Teichs. Selbst die fröhlichen kleinen Käfigvögel, die die Dienstboten gern auf dem Balkon hielten, waren fast still. Keine der weißen Frauen ging jemals ohne Sonnenschirm aus, nicht einmal die knabenhafte Medora, die normalerweise sehr sorglos und unschicklich ohne Hut und Handschuhe ging. Man fragte

sich, wie lange es noch dauern würde, bis alle krank wurden.

Amelia hatte ihren Brief an Lilian beendet, in dem sie sie dringend bat, sofort nach Peking zu kommen.

»Ehe irgend etwas Schlimmes geschieht, mein Liebling. Man munkelt, daß die Züge manchmal überfallen werden. Nathaniel und ich können es nicht mehr ertragen, dich und Angel in dieser Gefahr zu wissen, auch wenn Thomas noch so mutig ist.«

Nun wandte sie sich lustlos ihrer Liste für die Dinnerparty zu.

Sir Claude und Lady MacDonald
Lady Comerford
Colonel Manners
Mr. und Mrs. Conger
Rupert Fortescue (?)
Miß Deacon

Warum hatte sie sich auf diese Party eingelassen? Am Abend nach dieser Gesellschaft war ein Empfang in der britischen Gesandtschaft zur Feier des Geburtstages der Königin. Das wäre wohl genug Fröhlichkeit für eine Woche gewesen. Was nicht hieß, daß ihre eigene Party besonders fröhlich werden würde, außer es gelang ihr, das Haus etwas kühler zu bekommen und Li dazu zu überreden, irgend etwas Außergewöhnliches aus Eis und Punsch zu zaubern. Sie würde ihr lila Musselinkleid tragen. Nathaniel hatte dieses Kleid immer besonders gemocht. Es gehörte zu einem kühlen englischen Garten am Ufer der Themse, sagte er. Zur Zeit hatte sie besonders Heimweh. Ob es Nathaniel wohl genauso ging? Sie bezweifelte es.

Georgie war von der Aussicht begeistert, daß seine Kusine Angel zu Besuch kommen würde.

»Sie kann uns von den Boxern erzählen«, sagte er. »Sie hat sie wirklich gesehen. So ein Glück!«

»Es ist kein großes Glück, einen Boxer zu sehen«, sagte Henrietta. »Es ist sehr gefährlich. Sie haben Schwerter und Gewehre.«

»Und sie schreien ›Scha Scha!‹«, rief Georgie begeistert. »Das bedeutet, daß sie einen töten wollen.«
Lucy preßte die Fäuste in die Augen. Rabenschwarze Angst erfüllte sie wie immer, wenn über die Boxer und ihre grausamen Taten gesprochen wurde. Wenn sie sie töteten, dachte sie, würde sie vollkommen lautlos sterben, mit zusammengepreßter Kehle, unfähig zu schreien.
»Georgie, halt doch den Mund. Du machst Lucy wieder Angst. Du weißt sehr gut, daß die Boxer nicht nach Peking kommen werden. Deshalb kommen Angel, Onkel Thomas und Tante Lucy vielleicht hierher, um in Sicherheit zu sein.«
»Miß Deacon sagt, sie kommen hierher«, meinte Georgie, marschierte im Hof auf und ab und fuchtelte mit einem Bambusstab in der Luft herum. »Das macht ihr nichts aus. Sie mag es, wenn was Aufregendes passiert.«
»Das ist einfach nicht wahr«, sagte Henrietta böse. »Die Boxer kommen nicht. Sir Claude MacDonald sagt, sie kommen nicht, und er wird es ja wohl besser wissen. Und wenn sie kommen, dann wird sich Miß Deacon genauso fürchten wie alle anderen.«
»Ich bin sehr mutig«, sagte Georgie. »Und ich bin sicher, Papa ist auch mutig.«
»Hör jetzt auf, von den Boxern zu sprechen, Georgie. Lucy weint sonst. Außerdem - wieso erwartet man die Boxer, wenn doch nächste Woche in der britischen Gesandtschaft ein Ball zu Ehren des Geburtstags der Königin stattfindet? Lady MacDonald sagt, in allen Bäumen werden Papierlaternen hängen, und es gibt ein Feuerwerk. Mama hat gesagt, wir dürfen eine Stunde lang zuschauen, dann wird uns Ah Wan heimbringen, denn Miß Deacon wird dortbleiben und tanzen wollen. Lucy und ich werden unsere Musselinkleider anziehen, und du wirst wahrscheinlich in deinen Matrosenanzug gesteckt.«
»Den will ich nicht anziehen. Der ist zu heiß. Du scheinst ja eine ganze Menge zu wissen, Henrietta.«
»Das kommt daher, weil ich die Älteste bin und Mama mir

Sachen anvertraut«, sagte Henrietta geschmeichelt. »Und noch etwas, wenn es weiterhin so heiß ist, werden wir alle in einem Bungalow in den Bergen wohnen. Zusammen mit Lady MacDonalds Töchtern.«
»Uhh!« sagte Georgie.
»Was ist denn daran nicht in Ordnung?«
»Das sind doch bloß Babys. Mit denen kann man ja nicht spielen. Mir wäre es lieber, Angel wäre dabei. Sie könnte uns zeigen, wie man fliegt.«
Henrietta ignorierte diesen offensichtlichen Schwachsinn und sagte: »Wir werden mit einem Pekingwagen fahren. Du wirst doch davor keine Angst haben, Lucy, nicht wahr? Wir ziehen das Verdeck über die Köpfe, um die Sonne abzuhalten.«
»Verstecken sich denn die Boxer nicht in den Bergen?« fragte Lucy ängstlich.
»Nicht in diesen Bergen. Außerdem sagt Mama, die Hitze ist gefährlicher als die Boxer. Wir könnten krank werden, wenn wir in Peking bleiben.«
»Ich wünschte, wir wären in England«, sagte Lucy leise, aber weder Henrietta noch Georgie nahmen Notiz von diesem Mangel an Entdeckerfreude. Sie waren in Gedanken bereits in dem Wagen und rollten durch das große Stadttor hinaus in das wilde, aufregende Land.

Und in dem ziemlich dunklen und luftlosen Raum im Erdgeschoß des Handelshauses von James Carrington & Sons in der Straße der Silberschmiede und Juweliere hatte Nathaniel Carrington ein kleines, in rotes Leder gebundenes Notizbuch herausgenommen und ergänzte die Liste seiner Neuerwerbungen seit seiner Ankunft in Peking.

›1 chinesischer Krug, achteckig, Blauweißporzellan; ein Phoenix, ein Glückskäfer und ein betender Affe in Zweigen. Wahrscheinlich Mei Ping, 14. Jahrhundert. Außerordentlich selten.‹

Der Krug war ihm an diesem Nachmittag von einem Mandschuhändler gebracht worden, und nach langem Feilschen, was den Chinesen so große Freude machte, hatte er mehr gezahlt, als beabsichtigt, aber immer noch viel weniger als das, was der Krug auf dem europäischen Markt wert war. Er kannte einen Sammler in Genua, der davon begeistert sein würde. Das heißt, falls er sich entschloß, ihn überhaupt zu verkaufen. Er würde ihn selbst behalten, falls er sich das leisten konnte, und auch den Weinkrug, den er auf seiner Reise zu den Ming-Gräbern mit Rupert Fortescue ergattert hatte. Der Krug stand im Gang eines dieser ewig dunklen und primitiven Wirtshäuser auf dem Weg zur Grenze der Mongolei. Ihm waren die ungewöhnlichen Farben aufgefallen, Kupferrot und Kobaltblau zwischen zart getönten Blättern und Blüten. Er hatte das Stück als eines der nur selten gelungenen Experimente der Töpferei des vierzehnten Jahrhunderts erkannt. Ching-te-Chen, dachte er triumphierend. Welch ein Fund! Ein besserer noch als der, den sein Großvater einst gemacht hatte.
Mochte die Kaiserinwitwe über die Ausfuhr chinesischer Schätze sagen, was sie wollte. Er tat den Chinesen direkt einen Gefallen, indem er ihre Wertsachen schützte und bewahrte. Es war ein Wunder, daß dieser Krug nicht schon vor Jahrhunderten zerschlagen worden war. Er war ganz bestimmt nicht dazu da, um mit ordinärem Reiswein gefüllt und von schmutzigen mongolischen Händlern benützt zu werden.
Er hatte mit dem Wirtshausbesitzer einen mehr als gerechten Handel abgeschlossen, denn der Bursche hatte natürlich keine Ahnung, was er da verkaufte, und war über den unverhofften kleinen Geldsegen erfreut gewesen. Dann hieß es, den Krug unbeschädigt nach Peking zu bringen. Er hatte Rupert nicht erlaubt, das gut ausgestopfte Paket zu berühren, obwohl Rupert mit Mulis viel besser umgehen konnte als er.
Nun hatte er beschlossen, weder diesen Krug noch den Mei-Ping-Krug nach England zu verschiffen, sondern sie zu-

sammen mit ein paar anderen ausgewählten Sachen mit seinem persönlichen Gepäck mitzunehmen, wenn sie zurückkehrten. In der Zwischenzeit waren sie in dem tiefen Keller unter dem Laden gut aufgehoben. Da waren sie sicher vor Feuer oder anderen Gefahren, wenn es Schwierigkeiten geben sollte. Sein Großvater hatte den Keller kurz vor Ausbruch der Opiumkriege bauen lassen und frohlockend verkündet, daß alles in Sicherheit gewesen war, während selbst im Kaiserpalast geplündert und gebrandstiftet worden war.
Nathaniel erwartete höchstens vereinzelte Gewaltakte der Boxer, aber auch die würden rasch unterdrückt werden. Er fand Amelias Angst unbegründet, aber Frauen neigten halt zur Angst. Amelia war viel nervöser als Medora Deacon, deren Augen vor Begeisterung sprühten, wenn sie von den Gerüchten hörte. Nathaniel fand es faszinierend, zwei so gegensätzliche Frauen um sich zu haben. Amelia gehörte ihm, Medora mit ihrem schlanken, geschmeidigen Körper war die Verbotene Stadt. Doch Fremde waren immer wieder der Versuchung erlegen, die Verbotene Stadt zu plündern.
Diese Gedanken in Verbindung mit der brütenden Hitze und dem Bewußtsein drohender Gefahr erzeugten eine Erregung, die er kaum zu unterdrücken wußte. Er machte den kläglichen Versuch, sich zu bezwingen, und wandte sich wieder seinem kleinen Notizbuch zu.

›1 weißer Zwillingskarpfen aus Jade - sehr selten!
1 frühe blau und weiße Flasche aus der Ming-Zeit, mit einem einzelnen Drachen bemalt
1 Tang-Pferd mit Reiter und einem undefinierbaren Tier auf dem Rücken - wahrscheinlich einmalig!
1 blau und weiße Wasserkanne aus der Hsuan-Te-Zeit, bemalt mit Peonien und dreiklauigen Drachen.‹

Nathaniel streichelte die glatten, runden Körper der kleinen Fische, verspürte eine sinnliche Freude, vielleicht ähnlich den Empfindungen des Schnitzers dieser hübschen Arbeit. Er hätte zu gerne die Gabe besessen, solch köstliche Dinge zu erschaffen, die von Jahrhundert zu Jahrhundert Freude bereiteten. Da er das nicht konnte, mußte er sich darauf beschränken, diese Schätze zu bewahren und zu schützen. Er hätte nicht die geringsten Skrupel, die Gräber auszurauben, wenn dadurch Köstlichkeiten ans Tageslicht kamen, die seit Jahrhunderten verborgen waren. Die Toten konnten nicht sehen, sie hatten kein Gefühl in den gebleichten Knochen ihrer Finger, mochte der Aberglaube der Chinesen sagen, was er wollte. Es war seine Pflicht, der Welt diese einmaligen Schätze zugänglich zu machen. Das Leben war kurz genug. Man mußte nehmen, was sich bot, und es genießen.

»Papa, Papa!« Das war doch Georgies Stimme auf der Treppe. »Dürfen wir . . .«

»Wer ist wir?«

»Miß Deacon und ich. Wir wollten zur Mongolenstadt gehen. Miß Deacon dachte, du solltest mit uns kommen.«

Die beiden traten ein. Georgie hochrot und glücklich in der Vorfreude auf den Ausflug, Miß Deacon, diese noch immer rätselhafte junge Frau, sehr brav in einem graubraunen Kleid und einem kleinen Matrosenhut auf dem schmalen Kopf.

Nathaniel fragte sich, ob sie ein perverses Vergnügen darin empfand, sich so häßlich wie möglich zu machen. Das verfehlte seine Wirkung gewiß nicht, obwohl diese sicher anders war, als sie sich erhoffte, denn er empfand plötzlich den starken Wunsch, diesen simplen Hut wegzuschleudern und ihr streng hochgestecktes Haar zu lösen.

»Mr. Carrington, würden Sie mit uns kommen? Georgie hat es sich in den Kopf gesetzt, zuzusehen, wie die Kamelkarawanen aus der Wüste hereinkommen. Oder den Geschichtenerzählern zuzuhören und sich die Zukunft weissagen zu lassen. So etwas eben. Aber nachdem man so viel von den Boxern munkelt, die sich in der Stadt aufhalten sollen, dachte ich, wir sollten vielleicht nicht allein gehen.«

»Das sollten Sie ganz gewiß nicht. Ich nehme an, Mrs. Carrington wäre sehr verärgert, wenn sie das wüßte, und ich sollte es auch sein. Wieso hat sie Ihnen erlaubt, hierher zu kommen?«

»Georgie hatte einen kleinen Unfall. Sehen Sie.« Medora strich Georgie das Haar aus der Stirn und deutete auf eine rötliche Quetschung. »Der Ausflug sollte ihn davon ablenken.«
»Ich bin von der Weide gefallen«, erklärte Georgie. »Der krumme Ast, auf dem ich immer sitze, ist abgebrochen. Mama sagt, das ist wie China, durch und durch morsch.«
»Dann bleibst du eben in Zukunft von diesem Baum weg«, sagte sein Vater. »Aber wie ich sehe, ist ja nicht allzu viel passiert. Das heilt.«
»Ich glaube, es war der Zauberer«, sagte Georgie leise, denn er wußte, sein Vater hielt nicht viel von dieser kindischen Phantasie. »Ich glaube, ich habe ihn geärgert.«
»Wenn so was wie ein Zauberer da war, hast du ganz zweifellos seine Geduld auf eine harte Probe gestellt, wie du das ja nur zu oft mit anderen Leuten machst. Nicht wahr, Miß Deacon?«
Medoras Hand lag auf Georgies Schulter. Zum erstenmal fiel Nathaniel die Vollkommenheit dieser Hand auf. Sie war wie die schlanke, ruhende Hand der kleinen Statue von Kuan Ying. Gesund gebräunt, aber schmal und wunderschön geformt. Seltsam, bei diesem schmalen, knabenhaften Körper. Es war eine Hand, die einen Fächer halten sollte, eine Hand für leise, zärtliche Liebkosungen . . .
»Ja, wenn wir also einen Ausflug machen wollen, sollten wir lieber aufbrechen«, sagte er abrupt. »Wartet, bis ich alles abgeschlossen habe.«
Da es nicht sehr weit war bis zu dem großen, von Steinlöwen flankierten Chien-Men-Tor, machten sie sich zu Fuß auf den Weg. Bald hatten sie die Stille des Gesandtschaftsviertels verlassen und betraten die lärmende und malerische Hauptstraße der Tatarenstadt, die von den verschiedensten Gerüchen erfüllt war.
Obwohl Georgie schon bei anderen Gelegenheiten hier gewesen war, begeisterte ihn das alles wieder. Er starrte die Seiltänzer an und die Puppenspieler, er staunte über die Hausierer mit ihren Körben voller Süßigkeiten, Reiskuchen

und Spielsachen, er blieb bei den Barbieren und bei den Schuhputzern stehen und sah den Wasserträgern nach. Er wollte in jeden vollgestopften, dunklen Laden schauen, ungeachtet der wachsamen Besitzer. Der Verfall der Stadt war offensichtlich und erschreckend. Aber das rege Leben der zerlumpten Menge war etwas völlig Unbekanntes jenseits des Tien-An-Men-Tores, des Tores des Himmlischen Friedens, das in die Verbotene Stadt führte, oder auch jenseits des Chien-Men-Tores im Gesandtschaftsviertel mit den weitläufigen Parks, blühenden Bäumen und den gepflegten Straßen der Silberschmiede und Juweliere. Von Kulis gezogene Rikschas stießen zusammen, eine Reihe vollbeladener Kamele trottete durch den Staub. Ihre mongolischen Treiber sahen zerlumpt, schmutzig und verschlagen aus.
Obwohl Medora schon früher durch diese Straßen gegangen war, klammerte sie sich wie schutzsuchend an Nathaniels Arm, indem sie Ängstlichkeit vortäuschte, die sie gar nicht empfand. Er verübelte ihr diese angenehme kleine Verstellung keineswegs. Georgie dagegen widersetzte sich jeder Kontrolle, er wollte überall stehenbleiben. Er wollte zuschauen, wie eine kleine Gruppe von Männern mit furchterregenden Masken eine Geschichte vortrugen, er wollte den schäbigen Braunbär an der Kette betrachten und den Mandarin in farbenprächtiger Robe, der in einem von Dienstboten getragenen Sessel thronte, vor allem aber die halbnackten Kinder, die im Staub spielten. Überall war unbeschreiblicher Lärm. Die hohen, schrillen Stimmen der Händler, das Grunzen der Kamele, entfernte Trompetenstöße und das dünne Klingeln der Windglocken, eine ständige Begleitung des Lebens in der Stadt.
»Ist es nicht faszinierend«, sagte Medora atemlos. »Ich finde das alles einfach wundervoll. Können wir einkaufen gehen? Ich möchte Mama gern ein Paar Jadeohrringe schicken. Ich liebe es einfach, zu handeln. Vielleicht finde ich sogar ein Versöhnungsgeschenk für Tante Agatha. Aber ich weiß nicht, wann ich das alles abliefern soll, denn ich möchte niemals wieder nach Hause.«

»Nicht einmal, wenn die Boxer angreifen? Können Sie sich das Chaos vorstellen, wenn das geschieht?« Nathaniel zeigte mit einer weit ausholenden Geste auf die aneinandergeklebten Geschäfte und Buden. »Das alles wird zusammenfallen wie ein Kartenhaus. Ich bitte Sie, bei der augenblicklichen Stimmung gegen die Europäer niemals allein hierher zu gehen.«

Medoras Augen hatten wieder diesen seltsamen Glanz. Nathaniel sah es. Fast ließ er sich davon anstecken und hinreißen, unter all dem Schmutz orientalische Romantik zu entdecken. Es war allerdings schwer zu erklären, wo er die sah. Er hatte Amelia verboten, diesen Teil der Stadt zu betreten. Ihrer Empfindsamkeit wäre ein starker Schock versetzt worden.

Aber Medora lebte bei den Gerüchen und dem Lärm, den Farben und der Hitze offensichtlich auf. Hinterhältig fragte sie: »Glauben Sie, ich könnte gekidnappt und in die Willow Lanes oder die Flower Streets entführt werden?«

»Ich hoffe, Sie erwähnen diese Orte nicht in Gegenwart der Kinder«, sagte er scharf.

»Entschuldigung, Mr. Carrington. Ich habe nur Spaß gemacht. Ich bin sowieso nicht hübsch genug. Die chinesischen Mädchen sind so klein und zart - wie Puppen.«

Sie hielt ihre Augenlieder bescheiden gesenkt. Doch Nathaniel wußte, sie hatte diese Bemerkung nur gemacht, damit er sie anschauen sollte. Was er prompt tat. Er bemerkte ihre schmale Taille, das Erröten ihrer blassen Wangen und spürte die schmalen Finger auf seinem Arm.

»Das ist kein Gegenstand für Späße«, sagte er streng. »Ich denke, es ist Zeit umzukehren. Meine Frau wird sich Sorgen machen, noch dazu, wo Georgie diese Beule hat.«

»Ich bin schon in Ordnung, Papa! Es tut kein bißchen weh.«

»Das meinst du vielleicht, alter Junge. Aber man kann nie wissen. Ich meine, jetzt wäre Ruhe am besten. Außerdem wird mir dieser Gestank jetzt doch ein bißchen zuviel. Wir hätten kühleres Wetter abwarten sollen. Vielleicht kommt bald Regen. Dann löst sich diese ganze Spannung.«

»Aber morgen abend darf es nicht regnen«, sagte Medora. »Sonst fällt Lady MacDonalds Party sozusagen ins Wasser. Sie rechnet mit schönem Wetter.«
»Oh, Sie sind auch eingeladen? Wieso das?«
»Nachdem meine Mutter an Mrs. Conger geschrieben und ihr versichert hat, daß ich ein vollkommen - oder sagen wir, einigermaßen - anständiger Mensch bin, bin ich vermutlich zu Partys zugelassen. Mr. Carrington, Sie machen sich über mich lustig. Sie wissen sehr gut, daß Mama auch an Mrs. Carrington geschrieben hat, und ich nehme an, Sie haben diesen Brief gelesen.«
»Das Schlimme ist nur«, sagte Nathaniel, »wann soll man Sie als Gouvernante behandeln und wann als . . .«
»Sozial Gleichgestellte?«
»Wenn Sie es so ausdrücken wollen.«
»Sollen wir es morgen nacht ausprobieren?« murmelte Medora. Ihre Stimme war bei dem Lärm beinahe unhörbar. Sie hätte ebensogut plötzlich schüchtern sein können.
Aber das war sie natürlich nicht. Sie war schlicht und einfach raffiniert. Und mit einer raffinierten Frau wollte er nichts zu tun haben. Das führte nur zu Unannehmlichkeiten und Kummer.
Aber es belebte, wenn das Leben ein wenig langweilig ist. Aber im Mai 1900 war das Leben in Peking alles andere als langweilig.

7

Es kam der erwartete Augenblick, und man erhob die Gläser und trank auf das Wohl Ihrer Majestät, der Königin Victoria, und die chinesische Kapelle spielte die englische Nationalhymne.
Die Vetreter aller Nationen standen still, bis der letzte Ton verklungen war.
Die Gedanken der beim Empfang von Sir Claude und Lady

MacDonald anwesenden Briten gingen einmütig zu der alten, kränklichen Königin, die sicher hinter den Festungswällen von Windsor Castle lebte. Aber nur für einen Augenblick. Dann wandten sich alle wieder den Zerstreuungen des Festes zu. Außerdem, wußte die Königin überhaupt von dieser kleinen Enklave ihrer Untertanen in der Fremde? Falls Feindseligkeiten ausbrachen, würde ihre Regierung etwas zu ihrer Rettung unternehmen?
Colonel Manners war in dieser Hinsicht äußerst skeptisch, und die Witwe Marquise von Comerford ebenfalls. Der britische Gesandte, Sir Claude MacDonald, war noch immer davon überzeugt, daß es keinen wirklichen Grund zur Beunruhigung gab. Die Gesandten der anderen Mächte waren mit ihm einer Meinung. China war das Land der Feuerwerke: Die Explosionen der Banditen und Rebellen waren nichts anderes. Diese Boxergeschichte machte zwar etwas mehr Lärm, aber auch sie würde in den endlosen Annalen chinesischer Geschichte verschwinden. Gewiß, heute war die Meldung eingegangen, daß ein Zug, der Tientsin soeben verlassen hatte, von Rebellen angegriffen worden war. Das war unangenehm nah.
Aber die Kaiserinwitwe befand sich in ihrem Sommerpalast in der Verbotenen Stadt, und die Regierungsgeschäfte schienen wie üblich weiterzulaufen.
Und dies hier war eine großartige Party, die durch die soeben eingetroffene Nachricht von der Befreiung der britischen Bewohner von Mafeking in Südafrika noch mehr angeregt wurde. Dies bewies wieder einmal, daß der schützende Arm des Empires noch immer mächtig und wirkungsvoll war.
Die Papierlaternen schimmerten in den Bäumen, die jüngeren Gäste tanzten auf dem Tennisplatz zur Musik der chinesischen Kapelle, die sich genötigt sah, ein paar europäische Melodien zu spielen. Es gab genügend Champagner, und alle waren heute besonders festlich gekleidet.
Der Abend war unangenehm schwül, und verschiedene Familien planten, die Stadt am nächsten Tag zu verlassen und

in die Berge oder an den Strand zu ziehen. Es mußte eine große Erleichterung sein, dieser lähmenden Hitze zu entfliehen.
»Für meinen Teil«, gestand Lady Comerford Colonel Manners, »ich gebe meinen Schmuck in die Bank.«
»Sie verreisen, liebe Lady?«
»Höchstwahrscheinlich nicht. Ich bin viel zu nervös.«
»Sie? Ich hab Sie noch nie nervös gesehen.«
»Weil Sie noch keine Gelegenheit dazu hatten. Aber diesmal ist es anders. Wenn ein Angriff erfolgt, bin ich wie ein Wackelpudding.«
Colonel Manners hörte auf zu spotten. Nachdenklich strich er sich seinen Schnurrbart.
»Sie glauben, wir werden einen Angriff erleben?«
»Ich bin davon überzeugt. Mein Koch verschwand heute. Die anderen Dienstboten sagen, er ist zu seinem kranken Vater gerufen worden. Wenn das stimmt, warum hat er es mir nicht selber gesagt? Ich glaube einfach kein Wort von dem, was sie sagen. Er hat sich den Boxern angeschlossen.«
»Würde er Ihnen etwas antun?«
»Natürlich würde er das. Wenn er ärgerlich ist, kann er furchterregend aussehen. Und wenn er ein Gewehr oder ein Schwert gehabt hätte ... Nun, ich stelle ihn jedenfalls nicht mehr ein, auch wenn er in Frieden zurückkommt.«
»Ich finde die Aussichten auch nicht sehr rosig«, gab Colonel Manners zu. »Ich finde, all diese Leute hier stecken den Kopf in den Sand. Und zwar tief. Sehen Sie sich diese hübsche Mrs. Carrington an, wie sie mit ihrem Mann tanzt. Kümmert sich um nichts in der Welt.«
»Das stimmt nicht ganz, Colonel. Sie ist beinahe ebenso nervös wie ich. Sie weiß nicht, ob sie morgen die Kinder fortfahren lassen soll. Sie waren auch kurz auf der Party. Jetzt sieht sie vielleicht glücklich aus, weil sie mit ihrem Mann tanzt.«
»Verliebt, hm? Erfrischender Anblick.«
»Wenn man davon absieht, daß der Ehemann viel zu attraktiv ist für andere Frauen.«

»Ist er das wirklich?«
»Natürlich. Er hat diesen Was-kümmert-mich-der-Teufel-Ausdruck, den die Frauen lieben. Sie als Mann bemerken das vermutlich nicht.«
»Ich finde nur, er ist ein kräftiger Bursche. Gut, ihn auf unserer Seite zu haben. Ich dachte dabei weniger an das Geplänkel mit dem anderen Geschlecht. Außerdem bezweifle ich, ob dazu noch viel Zeit ist. Aber ich würde es nicht gerne sehen, wenn diese hübsche Dame verletzt wird. Weshalb heiraten gute Frauen so nichtsnutzige Männer?«
»Gute Frauen sind oftmals Masochistinnen. Aber ich weiß nicht, wie gut oder wie geduldig Mrs. Carrington ist. Ich ahne, daß sie kämpfen kann. Trotzdem wünschte ich, sie hätte diese kleine Unruhestifterin nicht ins Haus genommen.«
»Das Deacon-Mädchen? Die werden Sie doch nicht im Ernst eine ›femme fatale‹ nennen? Sie ist wie ein Besenstiel. Und erzählen Sie mir bloß nicht, daß Nathaniel Carrington darin nicht mit mir übereinstimmt.«
»Er«, sagte Lady Comerford trocken, »wird denken, daß Besenstiele gewisse magische Kräfte besitzen. Henry, ich bin achtzig. Ich weiß, ich sitze bereits etwas abseits, seitdem ich meinen lieben Mann verloren habe, aber von hier aus sieht man eine Menge. Medora Deacons Typ kenne ich von früher. Eigenwillig, selbstsüchtig und erotisch.« Sie sah Colonel Manners mit ihren wunderschönen, lavendelfarbenen Augen unschuldig an. »Versuchen Sie mir doch nicht weiszumachen, Sie seien zu alt, um so etwas zu bemerken.«
»Meine liebe Lady . . .«
»Sie dachten wohl, ich würde nicht wagen, das Wort auszusprechen.«
»Es gibt nichts, was ich Ihnen nicht zutrauen würde. Sie können mir nicht erzählen, daß Sie sich vor den Boxern fürchten. Nichts als Bauern in scharlachroten Gewändern, wie der Gesandte gesagt hat.«
»Ich habe wirklich große Angst«, sagte Lady Comerford. »Aber das gestehe ich niemandem, außer Ihnen, alter

Freund. Und ich hoffe nur, mich damit nicht bloßzustellen.«
»Das tun Sie nicht. Sie werden Kriegsbemalung anlegen und dem Feind trotzen.«
Lady Comerford berührte ihre papiernen, leicht getönten Wangen.
»Ich werde es versuchen. Außerdem, eine alte Dame ... Nun, was ist, Mrs. Carrington? Was ist passiert?«
Amelia Carrington, die in ihrem tief ausgeschnittenen gelben Ballkleid so wunderschön ausgesehen hatte, stand zitternd vor den beiden alten Leuten. Ihr Gesicht war aschgrau, ihre Augen voller Angst.
»Lady Comerford, Colonel, ich muß mich verabschieden. Gerade kam eine Nachricht: Meine Schwester ist mit ihrem kleinen Mädchen eingetroffen. Ihr Mann ... Thomas ...«
»Ein Missionar, nicht wahr?« sagte Colonel Manners plump und füllte damit die Redepause, bis Amelia ihre Stimme wiederfand.
»Mein liebes Kind, ist ihm etwas zugestoßen?« fragte Lady Comerford.
»Er ist ermordet worden!« keuchte Amelia. »Im Beisein von Lilian und der armen kleinen Angel. Sie hätten die Mission schon vor Wochen verlassen sollen. Lilian hatte ihn so gebeten ...«
Nathaniel Carrington trat neben seine Frau.
»Komm, Liebes.« Er hielt ihre zitternden Hände in den seinen. Sein Gesicht war streng und ernst, die hohlen Wangen noch eingefallener als sonst. »Laß uns ganz unauffällig gehen. Ich habe es unseren Gastgebern bereits erklärt. Wir dürfen die Party nicht verderben. Colonel, darf ich Sie um den Gefallen bitten, dafür zu sorgen, daß Miß Deacon nach Hause begleitet wird? Es besteht kein Grund, auch ihr die Party zu verderben.«

Die Kinder waren schon vor einiger Zeit von Ah Wan nach Hause gebracht worden. Nur ungern hatten sie die Märchenszene verlassen, aber Papas Befehl war unumstößlich.

Kinder waren unerwünscht auf einer Party, wenn sie müde wurden. Aber Miß Deacon würde auf gar keinen Fall mit ihnen nach Hause kommen. Die kleinen, verwöhnten Biester konnten auch einmal mit Hilfe von Ah Wan und Cassidy auskommen. Miß Deacon vergnügte sich und sah in ihrem grünen Seidenkleid ganz anders als gewöhnlich und sehr exotisch aus.
Das war Henriettas Meinung, und diesmal pflichtete Georgie seiner älteren Schwester bei. Lucy, die halb schlafend nach Hause stolperte, dachte, daß die Papierlaternen wie Schmetterlinge in den Bäumen ausgesehen hatten und daß Mama viel schöner war als Miß Deacon. Und daß sie mit all diesen farbigen Bildern im Kopf schlafen würde.
Aber sie sollte noch lange nicht schlafen. Und auch sonst niemand.
Denn Tante Lilian und Angel, in schäbigen Baumwollkleidern und Strohhüten und mit nur einem einzigen, von einer Schnur zusammengehaltenen Reisekorb, hatten so laut und verzweifelt an die Tür geklopft, daß alle Kinder dachten, die Boxer seien gekommen.
Georgie packte sein Spielzcugschwert und rannte zur Eingangstür. Henrietta folgte ihm etwas vorsichtig. Lucy blieb im Bett und vergrub das Gesicht in den Kissen. Daher sah sie auch nicht das verlorene und von der Reise erschöpfte Paar ins Haus stolpern. Tante Lilian sank sofort in den nächsten Sessel, lehnte sich zurück und sah aus, als sei sie tot. Angel stand mitten im Zimmer und starrte alle, die angelaufen kamen - Cassidy, Ah Wan, Li, Henrietta und Georgie - herausfordernd und mißtrauisch an.
Sie hatte ein schmales, weißes Gesicht und Sommersprossen auf der Nase. Georgie war schrecklich enttäuscht, daß sie so häßlich war, und vor allem, daß sie keine Flügel hatte, sondern nur zwei ziemlich abstehende Schulterblätter.
Sie war überhaupt kein Engel, nur eine klapperdürre Ziege. Was für Lügen die Erwachsenen manchmal erzählten. Onkel Thomas hatte immer damit angegeben, daß er und

Tante Lilian mit einer engelhaften Tochter gesegnet worden seien. Sicher wußte Onkel Thomas überhaupt nicht, wie Engel aussahen, obwohl er so gut war und den armen chinesischen Bauern, die in ihrer dunklen und gefährlichen Unwissenheit schlummerten, die Lehre vom Himmel brachte. Das waren seine eigenen Worte.
Georgie spähte zur Tür, ob Onkel Thomas vielleicht nachkommen und diese plötzliche Ankunft erklären würde. Tante Lilian sah nicht so aus, als ob sie bald sprechen könnte, und Angel schien stumm zu sein. Vielleicht war sie auch taub wie der Bettler, der immer draußen vor dem Chien-Men-Tor saß.
Cassidy beugte sich über Tante Lilian, die etwas zu murmeln schien. Plötzlich richtete sie sich auf und wandte sich mit entsetztem Gesicht zu den Kindern.
»Oh, du mein lieber Gott!« murmelte sie. Dann sagte sie scharf, als hätten die Kinder etwas angestellt: »Miß Henrietta! Master Georgie! Kümmert euch um eure Kusine. Ah Wan, mach ihr bitte ein Bett im Zimmer der Mädchen. Sie will jetzt sicher nicht allein sein. Miß Henrietta, du mußt ihr ein Nachthemd leihen. Und zeige ihr, wo sie sich waschen kann. Sie möchte vielleicht auch ein Glas Milch. Geht schon. Steht hier nicht so herum. Li, bitte bleib hier, ich gebe dir eine Nachricht für die Herrschaften; sie müssen geholt werden.«
»Arme Mama«, sagte Henrietta. »Sie wird sich nicht gern die Party verderben lassen. Kapierst du, was ihr da angestellt habt, Angel? Es sind keine besonders guten Manieren, einfach ohne Ankündigung hierher zu kommen.«
Sie hatte einen von Angels steifen Armen gepackt und zog das Kind aus dem Zimmer.
»Komm schon, du hast doch nicht etwa Angst, von deiner Mutter wegzugehen, oder? Was ist denn mit ihr los? Ist sie krank?«
»Bist du stumm?« erkundigte sich Georgie interessiert. »Ich kenne einen stummen Bettler. Der sieht so aus wie du.«
»Georgie, das ist ungezogen«, sagte Henrietta.

»Ich mag aber diesen stummen Bettler. Er hat ein freundliches Gesicht.«
»Angel will nichts von deinem blöden, stummen Bettler wissen. Also weißt du, Angel, du bist entsetzlich schmutzig. War es eine lange Bahnreise?«
»Haben die Boxer auf euch geschossen?« fragte Georgie gespannt.
Ein Anflug von Bewegung huschte über das Gesicht des kleinen Mädchens. Sie öffnete den Mund, schloß ihn aber wieder. In ihren seltsam hellen Augen lag stumme Trauer. Ganz plötzlich griff sie nach einem Zipfel ihres zerknautschten Baumwollkleides und hielt ihn Georgie hin. Er sah zwei große rostfarbene Flecken darauf.
»Das ist das Blut von meinem Papa!« schrie sie mit schriller Stimme. »Sie haben seinen Kopf abgeschlagen. Sie haben ihn abgeschlagen!«
»Wer?« fragte Georgie beeindruckt. Henrietta schwieg entsetzt.
»Die Boxer natürlich, du blöder kleiner Junge. Sie rannten durch unser Haus und schlugen alles in Stücke. Papa versuchte, sie aufzuhalten, da haben sie ihm den Kopf abgeschlagen.«
»Sie lügt«, flüsterte Henrietta schwach.
»Ich lüge nicht! Ihr wißt überhaupt nichts. Hier ist das Blut von meinem Papa!«
Henrietta wich erschrocken zurück. »Pst, Lucy hört dich.«
»Wer ist Lucy?«
»Unsere Schwester. Du solltest nett zu ihr sein«, sagte Georgie. »Denn sie ist sehr empfindlich. Ich glaube, du hast mir besser gefallen, als du stumm warst«, fügte er nachdenklich hinzu. »Außerdem habe ich gedacht, du wärst hübscher und hättest Flügel.«
»Sie muß das Kleid ausziehen«, sagte Henrietta und versuchte, nicht zu weinen. »Ich wollte, Mama wäre hier.«
»Oder Miß Deacon«, sagte Georgie. »Miß Deacon wird sich um dich kümmern, Angel. Sie ist die einzige, die sich nicht vor den Boxern fürchtet.«

Niemand konnte Angel dazu bringen, sich auszuziehen, bevor Miß Deacon kam. Sie traf kurz nach Mama und Papa ein und sagte, sie könne unmöglich weitertanzen, wenn etwas so Schreckliches geschehen sei. Sie würde sich um die Kinder kümmern, während Mama und Papa sich der armen Frau annahmen, die ihren Mann verloren hatte.
Seltsamerweise erlaubte Angel Miß Deacon, sie auszuziehen. Bisher hatte sie allen Versuchen widerstanden, sie von dem staubigen, von der Reise arg mitgenommenen Kleid zu befreien. Besonders vor Ah Wan wich sie zurück, als würden die gelben kleinen Hände sie wie Feuer brennen. Nach ihrem kurzen, erschreckenden Ausbruch war Angel wieder still geworden. Georgie ahnte, daß das nur von kurzer Dauer sein würde. Er wollte sie so gerne fragen, wie das mit dem Kopf ihres Vaters war.
»Ich bin von der Weide heruntergefallen«, sagte er zu Angel, die jetzt sauber in einem Nachthemd von Henrietta dasaß. »Ich nehme an, ich habe sie verärgert.«
Aus reiner Verwunderung begann Angel zu sprechen.
»Du kannst doch einen Baum nicht verärgern.«
»Diese Weide schon«, sagte Miß Deacon. »Sie ist ein Zauberer. Nicht wahr, Georgie? Manchmal ist sie ein guter Zauberer, manchmal ein schlechter.« Sie hatte noch immer ihr grünes Partykleid an und sah aus, als genieße sie das, was geschehen war, nämlich die plötzliche Ankunft der beiden Flüchtlinge und ihre entsetzliche Geschichte. Es war aufregend. Miß Deacon, das wußte Georgie, liebte Aufregungen.
»Jetzt müßt ihr alle ins Bett, und ich erzähle euch eine Geschichte. Was ist, Lucy? Deine Augen sind so groß wie Untertassen.«
»Keine Geschichte, von der man Angst bekommt«, flehte Lucy.
»Ich erzähle euch niemals Geschichten, von denen man Angst bekommt.«
Lucy nickte zweifelnd. Ihre und Miß Deacons Ansichten gingen in dieser Beziehung leider sehr auseinander.
»Soll ich euch vorsingen?« fragte Miß Deacon und begann

sofort mit ihrer komischen rauhen Stimme, die trotzdem seltsam beruhigend klang:

»Träume im Gipfel des Baumes, mein Kind,
in den Zweigen wiegt sich ein sanfter Wind . . .«

Die Kinder waren still, Henrietta und Lucy kuschelten sich in ihre Betten, Angel in ihr rasch auf dem Boden zurechtgemachtes Lager. Georgie lehnte an der Tür zum Zimmer der Mädchen. Dazu hatte er gewöhnlich keinen Zutritt. Er wünschte, man hätte Angel erlaubt, in seinem Zimmer zu schlafen.

»Damit kein Sturm die Zweige biege,
und das Kindlein stürze aus seiner Wiege . . .«

Genau das war ihm passiert, als der morsche Zweig der Weide abgebrochen war. Und so war's wohl auch, als Onkel Thomas' Kopf in den Staub rollte . . . Das war China, wie Mama es gesagt hatte, dieses wunderschöne Land, morsch bis ins Innerste . . .

Georgie kroch zu Miß Deacon hinauf, die am Bettende der Mädchen saß. Neben ihr fühlte er sich sicher, denn er konnte sich nicht vorstellen, daß es irgend etwas auf der Welt gab, wovor sie sich fürchtete.

Ein paar Tage später kamen die Leute, die sich vor der Hitze der Stadt aufs Land geflüchtet hatten, in aller Eile zurück. Sie kamen in Rickschas oder ritten auf Mulis. Es war in den Bergen nicht mehr sicher. Gruppen von Boxern trieben sich herum und bedrohten die Leute mit ihren Schwertern. Die Gouvernante von Lady McDonalds Kindern ängstigte sich fast zu Tode. Sie hatte mit den Kindern in brütender Hitze den langen Rückweg angetreten und kam völlig erschöpft und verängstigt in Peking an. Zwei Tage später erfuhren sie, daß ihr Bungalow niedergebrannt worden war. Sie waren gerade noch rechtzeitig entkommen. Tante Lilian hatte auf Amelias Drängen eine Woche im Bett verbracht und war dann aufgestanden. Sie sah angegriffen und leidend aus, als wolle sie niemals mehr sprechen oder lachen.

Sie hatte viel zu sehr unter der Knute ihres Mannes ge-

steckt, sagte Nathaniel etwas ungeduldig. Sie schien vollkommen vergessen zu haben, daß sie ohne ihn auch noch ein Mensch war. All diese Gebete und Hymnen. Was hatten die schon Gutes bewirkt? Wie half ihr Glaube ihr jetzt?
»Laß ihr Zeit«, sagte Amelia. »Sie steht unter einem schrecklichen Schock.«
»Nun, wenn die Feindseligkeiten hier ausbrechen, und ich fürchte, das werden sie, können wir es uns alle nicht leisten, uns in einen Dauerschock zu flüchten. Es tut mir leid, daß ich das sagen muß, meine Liebe, aber ihr Damen müßt eure Empfindsamkeit ablegen. Ich verlagere meine ganzen Wertsachen in die Keller, und wir müssen uns darauf einstellen, daß wir jeden Augenblick in die Gesandtschaft flüchten können. Alle britischen Bewohner sollen dorthin kommen. Glücklicherweise ist das der reinste Kaninchenbau. Da haben wir alle Platz. Und übrigens, ich möchte, daß sich die Kinder ständig in deiner Sichtweite aufhalten. Miß Deacon darf Georgie unter gar keinen Umständen in die äußere Stadt führen.«
»Aber ganz bestimmt nicht!«
»Seine Überredungskunst ist verblüffend. Und ich fürchte, dieses Kind von Lilian stiftet ihn noch mehr an.«
»Angel? Aber sicherlich . . .«
»Hat sie vielleicht eine Träne um ihren Vater vergossen?«
»Cassidy sagte, sie war in jener ersten Nacht stumm vor Entsetzen.«
»Entsetzen ist nicht Kummer.«
»Es ist eine andere Art, Kummer zu zeigen. Außerdem war Thomas ein sehr strenger Vater. Eigentlich sollte ich das nicht sagen. Vielleicht hat das Kind ihn nicht so geliebt, wie es ihn hätte lieben sollen. Lilian sagt, sie ist in vielen Dingen wie er: ebenso starrsinnig. Jedenfalls müssen wir lieb zu ihr sein. Kannst du dir Henriettas oder Lucys Entsetzen vorstellen, wenn sie hätten mitansehen müssen . . . wenn du das gewesen wärst . . .« Amelias Stimme zitterte bei dieser entsetzlichen Vorstellung, und Nathaniels Gesicht wurde weich, als er den Arm um sie legte.

»Du hast vollkommen recht, mein Liebes. Allerdings fürchte ich, unsere eigenen Kinder werden Dinge mitansehen müssen, die nicht für jugendliche Augen bestimmt sind.«

Amelia klammerte sich an ihn. »Liebling . . . könnten wir China nicht verlassen, solange noch Zeit dazu ist?«

»Du verstehst noch immer nicht. Es ist keine Zeit mehr. Die Eisenbahnstation in Fengtai wurde niedergebrannt. Als nächstes kommt die Tientsinlinie dran. Wir sind . . . Gefangene, wohl oder übel. Wir müssen das durchstehen, so gut wir können.«

8

»Die Münder der Fremden werden zum Schweigen gebracht!« Das war der neue Kampfruf der Boxer, der jetzt unter der äußerst angespannten Bevölkerung des Gesandtschaftsviertels zirkulierte. Einer Information, die ihm zugeschmuggelt worden war, entnahm Sir Claude MacDonald, daß die Kaiserinwitwe mit den Rebellen unter einer Decke steckte. Es war bekannt, daß sie einen ihrer Eunuchen als Spion geschickt hatte. Sir Claude bezweifelte, daß das Tsungli Yamen, ihre Regierung, bereits vollständig zu den Aufständischen übergegangen war, obgleich es von dem mächtigen Neffen der Kaiserin, Prinz Tuan, beeinflußt wurde. Man beobachtete geheimnisvolles Kommen und Gehen. Um Mitternacht wurde das große Tien-An-Men-Tor geöffnet und bis zur Morgendämmerung offen gelassen. Noch vor Tagesanbruch eilten hohe Beamte in prächtig geschmückten Wagen in die Kaiserstadt zu einer Audienz bei der Kaiserinwitwe. Kein Zweifel, die Zeit der Gerüchte und Spekulationen war vorüber, jetzt waren Taten vonnöten.

Darin wurde Sir Claude vom französischen Pater, dem Apostolischen Vikar von Peking, unterstützt, der davon überzeugt war, daß es in der Stadt eine Menge Komplizen der

Boxer gab, die nur auf ein Zeichen warteten, zuerst die Kirchen und dann die Gesandtschaften anzugreifen, wo die verhaßten Fremden lebten.
Sir Claude telegraphierte an Lord Salisbury in Whitehall um Truppen. Und um die Moral zu stützen, schlug er vor, den nächsten Sonntagsgottesdienst im offenen Pavillon, der noch vor kurzem so fröhlich mit Laternen und Fähnchen zum Geburtstag der Königin geschmückt war, zu halten, so daß genügend Platz war für jeden, der kommen wollte.
Die Versammlung übertraf selbst die hochgespannten Erwartungen von Sir Claude. Sogar eine Menge konvertierter Chinesen war anwesend und einige Missionare, die zum Teil in Verkleidungen lange Reisen aus den Provinzen hinter sich hatten, um dem Schicksal des armen Thomas Beddow und seinesgleichen zu entgehen. Sie alle wußten von niedergebrannten Kirchen und Kapellen, Krankenhäusern und Armenapotheken, von Mord und Totschlag zu berichten. Und von den schrecklichen Schreien: »Rottet die Fremden aus! Tötet! Tötet!«
Der Fanatismus unwissender Menschen, deren Gefühle durch Aberglauben, Riten und Beschwörungsformeln des Boxerkultes hochgeschaukelt wurden, durften nicht unterschätzt werden, auch wenn diese Leute jämmerlich bewaffnet waren. Man vergleiche die unbesiegbare Kraft christlicher Märtyrer, gab der französische Pater zu bedenken. Auf ihre eigene, primitive Weise besaßen auch die Boxer diese Kraft. Sie schickten Aufrufe folgenden Inhalts nach Peking:

»Die katholische und die protestantische Religion erweist den Göttern keine Ehrerbietung, leugnet die Heiligkeit, zollt Buddha keinen Gehorsam und erzürnt Himmel und Erde. Darum besuchen uns die Regenwolken nicht mehr. Aber 8 000 000 heilige Soldaten werden vom Himmel herniedersteigen und das Kaiserreich von allen Fremden befreien. Dann werden die sanften Regenschauer unser Land wieder wässern. Und wenn der Schritt der Soldaten und das Klirren der Schwerter Weh und Leid verkünden, wird die Buddhistische Patriotische

Liga der Boxer das Kaiserreich schützen und dem ganzen Volk den Frieden bringen. Kein Regen wird unser Land befruchten, ehe nicht alle Fremden ausgerottet sind.«

Glücklicherweise kam rasch eine Reaktion auf den Ruf des britischen Gesandten nach Truppenverstärkung. Ende Mai stand das Chien-Men-Tor, das in die Tatarenstadt führte, offen und fünfundsiebzig Marinesoldaten auf Landurlaub, deren Kriegsschiffe in Tientsin ankerten, marschierten mit aufgepflanztem Bajonett die Gesandtschaftsstraße hinauf. Nathaniel sagte, diese Anzahl sei lächerlich, aber Georgie war fasziniert. Noch größer aber war seine Aufregung, als er zum erstenmal einen wirklichen Boxer sah.
Der unverschämte Kerl fuhr auf einem Wagen die Gesandtschaftsstraße hinunter. Sein Haar war mit einem roten Tuch zusammengebunden, er hatte rote Bänder um die Handgelenke und Fesseln, und ein roter Gürtel hielt seine weiße Tunika zusammen. Er sah nicht nur beeindruckend und abenteuerlich aus, sondern wetzte noch provozierend ein langes Messer an seinem Schuh.
Dieser Anblick war zuviel für den hitzigen deutschen Gesandten Baron von Ketteler. Er stach mit seinem Spazierstock auf ihn ein. Der Boxer sprang von seinem Wagen herunter und rannte schnell in Richtung des Palastes von Prinz Su davon. Dort verschwand er vom Erdboden wie ein Fuchs im Bau.
Dieser bizarre Anblick hatte das Gesandtschaftsviertel mit Schrecken erfüllt. Am nächsten Tag beschlossen mehrere Damen, als Mandschufrauen verkleidet, Peking zu verlassen.
Amelia dachte nicht im Traum daran, wegzugehen, selbst wenn Nathaniel sie dazu ermutigt hätte. Sie zog das von der vierzig Fuß dicken, sicherlich uneinnehmbaren Mauer umgebene Gesandtschaftsgebiet der Wildnis des offenen Landes vor. Außerdem konnte nichts Lilian dazu bewegen, das Haus zu verlassen. Sie rührte sich kaum aus ihrem Schlafzimmer weg. Sie befand sich noch immer in einem schlim-

men Zustand, saß die meiste Zeit des Tages mit der Bibel in der Hand da und hielt Zwiesprache mit Gott oder ihrem toten Ehemann.
Amelia hatte sich selbst immer für eine Christin gehalten und ihre Kinder als Christen erzogen, aber diese strenge Haltung war entnervend und ungesund. Thomas hatte Lilian, die einst ebenso hübsch und lebhaft gewesen war wie sie selbst, in ein schwermütiges, hohläugiges Wesen verwandelt, vor dem die Kinder flohen.
Nathaniel, der nur sehr schwer Sympathie für eine Frau aufbringen konnte, die ihre ganze Weiblichkeit verloren hatte und lustlos und gleichgültig geworden war, raffte seine ganze Geduld zusammen und versuchte, Lilian dazu zu bringen, sich nicht mehr gehenzulassen. Er erwartete von seiner eigenen Frau, daß sie selbst auf der Höhe einer Belagerung oder eines Kampfes noch immer sauber und adrett aussah. Wenn es zum Schlimmsten kam, brauchte man jedes Paar Hände. Und Lilians seien doch erfahren, erfahrener als alle anderen hier. Sie sollte ihren eigenen Kummer vergessen und sich um die Flüchtlinge kümmern, um jene, die vielleicht erkrankten oder verwundet würden.
Nach der heutigen Episode mit dem Boxer durften sie nicht länger zögern, in die britische Gesandtschaft umzuziehen. In diesem Haus hier waren sie vollkommen schutzlos, da es so nahe am Peking Hotel und am Chien-Men-Tor lag. Es könnte angegriffen oder niedergebrannt werden. Die Boxer pflegten brennende Fackeln auf die leicht entflammbaren Dächer und Wände der Gebäude zu werfen. Feuer versetzte sie in teuflische Erregung.
»Brennt! Brennt! Tötet! Tötet!« schrie Georgie und verfolgte Angel mit einer Peitsche aus Bambus. Das war ein wunderbares Spiel. Auch Angel gefiel es. Für ein Mädchen war sie eine recht gute Kämpferin. Ihre blassen Augen wurden dann gelb wie die eines Tigers. Jetzt war Georgie froh, daß sie und ihre Mutter nach Peking gekommen waren. Beinahe dachte er, der Tod von Onkel Thomas sei ein Glücksfall gewesen.

Leider war es so heiß. Die Luft schien voll von schwarzem Staub zu sein. Die Gärten der britischen Gesandtschaft waren vielleicht kühler. Er und Angel könnten sogar in Prinz Sus Lustgärten hinüberschleichen. Es hieß, er habe sein Haus verlassen, diesmal ohne die üblichen Fanfarenstöße. Angeblich sollte immer ein Reiher zum See im Garten kommen. Es wäre lustig, ihm zuzuschauen.

Den Carringtons wurden Zimmer im Rückgebäude der Gesandtschaft zugewiesen. Das war ein Glück, denn dadurch hatten die Kinder Zutritt zu den Gärten, wo es relativ sicher war. Allerdings gab Amelia die strikte Anweisung, daß sie sich nicht weiter als bis zu den Tennisplätzen entfernen durften. Sie wollte sie in Sichtweite haben. Am liebsten hätte sie sie überhaupt nicht hinausgelassen, aber man konnte Kinder in dieser Hitze nicht einsperren.
Sie wurden alle zusammengepfercht: Sie und Nathaniel hatten ein kleines Zimmer für sich, daran schloß sich das Zimmer der Kinder an. Die fanden es herrlich, auf Feldbetten zu schlafen, während Ah Wans Strohlager auf dem Gang aufgeschlagen wurde. Das dritte Zimmer mußte sich das unglückselige Trio Lilian, Miß Deacon und Cassidy teilen.
Die anderen Dienstboten, Li, Ching und seine Hilfskräfte, hatten unterwürfig vorgeschlagen, zu bleiben und sich um das Haus des großen Herrn zu kümmern. Die Versuchung, die Herrin nur um ein paar Eier zu betrügen, nahm andere Dimensionen an. Man konnt nicht sagen, auf welcher Seite sie standen. Sie konnten sich sehr gut als Verräter entpuppen. Nathaniel wollte kein Risiko eingehen. Er zahlte der undurchsichtigen kleinen Gruppe den Lohn aus und schickte sie weg. Das Haus, sagte er, würde verschlossen.
Mit dem Laden war es eine andere Sache. Er haßte den Gedanken, so viele Schätze unbewacht zu lassen. Er konnte nur die Falltür zunageln, die in den Keller führte, sie zum Schutz gegen Feuer dick mit Sand bedecken und die Rolläden herunterlassen, damit niemand von außen in die Ge-

schäftsräume blicken konnte. Danach meldete er sich freiwillig beim Militär. Nach all den Gerüchten und Vermutungen war aktive Tätigkeit eine Erleichterung. Außerdem mußte er von all diesen Frauen weg, die in drei kleine Räume zusammengepfercht waren. Er merkte, daß Amelia große Angst hatte. Anzeichen von Schwatzhaftigkeit zeigten sich, obwohl sie sich sehr zusammennahm. Sie war blaß, preßte die Lippen aufeinander und konnte sich nicht entspannen, wenn die Kinder außer Sichtweite waren. Er wußte, sie wollte nicht so herunterkommen wie ihre Schwester, und weil er das wußte, behandelte er sie rücksichtsvoll und zärtlich.

Lilian saß noch immer apathisch herum, ohne Interesse für irgend etwas, mit allen Anzeichen tiefster Depression. Wenn sich alle Frauen so aufführten, falls die Feindseligkeiten begannen und sie Brutalitäten mitansehen mußten, stellten sie ein ziemliches Problem dar.

Aber Nathaniel war sicher, seiner Frau würde das nicht passieren. Sie war immer ungemein diszipliniert und stolz gewesen. Auch der alten, guten Cassidy nicht, dieser eingefleischten Britin. Was Medora betraf, sie schien offensichtlich von der Gefahr zu leben. Mit allgemeiner Zustimmung waren die Unterrichtsstunden der Kinder abgesetzt worden. Medora verbrachte die meiste Zeit des Tages damit, sie auf unbeschwerte Weise zu beschäftigen. Sie spielte lustige Spiele mit ihnen und rief und schrie so laut wie sie. Sie war zu einem erwachsenen Kind geworden, zu einer kindlichen Erwachsenen. Aber wenn ihre glühenden Blicke Nathaniel trafen, waren sie alles andere als kindlich. Er fragte sich manchmal, ob sie völlig normal war. Sie bestand aus zwei verschiedenen Persönlichkeiten. Interessant. Er fühlte sich zu ihrer Wildheit auf seltsame Weise hingezogen. Sie war ein Teil dieses bizarren Abenteuers.

Als immer mehr Flüchtlinge hereinströmten, wurde die Gesandtschaft unangenehm überfüllt. Vor allem wurde die Lage kritisch, nachdem ein Mandschu-Diener berichtete, daß er drei lange, mit Schwertern und Speeren beladene

Wagen durch das Ha-Ta-Tor in die äußere Stadt hatte einfahren sehen. An diesem Tag wurde auch bekannt, daß keine Züge mehr von Tientsien abfuhren. An den schwarzen Rauchwolken in der Ferne konnte man erkennen, daß die Haupttribüne an der Rennbahn brannte.

Spione berichteten, daß die Kaiserinwitwe von ihrem Sommerpalast in den Winterpalast zurückgekehrt sei und tief im Komplott mit dem hinterhältigen Prinz Tuan stecke. Noch alarmierender war, daß die Kansu-Armee vor dem Tempel des Himmels lag. Es wäre optimistisch gewesen zu glauben, daß die Armee versuchen würde, einen Angriff der Boxer zurückzuschlagen. Sie steckte mit den Rebellen unter einer Decke. Davon war Colonel Manners überzeugt. Er beschwor den britischen Gesandten unter vier Augen, dringend an den Admiral der britischen Flotte um Truppenverstärkung zu telegrafieren. Man durfte sich nicht um die Säumigkeit der anderen Gesandten kümmern. Mochten sie dann eben auch von zuverlässigen britischen Truppen beschützt werden.

Denn nach und nach würden alle in die britische Gesandtschaft übersiedeln. Sie befand sich in der sichersten Position und war das weitaus geräumigste Gebäude im ganzen Viertel.

Bereits jetzt war das Haus überfüllt mit Flüchtlingen, mit müden und hohlwangigen Missionaren und ihren Helfern sowie einer Unmenge konvertierter Chinesen, die nichts anderes bei sich hatten als ein paar Bündel mit ihren wenigen Habseligkeiten. Sie alle kampierten zwischen Töpfen, Pfannen und Reissäcken auf dem Boden.

All diese Menschen mußten verköstigt werden. Sie würden sich wohl bald mit Pferdefleisch begnügen müssen, vermutete Colonel Manners, obwohl im Augenblick noch genügend Vorräte vorhanden waren.

Und das Peking Hotel hatte offenbar unzählige Kartons mit Champagnerflaschen und einen kleinen Vorrat an exotischen Gerichten in Büchsen auf Lager, die nach und nach an die Privilegierten verteilt werden konnten. Aber wenn die Belagerung mehrere Wochen dauern sollte, es kein Wasser mehr gab und sie alle vom Champagner betrunken waren, einschließlich der Kinder, würde es ein feines Picknick geben.

Nach dem Brand der Haupttribüne an der Rennbahn wurden von allen Gesandtschaften Wachen an der Tatarenmauer aufgestellt, die rund um die Uhr Dienst tun mußten. Im britischen Teil waren fünfhundert Marinesoldaten damit beschäftigt, ihre Gewehre zu reinigen und den Bestand an Munition zu überprüfen. Es gab ein altertümliches Maschinengewehr, das dauernd Ladehemmung hatte.

Colonel Manners streifte den ganzen Tag umher. Seine alten Knochen steckten in einer stolzen Militäruniform, und er war ständig in Versuchung, dem seiner Meinung nach jämmerlichen Haufen von Soldaten seine Kommandos zuzubrüllen. Seine Zeit würde kommen, davon war er überzeugt. Seine lächerlichen achtzig Jahre zählten rein gar nichts, wenn der richtige Krieg begann. Er war nicht für immer dazu verdammt, den Kindern beizubringen, wie sie sich während einer Belagerung zu verhalten hatten; wie man Nahrungsmittel und Wasser einteilte; daß man sich nicht weit vom Haus entfernte, und nicht in Panik und Geschrei ausbrach, wenn der Feind angriff.

Die Eltern fanden, er erweise ihnen einen großen Dienst. Lady Comerford, die sich in einem winzigen Zimmer, einer Abstellkammer, eingerichtet hatte, war voller Bewunderung und fühlte sich beinahe sicher, wenn diese magere, aufrechte Gestalt in der Nähe weilte. War sie allein, zwitscherte sie vor sich hin wie ein soeben gefangener, verzweifelter Vogel. Ihre Dienstboten hatten sie verlassen. Sie traute ihnen sowieso nicht. Ihre Zofe Lily war mit einem Palasteunuchen von ungeheurer Körpergröße verheiratet, der wollte, daß sie sich nur ihren Kindern widmete, von denen sie drei von einem früheren Ehemann hatte. Lady Comerford traute ihm nicht über den Weg und hatte keine Skrupel, ihre Gefühle Lily gegenüber zu äußern. Diese verbeugte sich und bedauerte höflich, daß die Herrin sich

›fülchte‹, aber es gäbe gar keinen Grund, sich zu ›fülchten‹. Lady Comerford machte sich jedoch mit dem Gedanken an einen Tod in Würde vertraut.

Es sei sehr falsch, sagte Henrietta entrüstet, daß ein kleiner Junge das Zimmer mit drei Mädchen teile. Georgies Feldbett sollte in eine Ecke hinter einen Wandschirm gestellt werden.
Es gab jedoch keinen Wandschirm. Mama meinte beruhigend, es genüge vollkommen, wenn Georgie sich beim Auskleiden umdrehe. Es gab eben Zeiten, da mußten Zugeständnisse gemacht werden. Außerdem war er ihr Bruder. Aber er ist nicht Angels Bruder, dachte Henrietta. Es war wirklich ziemlich schockierend, daß Angel Georgie beim Ausziehen zusehen konnte, auch wenn er ihr den Rücken kehrte. Sie hatte ja schließlich keine eigenen Brüder.
Aber Angel sah Henrietta mit ihrem unerträglich verächtlichen Blick an und bemerkte, daß man ja nicht jahrelang in einer Missionsstation leben könne, ohne Tausende von nackten kleinen Jungen zu sehen. Henrietta sei wirklich ziemlich altmodisch, nicht wahr? Das einzig wichtige war, daß einem der Kopf nicht abgeschlagen wurde. Und um nicht dauernd daran denken zu müssen, war es nötig, sich immer neue Dinge auszudenken. Aufregende, gefährliche Sachen, bei denen Georgie ein williger Partner war.
Mehr als der Mangel an Privatsphäre beim Ankleiden entsetzte Henrietta, daß sie nicht täglich baden oder sich wenigstens frische Unterwäsche anziehen konnte. Das Wasser von den innerhalb des Gesandtschaftsviertels gelegenen Brunnen war rar und mußte rationiert werden. Jeden Abend wurde ein Emailbecken gefüllt, und darin mußten sich alle Kinder waschen, ganz gleichgültig, wie schmutzig das Wasser dabei wurde. Henrietta wollte immer als erste drankommen. Sie konnte es nicht ertragen, nach Angel oder auch nach Lucy zu kommen, und Georgie war immer so schmutzig wie ein Kaminfeger. Außerdem war sie die älteste und wählerischste. Aber die älteste zu sein, hieß auch

Verantwortung zu tragen, wie ihr Mama immer wieder sagte. Es war daher wichtig, gerecht zu sein. So schlug sie vor, daß das Los darüber entscheiden sollte, wer als erster das Wasser benutzen dürfe.
Mama lobte sie für ihre Klugheit.
»Das ist mein gutes Mädchen«, sagte Amelia und fügte hinzu, daß ihr Henrietta eine große Hilfe sei.
Aber Angel maulte, das sei langweilig und wer kümmere sich schon darum, ob man gewaschen war oder nicht. Gott liebte einen ebenso, wenn man schmutzig wäre.
Das hatte ihr Papa immer gesagt. Und wie hatte er in den Himmel gehen müssen, ganz ohne Kopf. So ein bißchen Schmutz schadete nichts. Sie verabscheute Henrietta wegen ihrer selbstzufriedenen Überlegenheit. Und Lucy war ein ängstlicher kleiner Einfaltspinsel. Sie und Georgie hatten vor, morgen ganz mutig zu sein und zu den Soldaten auf die Tatarenmauer zu gehen.
Henrietta schnappte nach Luft.
»Das könnt ihr nicht tun! Ich werde es Mama und Papa sagen!«
Georgie grinste breit und zeigte dabei seine Zahnlücken.
»Sei doch nicht blöd, Hen. Sie macht nur Spaß. Die Soldaten würden uns gar nicht vorbeilassen. Wir wissen das; denn wir haben es heute versucht.«
»Georgie! Du schlimmer Junge!«
»Wir haben es nur versucht. Wir wollten sehen, ob irgendwo noch Feuer brannten. Ah Wan sagte, das Feuerwehrdepot sollte angezündet werden.«
»Wo ist denn das?«
»Das ist am Bahnhof. Du weißt aber auch wirklich gar nichts. Weißt du, es wird gräßlich langweilig, wenn wir den ganzen Tag hier herumhängen müssen. Wir waren schon überall im Garten und haben nirgends den Reiher gesehen. Wir dachten, wir gehen morgen zu Prinz Sus Haus. Du und Lucy, ihr könnt mitkommen, wenn ihr wollt.«
»Ich bin sicher, wir dürfen nicht.«
»Miß Deacon würde uns lassen. Sie fürchtet sich nicht. Sei

bloß nicht bös auf Angel, Hen.« Georgie lächelte entwaffnend. »Sie sagt, ihre Mutter spricht nicht mit ihr, und sie will lieber schlimm sein als sich fürchten.«
Henrietta versuchte, das zu verstehen, aber es gelang ihr nicht. Es führte doch zu überhaupt nichts, wenn man schlimm war, und diese Angel übte wirklich einen schlechten Einfluß auf Georgie aus. Die beiden verschwanden manchmal stundenlang, und sie hatte Lucy am Hals, die ihr wie ein Schatten folgte und wirklich zu oft erschrak.
Mama und Cassidy verbrachten viel Zeit damit, Leintücher zu zerschneiden und Bandagen daraus zu machen. Es war sinnlos, mit Tante Lilian zu sprechen. Wenn man ihr in die Augen schaute, war einfach nichts drin. Aber Lady Comerford freute sich immer, die Kinder in ihrem kleinen Zimmer zu sehen. Sie gab ihnen kleine Schlückchen Champagner und erzählte ihnen lange, zusammenhanglose Geschichten. Sie trank eine ganze Menge Champagner, dadurch wurde sie fröhlich, bis sie schließlich einschlief.
Miß Deacon war hier und dort und überall. Eigentlich sollte sie ja bei den Kindern bleiben, aber Papa hatte beschlossen, daß die Kinder, besonders Henrietta, alt genug waren, um sich in solchen Ausnahmefällen vernünftig aufzuführen, wenn sie zwischendurch einmal allein gelassen wurden. Das Kanzleigebäude wurde in ein Krankenhaus verwandelt. Miß Deacon hatte sich angeboten, die Fußböden zu schrubben und Tische herzurichten, die für Operationen gebraucht wurden. Glücklicherweise standen Ärzte zur Verfügung, und von einem der Deutschen hieß es, er sei ein ausgezeichneter Chirurg. Es war sehr heiß und luftlos in diesem Notkrankenhaus, und die Fliegen wurden zur Plage. Zum Glück hatte es bis jetzt nur einen Patienten gegeben, einen Marinesoldaten, der im Dunkeln über ein Hindernis gefallen war und sich das Bein gebrochen hatte.
Papa sagte, er sei im Dunkeln sehr vorsichtig. Wenn er schon im Krankenhaus landen sollte, dann wegen einer ehrenhaften Schußwunde. Sorglos fügte er hinzu, ob Miß Deacon ihm dann vielleicht auch die Stirn trocknen würde.

»Miß Deacon ist hier, um sich um unsere Kinder zu kümmern«, sagte Mama ziemlich scharf.
»Wir sind alle hier, um uns gegenseitig zu helfen«, antwortete Papa. »Ich vertraue den Kindern, daß sie vernünftig genug sind, im Haus zu bleiben, wenn es anfängt Kugeln zu hageln.«
»Ich wünschte, ich könnte mehr tun als nur Böden schrubben«, rief Miß Deacon und ihre Augen leuchteten. »Könnte ich nicht lernen zu schießen?«
»Nein«, sagte Papa kurz. »Verdammt, diese Hitze! Entschuldigung. Ich habe sechs Stunden lang von dieser Mauer in die Hitze gestarrt. Da kann man schon die Geduld verlieren. Gibt es hier nichts zu trinken?«
»Nur warmen Champagner«, sagte Mama. »Vielleicht kann Cassidy dir einen Tee machen.«
»Jasmin?«
»Ja, ich fürchte.«
»Was für ein Getränk für einen Mann! Ich gehe zum Pekinghotel und sehe nach, ob sie dort Bier haben. Übrigens, die Vertreter der Gesandtschaften hatten eine Besprechung, und Sir Claude MacDonald hat das Oberkommando erhalten. Dem Himmel sei Dank dafür! Colonel Manners wird sich darüber freuen. Ich glaube, er hat schon versucht, sich darauf einzustellen, unter einem Deutschen, einem Russen oder sogar unter einem Japaner zu dienen. Nun aber eine weniger erfreuliche Nachricht. . . . ich muß euch sagen . . .«
»Was?« fragte Mama atemlos.
»Vor einer Stunde sind die Boxer in die Stadt eingedrungen, haben Kirchen, Häuser, Seidengeschäfte und das, was sie ausländische Medizinläden nennen, in Brand gesteckt. Sie hegen offenbar ein tiefes Mißtrauen gegen fremde Medizin. Die Londoner Mission und die Blindenschule wurden zerstört, und die Römisch-Katholische Kirche ist in Gefahr. Sie versuchen, alles Fremde zu vernichten. Sie sind noch immer weit weg, und wir haben alle Tore geschlossen. Aber wenn ihr nachts das Grölen und Schreien hört, bleibt im Haus. Ihr seid hier alle in Sicherheit.«

Mama sprang auf, ihre Augen weiteten sich vor Schreck. Wie machte sie es nur, fragte sich Henrietta bewundernd, daß sie immer so sauber aussah. Ihre weiße Bluse war tadellos in Ordnung, ihr wunderschönes goldenes Haar lag ihr um den Kopf wie die Blütenblätter einer Chrysantheme.
»Du, Nathaniel, bleibst doch bei uns?«
Da stand Papa, groß, gut aussehend, mit seinen wachen, schwarzen Augen.
»Ich sagte es dir schon, ich will nur nachsehen, ob ich Bier bekommen kann.«
»Aber dann?«
»Zurück auf meinen Posten, Liebes.«
Miß Deacon machte eine heftige Bewegung.
»Oh, könnte ich nicht . . . gibt es nichts . . .«
»Ihre Aufgabe ist es, die Kinder zu Bett zu bringen und sie ruhig zu halten. Ist Ihnen das nicht wichtig genug?« Papa sprach so scharf, daß Miß Deacon errötete. Sie war unglücklich. Er schien sie für ziemlich dumm zu halten. Dann fügte er mit seiner normalen Stimme hinzu: »Henrietta, hast du dir das Motto für heute gemerkt?«
»Ja, Papa. Seid mutig und gehorsam.«
»Und wart ihr das?«
»Ja, Papa, ich glaube schon.« Ihr Blick huschte zu Angel und Georgie, die zwar mutig gewesen sein mochten, aber doch alles andere als gehorsam. Tugendsam sagte sie: »Wir waren es alle. Und wir haben das Los darüber entscheiden lassen, wer sich zuerst waschen darf. Heute abend ist Angel dran.«
»Dann soll sie für die kleine Vergünstigung dankbar sein. In ein paar Tagen wäscht sich vielleicht niemand mehr.«

Amelia konnte in dieser absoluten Dunkelheit nicht schlafen. Sie versuchte immer wieder, ihre ersten, begeisternden Eindrücke über China zu rekapitulieren. Da war jener Morgen, an dem man zum erstenmal den Frühling spürte, wenn sich die Mandel- und die Pflaumenblüten im blaßrosa Morgenlicht über einer graubraunen Landschaft öffneten. Die Blumen kamen zuerst in diesem Land, das Grün sehr viel

später. Aber die Vögel trafen zur Pflaumenblüte ein, und die Frühlingssonne verwandelte die Dachfirste der Kaiserstadt in Gold und Zinnober. Die Intensität der Farben erzeugte körperliches Wohlbefinden.
Dieser Frühling war leider von der Dürre gezeichnet, die liebliche Fülle der Blüten hatte sich nur allzu rasch in Braun verwandelt. Aber selbst da hatte man das Wunder gesehen und Gedichte darüber gelesen.
Während sie im Dunkeln lag, versuchte Amelia ihre Gedanken zu beruhigen, indem sie laut Gedichte aufsagte.

»Das Fischerboot treibt langsam in die Ferne
Im Frühling und im Herbst sind Dunst und Wellen gleich
Ein kleines Feuer nur, um mich zu wärmen
Wo werd ich heute nacht vor Anker gehn?«

Aber die kühlen, zarten Worte hatten ihren Zauber verloren. Sie wiederholte sie nur verständnislos, während sie angestrengt auf die Geräusche lauschte, die Nathaniel angekündigt hatte. Sie bildete sich ein, Lärm zu hören, aufbrausend und wieder verebbend wie die Brandung an den Felsen. Hin und wieder hörte man ein weit entferntes Knallen, wie Gewehrschüsse. Sie hatte allerdings noch nie in ihrem Leben Gewehrschüsse gehört. Sie konnte die Ursache des Krachens nur erraten. Sie dachte an Nathaniel oben auf der großen Mauer in der drohenden Nacht, und die Angst kroch ihr in die Glieder und lähmte sie.
In der ersten Morgendämmerung stand sie auf und sah nach den Kindern. Sie schliefen fest. Henrietta hatte den Arm schützend um Lucy gelegt, Angel lag mit dem Gesicht nach unten in den Kissen. Sie schlief mit der gleichen grimmigen Intensität, mit der sie lebte. Georgie dagegen nahm seine ausgeprägte Unschuld mit in den Schlaf. Seine Lippen waren leicht geöffnet, und die Wimpern lagen auf den weichen Wangen.
Wie sehr wünschte sie, sie könnte ihnen die beinahe unvermeidlichen Schrecken ersparen, die vor ihnen lagen. Welche Wirkung würden die Ereignisse auf ihr späteres Leben haben? Sie fürchtete, daß Angel, das arme Kind, ernsthaft

gestört war und ihre Ängste in fieberhafter Aktivität abzureagieren versuchte. Die schüchterne Lucy war am meisten gefährdet. Henrietta war entschlossen, sich unter allen Umständen gut zu benehmen, und Georgie empfand das Ganze vielleicht sogar als aufregendes und angenehmes Abenteuer.

Es war eine schreckliche Verantwortung, die Kinder zu schützen und ruhig und gelassen alle Dinge zu tun, die von einer Frau während einer Belagerung verlangt wurden, wobei die ganze Zeit die Angst um Nathaniel an ihr zehrte. Lilian, tief in ihrem Schock und anscheinend völlig unempfindlich für das, was um sie her vorging, war beinahe zu beneiden. Auch Miß Deacon, die keine Angst kannte. Nathaniel bewunderte das, das wußte Amelia. Deshalb versuchte sie so verzweifelt, selbst ruhig, gelassen und heiter zu wirken. Aber sie kam einfach nicht von dem Gedanken an Nathaniel los. Was erlebte er wohl jetzt in der mondlosen Nacht auf der großen Mauer? Den Rauchgeruch, der von der Stadt her kam, das entfernte Geschrei, verstohlene Bewegungen im Dunkeln, das plötzliche Aufflammen einer Fackel, die unmittelbare Gefahr des Feuers, die dahinkriechenden Stunden der langen Nacht ...

Als Nathaniel kurz vor Anbruch der Dämmerung nach Hause kam, warf er sich auf das Strohbett auf dem Boden. Rauchgeschwärzt und angekleidet wie er war, fiel er erschöpft sofort in tiefen Schlaf. Noch lange nach Tagesanbruch wagte Amelia nicht, sich zu rühren, um ihn nicht zu stören. Sie lag da und betrachtete liebevoll sein grimmiges Gesicht, die geschwungenen schwarzen Brauen, seine eingefallenen Wangen, und eine seltsame Sehnsucht erfüllte sie, die sie nicht begriff. Als Cassidy auf Zehenspitzen eintrat und eine wundervolle Tasse mit frisch aufgebrühtem Tee brachte, bedeutete sie ihr, still zu sein. Ein müder Mann war viel anfälliger für die Gefahr. Sie würde Nathaniel nicht erlauben, seinen Posten wieder anzutreten, ehe er sich völlig erholt hatte. Wenn nötig, wollte sie selbst gegen die Feinde kämpfen.

Man erfuhr, daß sich während der Nacht beunruhigende Dinge ereignet hatten: Eine große Menge feindlicher Chinesen war schreiend und mit Fackeln bewaffnet die Straße außerhalb des Chien-Men-Tores hinaufgestürmt, und die belagerten Gesandtschaften hatten beschlossen zu handeln. Das Tor wurde geöffnet und ein Maschinengewehr in Stellung gebracht. Nach einem Hagel von Schüssen griffen die deutschen und japanischen Soldaten mit aufgesteckten Bajonetten und unter lautem Trompetensignal an. Entweder waren die Boxer eingeschüchtert oder es gehörte zu ihrer Taktik, jedenfalls zogen die Feinde ab und ließen am Ende der Straße nur die brennenden Fackeln zurück. Wie eine böse Prophezeiung! Von den Boxern war keine Spur mehr zu sehen. Falls sie inmitten der Menge gestanden hatten, waren sie verschwunden wie Phantome. Nicht so ihre Verwüstungen.
Die Römisch-Katholische Kirche stand in Flammen, auf den Straßen lagen verkohlte und verstümmelte Leichen. Im rosigen Morgenlicht ergoß sich ein Strom von Flüchtlingen durch die geöffneten und schwer bewachten Tore. Die Menschen waren schmutzig und erschöpft, von den Strapazen entkräftet. Schauergeschichten machten die Runde. Die Boxer seien teuflisch und gnadenlos, wenn sie ihr endloses ›Scha! Scha!‹ schrien und ihre todbringenden Schwerter schwangen. Außerdem besaßen sie die Fähigkeit, sich in Luft aufzulösen. Vielleicht besaßen sie wirklich übernatürliche Kräfte!
Im Krankenhaus im Kanzleigebäude begann die erste ernsthafte Arbeit. Und Medora merkte mit stillem Stolz, daß sie den Anblick von Blut viel besser ertragen konnte als viele ihrer Landsleute. Da war ein junger österreichischer Soldat, der wahrscheinlich sein Bein verlieren würde, und ein riesiger, bärtiger Kosak, der als Zielscheibe gedient hatte. Er wurde auf scheußliche Weise im Nacken verwundet. Während er geholfen hatte, das altertümliche Maschinengewehr zu laden, hatte ihn ein Chinese mit dem Schwert erwischt. Sehnen und Muskeln waren durchtrennt, und sehr wahr-

scheinlich würde er für immer gelähmt sein. Das hatte man ihm allerdings noch nicht mitgeteilt. Medora hätte ihm gerne geholfen zu sterben. Hier und jetzt. Sie konnte den Gedanken nicht ertragen, daß dieser herrliche Körper für den Rest seines Lebens nutzlos sein sollte.
Statt dessen lächelte sie, in ihren Augen lag wieder dieser verlockende Glanz. Sie half dem halb Bewußtlosen, ein wenig kalten Tee zu trinken.
»Tut mir leid, daß es kein Wodka ist«, sagte sie. Sie fragte sich, wie sie sich verhalten würde, wenn Nathaniel Carrington auf einem dieser Notbetten hilflos vor ihr liegen würde. Jetzt, nachdem er zur Kampftruppe gehörte und ständig der Gefahr ausgesetzt war, erfüllte sie eine große Unruhe. Schon lange wußte sie, daß sie den körperlichen Kontakt mit ihm wollte. Es erregte sie, wenn er nur flüchtig ihren Arm berührte. Seit der Nacht, in der die Geburtstagsparty der Königin gefeiert wurde, sehnte sie sich ernsthaft nach ihm. Wie konnte sie ihn nur dazu bringen, sie zu küssen?
Jetzt, in Anbetracht der Gefahr, in der sie alle schwebten, wollte sie viel mehr. Vielleicht hatte sie nur noch wenig Zeit. Wer konnte das wissen? Schon morgen konnte Nathaniel hilflos vor ihr liegen wie dieser prachtvolle Kosak. Oder tot.
Man mußte das Leben auskosten, solange man es noch konnte.
Wie immer erging sich Medora in Träumen und Phantasien. Aber sie schmiedete auch Pläne für die Zukunft. Die Nächte waren dunkel, und manche davon würden sicherlich ohne Feindangriffe vorübergehen. Sie konnte mit Leichtigkeit herausfinden, wann Nathaniel seinen Posten an der Mauer verließ. Letzte Nacht hatte sie gewußt, wann er zurückkommen würde. Sie war wach gelegen, bis sie gehört hatte, wie er auf das Strohbett plumpste. Nur eine dünne Wand trennte sie. Sie war ihm näher als seine Frau, was den räumlichen Abstand betraf. Dieses Wissen war sowohl erfreulich als auch beunruhigend. Eines Nachts würde sie hinausgehen und auf ihn warten. Was in Friedenszeiten

in dem gut geführten, ordentlichen Haus in der Gesandtschaftsstraße unmöglich schien, stand nun unmittelbar bevor.
Ihr war der Ausdruck in Nathaniels Augen nicht entgangen. Sie hatte diesen Ausdruck oft genug in den Augen anderer Männer gesehen. Ungeachtet ihres unscheinbaren Äußeren besaß sie eine mächtige Anziehungskraft auf Männer. Es hatte nichts genützt, daß ihre Mutter und dann die entsetzte und schockierte Tante Agatha ihr einzureden versuchten, sie bilde sich das nur ein, sie wolle sich wichtig machen und einen Ausgleich für ihre Dummheit suchen. Sie hatte zu viele Beweise für das Gegenteil. Ein Mann wollte keine Schönheit, nicht einmal die liebliche, weißhäutige, goldblonde Schönheit von Amelia Carrington. Es war etwas anderes: ein tiefes, heftiges Verlangen, eine Unruhe, die sie alle erkannten.
Niemand hatte diese Gefühle so stark in ihr erweckt wie Nathaniel Carrington. Sie träumte davon, wie in diesem beherrschten Gesicht Begierde zum Ausdruck käme. Ein Ausdruck, den seine sanfte, zärtliche Frau noch niemals zu sehen bekommen hatte, dessen war sie sicher.
Genau diesen Ausdruck wollte sie sehen. Sie wußte, sie war schlecht. Nicht immer. Nicht, wenn sie sich an den Spielen der Kinder beteiligte oder gerade jetzt, wo sie Mitleid empfand für den bärtigen Russen. Aber wenn das, was man Verdorbenheit nannte, über sie kam, wurde sie von einer wilden, wunderschönen Sturmwolke davongetragen, und das Leben war unwiderstehlich und herrlich und mußte bis an die Grenzen ausgekostet werden, bis einem der Atem verging. Man stelle sich das Leben und letzten Endes den Tod dieser elenden Eunuchen vor, die niemals erfuhren, was letztlich der Ausdruck von Liebe war.
Der Mai, Königin Viktorias Geburtstagsmonat, war noch immer nicht vorüber, und so viel war doch schon geschehen. Alles hatte sich sehr verändert. Sicherlich konnte man die Moral nun vergessen.

England

Mai 1975

9

Die frühe Maisonne schien hell in das fröhliche kleine Eßzimmer, wo Georgina und Hugh beim Frühstück saßen. Die frisch belaubten Platanen belebten mit ihrem üppigen Grün die sonst so stille Kensington Street.

Wie immer an einem schönen Frühlingsmorgen war Georgina gut gelaunt. Sie trug ein rosa Hauskleid mit einer Rüsche am Halsausschnitt. Ihr Haar hing lose herab, und ihr Gesicht sah ohne Make-up sehr jung aus. Er mochte sie sehr, dachte Hugh, aber sie war ihm einfach zu vertraut. Und während die Frühlingssonne Georgina glücklich und zufrieden machte, überkam ihn dabei eine gewisse Unruhe. Er brauchte ein kleines Abenteuer. Nur ein ganz kleines. Er wußte, er würde die Verabredung heute nachmittag einhalten.

Nur einfach deshalb, weil er neugierig war und weil das Leben in letzter Zeit einfach nur noch aus Gewohnheiten bestanden hatte. Schwierige und unerfreuliche Fälle bei Gericht und die üblichen Abende zu Hause vor dem Fernseher, während Ben seine Hausaufgaben machte und Georgina still und verträumt daneben saß. Sie steckte augenblicklich in einer besonders träumerischen Phase. Er sehnte sich nach Aggression, nach einem ordentlichen Streit, nach einem bißchen Aufregung. Die Ehe sollte nicht langweilig sein, gleichgültig auf welch solider Grundlage sie stand. Allerdings konnte man auch nicht dauernd auf einem Höhepunkt dahinreiten. Mußten nach neun Jahren des Zusammenlebens mit einer Frau die Anregungen von außen kommen?

Hugh raschelte ungehalten und nervös mit seiner Hälfte der ›Times‹ und überhörte beinahe Georginas Ausruf.
»Du lieber Himmel! Welch ein Preis! Großvater muß sich ja im Grab umdrehen.«
»Welcher Preis und wofür?«
»Für einen chinesischen Weinkrug bei Sotheby. Hunderttausend Pfund!«
»Das glaube ich nicht. Kein Stück Geschirr kann so viel wert sein.«
»Das schon, wenn man dem Händler glauben kann, der es gekauft hat. Ein Ching-te-Cheng-Weinkrug aus dem vierzehnten Jahrhundert mit kupferroten Blumen und kobaltblauer Verzierung - alles unter Glasur. Es gibt nur drei bekannte Exemplare dieser Art. Mein Großvater war seiner Zeit voraus, als er ahnte, wie wertvoll chinesische Kunst sein würde. Schon vor siebzig Jahren muß er das erkannt haben, denn er behielt die besten Stücke für sich.«
»Was bedeutet, daß deine Tante Suzie auf einem Vermögen sitzt.«
»Genau das denke ich auch«, sagte Georgina langsam. »Nur betrachtet sie ihre Sachen nicht als Wertgegenstände in diesem Sinn. Sie liebt es nur, sie zu besitzen.«
»Bist du sicher? Ich vermute, da war mehr im Spiel als nur romantisches Getue, als sie sich schlauerweise diese Sachen anstatt Bargeld aus der Erbschaft deines Großvaters aussuchte.«
»Nein, da stimme ich dir nicht zu. Sie brauchte kein Geld. Sie konnte es wie alle leidenschaftlichen Sammler einfach nicht ertragen, daß jemand anderer die Sachen bekommen sollte, die sie haben wollte.«
»Dann ist es nur schade, daß dein Vater in bezug auf diese Werte keine Weitsicht gezeigt hat.«
»Das war nicht Weitsicht, die ihm abging, Hugh. Es war ein ausgesprochener Widerwille gegen diese Sachen. Er dachte, sie seien mit Blut getränkt - wenn das nicht zu dramatisch klingt.«
»So klingt es aber.«

»Du mußt verstehen, daß er als kleiner Junge - nicht älter als Ben - sehr viel Blut gesehen hat. Deshalb drückte er seine Erinnerung an Peking damit aus, daß er Mandelbäume und Weiden pflanzte und Chrysanthemen und Peonien und kleine Zwergfichten. Ich nehme an, das bedeutete für ihn so eine Art Reinigung. Jedenfalls machte ihn das zu einem reizenden, sanften, liebenswürdigen Mann.«

»Ich weiß«, sagte Hugh. »Er war ein Gelehrter und ein Träumer. Seine Tochter«, er tätschelte ihren Kopf, als er aufstand, »ist nur eine Träumerin.«

»Willst du vielleicht einen Gelehrten zur Frau?«

»Der Himmel bewahre mich!«

»Na also. Übrigens, vergiß nicht, Hugh, nächstes Wochenende ist Tante Suzies Geburtstag.«

»Nein. Nicht schon wieder!«

»Nur einmal im Jahr, wie bei anderen Leuten auch.«

»Das bedeutet, wir müssen zum Drachenhaus? Laß mich aus dem Spiel.«

»Liebling, wir waren seit Januar nicht mehr dort. Das ist ja nicht zuviel verlangt von Tante Suzie. Auch Tante Lucy wird da sein. Wir haben sie lange nicht mehr gesehen.«

»Ein Maiwochenende in diesem traurigen Haus!«

»Bei schönem Wetter kannst du auf den Fluß. Ben möchte sehen, wie weit sein Eibendrachen gediehen ist. Und nach der Lektüre dieses Artikels«, Georgina tippte auf die Zeitung, »könntest du mit Tante Suzie darüber reden, daß sie ihre Sachen neu versichern soll. Ich bin davon überzeugt, dieses große, alte Haus ist niemals richtig abgeschlossen.«

»Wir wollen dem alten Mädchen doch keinen Schreck einjagen, oder?«

»Der jagt nichts einen Schreck ein. Es wäre wirklich entsetzlich, wenn ihr plötzlich ein Einbrecher gegenüberstehen würde, denn ich weiß genau, wer dabei mehr zu Schaden käme.«

»Noch mehr Unglück über diese unglückseligen Schätze«, sagte Hugh.

»Nicht über Bens kleines Jadepony«, murmelte Georgina

angeekelt. »Wir müssen auch an Ben denken. Er wird ein paar der Sachen erben. Tante Suzie hat es versprochen. In dieser Beziehung wird sie ihr Testament nicht ändern, gleichgültig, wie oft sie ihre hübschen jungen Männer wechselt.«

Hugh seufzte tief.

»Verhätschelt sie diesen Schauspieler noch immer?«

»Hal Jessel? Ich glaube schon. Er hält sich länger als die meisten anderen. Soviel ich weiß, hat sie in letzter Zeit kein neues Testament gemacht. Also wird er hoffnungsfreudig um sie herumscharwenzeln.«

»Und seine Freundin?«

»Die, die das züchtige viktorianische Kleid trug? Das war sehr schlau. Hat dich überrascht, nicht wahr?« Georgina rieb ihren Kopf gegen Hughs Magen. »Ich hab den Ausdruck auf deinem Gesicht gesehen.«

»Welchen Ausdruck?«

»Einfach den Ausdruck eines Mannes. Ich mag es, wenn mein Ehemann ein richtiger Mann ist.«

Georginas Stimme war wie üblich von verträumter Unschuld.

Nun, dachte Hugh, wenn sie jetzt wenigstens eifersüchtig toben würde wie die meisten Frauen, könnte er diese Verabredung heute nachmittag absagen.

Könnte. Würde er aber wahrscheinlich doch nicht. In seiner Vorstellung trug er ein kleines, klares Bild von Amy Russell in ihrem weißen Kleid mit sich herum. Nicht etwa, weil er es bewahren wollte, sondern weil er es einfach nicht loswerden konnte. Er wußte, sie war geschäftlich in der Schweiz gewesen, denn er hatte einmal telefoniert, und da war ihm das ausgerichtet worden. Eine längere Arbeit, drei Monate oder so.

Fein, hatte Hugh gedacht. Bis dahin würde er sein drängendes Verlangen überwunden haben, sie einmal bei der Arbeit zu sehen oder vielleicht zum Essen auszuführen. Aber das war nicht der Fall, denn als sie ihn gestern aus heiterem Himmel angerufen hatte, war er schrecklich aufgeregt ge-

wesen und wünschte sich nichts sehnlicher, als sie wiederzusehen.
Daher war es ganz gut, daß Georgina gelassen und nicht mißtrauisch war.
»Übrigens, heute abend wird es ein bißchen später werden. Ich muß zum Wandsworth-Gefängnis hinaus und mit einem Klienten sprechen.«
»Ich wünschte, deine Klienten säßen nicht alle wie Vögel im Käfig, Hugh. Das ist deprimierend.«
»Nicht alle sind schuldig.«
»Kannst du die Unschuldigen von den anderen unterscheiden?«
»Ich glaube, ich kann stolz darauf sein, die Leute zu durchschauen.«
»Ja, aber dadurch wirst du mißtrauisch.«
»Burschen wie Hal Jessel gegenüber? Und weil Einbrecher Tante Suzie in Gefahr bringen könnten?«
»Mach dir keine Sorgen um Tante Suzie. Sie ist die Kaiserinwitwe. Unzerstörbar wie die Boxer - von Geistern beschützt.«
»Deren märchenhafte Kräfte offensichtlich bisher noch nicht geprüft wurden. Also gut, wenn wir hinfahren müssen, pack zusammen, was der modische Herr heutzutage so trägt.«
»Alles gute, Liebling.« Wieder schmiegte sich Georgina an ihn. Ihre Stirn fühlte sich kühl und seidig an. Das kleine, weiße Bild in seiner Erinnerung verschwamm, aber nur für einen Augenblick. Dann war es wieder ganz klar, als er das Haus verließ.

Amy fand, es sei an der Zeit, sich einen Spaß zu gönnen. Sie verdiente das. Frei von Verpflichtungen, erfreut darüber, nach ihrer Abwesenheit den Laden wieder öffnen zu können, und in der Hoffnung auf Kunden, die ihr nicht von Hal oder seinen Freunden geschickt wurden, staubte sie ab, polierte dies und das und füllte alte Worcesterterrinen mit Blumen. Nicht ein einziges chinesisches Stück befand sich

im Laden. Die erlesene Mischung von alten und modernen englischen Dingen bot eine schmeichelnde, freundliche Fassade. Sie sehnte sich danach, selbständig zu werden, frei von Hal und den anderen. Ein Mädchen mußte am Anfang alle Chancen nutzen, um zu dem nötigen Kapital zu kommen. Aber jetzt hatte sie für ihren letzten Job so viel Geld erhalten, daß sie versuchen wollte, sich unabhängig zu machen.
Nicht, daß sie ihr Interesse für chinesische Antiquitäten jemals verlieren würde. Im Augenblick erschien es ihr jedoch weise, ihre beachtlichen Kenntnisse auf Eis zu legen und sich ganz auf englische Dinge zu konzentrieren.
Sie hatte gedacht, Georgina und Hugh Morley könnten ihr von Nutzen sein. Sie waren ein attraktives Paar, das sicherlich die Freunde hatte, die gelegentlich die Dienste einer Innendekorateurin in Anspruch nehmen würden.
Zumindest redete sie sich das ein, als sie aus einer Laune heraus Hugh in seinem Büro angerufen hatte. Der eigentliche Grund war jedoch ein ganz anderer. An jenem Wochenende im Drachenhaus hatte Hugh sie sehr beeindruckt. Sie hatte wirklich beabsichtigt, ihn bald wiederzusehen, aber die Umstände hatten es verhindert. Nun war sie wieder in London, allein und voller Langeweile. Langeweile war etwas, was sie nicht ertragen konnte. Sobald sie die Anzeichen verspürte, ergriff sie Maßnahmen, um diesen Zustand zu beseitigen. Sie geriet da ihrer Großmutter nach, die eine sehr willensstarke und eigenwillige Frau war. Man konnte schließlich gegen Vererbung nicht ankämpfen, oder?
Sie vermutete, einen besonders günstigen Augenblick für ihren Anruf erwischt zu haben, denn Hugh reagierte sehr bereitwillig. Vielleicht langweilte er sich auch? Sie mußte natürlich ganz behutsam vorgehen. Sie würde ihm ihren Laden zeigen, über Möbel und Mode sprechen, über Genf und das Wochenende im Drachenhaus, und sie würde sich nach Georgina und dem kleinen Jungen erkundigen. Wie hieß er noch? Sie mußte sich daran erinnern. Dann, welchen schweren Jungen er in letzter Zeit verteidigt habe, und ob

das Ansteigen der Kriminalität nicht schrecklich sei und so weiter und so weiter.
Dann würden sie etwas trinken, und eines führte zum anderen. Eine weitere Verabredung? Lunch? Abendessen? Bett? Bloß nicht verlieben. Sie verliebte sich nicht. Sie amüsierte sich nur auf diese etwas gefährliche Weise, die ihr solchen Spaß machte. Falls sie richtig vermutete, wollte auch Hugh nichts weiter. Er war im Grunde konventionell und mußte an seine Karriere denken. Aber eine oberflächliche Liebesaffäre würde wenigstens den Sommer erträglicher machen.
Sie war eben dabei, die Drinks in dem sonnigen Wohnzimmer hinter dem Laden vorzubereiten, als das Telefon läutete. Lässig nahm sie den Hörer ab und dachte, daß dieses neue Bild über dem Kamin, eine harmlose Flußszene mit Booten und Sonnenschirmen, genau richtig war für die Stimmung, die sie erzeugen wollte.
»Hier spricht Amy Russell.«
»Das freut mich zu hören.«
Die tiefe, rauhe Stimme mit dem unterschwelligen Zynismus jagte ihr einen warnenden Schauer den Rücken hinab. Oh nein, sie war doch fertig mit ihm!
»Kontrollierst du mich?« fragte sie gereizt.
»Möchte dich nur in London willkommen heißen, mein Engel.«
»Ist irgendwas nicht in Ordnung?« Sie ärgerte sich über sich selbst und über ihre Stimme, der man die Spannung anmerkte.
»Alles ist absolut großartig.«
»Was ist dann los, Bunny?«
»Nur eine kleine Angelegenheit. Wir können ein Köpfchen wie deines nicht verschwenden.«
»Das wird schon nicht verschwendet.«
»Aber auch nicht benützt.«
»Laß mich jetzt. Wirklich, Bunny.«
»Was? Hast du unser kleines Spielchen schon über?«
»Unser kleines Spielchen ist vorüber.«

»Du irrst, mein Engel!« Das zärtliche Dröhnen des vertrauten Lachens zwang sie, den Hörer wegzuhalten. »Es beginnt erst. Hat Hal dich etwa verführt?«
»Was Hal tut, ist seine eigene Sache. Die alte Frau ist ganz verrückt nach ihm. Oder war es.«
»Ist es noch, glücklicherweise. Aber Hal hat nicht deine Sachkenntnis. Man darf ihn nicht aus den Augen lassen - für den Fall, daß er etwas übereilt handeln sollte.«
»Stehlen zum Beispiel?« fragte Amy scharf.
»Ich bin entzückt, daß du verstehst.«
»Was erwartest du also von mir?«
»Die alte Dame gibt nächstes Wochenende eine Geburtstagsparty. Ganz wie Königin Viktoria. Truppen in Alarmbereitschaft. Hal geht. Du auch.«
»Ich bin nicht eingeladen.«
»Du wirst.«
»Jetzt hör mal, Bunny . . .«
»Bist du wirklich so überrascht, Engelchen? Dachtest du, wir würden da aufhören, wo wir sind? Sag mir bloß nicht, dir macht es nicht ebensoviel Spaß wie mir. Du bist eine charmante und begabte junge Frau, aber glücklicherweise eine, für die Liebesgeschichten einfach nicht genug sind. Oder doch?«
»Du könntest mir Gelegenheit geben, das herauszufinden.«
»Rede keinen Unsinn! Das hast du schon vor Jahren herausgefunden. Du legst keinen Wert darauf, deine Talente zu verschwenden.«
Amy zog tief den Atem ein. Sie wurde ganz kribbelig vor Angst, aber nur weil er sie so gut kannte. Niemand hatte sie je so durchschaut wie er. Er wußte genau, daß sie nachgeben würde, wenn er fortfuhr, zwischen Verlockung, Risiko und Erregung herumzutändeln. Und zwar nicht des Geldes wegen, sondern aus reiner Lust am Ränkeschmieden.
Außerdem machte Bunny Beaumont sie nervös. Sie hatte ihn erst zweimal getroffen. Beidemale hatte er sich hinter dunklen Brillen versteckt, so daß sie niemals wirklich sein Gesicht gesehen hatte oder erraten konnte, was er dachte.

Es hatte allerdings genügt, um ihr klarzumachen, daß sie es sich nicht leisten konnte, ihn zum Feind zu haben.
»Was willst du denn, daß ich tue, um Himmels willen?«
»Nur eine kleine Bestandsaufnahme. Und du sollst ein Auge auf unseren gemeinsamen Freund Hal richten. Wie gesagt, er ist nicht gerade berühmt für seine Geduld, und die alte Dame braucht vielleicht länger zum Sterben, als ihm lieb ist.«
»Rechne nicht damit, daß sie überhaupt stirbt.«
»Letzten Endes stirbt jeder.«
»Du lieber Himmel, sollen wir vielleicht jahrelang um das Drachenhaus herumlungern?«
»Ich würde sagen, noch diesen Sommer. Wird vielleicht ein kurzer Sommer.«
Amys Blick wanderte zu dem Bild über dem Kamin. Eine vom Sonnenlicht beschienene Szene - die eleganten Damen unter ihren pastellfarbenen Sonnenschirmen, Trauerweiden und der grüne Fluß. Würde es am ersten Wochenende im Mai im Drachenhaus ebenso sein?
Sie bezweifelte, ob in dieser Situation überhaupt etwas so Unschuldiges und Idyllisches existierte.
Aber wer wollte Unschuld oder Idylle? Schließlich war man ein Geschöpf der modernen Zeit, und keine Romantikerin wie Georgina Morley. Bunny hatte absolut recht: eine Bestandsaufnahme! Was schadete das schon? Sie konnte das Jadepony mit anführen.
»Wenn ich das tue, Bunny ...«
»Ah, du bist noch da! Freut mich zu hören.«
»Ich habe nachgedacht.«
»Hast recht.«
»Wenn ich das tue ...«
»Gibt's noch irgendwelche Fragen? Wenn du wieder nach London kommst, wirst du mit mir Tee trinken und deinen Lohn kassieren. Ganz einfach und harmlos, nicht wahr?«
»Was sagt Hal dazu?«
»Hal tut das, was ich ihm sage. Was für eine idiotische Frage.«

Sie erinnerte sich an ihr erstes Zusammentreffen mit Bunny Beaumont im Hotel Richmonde in Genf. Damals hatte sie für die Fernöstlichen Kunstgalerien gearbeitet, einen Laden, der einst der berühmten Familienfirma James Carrington & Sons gehört hatte. Er war aber nach dem Tod des letzten aktiven Familienmitglieds, Nathaniel Carrington, in andere Hände übergegangen.
Nun sah sie alles wieder vor sich: diese große Zigarre, die überdimensionale Sonnenbrille, eine ungesunde gelbliche Haut und eine untersetzte Gestalt, außerordentlich teuer gekleidet. Dann die rauhe Stimme und der Vorschlag.
Es schien, als wüßte Bunny Beaumont alles über ihr Leben und ihre Fähigkeiten. Schlimmer noch, er wußte, daß sie ebenso zäh wie verwundbar war. Nicht gefühlsmäßig schwach, sondern von der Verwundbarkeit aller Ehrgeizigen. Vielleicht war es Gier? Vielleicht Rache. Ein Opfer der Vererbung, falls dies überhaupt möglich war.
Sie war außerdem jung und einigermaßen attraktiv. Er hatte sie beobachtet. Er sah, sie würde nahtlos in jene englische, besonders klassenbewußte Gesellschaft passen. Und sie war weder durch einen Ehemann noch durch eine neugierige und besorgte Familie belastet. Sie stand allein und wurde damit sehr gut fertig. Aber sie war achtundzwanzig, obgleich sie äußerlich noch immer wie eine jugendliche Gammlerin aussah. Deshalb mußte sie mehr verlangen als die verhältnismäßig bescheidenen Honorare eines Experten für chinesische Keramik. Bunny Beaumont hatte seine Arbeit gut gemacht. Er wußte sogar um das Jadepony. Oder hatte sie ihm davon bei ihrem ersten Zusammentreffen erzählt, als sie sowohl verwirrt als auch angeregt war und die Drinks, die er bestellt hatte, zu schnell hinunterschluckte?
Jedenfalls hatte sie die Aussicht auf ein eigenes Geschäft in London unwiderstehlich gereizt. Er hatte vorausgesehen, daß dies geschehen würde. Möglicherweise hatte er auch geahnt, daß sie sich bemühen würde, ihre Verbindung mit dem Drachenhaus aufrechtzuerhalten, indem sie eine Liaison mit einem ihrer Besucher einging?

War das der unterschwellige Grund für ihren plötzlichen Einfall, Hugh Morley anzurufen?
Mein Gott, wenn das so war, dann besaß dieser geheimnisvolle, mächtige Bunny Beaumont, der nur als massige Figur in der Bar des Hotels Richmond und als Stimme am Telefon existierte, eine ziemlich erschreckende Kenntnis ihrer Beweggründe. Er wußte mehr als sie selbst.
Es war ein sonniger Tag im späten Frühjahr, und sie hatte nur an Liebe gedacht. Dann kam dieser mysteriöse Anruf von Bunny - und jetzt war Hugh da.
Er saß auf der mit Chintz bespannten Couch, starrte das victorianische Gemälde an und sagte, er hätte nicht erwartet, daß dies ihr Geschmack sei.
»Es überrascht Sie, nicht wahr?« sagte sie leichthin.
»Wenn das Ihr Geschmack ist, ja. Aber ich nehme an, Sie wollen es an einen Kunden verkaufen.«
»Welche Künstler glauben Sie, mag ich?«
»Chagall?« riet Hugh.
»Ja, richtig! Falls ich mir einen leisten könnte. Aber das ist recht unwahrscheinlich, solange ich mir meinen Lebensunterhalt auf diese Weise verdiene.«
»War der Job in Genf nicht lukrativ?«
»O doch! Ein alternder Filmstar. Ich möchte keinen Namen nennen. Aber ich habe trotzdem nicht genug verdient, um mir einen Chagall zu kaufen.«
»Ich nehme an, in Ihrem Beruf führt eines zum anderen.«
»Ja, zurück nach Chelsea und South Ken, wo man für nicht allzuwohlhabende TV-Produzenten modische Wohnzimmer gestaltet. Und zu banalen Gesellschaftsszenen an der Wand. Nein, nicht banal. Ich mag das Bild. Ich habe nicht vor, es zu verkaufen. Übrigens« - Amy beobachtete Hughs Gesicht - »ich stelle mir vor, daß wir diese hübsche Szene nächstes Wochenende nachspielen können.«
»Im Drachenhaus? Kommen Sie auch?«
Das aufleuchtende Interesse in seinem Gesicht - er war wirklich attraktiv und typisch englisch - wurde ganz schnell wieder verdrängt.

»Nimmt Hal Jessel Sie mit? Ich hätte nicht gedacht . . .«
». . . daß er meine Kragenweite ist? Sie könnten sich da tatsächlich täuschen. Er ist so schön. Ich sehe ihn mir einfach an.«
»Tante Suzie auch«, sagte Hugh trocken.
»Armes, altes Mädchen - dennoch, ein prächtiges Mädchen! Ich sehe sie mir auch gern an. Dieses Haus hat es mir irgendwie angetan. Ihnen nicht auch?«
»Ich finde, es ist ein scheußliches Mausoleum. Diese verrückte alte Frau und ihr armes Wrack von einem Sohn. Und an diesem Wochenende kommt, zu allem Übel, noch Tante Lucy.«
»Wer ist Tante Lucy? Doch nicht etwa eine weitere Suzie? Oder sollte ich Ts-U-Hsi sagen?«
Hugh sah sie scharf an. Sie merkte, daß ihr der chinesische Name zu glatt über die Lippen gekommen war.
»Tante Lucy ist die älteste Tante meiner Frau. Süß, aber übergeschnappt. Ein alt gewordenes Schäfchen.« Er hielt ein und sah Amy wieder an. »Zu dieser Jahreszeit ist der Fluß eigentlich sehr schön. Und der Garten auch, wenn das trokkene Wetter anhält. Wir werden nicht ans Haus gefesselt sein. Ich bin sehr froh, daß Sie kommen!«
Er war attraktiver, als sie ihn in Erinnerung hatte. Dieser direkte, offene Blick, der sie ganz wahrzunehmen schien. Ihre Spannung und ihre Erregung wuchsen. Sie konnte ihn als ahnungslosen Verbündeten verwenden, um die Geografie des Hauses kennenzulernen und die Anordnung der Wertsachen. Und nebenbei könnte es eine reizvolle sommerliche Liebesaffäre geben.
»Weshalb sind Sie heute gekommen, Hugh?«
»Ich wollte Ihre Arbeitsstätte sehen.«
»Und haben Sie vor, mir Arbeit zu verschaffen? Mich Freunden zu empfehlen?«
»Vielleicht.«
»Gefällt es Ihnen denn?« Sie machte eine ausladende Handbewegung.
»Es unterscheidet sich angenehm von der Inneneinrichtung

des Wandsworth-Gefängnisses, wo ich jetzt angeblich bin. Es gefällt mir. Aber paßt doch nicht ganz zu Ihnen, oder?«
»Zu wem denn?« Amy nahm einen tiefen Schluck aus ihrem Glas und sagte dann mit Betonung: »Zu Ihrer Frau?«
»Georgina? O nein, die ist viel zu sehr für Durcheinander. Braque und Lowry und Marie Laurencin. Lithographien natürlich. Aber dies hier könnte ebensogut von Georgina sein.«
Amy kniff die Lippen zusammen. Wurde sie etwa eifersüchtig? Sie war von sich selbst überrascht.
»Noch einen Drink?«
»Nein danke, ich muß jetzt gehen. Ich habe nur vorbeigeschaut.«
»Ich bin sicher, für Ihre Kriminellen haben Sie mehr Zeit.«
»Muß ich ja leider!«
»Dann werde ich wohl etwas anstellen müssen.«
»Wenn Sie das tun, verspreche ich Ihnen, Sie zu verteidigen.«
»Mylord, wir haben Kenntnis davon bekommen, daß dieser Verteidiger ein persönlicher Freund der Angeklagten ist.«
»Ja. Zu dumm. Dann sollten Sie also doch lieber ehrenhaft bleiben.«
Er hielt ihre Hand einen Augenblick fest und sah sie mit diesem direkten Blick an. Jetzt entdeckte sie darin doch noch eine Spur Unsicherheit und Schüchternheit. Er war noch immer nicht ganz dazu bereit, seiner Frau untreu zu werden. Die idiotische Schicklichkeit der Engländer! Sie hatte zu lange im Ausland gelebt. Sie mußte ihm wohl Unterricht erteilen. Dieses Wochenende versprach wirklich etwas zu werden, die ersten Manöver vor dem Ausbruch der Feindseligkeiten - oder die Ruhe vor dem Sturm.

Hugh, der früher als beabsichtigt gegangen war, konnte sich selbst nicht erklären, weshalb er nicht länger bleiben wollte. Amy Russell war noch aufreizender gewesen als beim letzten Mal. Nicht hübsch, aber schick auf diese seltsam knabenhafte Weise, originell, schlagfertig; ein Mädchen, mit dem jeder Mann gerne gesehen wurde. Natürlich und gut gelaunt, aber mit einem eigenartigen scharfen Blick. Zu gefährlich für eine außereheliche Beziehung? Er wußte nur, daß er plötzlich wieder bei Georgina sein wollte. Das Wochenende brachte ihn möglicherweise wieder auf andere Ideen. Wenigstens konnte er sich jetzt darauf freuen.

Aber heute nacht wollte er Georgina mit ihrem losen Haar, ihrem schlichten Baumwollnachthemd, ihren vom Schlaf weichen Lippen in den Armen halten.

Feigling, schimpfte er sich selbst. Der schwerfällige, treue, alte Ehemann, der den Status quo nicht verändern wollte.

Er hatte eine Vision, wie er Amy Russell von Bord eines Kahns stieß, sie dann aus dem Wasser zog und ihre kalten Lippen wieder lebendig küßte.

Nahm er Georginas Angewohnheit zu träumen an?

Suzie lag auf der gelben Samtcouch im Wohnzimmer, die beiden Möpse in ihrem Schoß, sie ließ das Telefon mehreremale läuten, ehe sie abhob. Faules Pack, diese Dienstboten, wo waren sie nur wieder?

Dann streckte sie lässig eine beringte Hand aus. Der lange Nagel des kleinen Fingers stieß klappernd gegen den Plastikhörer. Sie hielt ihn ans Ohr und meldete sich mit ihrer heiseren Stimme. Sie war entzückt.

»Hal! Mein lieber Junge!«

»Hoheit! Geliebte Lady!«

Sie wurde gereizt. Sie erkannte den schmeichelnden Ton und ahnte, daß er sie um einen Gefallen bitten würde. Sie haßte es, um eine Gefälligkeit gebeten zu werden, sie zog es vor, ihre Gunst dann zu erweisen, wenn sie gerade in Laune war.

»Ja, was ist?«

»Ich habe eine kleine Bitte, was das kommende Wochenende betrifft.«

»Hoffentlich keine, die es verderben wird.«

»Oh, nein, nein. Nur die Bitte, Amy Russell mitbringen zu

dürfen. Sie hat es im Januar so sehr genossen und sehnt sich einfach danach, wieder kommen zu dürfen.«
»Sie haben doch nicht etwa irgendeine Beziehung zu diesem Mädchen?«
»Du lieber Himmel, nein. Sie ist nur ein ziemlich einsames Ding, und andererseits denke ich an den armen alten Charles, der immer abseits sitzt. Ist Ihnen nicht aufgefallen, wie er sie angesehen hat? Ich dachte, auf einer Geburtstagsparty, wo alle fröhlich sind, können auch Amy und Charles fröhlich sein.«
Suzies Augen verengten sich zu Schlitzen. Was hatte Hal vor? Dieser hinterlistige, falsche junge Mann. So waren sie alle.
»Mein Sohn«, sagte sie grausam, »ist ein Eunuche.«
»Aber nicht blind.«
»Und arm obendrein. Vollkommen von mir abhängig. Weiß dieses Mädchen das?«
»Oje, wir fahren da auf verschiedenen Gleisen, Hoheit. Amy ist keineswegs berechnend. Sie ist nur ein nettes, lebhaftes Mädchen, das Leben in Ihre Party bringen wird.«
»Dafür sind Georgina, Hugh und mein Enkel Ben da.«
»Und der trübsinnige Charles und Ihre Schwester Lucy, die Sie die Wände hochtreibt. Wollen Sie etwa chinesische Lampions für eine senile alte Frau aufhängen? Sie wissen, das ruft nur wieder alle Erinnerungen an Peking hervor.«
Suzie brummte, ließ sich aber dann wie immer von Hals Unverschämtheit bestricken und lachte nur kurz und heiser auf. Hal hatte ja so recht! Sie wollte gar kein glattes, fades Wochenende, sie sehnte sich direkt nach Komplikationen.
»Na schön, bringen Sie das Mädchen mit. Aber falls sich herausstellt, daß das nur zu Ihrem eigenen Vergnügen geschieht, seid ihr beide bei mir abgeschrieben.«
»Sie alte Tyrannin, Sie sollten mich doch besser kennen.«
»Das dachte ich auch. Alte Frauen und junge Männer. Ist es nicht so?«
»Die jungen Männer können sie streichen. Und zwar ganz.

Wenn Sie an meiner Ergebenheit zweifeln . . .« Die Betroffenheit in seiner Stimme klang so echt, daß Suzie sich wirklich daran erinnern mußte, daß er Schauspieler war. Sie konnte nur hoffen, mißtrauisch, wie sie nun einmal war, daß er diesmal nicht Theater spielte. Er war schon der reizvollste von allen.

»Ich zweifle nicht daran, mein lieber Junge. Ich möchte nur einen Beweis dafür haben.«

Und sie wollte einen beständigen Beweis. Auch sie konnte einsam sein. Begriffen diese selbstsüchtigen jungen Männer das denn nicht?

10

Es war Mittag. Alle waren gerade erst angekommen und hatten sich noch nicht richtig eingewöhnt. Bis zum Abend, wenn das Zwielicht über dem Garten hing, die Lampen auf der Terrasse und in dem großen Wohnzimmer angezündet waren und die Drinks ihre Wirkung taten, hatten sich all diese verschiedenartigen Menschen sicherlich miteinander angefreundet.

Aber jetzt nickte Tante Lucy dauernd ein. Sie war müde von der ungewohnten Reise. Georgina beschäftigte sich in Gedanken mit dem Auspacken. Charles kam sowieso erst später am Tag auf Touren, und sogar Tante Suzie hatte nicht gerade ihre sonnigste Laune. Einer der verwöhnten Möpse hatte sich auf ihrem Lieblingsteppich schlecht benommen. Er wurde alt und unberechenbar. Es war deprimierend.

Ben war nicht deprimiert. Er vibrierte vor Aufregung; denn er hatte sein Geburtstagsgeschenk für Tante Suzie selbst gemacht. Es war ein scharlachrotes, mit einer goldenen Litze eingefaßtes Banner. Darauf hatte er mit weißer Farbe und in chinesischen Schriftzeichen »Rottet die Fremden aus« geschrieben. Ho Ming vom Chinesischen Restaurant, in das

seine Eltern ihn gelegentlich mitnahmen, hatte viel Mühe darauf verwandt, ihm das beizubringen. Tante Suzie konnte sich das Tuch entweder um die Hüfte wickeln oder damit hinter einem Baum hervorwinken, wenn sie wieder »Boxer« spielten. An diesem Wochenende würden sie ganz bestimmt Boxer spielen, denn es war nicht nur Tante Suzies Geburtstag, sondern es jährte sich der Beginn des Boxeraufstandes. Mutter meinte, beide Gedenktage seien ein wenig zweifelhaft. Die Boxer hatten ihren zeitweilig unterbrochenen Kampf in den Provinzen schon lange vor dem Ausbruch der Feindseligkeiten in Peking begonnen. Und über Tante Suzies Geburt herrschte sowieso Ungewißheit. Sie war zur Welt gekommen, nachdem die älteren Kinder unter der Obhut einer anderen englischen Familie nach England zurückgeschickt worden waren. Es dauerte also mehrere Monate, ehe sie ihre Eltern und ihre neue Schwester zu Gesicht bekamen. Und dann hatten plötzlich alle das genaue Datum von Tante Suzies Geburt vergessen, eine Tatsache, die Tante Suzie ihr ganzes Leben lang verfolgte. Es bewies nur, daß sie ein ungewolltes Kind gewesen war, sagte sie.
Ihre Geburt war auch erst nach dem Tod ihrer Mutter in das Familienstammbuch eingetragen worden. Während Nathaniel die traurigen Worte schrieb - »Am 1. Tag im August 1909 schied meine geliebte Frau Amelia aus diesem Leben« -, entdeckte Suzies Vater, daß man im Durcheinander der Abreise aus China ganz vergessen hatte, den Geburtstag des letzten Babys einzutragen. Er machte den Fehler wieder gut und schrieb: »Suzie, Tochter von Amelia und Nathaniel Carrington, geboren am 24. Mai 1901 in Canton, China.« Sie hatten ihr nur einen Taufnamen gegeben. Nicht, daß ihr das nicht genügt hätte, denn sie war offensichtlich nach der großen Kaiserinwitwe benannt worden, aber niemand konnte erklären, weshalb sie in Canton und nicht in Peking geboren wurde. Ihr Vater hatte vermutlich vor seiner Abreise nach England dort zu tun gehabt und seine hochschwangere Frau mitgenommen.
Jedenfalls blieb der Zweifel bestehen, daß er sich nach all

den Jahren genau an Suzies Geburtstag erinnern konnte. Denn es schien doch sehr zufällig, daß er nicht nur auf den Jahrestag des schrecklichen Boxeraufstandes fiel, sondern auch auf den Geburtstag von Königin Viktoria. Als Tante Suzie sich dieser letzten Tatsache bewußt wurde, freute sie sich sehr. Es verlieh ihr die Bedeutung, die sie brauchte. Damals begann sie, ihren Tick zu entwickeln.

Ben fühlte sich teils zu Tante Suzie hingezogen, teils fürchtete er sich ein wenig vor ihr. Für Tante Lucy, die er viel seltener sah, empfand er eine kindliche Hochachtung. Er dachte, sie sei sicherlich schon über hundert Jahre alt und würde eines Tages einfach wegfliegen wie die Blütenwolle der Disteln. Wenn sie bei klarem Verstand war, konnte sie wundervolle Geschichten über Peking, die Boxer und die Familie erzählen. Sie redete viel von ihrem Bruder Georgie und redete Ben fast immer mit Georgie an trotz dessen geduldigen Einspruchs.

Dann lachte sie und sagte, was für eine vergeßliche alte Frau sie doch sei. Georgie war ganz genauso gewesen. Er hatte Suzie häufig Pflaumenblüte genannt.

Warum Pflaumenblüte? wollte Ben wissen.

Nun, vermutlich deshalb, weil Suzie als einzige der vier Kinder schwarze Haare und dunkle Augen hatte und Georgie offensichtlich an ein chinesisches Kind erinnerte, das er gekannt hatte.

Man kam beim Mittagessen wieder auf dieses Thema, als Tante Lucy eben diesen unvermeidlichen Fehler beging, Ben mit Georgie anzusprechen.

»Das war mein Großvater«, erklärte Ben, und seine Augen blickten ernst hinter seinen Eulengläsern hervor. »Ich bin Ben. Erinnerst du dich nicht, Tante Lucy?«

»Ben?« Tante Lucys große Augen, blaßblau wie der Himmel in der Mittagshitze, bekamen einen unsicheren Ausdruck.

»Georginas Junge«, sagte Tante Suzie ungeduldig.

»Georgina? Oh, natürlich, die liebe Georgina. Mein Gedächtnis ist ein bißchen durcheinander. Und jetzt kann ich mich auch an diese schreckliche Zeit in Peking ganz klar erinnern. Und an die Zeit, als wir wieder zu Hause waren und Mama immer so krank war. China hatte ihre Gesundheit zerstört, wißt ihr? Während der Belagerung war sie an Typhus erkrankt, und sie hat sich nie wieder ganz davon erholt. Nachdem sie wieder zu Hause war, hielt sie sich fast immer in ihrem Zimmer auf. Wir drei Kinder pflegten stundenlang bei ihr zu sein.«

»Siehst du«, sagte Tante Suzie, »du sprichst von dir selbst und von Henrietta und Georgie. Die heilige Dreieinigkeit. Ich gehörte nicht dazu.«

»Weil du noch ein Baby warst, Suzie. Die arme Mama fühlte sich nicht gesund genug, um sich um dich zu kümmern.«

»Ich war ein verstoßenes Kind.«

»Unsinn«, sagte Tante Lucy plötzlich eisig. »Du hattest alles, was Henrietta und ich hatten. Kleider, Schule, Partys. Papa hat sich sehr um dich gekümmert.«

Nur Ben verstand Tante Suzies Standpunkt. Er konnte die Szene in dem großen Schlafzimmer vor sich sehen. Urgroßmutter von Kissen gestützt, zärtlich und liebevoll zu Henrietta, Lucy und Georgie, die sich um ihr Bett drängten. Und im Erdgeschoß schrie die arme Suzie, die nichts von der goldenen Schönheit ihrer Mutter mitbekommen hatte. Sie war für das zusammengeschmiedete Trio da oben nur eine Last.

Ben wußte, wie gräßlich er es finden würde, wenn seine Mutter noch ein Baby hätte. Man durfte daher den drei anderen Kindern keinen Vorwurf machen. Georgie mußte Suzie aber gern gehabt haben, denn er nannte sie mit ihrem Kosenamen, Pflaumenblüte.

Die anderen Gäste am Eßtisch langweilten sich bei den Erinnerungen, denn Bens Vater sagte etwas belustigt, aber nicht ohne gereizten Unterton, daß er nicht ganz sicher gewesen war, ob er sich in China oder in England befand, als er zum erstenmal das Drachenhaus betreten hat. Es sei ein sehr heißer Tag gewesen ...

»Genau wie die Tage der Dürre in Peking vor dem Beginn

des Aufstandes«, unterbrach Tante Lucy eigensinnig. »Die Boxer gaben den Fremden die Schuld an der Mißernte und der Hungersnot.«
»Und ich für meinen Teil möchte jetzt zum Fluß gehen«, fuhr Hugh fort und sah dabei Amy Russell an, ehe er sich an die anderen wandte.
Hal Jessel sagte: »Ich werde mich in eine Hängematte legen«, und äugte ebenfalls zu Amy.
»Für morgen«, sagte Tante Suzie, »habe ich ein Picknick geplant. Wir werden flußabwärts zu einer sehr hübschen Insel spazieren. Ihr Männer könnt dort fischen. Ich nehme meinen Skizzenblock mit und die Hunde. Wir werden einen vorbereiteten Lunch mitnehmen, kalten Lachs, Hühnchen und Champagner. Sind alle damit einverstanden?«
»Gewiß, Hoheit«, sagte Hal Jessel. »Es klingt, als sei diese Insel der Lustgarten Eurer Hoheit in der Stadt des Himmlischen Friedens.«
»Genau das ist es, mein Junge.«
Amy preßte ihre Hände gegen die Schläfen, als habe sie Kopfschmerzen. Tante Lucy lächelte unsicher und meinte, sie würde vielleicht ein bißchen ruhen. Die Hitze sei so anstrengend. Mama hatte sie nie in der größten Hitze aus dem Haus gelassen. Oh, das war natürlich in Peking.
Bens Eltern sagten überhaupt nichts. Sie hatten Ben immer eingeschärft, daß diese Wochenenden dazu da waren, um Tante Suzie zu Gefallen zu sein, und deshalb mußte man mit ihren Plänen übereinstimmen.
Auch Charles sagte nichts, aber von ihm erwartete ohnehin niemand, daß er an einem Flußpicknick teilnahm. Er wurde - wie Tante Lucy - zum Schlafen geschickt.
»Und heute abend«, fuhr Tante Suzie mit der Begeisterung eines Kindes fort, »ist mein Geburtstagsdinner. Ich erwarte, daß alle um Punkt sieben Uhr unten sind. Heute nachmittag überlasse ich euch euren eigenen Plänen. Ich werde nach Maidenhead in meine Bank gehen.«
»Am Samstag?« fragte Hal zweifelnd. »Ist sie denn nicht geschlossen?«

»Ich habe eine Verabredung mit dem Bankdirektor. Er steht mir zur Verfügung, wann ich will.«
Tante Suzies Augen waren zusammengekniffen. Sie genoß die Spekulationen, die sie erweckt hatte. Was hatte sie vor bei dieser Verabredung mit ihrem Bankdirektor? Wer machte sich die meisten Gedanken? Charles, ihr liebevoller Sohn, der es nicht erwarten konnte, an das Geld heranzukommen, damit er frei von ihr und dem Drachenhaus war? Ihr wunderschöner, gieriger Hal? Die fuchsgesichtige Miß Russell, die es sehr wohl fertigbrächte, sich des Geldes wegen mit einem hoffnungslosen Krüppel zu verheiraten? Georgina und Hugh, recht nett, aber nicht uninteressiert an Familienangelegenheiten? Oder Ben, der nur das Jadepony haben wollte?
Das jährlich wiederkehrende Spiel war in vollem Gang. Sie genoß es mehr denn je. Und das mußte sie. Sie war vierundsiebzig Jahre alt. Der Tod, einst nichts weiter als ein Schatten am Horizont, war schon klar zu erkennen. Sie mußte die verbleibenden Jahre ausnutzen, so gut es nur ging.

Tante Lucy hatte das Zimmer neben Georgina und Hugh. Das gefiel ihr. Sie mochte Georgina sehr. Manchmal, wenn sie halb eingeschlummert war, dachte sie, sie sei wieder ein kleines Mädchen und Georgina ihre Mutter. Sanft, liebevoll und mit leiser Stimme. Jetzt, nachdem Henrietta nicht mehr war, brauchte sie jemand, der sich um sie kümmerte. Es gab so viel Bedrohliches.
Nein, das stimmte nicht, verbesserte sie sich selbst scharf. Da war Henrietta ganz streng mit ihr gewesen. Ihre Ängste existierten nur in ihren Träumen. Sie erwachte dann immer voller Angst, aber nur weil sie im Schlaf in diese grauenvollen acht Wochen ihrer Kindheit zurückversetzt worden war. Die Bedrohung, der sie sich ausgesetzt fühlte, rührte nur von ihrer Erinnerung her und hatte nichts zu tun mit den jetzigen Gefahren von Einbrechern und Betrügern. Nichts von alldem war ihr jemals wirklich widerfah-

ren, Gott sei Dank! Weshalb sollte sie also nervös sein? Noch dazu in Suzies Haus?
Trotzdem bestand kein Zweifel, daß jemand über ihrem Kopf auf Zehenspitzen hin und her ging. Da, das leise Knarren von Dielenbrettern. Dann war es still. Und wieder das Knarren. Irgend etwas wurde bewegt. Es klang wie ein Möbelstück. Dann ein kratzendes Geräusch. Ah, sie wußte, was das war: die Schranktür. Die klemmte schon, solange sie denken konnte. Dieser Schrank war ein massives Eichenstück, das man beiseite geräumt und ins Schulzimmer gestellt hatte. Da man ihn eigentlich nie brauchte, hatte man sich auch nie die Mühe gemacht, die Tür zu reparieren.
Die Geräusche kamen also tatsächlich aus dem alten Schulzimmer, einem großen Raum unter dem Dach, den Tante Suzie jetzt zur Aufbewahrung von Trödelkram benutzte. Alle waren doch zum Fluß gegangen. Wer konnte da oben sein?
Niemand ahnte, wieviel Mut es bedurfte, den Korridor entlangzugehen und die Treppe zum zweiten Stock hinaufzusteigen. Wie gut kannte sie diese Treppe noch aus der Kinderzeit! Mehr als einmal waren sie das Geländer hinuntergerutscht, Georgie zuerst, dann Henrietta und Lucy an Henriettas Taille geklammert. Nun kroch sie hinauf, eine sehr alte Dame mit steifen Knien und klopfendem Herzen. Plötzlich wurde sie von so entsetzlicher Angst ergriffen, als fürchtete sie, einem Boxer mit Zöpfen und roter Schärpe zu begegnen, der wild grinsend mit erhobenem Schwert auf sie zukam.
Nur gab es in England keine Boxer. Hatte Henrietta ihr das nicht immer wieder versichert?
Irgend etwas fiel auf den Boden und schlitterte dahin. Als Tante Lucy unter der Tür stand und sich am Türrahmen festhielt, sah sie als erstes die emaillierte Dose aus Canton, einen von Papas Schätzen. Eine Gestalt bückte sich danach und richtete sich dann langsam auf, um Tante Lucy voll anzublicken.

»Angel!« keuchte Tante Lucy ungläubig. Der Schreck nahm ihr den Atem. Sie rang nach Luft und fiel in wohltuende Dunkelheit.

Georgina war schließlich doch mit Hugh zum Fluß gegangen, denn er schien enttäuscht, daß niemand seiner Aufforderung nachgekommen war. Auch Ben war zu allem bereit, nachdem sich herausgestellt hatte, daß Tante Suzie nicht für Spiele zur Verfügung stand. Hal hatte mehrfach wiederholt, wie erschöpft er von der Filmerei während der letzten Woche sei, und Amy hatte gemurmelt, der Garten sei die reinste Wonne.

So glitt Georgina, wohlig in die Kissen zurückgelehnt, den Fluß hinab, während Hugh seinem Sohn etwas zerstreut den Umgang mit einem Boot erklärte. Es war eine idyllische Stunde, als sie unter Trauerweiden auf dem dunkelgrünen Wasser dahinglitten, scheue Wasservögel aufscheuchten, einem zischenden Schwan auswichen und das Sonnenlicht auf ihren Gesichtern tanzen ließen. Georgina erging es wie Ben, sie träumte von jener anderen Familie. Die zarte Amelia hielt einen Sonnenschirm, um ihr Gesicht zu schützen, die beiden kleinen Mädchen, Henrietta und Lucy, in weißen Musselinkleidern mit Schlapphüten, und Georgie, der seinen Vater bat, das Steuer halten zu dürfen. Falls sich Nathaniel je so weit herabgelassen hatte, eine faule sommerliche Bootsfahrt zu unternehmen. Suzie, das Baby, wurde vielleicht schreiend im Kinderwagen zurückgelassen. Arme Suzie, der nicht besonders willkommene Nachzügler.

Amelia, Nathaniel, Henrietta, Lucy, Georgie . . .

Das waren für sie Fremde. Es war nicht ihre Familie, nicht die arme Großmutter, die gestorben war, ehe sie vierzig wurde, nicht Großvater, der so streng und aufbrausend geworden war, nicht ihr lieber Vater, der sanfte, zerstreute alte Mann, der alle Formen des Lebens respektierte, vielleicht weil er einst bei der Belagerung Pekings dem Tod so nahe gewesen war. Das waren für sie auch nicht die beiden wunderlichen alten Tanten Henrietta und Lucy, die wie

Einsiedlerinnen in ihrem Cottage in Sussex gelebt und das Leben draußen gemieden hatten.
»Bist du nicht doch froh, hier zu sein?« fragte Georgina Hugh.
»Zugegeben, das hier gefällt mir!«
Georgina verdrehte sich den Hals, um nach hinten sehen zu können. Sie wollte ihm sagen, daß sie ihn liebte, sagte es auch und fügte hinzu: »Ich liebe euch beide«, denn Ben war da und beugte sich gerade über die Bootswand, um einen undeutlichen Schatten im Wasser zu erhaschen.
»Deine Euphorie«, sagte Hugh nachsichtig, »wird verschwinden, wenn wir in dieses verrückte Haus zurückkehren.«
»Ich weiß nicht. Ich glaube, diesmal wird es ganz nett. Tante Suzie scheint glücklich zu sein, und sogar Tante Lucy redet einigermaßen vernünftig.«
»Tante Suzie wird in den Bäumen Lampions aufhängen«, sagte Ben aufgeregt. »Wie lange darf ich aufbleiben, Mami?«
»Sehr lange, kleine Eule.«
»Au, fein! Tante Suzie spielt vielleicht Boxer mit mir.«
»Sicher nicht im Dunkeln.«
»Vielleicht doch, wenn sie das Banner sieht, das ich für sie gemacht habe.«
»Nun, vielleicht. Aber du mußt vorsichtig sein. Du weißt, Tante Lucy regt sich sehr auf, wenn gelärmt wird.«
Als sie zurückkamen, fanden sie Charles, Amy und Hal in dem ummauerten Garten. Hal lag ausgestreckt in der Hängematte. Ein wenig entfernt davon saß Amy im Gras neben Charles' Rollstuhl. Offensichtlich hatte sie ihn dazu gebracht, zu reden, denn sie sah ihn mit gespannter Aufmerksamkeit an. Er schien lebhafter als sonst zu sein und deutete auf ein paar Büsche und Blumen. Als Georgina herbeikam, sagte er: »Ich habe deinen Rat befolgt und einen Garten angelegt. Eine ganze Menge habe ich selbst gemacht. Smythe hat nur das getan, was ich nicht tun konnte. Gefallen dir meine Peonien? Kennst du die chinesische Legende, wonach sie Augen von Mandarinen haben?«

»Nun, das ist schön, daß du deinen Garten voll mächtiger Mandarine haben willst«, sagte Georgina leichthin. »Die Chinesen haben für alles eine Legende. Wie diejenige, daß die Chrysanthemen die Geister von Kindern sind.«
»Und die Weide ist ein bösartiger alter Zauberer«, rief Ben.
»Also wirklich«, sagte Amy lachend, »sind wir hier in England oder auf einer abgelegenen chinesischen Insel?«
Sie sah hübsch aus, wenn sie lachte, sehr lebendig, und man spürte die nur schwer unterdrückte Erregung. Georgina fragte sich, ob Amy immer so war. Oder gab es am Drachenhaus irgend etwas, was sie so aufregend fand? Der arme Charles, der eines Tages ein reicher Charles sein würde, falls seine Mutter vorher nicht allzu viele Nichtstuer aushielt, schien ihr in die Falle zu gehen, fürchtete Georgina.
Nein, dieser Gedanke war unwürdig. Aber mit einem Seitenblick auf Hugh wünschte sie, er würde das gleiche denken. Dann wäre sein Blick für Amy kritischer und nicht so voller Bewunderung.
Eines schien sicher, Amy verbrachte nicht das ganze Wochenende wegen dem schläfrigen Hal im Drachenhaus.
»Charles, ich bin so froh, daß du dich für den Garten interessierst«, sagte Georgina. »Dadurch kommst du ins Freie, und du siehst auch schon viel besser aus!«
»Schwester Jenkins sorgt schon dafür, daß ich hinauskomme. Sie hält viel von einem täglichen Spaziergang um den Besitz, wie sie das nennt.«
»Schwester Jenkins? Ist sie neu?«
»Nicht, wenn man meinen Schwesternverschleiß bedenkt. Sie ist schon drei Monate hier. Das ist ein Rekord.«
»Dann gehst du vermutlich auch nicht wild auf sie los?«
»Das würde ich nicht wagen. Ist Mutter denn noch nicht zurück?« Sein vorübergehend lebhaftes Gesicht verfiel wieder und wurde mürrisch. »Ich will meinen Tee.«
»Da kommt jemand«, sagte Georgina. »Ich glaube, es ist Schwester Jenkins.«
»Mein Drachen«, sagte Charles.
»Ist sie wirklich ein Drachen?« Ben stand schnell auf und

spähte aufgeregt zu der Gestalt hin, die sich auf dem Gartenweg näherte. »O nein, sie ist keiner«, sagte er enttäuscht, als eine mollige junge Frau mit einem lustigen, lächelnden Gesicht erschien.

Ach, eine von denen, dachte Georgina. Ihre penetrante Fröhlichkeit würde Charles bald auf die Nerven gehen, genauso wie Nörgelei oder schlechte Laune. Sein Gesicht schien aber weniger Feindseligkeit auszudrücken als üblich. Vielleicht war es ihm nicht gelungen, diese Schwester einzuschüchtern, und diese Tatsache verwirrte ihn noch. Lange ging das nicht mehr so. Es machte ihm ebensoviel Spaß, die Tyrannei des Invaliden auszuüben, wie seine Mutter die Macht genoß, die ihr der Besitz verlieh.

»Mr. Charles, ich glaube, Sie sollten jetzt hineinkommen und sich ausruhen, wenn Sie heute den ganzen Abend aufbleiben wollen«, sagte Schwester Jenkins. »Ich bin sicher, alle werden Sie entschuldigen.«

»Wird er denn nicht warten und mit uns Tee trinken?« fragte Amy enttäuscht.

»Ich glaube nicht.« Schwester Jenkins wandte sich mit ihrem strahlenden Lächeln kurz an Amy. Georgina fragte sich, ob jemand außer ihr den kalten Blick in den unschuldigen blauen Augen bemerkt hatte. Taxierte Schwester Jenkins Amys schlaksige Figur, weil sie selbst sehr rundliche Kurven hatte? Oder hatte Amy ihren Patienten zu gut unterhalten!

Dummes Zeug, schalt Georgina sich selbst. Alle Krankenschwestern betrachteten ihre Patienten als ihren Besitz. Es war jedenfalls nett, daß Charles endlich eine Schwester hatte, die er nicht gräßlich fand.

»Er hat den ganzen Morgen im Garten gearbeitet. Nun muß er sich wirklich ausruhen«, sagte Schwester Jenkins ernst und bestimmt.

»Der Boß befiehlt«, sagte Charles.

»Charles, ich hatte noch keine Zeit, mir deinen Garten richtig anzusehen«, sagte Georgina. »Aber er sieht schön aus. Wirst du ihn mir morgen zeigen?«

»Falls es uns nach Mutters tollen Lustbarkeiten heute abend noch gibt.«
»Wir werden uns alle etwas ausruhen, denke ich«, sagte Schwester Jenkins. Sie packte Charles' Stuhl und schob ihn energisch auf das Haus zu.
»Himmel«, sagte Hugh, »sie macht ihn ja direkt menschlich.«
»Ja, wir haben uns stundenlang unterhalten«, sagte Amy. »Er ist wirklich faszinierend!«
»Dann hast du ihn also menschlicher gemacht«, ertönte Hals Stimme faul aus der Hängematte. »Das scheint mir wahrscheinlicher zu sein. Ich würde diesem weiblichen Drachen nicht über den Weg trauen.«
»Warum nicht?« fragte Hugh. »Sie scheint recht angenehm zu sein.«
»Sie macht mit dem armen alten Charles eine Gehirnwäsche.«
»Er ist glücklicher, und das allein zählt«, sagte Georgina ziemlich scharf. Sie begriff nicht ganz, was hier vorging, aber sie wußte, daß etwas im Gang war.
»Ich muß gehen und Tante Lucy zum Tee herunterholen. Ich glaube, wir sollten nicht auf Tante Suzie warten. Kommt ihr dann gleich ins Haus?«
So kam es, daß sie Tante Lucy fand, die schlotternd die Treppe herunterkam, die zum alten Schulzimmer hinaufführte. Ihr Haar war in Unordnung, ihr Gesicht aschfahl.
»O, Georgina, Liebling! Ich bin ja so froh, daß du da bist. Ich habe ein Gespenst gesehen!«
»Ein Gespenst? Welches Gespenst denn?«
»Angel, meine Liebe. Erinnerst du dich an unsere Kusine Angel? So ein ungezogenes kleines Kind. Sie übte einen sehr schlechten Einfluß auf Georgie aus.«
»Tante Lucy, von was sprichst du eigentlich?«
»Sie war im Schulzimmer und hat in Papas Schätzen herumgestöbert. Sie war schon immer eine Diebin. Ich erinnere mich an den Tag, als sie und Georgie in den Palast von Prinz Su gingen. Aber Mama sagte, man müßte Angel einiges

nachsehen, denn sie war Zeuge, als die Boxer ihrem Vater den Kopf abgeschlagen haben. Entsetzlich!«

»Tante Lucy, du hast geträumt.«

»Meinst du?« Die verlorenen, ängstlichen Augen blickten Georgina hoffnungsvoll an. »Dann muß ich im Schlaf gewandelt sein. Ich glaube, ich bin gefallen. Mir wurde schwindlig.«

»Ich helfe dir in dein Zimmer zurück.«

»Nein, nein. Ich bin wieder vollkommen in Ordnung. Aber lauf rasch hinunter und sieh nach, ob Angel noch da ist.«

Georgina stand in dem langen, niederen Raum, der ganz zugestellt war mit Möbeln, Bildern und diversen großen und kleinen Kunstgegenständen, die man weggestellt hatte, weil sie entweder zu häßlich oder zu wertlos waren. Ihr Blick ging über Kinderspielzeug, über das Schaukelpferd mit dem von Motten zerfressenen Fell, die Zinnsoldaten, die Miniatur-Rikscha und die schäbige Puppe mit Armen und Beinen aus Ziegenleder. Ein Raum voller Erinnerungen und daher voller Gespenster. Tante Lucy war in die Vergangenheit zurückgeglitten. Angel war schon vor langer Zeit in der Provinz Shansi gestorben. Sie hatte dieses Haus niemals besucht. Nur in der Phantasie einer senilen alten Dame.

Trotzdem herrschte in diesem Raum eine eigenartige Stimmung. Deshalb ließ Georgina Ben nicht heraufkommen. Er war bereits zu empfindsam. Er hätte gesagt, jemand habe die Sachen seiner Familie gestört. Waren das nicht frische Fingerabdrücke im Staub auf der alten Kommode?

Nein, sie durfte nicht anfangen, die Dinge mit Bens Augen zu sehen, sonst kamen noch Erscheinungen in Schürzenkleidchen und Matrosenanzügen aus den Ecken. Dies war das Zimmer der Kinder gewesen. Man hatte es eigentlich abgeschlossen, nachdem die Kinder groß waren und außer Haus. Niemand kam hierher. Nur Tante Lucy, wenn sie schlafwandelte. Das dort im Staub waren wohl ihre Fingerabdrücke. Sie schien einen besonders lebhaften Traum gehabt zu haben. Sie sollte sich vor dem Dinner lieber ausru-

hen und zusehen, daß sie diesen entsetzten Gesichtsausdruck los wurde. Genauso sah Ben aus, wenn er aus einem Alptraum erwachte.
Hugh rief von unten herauf.
»Georgina! Teezeit! Ist mit Tante Lucy alles in Ordnung?«
»Sie hat nur ein Gespenst gesehen, aber sonst geht's ihr gut. Bitte, sage Kate, sie soll ihr ein Tablett aufs Zimmer bringen.«
»Liebling, von was redest du da?«
»Von Tante Lucys Tee.«
»Du sagtest Gespenster.«
»Die ständigen Begleiter der Alten, mein lieber Junge«, ertönte Tante Lucys überraschend kräftige Stimme. »Dieses Haus ist voll davon. Ist Suzie schon zurück?«
»Noch nicht.«
»Ja, ja, ich wette, die hat etwas vor. Sie liebt Überraschungen.«

In seinem Zimmer saß Charles unter dem chinesischen Krummschwert, das an der Wand hing. Plötzlich begann er leise zu lachen. Seine dünnen Schultern zuckten. Schwester Jenkins sah ihn forschend an.
»Was amüsiert Sie so?«
»Dieses kleine Luder. Wo gabelt Mutter sie nur immer auf? Na, wo sie die fand, weiß ich natürlich. Sie ist die Komplizin von Hal Jessel, dieser Ratte!«
»Eine Komplizin vielleicht. Aber eine Freundin? Nein!« Schwester Jenkins stand über das Bett gebeugt und glättete die Decke. Ihre breiten Hüften befanden sich gerade außerhalb der Reichweite von Charles' hungrigen Händen. Er begann, seinen Stuhl zu bewegen. »Was glauben Sie denn, was die beiden wollen?«
»Jessel will eine große Erbschaft machen. Und ich habe den Verdacht, Amy will mich.«
»Sie!«
Schwester Jenkins fuhr herum, ihre blaßblauen Augen funkelten.

»Sozusagen als zweites Eisen im Feuer, falls Mutter ihre Absicht, Hal als Erben einzusetzen, ändert und alles mir hinterläßt.«
»Planen auf lange Sicht - diese Schufte!«
»Und unterdessen ab und zu ein kleiner Diebstahl. Oder bin ich zu mißtrauisch!«
»Niemand in Ihrer Position könnte es sich leisten, nicht mißtrauisch zu sein.«
»Du hast recht«, sagte Charles tonlos. »Ich mißtraue sogar dir.«
»O, Sir . . .«
»Charles . . . Eileen.«
»Charles. Ich muß meine Zunge im Zaum halten, wenn ich mit anderen Leuten zusammen bin.«
»Das machst du sehr gut.«
»Aber du mißtraust mir doch nicht wirklich? Bin ich denn nicht gut zu dir? Glaubst du, ich werde nicht auch weiterhin gut zu dir sein?«
Eine wachsame Hoffnung huschte über Charles' Gesicht.
»Beinahe glaube ich dir, Eileen.«
»Warum sagen wir es dann nicht deiner Mutter und schmeißen so kleine Luder wie die einfach raus?«
»Noch nicht. Wir haben noch nicht die Hälfte unserer Pläne ausgeführt.«
Schwester Jenkins umschloß weich und warm seine Hand.
»Kommst du nun ins Bett?«
»Und du?«
»Besser nicht. Nicht jetzt, wo dir noch ein anstrengender Abend bevorsteht.«
»So hör doch endlich auf, Krankenschwester zu sein!«
»Ich möchte schon, aber . . .«
»Dann schließ die Tür ab. Du weißt, meine Mutter schnüffelt gern herum. Wir dürfen sie nicht damit schockieren, daß ihr Sohn kein Eunuche ist.«
Schwester Jenkins kicherte.
»Sie ist ziemlich gräßlich, nicht wahr?«
»Sie ist eine bösartige alte Frau, die man überlisten muß.

Aber an diesem Wochenende keine Gartenarbeit mehr, hm?«
Schwester Jenkins schüttelte die Kissen auf.
»Richtig.«
»Es ist sowieso zu heiß. Heiß, trocken und staubig wie angeblich damals vor vierundsiebzig Jahren in Peking.«
»In diesem Haus hier vergißt man niemals diese Belagerung von damals, nicht wahr?«
»Niemals. Meine Familie hat sie gewissermaßen mit nach Hause gebracht. Sie sollte eigentlich heißen die Belagerung der Carringtons . . .«

Peking

Juni 1900

11

Der Feind stand vor den Toren. Es bestanden keine Zweifel mehr über das Ausmaß des Aufstands. Der Mob kam aus der brennenden und zerstörten Stadt herauf, hämmerte an das große Chien-Men-Tor und schrie »Scha! Scha!«. Das Tor bebte, aber es hielt stand. Die Tatarenmauer wirkte gewaltig und uneinnehmbar. Sie vermittelte die Illusion der Sicherheit. Aber Geschosse konnten darüber hinwegfliegen, auch Granaten, Steine oder brennende Fackeln, und entschlossene oder fanatische Männer konnten sie auch erklimmen.

Jeder, der keinen militärischen Dienst zu versehen hatte, wurde angewiesen, der Mauer fernzubleiben. Viele der Gesandtschaftsgebäude standen an gefährdeten Stellen. Möglicherweise mußten alle Belagerten in der britischen Gesandtschaft Zuflucht suchen, die glücklicherweise groß war und als relativ sicher galt. Annähernd tausend Menschen hatten sich bereits dorthin geflüchtet. Sie hielten sich entweder in den vielen Zimmern auf oder lagerten in den Gärten. Stündlich traten die Gesandten zur Beratung zusammen. Man schickte dringende diplomatische Proteste in die Kaiserstadt, wo sich die Regierung von Peking, das Tsungli Yamen, verdächtig still verhielt.

Das Hämmern und Schreien hielt an, und auch die Mittagshitze änderte nichts daran. Wenn es nur regnen würde, stöhnten die verschwitzten, schmutzigen und verängstigten Eingeschlossenen. Das würde sicherlich die wahnwitzige Raserei der Boxer dämpfen. Ihr Aufstand hatte sich durch die Dürre bis zum Wahnsinn gesteigert. Wenn sich der

Himmel öffnete und ein kühler, alles durchtränkender Regen niederginge, wäre die Hysterie bald vorbei und die schlechte Laune verflogen. Vielleicht auch die von Colonel Manners, dem von einem arroganten deutschen Kommandanten nicht gerade taktvoll mitgeteilt worden war, daß ein Mann seines Alters für die Wache an der Mauer eher eine Behinderung als eine Hilfe wäre.

Verdammt, er konnte noch immer mit einem Gewehr umgehen. Mit seinen Augen war alles in Ordnung, und er kannte die Bedeutung des Wortes »Angst« nicht. Trotzdem wurde er abgelehnt. Er war nutzlos. Er war dazu verdammt, den Frauen behilflich zu sein und den Kindern ein bißchen Drill beizubringen. Er wollte, sagte er, Rekruten bis zum Alter von zwölf Jahren. Darüber hinaus wurden sie von der Armee eingezogen, um wirkliche Arbeit zu leisten.

»Machen Sie sich keine Sorgen, mein alter Freund«, sagte Lady Comerford. »Lassen Sie uns ein Konzert arrangieren. Man muß die Leute beschäftigen. Ist das nicht wichtig? Sonst gehen sie vor die Hunde wie die arme Lilian Beddow.«

»Eines ist ganz sicher, Sie werden niemals vor die Hunde gehen«, sagte der Colonel galant.

»Meinen Sie?« Lady Comerford drehte an ihren Ringen. Sie war dazu übergegangen, noch mehr Make-up zu verwenden, und hoffte, damit ihre Blässe zu verdecken und die Falten, die sich in den letzten Tagen sehr vertieft hatten. Sie merkte nicht, daß sie allmählich aussah wie eine angemalte Puppe. Das Licht war schlecht in diesem Raum, der eher eine Abstellkammer war. Aber wenigstens konnte sie hier für sich allein sein. Ein größeres Zimmer mit anderen zu teilen würde bedeuten, all ihre Geheimnisse preiszugeben. Wenn also ihr Rouge, das Reispuder und ihre Lidschatten etwas durcheinandergerieten, kam es daher, daß sie schlecht sah. Auf jeden Fall zog sie es vor, wie ein Zirkusclown auszusehen, als daß man ihr die Angst angemerkt hätte.

»Madame Leonora sehnt sich danach, uns einige Arien vorzusingen«, fuhr sie fort. »Ich bin sicher, wir können noch

eine Menge anderer Talente auftreiben. Ich werde Amelia Carrington bitten, mir zu helfen. Und Lady MacDonald und Alice Conger.«
»Zeigen, daß wir kein sinkendes Schiff sind, was?«
»Genau das meine ich. Wissen Sie was, Colonel? Ich hätte niemals gedacht, daß man den Champagner so satt haben könnte. Wie Sir Claude mir sagte, werden wir demnächst Maultiere essen.«
»Es gibt Schlimmeres, liebe Lady.«
»Oh, ich weiß. Katzen und Ratten wie bei der Belagerung von Paris. Aber ich bezweifle, ob durch dieses Wissen die Maultiersteaks schmackhafter werden.«

Amelia bat die Kinder, niemals die Gärten der Gesandtschaft zu verlassen. Sie befahl außerdem Miß Deacon, sie nie aus den Augen zu lassen, es sei denn, Cassidy oder Ah Wan waren bei ihnen. Henrietta und Lucy konnte sie trauen. Die waren zufrieden, wenn sie mit ihren Puppen spielen konnten. Lucy konnte kaum dazu überredet werden, einen Fuß vor die Tür zu setzen, nicht einmal in den nächsten Hof, der geschützt war. Der Lärm tut weh, sagte sie. Henrietta war tapferer und willigte schließlich ein, wenigstens bis zur Weide zu gehen, die ihre Zweige in den Goldfischteich hing. Georgie verbrachte die meiste Zeit des Tages in diesem Baum. Er sagte, wenn er schon nicht auf die Mauer dürfe, müßte er wenigstens diesen Ausguck haben. Er hätte zu gern einen Boxer über den Rasen rennen oder auf den Tennisplatz laufen sehen.
Angel, ein dünnes, widerspenstiges Ding, dem das Haar dauernd in die seltsamen bernsteinfarbenen Augen hing, hüpfte unter Georgies luftigem Sitz herum und schrie »Scha! Scha!«, bis sie heiser wurde. Henrietta sagte, es mache sie ganz schwindlig. Warum konnte Angel nicht mit Puppen spielen, wie andere Mädchen auch? Sie war froh, als sich Angel, nachdem sie Georgie etwas zugeflüstert hatte, in Richtung auf die Tennisplätze entfernte. Georgie, eine kleine kräftige Gestalt, trabte gehorsam hinter ihr drein.

Es war wirklich sehr heiß und kein Tag zum Herumrennen. Henrietta nähte an einem neuen Unterrock für ihre schönste Puppe und sagte zu Lucy, sie solle nicht einfach nur dasitzen und ihre schäbige Topsy schaukeln. Konnte sie nicht irgendeine nützliche Arbeit tun? Tante Lilian spähte vom Gang her ins Zimmer und fragte ängstlich: »Wo ist Angel?« Aber sie wurde von Mama wieder sanft weggezogen, die mit ihrer hellen, ruhigen Stimme sagte: »Mach dir keine Sorgen, Lilian. Cassidy ist da und auch Miß Deacon. Komm mit mir und hilf mir, Bandagen zu rollen. Ich fürchte, wir werden eine Menge davon brauchen.«

»Sind viele verwundet worden?« fragte Tante Lilian.

»Noch nicht.« Mama wirkte fröhlich, denn dies war der längste und vernünftigste Satz, den Tante Lilian seit jener schrecklichen Nacht gesprochen hatte, als sie ankamen. Vielleicht war es ihr jetzt, wo sie wieder sprechen konnte, möglich, ihrer ungezogenen Angel Benehmen beizubringen.

Mittlerweile hatte Angel Georgie zu einer gewagten Expedition mitgenommen. Sie gingen quer über das Grundstück der Gesandtschaft, über den Kanal und in den Su Wang Fu, eine parkähnliche Gartenanlage mit Blumenbeeten, Seen, Palästen und Pagoden. Georgie wußte, sie durften nicht dorthingehen. Aber er entdeckte plötzlich einen Reiher wie eine Statue in einem kleinen See stehen. Glückselig rannte er darauf zu.

»Er ist der erste, den ich sehe. Ob er fliegt?« Von den Kindern aufgestört, flog er tatsächlich auf. Er hatte seine Flügel ausgebreitet, den langen Hals zurückgelegt und war wie eine kleine Galione über die Kinder hinweg gesegelt. Jetzt lockte Georgie das Abenteuer und er rief: »Komm, Angel. Schauen wir, was wir sonst noch finden können.«

Die Weißföhre, deren Stamm schneeweiß zwischen den dunkelgrünen Nadeln hindurchschimmerte, die in der Brise schwankenden Tamarisken, Krähen, die mit heiserem Gekrächz davonflogen, ein flinker Wiedehopf, Hügel, Pfade und kleine Marmorpavillons mit zinnoberroten Dä-

chern und dann, die schönste Entdeckung, Tauben mit kleinen Pfeifchen am Schwanz. Das war eine schlaue Erfindung der Chinesen. Man band den Tauben kleine Pfeifen an den Schwanz. Dadurch ergab sich eine Art Himmelsmusik.
All dies kam den Kindern nach dem heißen, stickigen und überfüllten Gesandtschaftsgebäude wie ein Traum vor. Als Angel rief, sie habe eine offene Tür gefunden, die in einen der verlassenen Pavillons führte, folgte Georgie begeistert.
Nachdem sie durch all die verlassenen Räume mit den Sammlungen von Tischen und Tabletts, Vasen, Schalen und tickenden Uhren gelaufen waren, begehrten sie beide zugleich nichts anderes als das grüne Jadepony, das mit zur Seite geneigtem Kopf schlief. Seine runden Hinterflanken schimmerten dunkel und glatt wie das Wasser der kleinen Seen.
Angel hielt es in ihren Händen.
»Das nehme ich mit«, sagte sie.
»Das ist Diebstahl!«
»Macht nichts. Das will ja sowieso niemand mehr haben, sonst hätte man es nicht zurückgelassen.«
»Papa wird ärgerlich werden.«
»Du wirst es ihm nicht sagen.«
Georgie zögerte und dachte unbehaglich an einen von Papas Wahlsprüchen. »Sag immer die Wahrheit.« Aber wenn Papa nicht fragte, wenn er das reizende kleine Pony überhaupt nicht bemerkte, konnte man doch nicht von einem verlangen, eine Missetat zuzugeben. Und Angel verdiente schon etwas dafür, daß diese abscheulichen Chinesen ihrem Vater den Kopf abgeschlagen hatten.
Außerdem hatte es sowieso nicht viel Sinn, mit Angel zu streiten, denn sie hatte bereits den Rock hochgehoben und das Pony hineingelegt.
»Such dir doch auch was«, drängte sie.
»Ich will auch nichts anderes.« Das stimmte. Er wollte nur das Pony. Er dachte, Angel hätte vielleicht später einmal genug von dem Pony und würde es dann ihm geben. Sie war ein Mädchen und sollte eigentlich lieber Puppen mögen.

Außerdem konnten sie hier nicht zu lange bleiben, für den Fall, daß jemand käme. Draußen war schon ein heftiges Dröhnen und Krachen zu hören. Es klang wie Gewehrschüsse, was bedeutete, daß die Boxer versuchten, durchzubrechen. Papa sagte, das Su Wang Fu wäre der gefährlichste Ort, wenn es den Boxern gelingen sollte, über die Mauer zu kommen.

»Komm, Angel. Wir sollten gehen.«

Auch Angel hatte den Lärm gehört.

»Ich glaube, das sind die Boxer. Wir rennen lieber. Komm.«

Auf halbem Weg blieben sie unter einer Kiefer stehen, um zu Atem zu kommen. Etwas klatschte nur wenig entfernt von ihnen in den Staub. Ein Geschloß! Georgie wimmerte vor Angst, aber Angel sagte gelassen: »Vor Schwertern mußt du Angst haben, nicht vor Geschossen. Die Boxer sind schlechte Schützen, sagte mein Papa. Sie können nicht mal eine Kirchturmspitze treffen. Komm weiter, es ist schon alles in Ordnung.«

Es war plötzlich ganz still um sie herum. Kurz vor dem Gesandtschaftsgebäude mußte Georgie noch einmal stehenbleiben, um Atem zu schöpfen.

»Du bist kein sehr guter Läufer, oder?« sagte Angel. »Du bist zu dick, das ist der Jammer. Und dein Gesicht ist so rot wie das Dach des Kaiserpalastes.« Jetzt, da die Gefahr vorüber war, kicherte sie höhnisch. »Aber es war doch ein tolles Abenteuer. Wir gehen wieder hin und suchen noch mehr Schätze.«

»Laß mich das Pony auch haben«, sagte Georgie.

»Ich denke, du magst keine gestohlenen Sachen.«

»Tu ich auch nicht, aber ...«

»Aber alle tun es, wenn sie Gelegenheit dazu haben«, sagte Angel. »Und wage bloß nicht zu sagen, wo wir waren.«

Lucy weinte und Henrietta wand sich vor Unbehagen, als Papa auf und ab schritt und alle ausschimpfte. Mama, Tante Lilian, Cassidy, Ah Wan und vor allem die arme Miß Deacon, die zu Boden blickte und murmelte, sie hätte die

Kinder nicht weggehen sehen, weil sie im Krankenhaus ausgeholfen habe.

»Das ist nicht Ihre Aufgabe«, tobte Papa. »Ihre Aufgabe ist es, sich um meine Kinder zu kümmern. Es gibt Dutzende von Frauen, die fähig sind, im Krankenhaus zu helfen.« Er wandte sich an Mama. »Und wo warst du?«

»Reg dich nicht so auf, Nathaniel«, sagte Mama. »Ich war in der Küche und half bei der Zubereitung des Essens. Wir haben eine Art Dienstplan aufgestellt. Es müssen Hunderte von Leuten verköstigt werden, und teilweise wird im Freien gekocht. Lady McDonald kann höchstens vierzig Menschen an ihrem Tisch unterbringen.«

»Du hast dich also um Hunderte von Menschen gekümmert, während dein eigener Sohn verlorengeht!«

»Sie sind nicht verlorengegangen, Nathaniel.« Aber Mama sah doch sehr blaß aus. »Sicher tauchen sie jeden Augenblick wieder auf. Georgie hockt mit Sicherheit irgendwo oben in einer Weide.«

»Wir haben im Umkreis von zweihundert Metern jeden Baum abgesucht«, brüllte Papa. »Wenn sich die Kinder weiter entfernt haben, können sie in größter Gefahr sein. Im Su Wang Fu sind Kämpfe ausgebrochen, wie du gehört haben müßtest.«

Mama biß sich auf die Lippen und versuchte, ruhig zu bleiben.

»Ich weiß. Wir müssen nochmals suchen. Henrietta, haben sie denn zu dir oder Lucy nichts gesagt.«

»Sie haben auf dem Tennisplatz gespielt, Mama, wie ich dir schon gesagt habe. Dann habe ich nicht gesehen, wohin sie gegangen sind.«

»Ihr Frauen bleibt da«, sagte Papa scharf. »Ich hole Rupert Fortescue und bitte ihn, mit mir zu kommen. Wir müssen uns vielleicht bis zum Fu vorwagen. Miß Deacon, wohin gehen Sie?«

»Nach Georgie und Angel suchen, nachdem es mein Fehler ist . . .«

»Glauben Sie, es vereinfacht die Situation, wenn Sie von ei-

nem Scharfschützen getroffen werden? Bleiben Sie bei meiner Frau. Tun Sie endlich einmal das, was man Ihnen befohlen hat.«
Miß Deacon stand regungslos. Alles war einfach gräßlich, dachte Henrietta. Sie liebte Georgie, natürlich. Er war ja ihr Bruder. Aber es würde ihr nichts ausmachen, wenn diese Angel niemals zurückkäme. Sie wollte so gerne nach England zurück, und zwar jetzt, in diesem Augenblick. Lucy ebenfalls. Ihnen war heiß. Sie waren schmutzig und hatten Angst. Ah Wan hatte ihnen gerade nicht ohne Genuß mitgeteilt, daß sich die kleinen Damen nicht einbilden sollten, sie könnten bei dem Wassermangel weiterhin baden. Nun würden sie auch noch völlig verdrecken. Wie schrecklich!
Zum Glück entdeckte Mama in der Ferne zwischen den Weiden etwas Weißes. Papa hatte soeben sein Gewehr genommen und war im Begriff, sich auf das gefährliche Gelände des Su Wang Fu zu begeben.
»Ich glaube, da sind sie«, schrie sie. »Das ist Angels weißes Kleid. Ja, schau dort, dort ist Georgie. Gott sei Dank!«
Papa legte sein Gewehr weg. »Jetzt lauf nur nicht gleich hinaus, um sie zu begrüßen. Sic waren äußerst ungezogen und müssen bestraft werden.«
»Aber sie sind in Sicherheit!«
»Durch großes Glück. Ich hoffe, sie haben sich ordentlich gefürchtet.«
»Weshalb hält Angel ihr Kleid hoch?« fragte Henrietta. »Schau Mama, Sie läßt ihre Schlüpfer sehen. Wie unanständig.«
»Sei nicht albern«, fuhr Mama sie so scharf an, daß Henrietta die Tränen in die Augen stiegen. Dann rannte Mama, ungeachtet Papas Wünschen, hinaus in die heiße Sonne, um die Kinder zu holen. Georgie ahnte noch gar nicht, daß er in Ungnade gefallen war, und grinste breit. Er war sehr froh, wieder zu Hause zu sein. Angels Gesicht blieb blaß, aber in ihren Augen blitzte es herausfordernd.
»Weshalb starrt ihr uns alle so an? Wir haben doch nichts getan?«

»Wirklich nicht?« ertönte Papas eisige Stimme. »Ihr wart außerhalb des erlaubten Gebietes, dessen bin ich sicher. Und was versteckt Angel da in ihrer Schürze?«
Angel preßte den kleinen Gegenstand fest an sich, aber Papa packte ihre Hände und entwand ihr ihren Schatz.
Er hielt das kleine grüne Pony hoch und drehte es prüfend in der Hand. Ein sehnsüchtiger Ausdruck huschte über sein Gesicht, der aber sofort wieder verschwand. Ärgerlich runzelte Papa die Stirn.
»Woher hast du das, Angel? Hast du es gestohlen?«
»Nein, ich, Papa«, sagte Georgie schnell.
»Angel, stimmt das? Hat Georgie es genommen oder du?«
Angels Augen flackerten. »Es stand nur so da rum in diesem leeren Haus. Da waren eine ganze Menge Sachen, die keiner haben will. Wir dachten, man sollte nicht alles den Boxern überlassen«, fügte sie schlau hinzu.
»In Prinz Sus Palast?«
»Es war ein Haus«, sagte Georgie. »Niemand war da, nicht einmal ein Eunuche. Wir haben auch einen Reiher gesehen. Aber dann fingen die Boxer an zu schießen, und da sind wir nach Hause gelaufen.«
»Und erinnerst du dich, daß man euch ausdrücklich verboten hat, so weit wegzugehen?«
Georgie ließ den Kopf hängen. »Tut mir leid, Papa. Uns war's hier so langweilig. Darf Angel das Pony behalten? Sie mag keine Puppen, und irgend etwas braucht sie doch.«
Das Kunstwerk aus schimmernder Jade lag in Papas großen Händen. Er fuhr mit den Fingern streichelnd darüber und schätzte seinen Wert.
»Das ist kein Kinderspielzeug«, sagte er kurz. »Es ist ein Kunstgegenstand und möglicherweise mehrere hundert Jahre alt. Außerdem, wir plündern nicht. Das überlassen wir den Boxern. Sie sind unwissende Bauern. Aber wir wissen es besser. Jedenfalls hoffe ich das. Das Jadepony müssen wir entweder an seinen Eigentümer oder an die chinesische Regierung zurückgeben.«
Angel starrte ihren verlorenen Schatz sehnsüchtig an. Plötz-

lich brach sie in Schluchzen aus und rannte zu ihrer Mutter, die still in einer Ecke saß.
»Mama, Mama, laß mich das Pony behalten! Bitte! Es ist alles, was ich habe. Ich möchte es so gerne haben. Mama!« schrie sie und blickte in das leere Gesicht. »Mama, wo bist du?«
Ihre Mutter strich ihr nur über das wirre Haar und murmelte: »Armes, vaterloses Kind«, was Angels verängstigtes Schluchzen keineswegs dämpfte.
Es war Amelia, die das erhitzte, tränenverschmierte Kind wegzog und sagte, Angel sei nichts als hungrig. Die Zeit für den Imbiß war längst vorüber, und wenn sie sich nicht beeilten, würden sie nichts mehr bekommen.
Wie erwartet, schmeckte das Essen nicht besonders. Es gab gekochten Reis, Ponyfleisch und warmen Champagner, danach ein bißchen Dosenobst, das man eigens für die Kinder aufgehoben hatte. Angel weigerte sich, irgend etwas von dem Reis oder dem Fleisch anzurühren. Vielleicht, weil es Ponyfleisch war, dachte Henrietta. Sie machte sich selbst auch nicht gerade viel daraus, aber sie aß soviel sie nur konnte. Angel würde es schon noch bereuen, wenn sie schon lange vor dem Abendessen vor Hunger fast starb.
Und wo würde Papa das Jadepony verstecken, bis er es an den geheimnisvollen und verschwundenen Prinzen Su zurückgeben konnte?
Es war alles in allem ein scheußlicher Tag, denn Miß Deacon schmollte den ganzen Nachmittag und beaufsichtigte Angel und Georgie, die zur Strafe lernen mußten. Lucy war erschöpft von der Hitze und schlief. Mama und Cassidy nähten mit den anderen Damen Sandsäcke für die Gräben, die in den Gärten gezogen wurden. Lady Comerford, Lady MacDonald und Alice Conger, die Frauen der anderen Gesandten, und ein paar junge Mädchen waren da. Henrietta war die jüngste, aber Mama sagte, sie sei eine gute kleine Näherin, und so bekam sie ein Stück rote Seide, um damit zu arbeiten. Sie hätte viel lieber ein Kleid für ihre Puppe daraus gemacht, anstatt einen Sandsack, der schmutzig und

naß wurde. Aber Mama sagte, man müßte das Material nehmen, das gerade zur Hand sei. Sie selbst nähte an einem Stück steifen Brokat, der einst zu der Robe eines Mandarin gehört hatte. Die wunderschönen handgemalten Seidenvorhänge hatte man von den Fenstern gerissen und zerschnitten. Der Krieg, dachte Henrietta in einem Augenblick früher Erkenntnis, entheiligte alles.

Spät am Nachmittag gab es noch mehr Aufregung. Das Rufen und Schreien in der äußeren Stadt verstummte, und fünf Abgesandte des Tsungli Yamen kamen mit elf roten Umschlägen, von denen jeder ein Ultimatum für einen der elf Gesandten enthielt.

China, so hieß es in dem Ultimatum, könne die Gesandten nicht länger schützen. Sie könnten sich nur noch dadurch retten, daß sie Peking innerhalb der nächsten vierundzwanzig Stunden verließen. Die Gesandten fragten sich, ob man ihnen für die neunzig Meilen bis nach Tientsin Geleitschutz geben würde. Die Straße führte durch das von den Banditen besetzte Land. Man stelle sich vor, einen Konvoi von tausend Weißen in langsamen Rickschas, gefolgt von einem Haufen chinesischer Christen. Auf dieser langen Straße wären sie den mordenden Horden der Boxer auf Gedeih und Verderb ausgeliefert.

Das ist ein Trick dieses teuflischen Prinzen Tuan, um sie alle abschlachten zu können, sagte Colonel Manners. Er hatte jedenfalls nicht die Absicht, sich auch nur einen Zentimeter vom Fleck zu rühren. Die Gesandtschaft war britisches Territorium, und da blieb er. Er hoffte, seine Freunde, Lady Comerford und die Carringtons, würden soviel Vernunft aufbringen und seinem Beispiel folgen. Einige Leute packten und beauftragten ihre Diener, um jeden Preis irgendwelche Wagen zu beschaffen. Nun, man konnte den armen Teufeln nur Glück wünschen. Aber wie konnten sie hoffen durchzukommen, wenn es doch bekannt war, daß die Kaiserin selbst die Boxer mit Reis aus den kaiserlichen Kornkammern versorgte.

Jedenfalls traten die elf Gesandten zusammen, um die Möglichkeiten eines sicheren Geleitschutzes zu diskutieren. Als das Treffen ohne Übereinstimmung abgebrochen wurde, erklärte der deutsche Gesandte, Baron von Ketteler, er habe am nächsten Morgen im Tsungli Yamen eine Verabredung, die er einzuhalten gedenke, und man solle die Entscheidung bis zu seiner Rückkehr vertagen.

Baron von Ketteler kehrte niemals zurück. Von zwei chinesischen Vorreitern begleitet, saß er gelassen in seinem rot und grünen Tragsessel und rauchte eine Zigarre. Gutgelaunt winkte er, als er davongetragen wurde. Fünfzehn Minuten später kamen die beiden Vorreiter auf ihren Ponys angaloppiert und berichteten, daß der Baron erschossen worden sei. Eine deutsche Abordnung zog mit aufgepflanzten Bajonetten aus, um diese schreckliche Geschichte zu überprüfen und gegebenenfalls die Leiche zurückzubringen. Aber sie fanden nichts. Keinen Tragsessel, keine Träger und keine chinesischen Soldaten. Alles war verschwunden. Nur eine dunkle Blutspur versickerte im Staub.

Etwas später, am gleichen Tag, traf eine weitere Botschaft aus dem Palast ein. Man bedauerte, daß Baron von Ketteler durch die Hände der Banditen den Tod gefunden habe. Vielleicht würde es die Baronin trösten zu wissen, daß für das Begräbnis ein angemessener Sarg angefertigt würde.

Nach dieser ausgeklügelten Gemeinheit war natürlich nicht mehr die Rede davon, daß irgend jemand nach Tientsien gehen würde. Alle Lebensmittel und was man sonst noch fand, wurde herbeigeschleppt. Reis, Mais, Weizen, ein bißchen Mehl, Kaffee, nicht viel mehr. Die chinesischen Ladenbesitzer lächelten höflich, ließen die Rolläden herunter und verschwanden. Die Straßen leerten sich rasch, der aufgewirbelte Staub ließ sich nieder. Bei Einbruch der Dunkelheit errichteten die Verteidiger im Gesandtschaftsviertel an strategischen Punkten Barrikaden und verschärften die Wache auf der Mauer. Alles war plötzlich sehr still.

12

An dem Tag, an dem das Hanlin-Museum in Brand gesteckt wurde, änderte sich alles: Sandsäcke nähen und Bandagen aufrollen, die jetzt im Krankenhaus gebraucht wurden, sich um quengelige Kinder kümmern, ein einigermaßen genießbares Essen auf den Tisch zu bringen und zu versuchen, sich nicht ständig um die Männer zu ängstigen, die auf der Mauer Wache hielten oder Streifzüge in die äußeren Stadtviertel unternahmen - das alles verlor an Bedeutung.
Beobachter hatten berichtet, daß Brandstifter in das Gesandtschaftsviertel eindrangen und nachts wie die Katzen umherschlichen. Die Gebäude an der abgelegenen Seite des Viertels - die belgische, österreichische, holländische und italienische Gesandtschaft - waren bereits vom Feuer ziemlich zerstört worden, und die Bewohner hatten im ohnehin überfüllten britischen Hauptquartier Zuflucht gesucht. Der Angriff auf das Hanlin-Museum war ein viel ernsterer Fall, denn es befand sich unterhalb der Tatarenmauer und in unmittelbarer Nähe des britischen Territoriums.
Abgesehen von der Gefahr, daß das Feuer sich ausbreiten könnte, war die Zerstörung dieses Museums und seiner Sammlung alter Manuskripte, die zum Teil aus den frühesten Dynastien stammten, eine Tragödie, deren Ausmaße nur von Gelehrten zukünftiger Generationen eingeschätzt werden konnte. Es mußte etwas geschehen, um wenigstens einen Teil dieser unschätzbaren Werte zu retten. Das war wieder einmal eine typisch britische Eigenschaft, sagte Lady Comerford säuerlich, dem Feind auch noch zu helfen.
Trotzdem reihte sie sich in die Kette der Damen ein, die Wasser aus den Zierteichen in alle zur Verfügung stehenden Behälter schöpften, um es mehr oder weniger erfolgreich in die Flammen zu schütten. Soldaten, Buchhalter und alte Männer versuchten, einige der in Seide gebundenen wertvollen Bücher zu retten, indem sie sie in die Teiche warfen. Was das Feuer nicht zerstört hatte, besorgte jetzt das Wasser. Aber allein die Anstrengung und der Versuch

waren beachtenswert, meinte Amelia Carrington. Chinesische Gelehrte würden ihnen in kommenden Zeiten dankbar sein.
»Wenn wir so lange leben, um diese Zeiten mitzukriegen«, brummte Lady Comerford. Die Welt um sie herum versank in Rauch und Flammen. Schließlich taumelte sie zu Boden. Eine alte, ausgediente Puppe. Amelia rief Henrietta zu, ihr zu helfen.
»Hilf Lady Comerford, Liebling. Sie hätte niemals hier herauskommen sollen.«
»Mama, werden wir alle verbrennen?« keuchte Henrietta.
»Natürlich nicht. Das Feuer ist fast schon gelöscht. Bring Lady Comerford ins Haus. Und kümmere dich um die Kleinen.«
Kümmere dich um die Kleinen! Das war die ewige Plage. Die waren durchaus in der Lage, sich um sich selbst zu kümmern. Georgie, der die Rettungsaktion mit großem Interesse beobachtete, plante, in den Teichen nach diesen wertvollen Büchern zu fischen. Er wußte auch eine Geschichte, die er mit unverhohlenem Genuß erzählte. Angeblich steckte ein Menschenkopf auf einem der Stadttore. Er hat einem Engländer gehört und sollte jetzt die Leute erschrecken. So wie es die grinsenden Löwenhunde taten. Der Engländer war im Su Wang Fu getötet worden. Es hätte also sehr leicht Georgies oder Angels Kopf sein können, der dort oben steckte und gräßlich grinste.
Amelia hoffte, diese abscheuliche Geschichte würde ein wirkungsvolles Abschreckungsmittel für Georgie und diese nervenaufreibende Angel sein. Nun mußten sie erkennen, wie wichtig es war, innerhalb der ihnen gesetzten Grenzen zu bleiben. Es sah in der Tat so aus, als müsse man sie sogar im Haus behalten; denn jetzt, nachdem die Brandstifter solche Verwüstungen angerichtet hatten, war die Mauer an verschiedenen Stellen durchbrochen worden, und es kam jenseits des Kaiserlichen Wagenparks und im Su Wang Fu zu Kampfhandlungen. Die hastig ausgehobenen Gräben und die von Österreichern, Italienern, Franzosen und Bri-

ten aus übereinandergestapelten Rikschas errichteten Barrikaden waren bitter nötig. Die farbenfrohen Sandsäcke aus Seide und Brokat, die die Gräben befestigten, waren bereits mit Blut durchtränkt. Schon seit Tagen kamen Verwundete herein.
Colonel Manners hatte ein Schnitzmesser an seinen Spazierstock gebunden. Das war seine einzige Waffe. Andere machten es ihm nach. Es fehlte an Waffen und Munition. Im Gegensatz dazu waren viele Boxer mit äußerst wirkungsvollen Mausergewehren ausgerüstet. Wenn die Befreiungstruppen, um die man telegrafisch gebeten hatte, nicht bald kamen, mußten sich die Eingeschlossenen tatsächlich mit Messern verteidigen.
Nach dem Brand des Hanlin-Museums häuften sich die Angriffe. Die unbehagliche Stille war nur noch ein vergessener Traum. Das Schreien und Hämmern an den Toren und der Lärm des Gewehrfeuers hörte fast nicht mehr auf. Dieser Lärm wurde in Intervallen noch verstärkt durch das Rattern des Maschinengewehrs, der amerikanischen Colts und einer veralteten Nordenfelt, die den Briten gehörte und dauernd Ladehemmung hatte. Beobachter auf der Mauer sagten, die Straßen in der Chinesenstadt seien voller Leichen.
Im europäischen Friedhof wurde das erste Massengrab ausgehoben. Unter jenen, die beerdigt wurden, war auch Rupert Fortescue, der rotbackige, eifrige junge Kanzleiangestellte. Er war während der Wache auf der Mauer in den Kopf geschossen worden. Da gab es doch dieses Gerücht von dem Chinesenmädchen Almond, erinnerte sich Amelia. Wo war Almond jetzt? Niemand wußte es. Später entdeckte man, daß Weidenzweige, das Symbol der Unsterblichkeit, unter das einfache Holzkreuz gelegt worden waren, das Ruperts Namen trug.
Lady Comerford weinte. Die Tränen hinterließen auf ihren gepuderten Wangen weiße Streifen. Ein paar Augenblicke lang hatte sie in ihrer eigenen Vergangenheit gelebt. Aber ihre Tränen versiegten bald. Sie war traurig, verängstigt und viel zu alt. Niemand durfte von ihrem Verfall etwas ahnen.

Standhaft fuhr sie mit ihrer Arbeit an den Proben für das Konzert fort, das am nächsten Abend stattfinden sollte. Lady MacDonald und Amelia Carrington hatten sie dazu überredet. Sie raffte ihre ganze Energie zusammen, um aus ihren Amateurkünstlern ordentliche Darbietungen herauszuholen.

Sie wußte, wenn alles vorüber war, würde sie nur in ihr Zimmer zurückkehren wollen wie in ein stilles, dunkles Grab.

Amelia weinte um Ruperts Tod. Sie klammerte sich in dieser Nacht an Nathaniel und bat ihn, bei ihr zu bleiben. Sie hatte solche Angst. Es war heller Mondschein, und er würde auf seiner Mauer nur allzugut auszumachen sein. Es war einfach ungerecht, daß er so viele Nachtwachen halten mußte.

»In der Nacht ist es stiller, meine Liebe. Da fliegt weniger Blei durch die Luft.«

»Aber ich bin so einsam. Und die Nächte sind so lang. Ich habe immer das Gefühl, du kommst niemals mehr zurück.«

»Es ist ein großartiger Anblick, die Sonne hinter dem Kaiserlichen Palast aufgehen zu sehen. Der rosa Himmel und all die farbigen Dächer. Das ist von barbarischer Schönheit.«

»Zu barbarisch für mich. Wann können wir nach Hause, Nathaniel?«

Er streichelte ihr Haar. Es war eine sehr zärtliche Berührung.

»Wenn dies hier vorüber ist.«

»Wirklich?« Ihre Stimme zitterte voller Hoffnung. »Du willst nicht in Peking bleiben?«

»Ich will schon. Eine Zeitlang zumindest. Aber vielleicht schicke ich dich und die Kinder nach Hause. Du könntest doch bei deinen Eltern bleiben, nicht wahr?«

»Ohne dich? O nein!«

»Wir können von Glück reden, wenn wir diese Belagerung ohne Epidemie überstehen. Lucy sieht jetzt schon sehr schlecht aus.«

»Das ist eben ihre Farbe. Sie hat meine blasse Haut.«

»Und du blühst auch nicht gerade.«
»Wenn du überhaupt unter dem Schmutz etwas sehen kannst.« Amelia wich etwas zurück. »Rieche ich?«
»Aber nein! Wir sind alle nicht mehr ganz frisch.«
»Nathaniel, ich kann es einfach nicht ertragen, so schmuddelig zu sein!«
»Wenn du wieder in England bist, kannst du dreimal täglich baden. Im Augenblick wäre mir ein großes, halb durchgebratenes Steak mit gebackenen Kartoffeln und einer Flasche Château Lafitte wichtiger. Dieses gekochte Wasser und dieser lauwarme Champagner! Ich habe den Verdacht, das Curry-Pony, das wir heute abend zum Essen hatten, war dieses nette kleine Tier, das vor einem Monat das Rennen gewonnen hat. Verdammte Schande.«
Er legte sich zurück und versuchte, sich zu entspannen. Amelia konnte die Müdigkeit in seinem Körper spüren. Er hatte nur geredet, weil sie es wollte. In Wirklichkeit wollte er nichts außer schlafen.
»War Georgie brav?« fragte er mit letzter Anstrengung.
»Es geht.«
»Miß Deacon?«
»Ob sie brav war? Oh, ja. Aber ich ließ sie für zwei Stunden täglich ins Krankenhaus gehen, weil sie das unbedingt wollte. Man sagt, die Fliegen seien eine große Plage. Es wird jemand gebraucht, der sich darum kümmert. Es ist dort schrecklich heiß.«
»Gütiger Himmel, können das nicht ein paar Kulis machen?«
»Manche von den europäischen Patienten regen sich beim Anblick chinesischer Gesichter auf. Das kann man ja verstehen. Aber ich behalte die Kinder bei mir, wenn Miß Deacon weg ist. Sie scheint vor Eifer zu brennen. Ich glaube, sie bildet sich ein, eine Art Jeanne d'Arc zu sein.«
»Wer?« murmelte Nathaniel schlaftrunken. Er schien nicht mehr zu wissen, was er sagte. »Diese französische Jungfrau? Weit davon entfernt. Nicht unsere Miß Deacon.«
Medora zog den Ring, den die Kaiserinwitwe ihr gegeben

hatte, niemals vom Finger. Wenn sie nicht von Nathaniel träumte, stellte sie sich vor, wie es wäre, diese untersetzte, dicke Dame zu sein, die ihre Macht so zum Ausdruck brachte. Sie brauchte nur mit einem dieser grotesk langen Fingernägel zu winken oder wie ein Raubvogel zu blicken, und schon fielen die Menschen vor ihr auf die Knie. Es hieß, daß die Kaiserinwitwe aus politischen Gründen gegen die Boxer war, daß sie sie persönlich und insgeheim aber liebte und unterstütze. Diese wilden, farbigen Boxer faszinierten sie. Medora konnte das verstehen. Sie selbst überliefen eigenartige Schauer, wenn sie das Schreien und den Klang der Trompeten hörte. Sie hatte noch immer keine Angst und hatte sich bei der Rettung der Bücher und Manuskripte heldenhaft benommen. Es erregten sie die züngelnden Flammen, der Rauch und die armen, verwirrten Gelehrten, die so abrupt in dieses Inferno gestürzt worden waren.

Aber abgesehen von dramatischen Ereignissen, wie dem Brand des Hanlin-Museums, war Medora schrecklich deprimiert und langweilte sich. Nathaniel hatte seit dem Tag, an dem er so ärgerlich gewesen war, weil sie die Kinder aus den Augen verloren hatte, nicht mehr mit ihr gesprochen und sie nicht mehr angesehen. Sie hatte unsägliche Angst, er könnte wie Rupert Fortescue erschossen werden oder sogar eines noch langsameren und grausameren Todes sterben.

Die wenigen Minuten, die Nathaniel zu Hause war, um zu essen oder sich auszuruhen, verbrachte er mit seiner Frau. Medora begann, Amelia Carrington zu hassen und Rachegedanken zu schmieden. Sie rieb ihren Ring und überlegte, welche Methoden die Kaiserinwitwe gegen eine Frau anwenden würde, auf die sie eifersüchtig war. Vor allem dann, wenn diese Frau alles verkörperte, was man selbst ablehnte, oder besaß, worum man sie beneidete: gutes Aussehen, gute Manieren, Charme, Mut. Amelia Carrington besaß das alles. Aber war sie auch eine aufregende Geliebte, oder war sie zu sehr Dame für die sexuelle Lust, die Medora Nathaniel nachempfand?

Medora grübelte. Sie war den Kindern gegenüber ungeduldig und legte wenig Wert auf ihr Äußeres - wer tat das schon? - Die Menschen wurden immer schmutziger, und die Kinder litten unter der Hitze und dem einseitigen Essen und wurden krank.

Am Abend des Konzerts unternahmen jedoch alle große Anstrengungen, so gut wie möglich auszusehen. Endlich hatte es begonnen zu regnen. Diejenigen, die geglaubt hatten, der lang erwartete Regen würde die Leidenschaft der Boxer abkühlen, sahen sich um eine Hoffnung ärmer. Die Angriffe von der äußeren Stadt her wurden heftiger. Und anstelle des Staubs gab es Schlamm. Alles wurde feucht. Aber wenigstens konnte man das Regenwasser auffangen, trinken und sich wieder waschen.

In dem großen Empfangssaal, wo das Konzert stattfand, herrschte festliche Stimmung. Die größeren Kinder durften aufbleiben. Georgie und Angel mußten furchtbar lachen, als die majestätische Madame Leonora auftrat. Ihre mächtige Stimme schien bis jenseits der Mauer zu dringen, denn man antwortete mit einem Kugelregen. Die Frauen, deren Männer in vorderster Linie kämpften, wurden steif vor Angst.

Amelia zischte ärgerlich, weil Angel und Georgie sich so schlecht benahmen. Cassidy wollte sie aus dem Saal bringen, aber sie versprachen schnell, sich zu benehmen. Sie verhielten sich tapfer während des langen Klaviersolos und der mißtönenden Darbietung eines deutschen Attachés. Es war langweilig für die beiden, aber immer noch besser als in der stickigen Luft ihres finsteren Schlafzimmers zu liegen.

Und Mama hatte ihre roten Hausschuhe angezogen und ein kleines, rotes Jäckchen, als ginge sie zu einer Party. Miß Deacon hatte sich nicht die Mühe gemacht, ihr langes, grünes Kleid anzuziehen. Sie sagte, sie habe es nicht mitgebracht. Sie würde in ihrer Tagesbluse und ihrem Rock bleiben. Wem sollte das schon auffallen?

Sie sah nicht mehr wie eine Meerjungfrau aus, sondern wie eine Pekingkrähe, dachte Georgie enttäuscht. Aber, wie

schon gesagt, wem fiel das schon auf? Papa war draußen in der lauten, dunklen Nacht auf Posten. Alle gesunden Männer, die nicht gerade Dienst hatten, ruhten sich irgendwo aus. Daher besuchte keiner von ihnen das Konzert. Georgie fragte sich, ob die Frauen nur hübsche Kleider anziehen, um den Männern zu gefallen. Wollten sie den Kindern denn nicht auch gefallen? Oder sehr alten Herren wie Colonel Manners, der mit einem altmodischen Dinnerjackett herumstolzierte und all seine Orden trug?
Lady Comerford war trotz ihrer achtzig Jahre hier und dort und überall. Von der Ferne sah sie blendend aus. Blauer Tüll umschmeichelte ihre Schultern, und Diamanten blitzten an ihrem Hals. Aber aus der Nähe sah man die Zeichen der übermächtigen Anstrengung in ihrem Gesicht, ihre glasigen Augen und dicke Schminke auf Wangen und Lippen. Henrietta mußte dabei an ein Kasperltheater denken, das sie einmal bei einem Fest in England gesehen hatte. Natürlich war sie zu gut erzogen, um das zu sagen. Lady Comerford sah genauso aus wie die Gretel und benahm sich auch so.
Als das Konzert zu Ende war, dankte der britische Gesandte allen. Er sagte, es sei ein großartiger Erfolg gewesen. Und um den Abend zu krönen, teilte er mit, er habe telegrafisch Nachricht aus Whitehall bekommen, wonach man in allernächster Zeit mit Truppenverstärkung rechnen könne. Es handelte sich nur noch darum, ein paar Tage auszuhalten.
Auch die Russen und die Japaner erwarteten Verstärkung. Und an diesem Abend freuten sich alle darüber, daß einige Mausergewehre und eine Kruppkanone der Chinesen erbeutet worden waren. Nicht ohne Verluste, leider, aber der Sieg hatte immer seinen Preis. Es war jetzt wichtig, daß Frauen und Kinder im Haus blieben, denn in den Bäumen hielten sich chinesische Scharfschützen auf. Sie seien Meisterschützen, hieß es.
»Hörst du das?« flüsterte Amelia Georgie zu.
Georgie nickte. Er wollte brennend gern einen Scharfschützen in einem Baum sehen.

»Georgie! Versprichst du mir, Sir Claude zu gehorchen und im Haus zu bleiben?«
Georgie ließ das keine Ruhe. Wenn sich ein Boxer in seine Weide am Goldfischteich setzen würde, mußte er ihn wie eine reife Pflaume herunterschütteln. Er und Angel.
»Georgie!«
»Ist ja gut, Mama«, sagte er widerstrebend. »Aber nicht, weil ich mich vor Scharfschützen fürchte.«

Aus Rache für die Erbeutung der Gewehre steckten die Chinesen die noch verbliebenen Gebäude in der Gesandtschaftsstraße in Brand. Als sich der Rauch und die Flammen gelegt hatten, sah Nathaniel Carrington, was er befürchtet hatte. Sein Laden war nur mehr eine Ruine; ein paar übriggebliebene Balken und ein eingestürztes Dach. Aber wenn er Glück hatte, waren seine Schätze im Keller unbeschädigt geblieben. Er beglückwünschte sich selbst zu der Vorsichtsmaßnahme, den Boden mit einer dicken Sandschicht abgedeckt zu haben. Nun mußte er so viel Geduld aufbringen, wie er nur konnte, und warten, bis diese unsinnige Belagerung vorbei war und er nachsehen konnte.
Genau an diesem Abend geschah etwas, was alle ein wenig Hoffnung schöpfen ließ. Schmetternde Trompetenstöße kündigten einen Waffenstillstand an. Ein chinesischer Soldat, der eine weiße Fahne trug, brachte an der Brücke über dem Kanal einen Anschlag an. Übersetzt lautete er folgendermaßen:

> In Übereinstimmung mit den kaiserlichen Befehlen, die Gesandten zu schützen, wird das Feuer sofort eingestellt. Eine Depesche wird an der Kaiserlichen Kanalbrücke übergeben.

Das Ende des Lärms war ein Segen. Blasse Menschen kamen aus den Häusern und gingen ängstlich in den verwüsteten Gärten umher. Die Wachen auf der Mauer rechneten mit einer Falle. Aber die Stille hielt an, als es dunkel wurde. Allerdings wurde von einer großen Ansammlung von Soldaten vor dem Kaiserlichen Palast berichtet. Mandschus und

Bannerträger in leuchtenden Farben, mit aufgestickten Drachen auf ihren Tunikas, bewaffnet mit zweischneidigen Schwertern oder Pfeil und Bogen, waren im Begriff, sich aufzustellen. Auch Kansu-Reiter auf ihren zähen kleinen Ponys waren dabei und trugen Banner und Spruchbänder. Mit den rosaroten Mauern des Kaiserpalastes im Hintergrund wirkte dies wie eine überlebensgroße Theaterszene. Aber die Waffen waren echt und auch das wilde Gehabe der Soldaten. Verdächtig war die Tatsache, daß sich in dieser kriegerischen Versammlung kein einziger Boxer befand. Sie hatten offensichtlich keinen Anteil am Waffenstillstand, der eine versponnene Idee der Kaiserinwitwe zu sein schien. Noch dazu eine, die sie sehr schnell wieder rückgängig machte, denn es wurde keine Depesche überreicht, und um Mitternacht war die wohltuende Stille vorüber. Wieder krachten Gewehrschüsse. Die Lichter im Gesandtschaftsgebäude und im nahen Peking Hotel erloschen sofort. Jenseits des Kanals, im Gebiet von Su Wang Fu, loderte ein großes, von einem brennenden Pfeil verursachtes Feuer auf.

Die Belagerung war nicht vorüber, und Amelia weinte vor Verzweiflung. Immer mehr Kinder wurden krank. Die Hitze, die schlechte Verpflegung und der durchdringende, widerliche Geruch des Todes ließ die Angst vor einer Choleraepidemie aufkommen. Die Kinder der chinesischen Flüchtlinge, die im Park campierten, hatten traurige, eingeschrumpfte Gesichter. Die der Europäer wurden blaß, bekamen große Augen und waren ganz still. Lucy redete kaum und sah so wächsern aus, daß jeder erschrak. Selbst Henrietta, die immer ein bißchen zu brav und tugendhaft war, bekam gelegentlich Wutausbrüche. Nur Georgie war fröhlich, vermutlich weil er sich leidenschaftlich für alles Neue interessierte. Er fand die brennenden Pfeile, die wie Sternschnuppen über die Mauer geflogen kamen, ungemein aufregend. Und Angel konnte man ihren trotzigen Ungehorsam auch nicht vorwerfen, denn schließlich war sie ein zutiefst gestörtes Kind. Sie hatte so plötzlich beide Eltern verloren. Ihr Vater war auf schreckliche Weise ums Leben

gekommen, und ihre Mutter hatte sich ganz in sich zurückgezogen.
Wie entsetzlich das alles war. Man mußte sich einfach beschäftigen wie diese bewundernswerte Lady Comerford. Man durfte nicht daran denken, daß die Kinder krank werden könnten oder in welcher Gefahr Nathaniel sich befand. Tag für Tag wartete die Arbeit in der Küche, im Krankenhaus und im Nähzimmer.
Bald war sicherlich alles vorüber. Die englischen Truppen würden kommen und sie befreien. Diese größenwahnsinnige alte Frau und ihre Bande von Verbrechern konnten sich schließlich nicht auf die Dauer gegen die ganze westliche Welt stellen.

13

Georgie wollte wirklich sein Versprechen halten und nicht nach draußen gehen, vor allem, nachdem auf dem Tennisplatz ein Kampf stattgefunden hatte. In der Nacht des Geburtstags der Königin hatten dort die Leute im Schein von Papierlaternen getanzt, und jetzt lagen da Leichen. Papa kam herein; er hielt sein Gewehr noch in der Hand. Sein Gesicht war rauchgeschwärzt, seine Augen rot und entzündet. Bevor er merkte, daß die Kinder anwesend waren, sagte er: »Ich hab ein paar von den Teufeln erwischt. Jetzt ist alles vorbei. Wir lassen Jung Lus Männer die Toten und Verwundeten wegschaffen.«
Alle starrten ihn verängstigt an.
»Na, was schaut ihr mich denn so an?« fragte er eine Spur zu jovial. »Ich weiß, ich bin so schwarz wie ein Kaminkehrer, aber das läßt sich eben nicht ändern.«
Gedrückt fragte Mama: »Ist alles mit dir in Ordnung, Nathaniel?«
»Vollkommen. Kein Kratzer. Warum haben die Kinder keinen Unterricht? Miß Deacon . . .«

»Wir haben zugehört . . .« begann Miß Deacon.
»Der Krieg ist kein Gesellschaftsspiel«, sagte Papa kurz. Mit gedämpfter Stimme fügte er zu Mama und Miß Deacon gewandt hinzu: »Beschäftigt doch die Kinder, um Himmels willen.«
»Ja, natürlich«, sagte Mama heiter. »Wie dumm, daß wir nicht mehr Spiele mitgebracht haben. Aber das macht nichts, wir erfinden einfach welche. Wie wär's mit Versteckspiel? Liebster, willst du dich nicht ausruhen? Oder etwas essen?«
»Später«, sagte Papa und verließ den Raum mit langen Schritten.
Georgie und Angel hatten gar keine Lust zum Spielen. Henrietta spielte eifrig, bis Lucy sich ohne Vorwarnung plötzlich erbrach. Das war eine Aufregung! Während Mama Lucy beruhigte, Ah Wan den Boden aufwischte und Cassidy frische Kleider suchte, spürte Georgie mit einemmal Angels Hand in der seinen. Als er sie ansah, wußte er sofort, was sie vorhatte. Sie wollte hinausschleichen und die Zeichen des Kampfes auf dem Tennisplatz anschauen.
»Wir dürfen nicht. Wir haben es Papa versprochen.«
»Ich mag deinen Papa nicht. Er ist gemein und unfreundlich.«
»Warum?« fragte Georgie überrascht.
»Er hat uns unser Spielzeugpony weggenommen. Das ist auch Diebstahl.« Herausfordernd und böse streckte sie ihr Kinn empor. »Komm«, sagte sie.
Georgie folgte ihr. Nicht, weil er sein Versprechen brechen wollte oder weil er Angel nicht widerstehen konnte, sondern weil er es nicht ertragen konnte, Mamas Gesicht anzusehen, wenn sie sich um Lucy sorgte. Er dachte, Mama sei überzeugt, Lucy würde sterben wie die Soldaten von Jung Lu auf dem Tennisplatz. Davor mußte er davonlaufen.
Er war jedoch nicht bereit, weit wegzugehen. Nur bis zur Weide. Sie hatte einen verknorpelten Ast, rauh und schuppig wie ein Drachen. Dort fühlte er sich immer sicher.
Angel berichtete nach einem Erkundungsgang enttäuscht,

daß auf dem Tennisplatz keine Leichen lägen. Aber es waren sicherlich welche dort gewesen, denn sie hatte dunkle, feuchte Stellen gesehen. Das war bestimmt Blut. Georgie ging auch hin. Es war das erstemal, daß er menschliches Blut sah. Er sog die heiße, übelriechende Luft ein und fürchtete, ihm würde übel werden wie Lucy. Aber Angel lenkte ihn von seiner Übelkeit ab, als sie mit leiser, aufgeregter Stimme rief:

»Georgie, komm her! Schnell! Schau, was ich gefunden habe.«

Sie stand vor dem Bambusdickicht am Ende des Goldfischteichs. Georgie bewegte sich nur zögernd vorwärts. Er fürchtete, sie hätten das gefunden, was keiner von ihnen beiden eigentlich sehen wollte, einen toten Chinesen.

»Komm doch!« zischte Angel.

Sie kniete sich nieder, als er zu ihr trat, und beugte sich über etwas, das wie eine große rote Mohnblume aussah. Nein, keine Mohnblume, denn das Ding bewegte sich und wimmerte leise. Nun konnte Georgie sehen, daß es einen winzigen, dunklen Kopf hatte, ein gelbes Gesicht und dunkle Schlitzaugen. O Wunder, es war ein Baby. Ein lebendiges Baby, in ein Stück rote Seide eingewickelt und sorgfältig unter dem Buschwerk versteckt.

»Es ist Moses!« schrie Georgie.

»Nein. Moses war ein Junge.«

»Woher weißt du, daß das kein Junge ist?«

»Weil man nur kleine Mädchen zum Sterben aussetzt. Mama und Papa haben sie immer gerettet und ihren Müttern gesagt, sie sollen nicht so schlecht sein. Wir können nachsehen, wenn du's mir nicht glaubst«, fügte Angel nüchtern hinzu.

Georgie meinte, daß das ziemlich unhöflich sei, obwohl er nicht wußte, ob Höflichkeit für so ein winziges Baby überhaupt von Bedeutung war.

»Können wir es retten?« fragte er eifrig. »Es braucht Milch, und wir haben keine.«

»Wir bringen es nicht ins Haus«, sagte Angel. Sie beugte

sich besitzergreifend über das kleine Kind. »Man nimmt es uns sonst nur wieder weg wie das Pony.«
»Das Pony mußte aber nicht gefüttert werden.«
»Ich werde dieses Baby füttern. Wenn ich anfange, es zu stillen, kommt Milch aus meiner Brust raus.«
»Ehrlich?« sagte Georgie erstaunt.
»Natürlich. Wenn man anfängt, ein neues Baby zu stillen, tut Gott Milch in die Brust.«
»Dann versuch's doch«, drängte Georgie jetzt sehr interessiert.
Angel schob sich die Schürze und den Rock hoch, knöpfte ihr Leibchen auf und entblößte zwei blaßbraune Punkte auf ihrer Brust. Sie waren nicht größer als die von Georgie. Er konnte sich nicht erklären, wieso da plötzlich Milch herauskommen sollte. Er hob aber das Bündel auf und legte es Angel in die Arme. Das Baby bewegte sich und wimmerte, als Angel seinen Mund an ihre flache Brust legte. Es saugte heftig und ballte eine kleine Faust. Als die rettende Milch ausblieb, wurden seine Schreie lauter.
»Es ist böse, weil du doch keine Milch hast«, sagte Georgie.
Zum erstenmal seit ihrer Ankunft in Peking sah Georgie eine Gefühlsregung in Angels Gesicht. Angst und Zärtlichkeit waren darin. Sie legte das weinende Kind zurück in sein Nest aus Blättern und zog Weidenzweige davor, damit niemand es sah.
»Wir müssen irgend etwas anderes finden. Vielleicht kommt meine Milch erst morgen.«
»Wir können es nicht die ganze Nacht hier draußen lassen.«
»Doch, wir können. Nur im Winter sterben die ausgesetzten Babys. Wir heben etwas Reis vom Abendessen auf.«
»Es ist zu klein, um Reis zu essen.«
Angel stampfte mit dem Fuß auf.
»Du weißt überhaupt nichts. Du bist ja nur ein Junge. Wir können den Reis zerquetschen und ihm in den Mund schieben.«
»Ich finde, wir sollten es einem Erwachsenen geben, der Milch in der Brust hat.«

»Nein, das tun wir nicht. Es ist unser Baby. Es ist das einzige, was wir haben. Du bist sein Vater, und ich bin seine Mutter. Es wird heute nacht hier schlafen, und morgen in der Frühe werden wir es als erstes füttern. Wir können herauskommen, bevor Ah Wan aufwacht. Halt bloß den Mund, ja?«
Wenn Angel so aussah wie jetzt, blieb einem gar nichts anderes übrig, als den Mund zu halten. Sie steckten wahrscheinlich ohnehin schon tief in Schwierigkeiten wegen ihres Ausflugs. Wenn sie ein bißchen Glück hatten, waren vielleicht alle so beschäftigt, daß sie ihre Rückkehr nicht bemerkten.
Sie hatten Glück, obwohl die Umstände alles andere als glücklich waren. Lucy war ins Krankenhaus gebracht worden. Der Arzt meinte, sie hätte vielleicht Typhus, und das wäre ernst. So ernst, daß Henrietta darauf bestand, Lucy ihre schönste Puppe zu leihen, die bis dahin noch niemand außer ihr hatte berühren dürfen.
Nein, nein, Lucy würde natürlich nicht sterben, sagte Mama. Sie würden alle für sie beten. Jetzt mußte sie ganz schnell an Lucys Krankenbett zurück und die Nacht über bei ihr bleiben.
Alle mußten versprechen, gehorsam und ruhig zu sein und ihre Gebete aufzusagen.
»Wie sollen wir sie nennen?« flüsterte Angel Georgie zu, als sie im Dunkeln im Bett lagen.
»Unser Baby? Ich denke, das hat schon einen Namen.«
»Nein, hat es nicht, weil wir ihm noch keinen gegeben haben. Wie wärs mit Pflaumenblüte?«
»Ja, das ist ein hübscher Name.«
»Wir werden es morgen taufen«, sagte Angel.
»Wenn es gefüttert ist.« Georgie mußte noch immer an das Schreien des Babys denken. Er hatte das komische Gefühl, daß dieses blasse, gelbe Kerlchen in dem roten Bündel nur deshalb im Bambusdickicht lag, um Lucys Platz einzunehmen. Darauf legte er aber keinen besonderen Wert. Er glaubte auch, daß die echte Mutter des Babys bei dem

Kampf auf dem Tennisplatz von einem bösen Boxer getötet worden war. Dort hatten chinesische Flüchtlinge kampiert. Die Mutter hatte bestimmt das Baby dort versteckt und versucht, es zu retten, als sie selbst sterben mußte.

Es war keineswegs sicher, ob er und Angel es am Leben erhalten und verstecken konnten. Babys brauchten so viele Sachen, vor allem saubere Tücher. Er fürchtete, daß sie doch Miß Deacon um Hilfe bitten mußten. Er war sicher, ihr konnten sie trauen.

Es war kaum hell, da zupfte Angel Georgie am Arm und weckte ihn auf.

»Komm, wir müssen uns beeilen. Ich habe den Reis und einen Schwamm.«

»Einen Schwamm?« fragte Georgie schläfrig.

»Wir müssen Pflaumenblüte waschen.«

In dem brackigen Wasser des Goldfischteichs? Georgie glaubte nicht, daß das dem Baby gefallen würde. Aber er merkte, daß Angel schlecht gelaunt war, da hatte es keinen Sinn, mit ihr zu streiten. Er war auch gespannt, das Baby wiederzusehen, und stand rasch auf. Henrietta schlief, ohne sich zu rühren. Ebenso Ah Wan. Henrietta lag wie ein Bündel quer über der Türschwelle. Sie mußten mit angehaltenem Atem über sie hinwegsteigen.

Draußen war es still. Alle Soldaten schienen noch zu schlafen, denn niemand schoß oder schrie, und keine Alarmglokken läuteten. Abgesehen von dem faulen Gestank, war es angenehm frisch. Wenigstens regnete es nicht. So lag das Baby wie ein kleiner Vogel trocken in seinem Nest aus welken Blättern.

Es lag wirklich trocken und schlief fest. Angel stieß es leicht an, um es zu wecken. Als das nichts nützte, flüsterte Angel mit so viel Zärtlichkeit in der Stimme, wie man es ihr gar nicht zugetraut hätte. »Wach auf, liebes Baby. Wir haben dir was zum Essen mitgebracht. Und wir haben dich Pflaumenblüte genannt. Schau, hier ist guter Reis.«

Georgie zog vorsichtig das Tuch von dem winzig kleinen Köpfchen und sah das lilienblasse Gesicht und die geschlos-

senen Augen. Und da wußte er es. Tief in seinem traurigen Herzen wußte er es.
»Sie ist tot«, hauchte er tonlos.
»O nein, sie ist nicht tot!« schrie Angel. »Nein. Sie schläft nur.« Sie faltete die rote Seide auseinander und hob ein nacktes Ärmchen hoch. Dünn wie ein Reiherbein und steif wie Henriettas Puppe.
»Du hast gesagt, du hast schon Tote gesehen«, sagte Georgie.
»Sie ist nicht tot! Sie darf nicht tot sein!« Angel packte das Baby und wiegte es in ihren Armen, zuerst zärtlich, dann ärgerlich.
»Wir müssen sie beerdigen«, sagte Georgie. Plötzlich fühlte er sich stark und weise. Er war der Mann in der Familie. »Wir können hier ein Loch graben und sie mit Blättern bedecken.«
Tränen der Wut flossen über Angels Wangen. Aber als Georgie eine flache Grube in den Staub gegraben hatte, legte sie widerstrebend das Baby mit dem fröhlichen Seidentuch in das traurige kleine Nest. Sie bedeckten es sorgfältig mit Bambus-Schößlingen und Weidenzweigen. Die Weide, dieser blöde alte Zauberer, er war zum Feind geworden. Weshalb hatte er ihr Baby nicht beschützt? Dann beugte er sich über das winzige Grab und murmelte: »Liebster Jesus süß und mild, sieh auf ein kleines Kind. Dies ist Pflaumenblüte, Gott«, fügte er etwas vorwurfsvoll hinzu. »Sie hat uns gehört, aber du hast sie uns weggenommen. Das ist ungerecht. Wirklich. Zuerst das Jadepony und jetzt unser Baby.«
»Gott weiß angeblich alles am besten«, sagte Angel böse. »Aber ich glaub das nicht!«
Würde er auch Lucy wegnehmen? Nein, es ging ihr viel besser. Das Fieber war gefallen. Sie hatte doch keinen Typhus. Nur eine Art Magenverstimmung, sagte der Arzt, die sicher bald an der Tagesordnung sein würde.
Mama war über Lucys gebesserten Gesundheitszustand so froh, daß sie mit Georgie und Angel nicht schimpfte, als sie ihre schmutzigen Hände und den Staub auf ihren Schuhen

sah. Sie sagte nur: »Kinder, seid brav. Ihr helft Papa und mir viel damit.«
Als Papa mit rot unterlaufenen Augen und einem Stoppelbart nach Hause kam und erfuhr, daß es Lucy besser ging, weinte er ein bißchen. Georgie konnte die Tränen auf seinen Wangen sehen. Das war sehr peinlich, denn erwachsene Männer weinen nicht. Papa konnte aber noch immer recht ungehalten werden.
»Nun, Kinder, daß eure Schwester krank ist, bedeutet noch lange keinen Ferientag für euch. Marsch, zum Unterricht. Und keinen Schritt vor das Haus!«
Georgie nickte niedergeschlagen. Selbst Angel hatte ihren rebellischen Blick verloren. Keines der beiden Kinder verspürte im Augenblick das Verlangen hinauszugehen.

Lucy wurde zwei Tage später nach Hause gebracht, um sich zu erholen. Ihre großen, blauen Augen schienen ihr ganzes Gesicht zu verzehren. Sie klammerte sich an ihre Mutter und redete kaum. Sie hatte den Aufenthalt im Krankenhaus gehaßt, obwohl sie nicht im gleichen Zimmer lag wie die verwundeten Soldaten. Aber sie hatte sie stöhnen hören, und das war entsetzlich gewesen. Interessant war, daß Angel, die bisher die schüchterne Lucy ignoriert und verachtet hatte, jetzt zu ihrer Beschützerin und Betreuerin wurde. Sie las ihr Geschichten vor, zog Puppen für sie an und aus und schleppte sie sogar herum.
Georgie war abgeschrieben und wurde eifersüchtig. Aber er begriff genau, was Angel tat. Sie spielte, daß Lucy Pflaumenblüte sei und sie ihre Mutter. Ein blödes Spiel. Alle Erwachsenen, die nichts von dem wirklichen Grund ahnten, freuten sich, daß Angel endlich ihre Wildheit abgelegt zu haben schien und sich um andere Kinder kümmerte. Und Lucy schlang ihre dünnen Arme um Angels Hals und genoß die Aufmerksamkeit, die man ihr schenkte. Sie flüchtete sich nur zu gern in die Rolle des Babys.
Es war ausgesprochenes Pech, daß ausgerechnet jetzt, wo die Kinder einigermaßen gesund waren, Amelia krank

wurde. Sie bekam die gleiche Krankheit, die Lucy gehabt hatte. Innerhalb von vierundzwanzig Stunden stieg ihre Temperatur beängstigend, und sie mußte ins Krankenhaus gebracht werden. Nicht auf einer Bahre, sondern auf Nathaniels kräftigen Armen.

Es war besonders schlimm, daß die Kämpfe eben jetzt ihren Höhepunkt erreicht hatten. Der Kampflärm aus der chinesischen Vorstadt und dem entfernteren Gesandtschaftsviertel nahm überhaupt kein Ende mehr. Kein Mann konnte von seinem Posten beurlaubt werden. Kein besorgter Ehemann konnte am Bett seiner kranken Frau sitzen, auch wenn sie in Lebensgefahr schwebte. Es war gut möglich, daß die britische Gesandtschaft das Schicksal der übrigen Häuser erleiden und bis auf die Grundmauern niederbrennen würde. Möglicherweise waren sie alle tot, noch ehe der neue Tag seinem Ende entgegenging.

»Machen Sie sich keine Sorgen, ich kümmere mich um Mrs. Carrington«, sagte Miß Deacon zu Nathaniel. »Cassidy und Ah Wan können auf die Kinder aufpassen.«

»Wirklich?« sagte Nathaniel dankbar. »Wollen Sie mir versprechen, sie nicht zu verlassen?«

»Natürlich verspreche ich das. Keine dieser wichtigtuerischen Schwestern wird mich vertreiben können. Bis jetzt glauben die, ich kann nur die Fliegen von ihren Patienten verscheuchen. Ich sorge für Ihre Frau, Mr. Carrington.«

»Ich werde Ihnen das nie vergessen. Achten Sie darauf, daß Sie sich keine Sorgen macht. Falls sie heute morgen die Explosion gehört hat, sagen Sie ihr, daß die Chinesen unterhalb der Mauer der französischen Gesandtschaft eine Mine hochgejagt haben. Aber sie haben mehr von ihren eigenen Leuten getötet als von unseren. Wir sind in der Lage, uns selbst zu verteidigen.«

Amelia war mittlerweile schon zu krank, um sich Sorgen zu machen. Das entfernte Schreien und das Gewehrfeuer, der gelegentliche Donner der Kanone, das heisere Schmettern der Trompeten und das Läuten der Alarmglocken vom Turm waren Teil eines unverständlichen Alptraums. In

friedlicheren Augenblicken glaubte sie, wieder in England zu sein und unter einer Weide am Ufer der Themse zu sitzen. Sie konnte die Kinder auf dem Rasen hören und die sanfte, warnende Stimme ihrer Mutter: »Amelia! Lilian! Geht nicht so nahe zum Fluß. Ihr könnt hineinfallen.«
Sie waren beide in etwas hineingefallen. Nicht in den kühlen Fluß, sondern in ein heißes Meer von Traurigkeit und Schmerz und Schreien und Alpträumen.
Sie wußte, jemand trocknete ihr mit einem Schwamm das Gesicht. Und manchmal wurde sie hochgehoben, um warmes, geschmackloses Wasser zu trinken. Fliegen schwirrten um ihr Gesicht und wurden abgewehrt. Einmal glaubte sie, daß sich dieses seltsame amerikanische Mädchen, das sie bei sich aufgenommen hatten, über sie beugte. Dieses schmale, ausdruckslose Gesicht mit diesem seltsamen in sich gekehrten Blick erkannte sie immer. Dieses Mädchen war eine Gefahr. Warum? Die Kinder mochten sie. Sie hatte sanfte Hände.
Was machte sie hier in dieser stickigen Hitze und an diesem gräßlichen Ort an Amelias Bett, wo Tausende von Fliegen umherschwirrten? Während ihr das Bewußtsein schon wieder zu schwinden drohte, hörte Amelia sie sagen: »Nur noch einen Schluck, Mrs. Carrington. Sie dürfen nicht zu viel Flüssigkeit verlieren. Das ist die größte Gefahr, sagen die Ärzte.«
Amelia drehte müde den Kopf.
»Mein Mann? Die Kinder?«
»Es geht ihnen allen gut. Schlafen Sie jetzt.«
Die beruhigende Hand, an die sie sich hilfesuchend geklammert hatte, die heisere, amerikanische Stimme. Medora Deacon! Das war ungeheuer, sie erinnerte sich, wo sie war und wer bei ihr war.
»Was tun Sie denn hier?«
»Ich pflege Sie. Sie waren sehr krank.«
»Geht es mir jetzt . . . besser?«
»Oh, ja. Sie sprechen zum erstenmal seit einer Woche wieder vernünftig.«

Eine Woche? Und der Kampf dauerte noch immer an. Wie viele waren inzwischen verwundet worden oder gestorben? Wie viele weitere Begräbnisse hatten in dem traurigen kleinen Friedhof stattgefunden, in dem Richard Fortescue nun schon so lange lag? Und wer war gestorben?

Amelia verspürte das überwältigende Verlangen, in wohltuende Bewußtlosigkeit zurückzusinken. Sie mußte sich zwingen, die Augen offen zu halten.

»Mein Mann?« Sie vergaß, daß sie diese Frage bereits gestellt hatte.

»Es geht ihm gut. Kein Kratzer. Er ist müde, natürlich. Das sind sie alle, diese tapferen Männer.«

»Haben Sie mir . . . das Leben gerettet?«

»Nicht nur ich, Mrs. Carrington. Jeder hat dazu beigetragen.«

Es war aber in der Hauptsache Miß Deacon gewesen, sagte ihr Nathaniel, als ihre Schwäche allmählich wich und sie wieder klar denken konnte. Das Mädchen hatte die Tage und auch einen großen Teil der Nächte an ihrem Bett verbracht. Sie hatte es ausdrücklich gewünscht. Sie war einfach wundervoll. Sie alle standen tief in ihrer Schuld.

Medora hätte nicht erklären können, weshalb sie sich so hingebungsvoll um Amelia kümmerte. Das mußte die bessere Seite ihres Wesens sein. Sie hatte geglüht vor Selbstaufopferung und dem ehrlichen Wunsch, Amelia möge genesen. Daß Amelia wieder ins Leben zurückkehrte und einen Schatten ihrer früheren Schönheit wieder zurückgewann, schmälerte ihr Verlangen nach Nathaniel keineswegs. Sie wußte, wenn Amelia gestorben und Nathaniel Witwer geworden wäre, hätte die Sache ihren Reiz verloren. Ein von einer toten Ehefrau verfolgter Geliebter konnte ihre Vorstellung von den Wonnen der Liebe nicht erfüllen. Die versteckte Leidenschaft verbotener Liebe war etwas ganz anderes. Sie brauchte nicht nur die Herausforderung, sondern auch die Gewißheit, daß sie einen Mann von seiner Frau weglocken konnte. Sie war einfach verdorben. Ihre Vor-

stellungskraft berauschte sich an einem köstlichen Schuldgefühl.
Sie ahnte, daß es Nathaniel ebenso ging, denn wenn er auch weniger abweisend zu ihr war, nachdem sie seine Frau gepflegt hatte, vermied er es sorgfältig, auch nur ihren Arm zu berühren oder sie direkt anzusehen. Als wage er es nicht, der Versuchung zu erliegen. Jedenfalls bildete Medora sich das ein. Vielleicht war er aber auch nur müde.
Jedermann war müde. Die Belagerung dauerte schon sieben Wochen. Die knappe Verpflegung, die Hitze, die sich häufenden Unglücks- und Todesfälle zerrten an jedermanns Nerven. An der Rückseite des Krankenhauses gab es einen abscheulichen kleinen Raum, in dem die Toten in weiße Tücher gehüllt lagen, bis sie beerdigt wurden. Täglich fanden jetzt Beerdigungen statt. Gleichgültig, ob die Opfer Engländer, Amerikaner, Russen oder Angehörige eines anderen Landes waren, stets folgten ihnen Mitglieder aller Gesandtschaften zu ihrem Massengrab.
Seit einiger Zeit regnete es unaufhörlich. Die Männer standen vor Dreck, wenn sie aus dem unter Wasser stehenden Gräben kamen. Sie redeten nicht über die aufgedunsenen Leichen oder die Ponys und Mulis, die versuchten, sich von dem spärlichen Gras im Su Wang Fu zu ernähren, ehe sie geschlachtet wurden. Prinz Sus Palast war von einem brennenden Pfeil getroffen worden und bis zum Grund niedergebrannt. All seine Schätze waren mit ihm verschwunden. Außer einem kleinen Jadepony, das Nathaniel Carrington sorgfältig versteckt hatte.
Gräßliche, halb verhungerte Hunde nagten an den Leichen der Chinesen herum, die in den Straßen lagen. Zweitausend chinesische Flüchtlinge kampierten in behelfsmäßigen Unterkünften in den Gärten der Gesandtschaft. Sie hatten nur noch wenig Reis. Die Kinder rissen Blätter von den Bäumen und kauten sie oder standen an den Türen der britischen Gesandtschaft Schlange nach einer Schale voll Haferschleim oder Pferdefleischeintopf.
Aber es mußten auch tausend Europäer verpflegt werden.

Die Nahrungsvorräte wurden streng rationiert. Man wußte, im Peking Hotel lagerten noch so kostbare Dinge wie Büchsen mit Austern und Gänseleberpastete mit Trüffeln. Monsieur Chamot teilte manchmal etwas davon aus, als seien es Goldbarren. Die Champagnervorräte schienen unerschöpflich zu sein. Monsieur Chamot meinte, es sei wünschenswert, noch irgend etwas zu haben, womit man die Ankunft der Befreiungstruppen feiern könne. Das heißt, falls sie überhaupt kamen und das jetzt schon halb zerstörte Hotel noch stand. Mitten in der Nacht hatte Chamot chinesische Offiziere ihren Männern zurufen hören, sie sollten über die Mauer steigen und alle Fremden töten. Es gab jetzt kaum mehr Schutz vor einem Angriff. Die ganze Nacht über wurde geschossen. Sir Claude MacDonald erinnerte die Eingeschlossenen mit bitterer Ironie daran, daß General Gordon den Chinesen vor Jahren im Krieg gegen Rußland einen guten Rat erteilt hatte. Er sagte, die beste Taktik, einen Feind zu überwinden, bestehe darin, nächtelang zu schießen, so daß er nicht zur Ruhe kommen könne.
Würde die Befreiung jemals kommen? Entsprechende Gerüchte wurden im nächsten Augenblick widerrufen. Ein erschöpfter und halb verhungerter Kurier traf aus Tientsin ein. Er war drei Wochen durch das von Boxern kontrollierte Gebiet geirrt. In seinem Haar versteckt, brachte er eine ermutigende Nachricht. Sie lautete, daß eine Truppe von 24000 Mann - Japaner, Russen, Briten, Franzosen und Amerikaner - gelandet sei und sich bereits im Anmarsch befände. Alles würde gutgehen, wenn die Eingeschlossenen noch ein klein wenig länger mit ihren Nahrungsmitteln auskommen könnten.
Nahrung. Zur größten Überraschung aller traf ein Geschenk der Kaiserinwitwe ein. Körbe mit Wassermelonen und Gemüse für die Kinder. Dann begannen einige geschäftstüchtige Chinesen vom Land an die wachestehenden Soldaten Eier gegen Dollars zu verkaufen. Diese nahrhaften und gesunden Dinge wurden ausschließlich an Kranke und Kinder verteilt.

Amelia ließ sich dazu überreden, ein Ei zu essen Gierig teilten sich Henriette, Lucy, Georgie und Angel eine Wassermelone. Es war seit langem der schönste Tag für sie.
Anderen Gerüchte zufolge hatte man, wenn auch nicht die sehnlichst erwarteten Truppen, so doch eine Menge Wagen gesehen, die sich auf die Kaiserstadt zu bewegten. Es hieß, der Hof bereite sich auf die Flucht vor. Der intrigante und bösartige Prinz Su vielleicht, aber gewiß nicht diese halsstarrige Frau, die Kaiserinwitwe Ts-U-Hsi. Sie würde sich niemals soweit erniedrigen.
Es wurde zu einem neuen Spiel für die Kinder. Georgie und Henrietta drehten einen Stuhl um, und Angel ließ sich, eingehüllt in ein Stück Brokat, das glücklichweise der Verarbeitung zu Sandsäcken entgangen war, in dem Stuhl wie in einer Sänfte von Zimmer zu Zimmer tragen. Lucy war der Vorreiter. Dieser Rolle wurde sie aber bald müde. Dann durfte sie die Kaiserin sein und sich in Brokat einhüllen, während Angel begeistert auf einem Bestenstiel neben ihr her galoppierte.
Allerdings gab Lucy eine recht armselige Kaiserin ab, und das Spiel endete meistens mit Lucys Lieblingsrolle: Sic licß sich von Angel in den Armen wiegen und saugte dabei wie ein Baby am Daumen.
Amelia war noch immer zu schwach und zu müde, um sich über dieses etwas befremdende und alarmierende Verhalten Lucys Sorgen zu machen. Diese Probleme konnte man beheben, wenn die Belagerung vorüber war. Kinder waren widerstandsfähig und vergaßen schlimme Erfahrungen rasch.
Lady Comerford und Colonel Manners aßen miteinander. Colonel Manners hatte eine Büchse Gänseleberpastete und eine Büchse Spargel gespendet, die eigentlich für einen besonderen Zweck - wie zum Beispiel die Begrüßung der Befreiungstruppen - gedacht waren. Aber seine alte, gute Freundin Blanche Comerford schrumpfte vor seinen Augen buchstäblich zusammen. Natürlich konnte sie dieses ekelhafte Ponyfleisch nicht essen und existierte von ein bißchen Reis und Haferschleim. Der Himmel mochte wissen,

woraus dieser sogenannte Haferschleim bestand. Vermutlich aus gekochten Pferdehufen. Es war besser, da nicht weiter nachzuforschen.
»Werden Sie wieder nach Hause zurückkehren, wenn dies hier vorüber ist, liebe Lady?«
»In mein eigenes Haus, ja, falls es noch steht. Und wenn meine Dienstboten zurückkommen.«
»Ich sprach eigentlich von England.«
»Dann bringen Sie mich nicht durcheinander, indem Sie das ein Zuhause nennen«, sagte sie beleidigt. »Das war es seit sechzig Jahren nicht. Und was sollten die wohl dort mit mir anfangen? Mit einer verrückten, alten Chinesenpuppe? Nein, ich bleibe hier. Wenn ich auch zu Tode erschrocken bin. Trotz allem, verstehen Sie, fühle ich mich den Chinesen verbunden.«
»Ich auch, diese buttergesichtigen Teufel. Aber niemand kann besser kochen als mein Li Chen. Ich muß ihn zurückbekommen, auch wenn er die Fremden getötet hat. Wenn er noch lebt, natürlich.«
»Wer wird letzten Endes am Leben bleiben?« Lady Comerford konnte nichts essen. Sie spielte nur mit den Delikatessen auf ihrem Teller herum.
»Die meisten von uns. Nur keine Angst. Der ganze Unsinn läuft sich allmählich tot, glauben Sie mir!«
Lady Comerford hob den Kopf und lauschte auf das Krachen der Gewehrschüsse.
»Den Eindruck habe ich eigentlich nicht.«
»O doch. Bald werden wir eines Morgens erwachen und entdecken, daß der kaiserliche Palast verlassen und diese verblendete alte Frau geflohen ist.«
»Ich frage mich«, sagte Lady Comerford, »wie sich Königin Viktoria unter ähnlichen Umständen verhalten würde.«
Colonel Manners schnaubte.
»Sie hat genug Verstand, um in eine solche Situation erst gar nicht zu geraten. Aber ich bin verdammt sicher, sie würde niemals davonlaufen.«
»Ich glaube fast, diese netten Carringtons kehren so bald

wie möglich nach England zurück. Schade. Ich mag sie so gern.«

»Er ist ein ganz prima Soldat, das muß ich zugeben. Darüber hinaus habe ich eigentlich nicht viel für ihn übrig. Er ist ein arroganter Bursche.«

»Macht aber sehr großen Eindruck auf Frauen.«

»Frauen sind Masochisten.«

»Aber Colonel! Solche Weisheiten bei einem alten Junggesellen! Und ich kann Ihrem Urteil über Nathaniel Carrington nicht ganz beipflichten. Er hat sehr strenge Grundsätze. Wenigstens predigt er sie seinen Kindern.«

»Er sieht sich als das Vorbild eines korrekten Vaters. Nun, vielleicht haben Sie recht, liebste Lady. Vielleicht beurteile ich den Mann falsch. Nehmen Sie noch ein wenig Gänseleber! Sie tut Ihnen gut. Ihre Augen strahlen schon wieder.«

»Das kommt von dem unerlaubten Vergnügen, ein wenig zu klatschen.«

»Nun, wenigstens lenkt es Sie von Jung Lu und seiner Bande ab.«

»Colonel«, sagte Lady Comerford impulsiv, »ist Ihnen aufgefallen, wie feige ich war? Hat man es gemerkt?«

»Feige! Sie? Welch ein Unsinn! Sie sind die tapferste Frau in dieser Gemeinschaft, und ein größeres Kompliment kann ich Ihnen nicht machen; denn es gibt ein paar sehr tapfere darunter. Einschließlich dieser schönen Amelia und dieser komischen Amerikanerin, die sich bemerkenswert gehalten hat.«

»Medora Deacon? Ja, sie war ein Prachtmädchen. Besonders als Amelia krank war. Sie hat ihr das Leben gerettet, sagt Nathaniel. Aber ich . . .« Lady Comerford legte ihre Hand liebevoll und dankbar auf Colonel Manners Arm. »Ich danke Ihnen, Sie lieber Mann. Sie haben mich beruhigt. Es wäre entsetzlich gewesen, wenn ich mir eine Blöße gegeben hätte. Deshalb male ich mich so an wie eine Dirne. Um mein feiges kleines Herz zu verstecken.«

»Sie schmücken Ihre Umgebung. Und ich muß sagen, ich bin froh, daß Sie nicht vorhaben, nach England zu gehen.

Peking wäre ohne Sie nicht mehr das gleiche. Sie sind wie ein Lampion. Die habe ich immer gemocht. Fröhlich und warm.«

Lady Comerford lachte leise. Die dicke Schicht aus Puder und Schminke auf ihren Wangen bröckelte etwas ab.

»Ich glaube, das gefällt mir sehr - ein Lampion! Allerdings leicht brennbar. Wenn ich in Rauch und Flammen aufgehe, legen Sie mir dann einen Weidenzweig auf mein Grab, Colonel?«

»Das werde ich gewiß tun, liebste Lady. Ganz gewiß.«

Am Tag nach diesem Tête-à-tête, in der achten Woche der Belagerung, war ganz plötzlich alles vorüber. Die ersten Truppen trafen ein. Indische Kavallerie, angeführt von einem britischen Offizier. Den zähen, braunen Burschen schien der lange Marsch von Tientsin nichts ausgemacht zu haben. Ihnen folgten Sikhs mit Turbanen, bengalische Lanzenreiter und später am Tag amerikanische Marine, russische Kosaken und Japaner.

Die Eingeschlossenen nahmen staunend und fast ungläubig zur Kenntnis, daß die Chinesenstadt mit einemmal unheimlich still und verlassen war. Desgleichen die Verbotene Stadt. Die Gerüchte über die Flucht der Kaiserinwitwe hatten sich bewahrheitet. Ohne ihre Juwelen und wie eine Bäuerin in blaue Baumwolle gekleidet, war sie irgendwann im Laufe der Nacht durch das nördliche Tor entwichen und inzwischen auf dem Weg in ein wohlvorbereitetes Exil irgendwo jenseits der Chinesischen Mauer in der Provinz Shensi. Das war ein schmählicher Abgang. Er mußte ihr in der Seele zuwider gewesen sein. Ohne ihre Juwelen und ihre reichhaltige Garderobe, mit kurzgeschnittenen Fingernägeln, in einem Karren sitzend wie eine Bäuerin, vor sich die lange, beschwerliche Reise . . . Sie mochte sich wohl fragen, ob sie je ihre Paläste wiedersehen würde, ihre Lustgärten, die Unmengen von Kostbarkeiten, die sie hatte vergraben lassen, und ihr Gefolge von Eunuchen und Dienerinnen.

Doch ihr Zauber war noch immer gegenwärtig und spürbar.

England

Mai 1975

14

Als Suzie von der Bank nach Hause kam, läutete sie und ließ sich Tee bringen. Dann machte sie sich's auf der Couch bequem, um sich eine Stunde auszuruhen, ehe sie sich zum Dinner ankleidete. Sie war nicht etwa müde. Dazu war sie viel zu aufgeregt. Aber es würde ein langer Abend werden, und sie mußte im Vollbesitz ihrer geistigen Kräfte sein.
Sie beschloß, zum erstenmal im Leben in der Öffentlichkeit die berühmten schwarzen Perlen zu tragen, die einst aus den Gemächern der Kaiserinwitwe, der großen Ts-U-Hsi von China, entwendet worden waren.
»Tu sie in die Bank«, hatte Papa an jenem weit zurückliegenden Tag, ihrem einundzwanzigsten Geburtstag, gesagt und die Perlen in ihre Hände gleiten lassen. Eine Handvoll rauchig schimmerndem Reichtum. »Das ist deine Rückversicherung für einen Regentag. Trage sie nicht. Erstens könnte man unangenehme Fragen stellen, und zweitens weiß niemand, daß ich sie besitze. Sie sind mein ganz besonderes Geschenk an dich.«
Daß ausgerechnet sie, das häßliche Entlein in der Familie, für ein solch kostbares Geschenk ausgewählt wurde, hatte sie überwältigt. Weshalb nicht Henrietta, die Älteste, oder Lucy, die Hübscheste?
Weil beide, so sagte Papa, Mädchen mit einem Pflichtbewußtsein wären, das einem auf die Nerven ging. Sie würden die Perlen sofort an die chinesische Regierung zurückgeben wollen oder etwas ähnlich Idiotisches. Er glaubte, er könne darauf vertrauen, daß Suzie diese Perlen schätzen und bewahren würde. Außerdem hatte er in bezug auf Suzie im-

mer ein schlechtes Gewissen gehabt. Sie war immer die Außenseiterin, die Unbedeutende, die Mutterlose.
Dieser strenge, unbekannte Mann, ihr Vater, hatte noch niemals zuvor soviel Gefühl gezeigt. Suzie war tief bewegt gewesen, empfand es aber als durchaus gerecht. Sie war die Dumme gewesen. Viel häßlicher und weniger charmant als ihre Schwestern und immer mutterlos. Mama war immer zu schwach und kränklich gewesen, um mit einem so kräftigen, starrköpfigen Kind fertig zu werden.
Sie betrachtete dieses unerwartete Geschenk als das, was Papa damit ausdrücken wollte: als Entschädigung für ihre Kindheit und als eine wundervolle Beute. Auch das Geheimnisvolle daran gefiel ihr. Das hatte Papa gewußt. »Es sind schon wegen geringerer Dinge Menschen ermordet worden«, hatte er gesagt. »Also versteck sie gut. Heb sie dir auf für einen Regentag.«
Und als Waffe, hatte Suzie insgeheim gedacht. Sie hatte ihre Schlafzimmertür abgeschlossen, sich vor ihren Spiegel gesetzt und die schimmernde Perlenschnur um den Hals gelegt. Sie erkannte, daß die Perlen nicht zu ihrem jungen, frischen Gesicht paßten. Sie sahen nach gar nichts aus. Aber wenn sie älter sein würde, mit einem strengen, ausdrucksvollen, häßlichen Gesicht und den entsprechenden Kleidern, würden die Perlen einfach hinreißend aussehen.
Während all der Jahre hatte sie die Perlen nur selten aus ihrem Versteck geholt. Ihr Geheimnis war zu kostbar, um es mit den übrigen Familienmitgliedern zu teilen. Außerdem waren ihre beiden Ehemänner reich genug gewesen, und sie hatte befürchtet, ihre Großzügigkeit könnte versiegen, wenn sie um den Besitz ihrer Frau wüßten. Sie war immer schon sehr berechnend gewesen.
An ihrem vierundsiebzigsten Geburtstag beschloß sie, nicht mehr länger zu warten. Die Zeit war gekommen, die Perlen so zur Geltung zu bringen, wie es ihnen gebührte.
Und jeder, der den Wert einer Kette aus vollkommen gleichgroßen, makellosen schwarzen Perlen kannte, sollte sie bewundern, beneiden und begehren.

Sie hatte das Gefühl, daß heute beim Abendessen jeder, ausgenommen der unschuldige Ben und die arme, senile Lucy, ziemlich genau über den Wert Bescheid wissen würde.
Der Bankdirektor hatte sich besorgt nach den Schlössern in ihrem Haus erkundigt und sogar vorgeschlagen, einen Sicherheitsbeamten für die Nacht zur Verfügung zu stellen. Aber sie hatte ihn nur ausgelacht. Sie würde die Perlen tragen. Sie würde sogar mit ihnen schlafen, falls sich das als notwendig erweisen sollte.
Niemand würde es wagen, sie anzurühren, dachte sie, als sie im Dämmerlicht in ihrem Schlafzimmer lag. Ihre Augen verengten sich, ihr langes Gesicht nahm den unerforschlichen Ausdruck der Orientalen an. Sie zog ihren Nagelschutz über, den sie für den Gang zur Bank abgenommen hatte, und faltete ihre Hände über der Brust. Entspannt lag sie da und träumte ihren königlichen Traum. Sie war die große Kaiserin Ts-U-Hsi, und heute nacht würde sie hofhalten.

Ben war es, der die Entdeckung machte. Er platzte in das Zimmer seiner Eltern - seine Augen funkelten vor Entrüstung.
»Mutter, ich kann den gehörnten Drachen nicht finden. Onkel Charles sagt, Tante Suzie muß ihn versteckt haben. Darf ich sie danach fragen?«
»Nicht heute abend, Ben«, sagte Georgina. »Das wäre sehr unhöflich an ihrem Geburtstag. Warte bis morgen.«
»Aber warum sollte sie ihn verstecken, Mutter?«
»Ich weiß nicht. Vielleicht hat sie Angst vor Dieben.«
»Diebe waren schon da«, sagte Ben. »Der Schirmständer in der Halle ist weg.«
»Jetzt mach aber einen Punkt, alter Knabe«, sagte Hugh. »Ich habe ihn gesehen, als ich hereinkam. Vollgestopft mit Schirmen, wie immer.«
»Er ist aber nicht der gleiche«, beharrte Ben. »Der hat keine roten Blumen. Das ist bloß ein alter blauer Topf mit Sprüngen.«

Georginas Augen streiften Hugh mit einem fragenden Blick. Die Ching-tê-Chen-Vase bei Sotheby, dachte sie. Aber nein, dieser Verdacht war zu fürchterlich.
»Ben, bist du ganz sicher. Der Drachen und der Schirmständer? Oder erfindest du nur eine Geschichte von Dieben?«
»Diebe bringen für gewöhnlich keinen Ersatz«, sagte Hugh nachdenklich. »Jetzt hör mal, Ben, kein Wort über deine komischen Entdeckungen heute abend. Wir dürfen die Party nicht verderben. Du weißt, wie Tante Suzie reagiert, wenn sie glaubt, daß man ihre Sachen verlegt hat.«
»Sie sind nicht verlegt worden, sondern gestohlen«, sagte Ben überzeugt. »Wahrscheinlich lungern da noch ein paar von diesen alten Boxern herum. Scha, Scha, Scha!« brüllte er plötzlich, so daß Georgina entsetzt hochfuhr.
»Oh, Liebling, sei still. Wenn du dich nicht anständig benimmst, darfst du heute abend nicht aufbleiben. Und jetzt lauf und wasch dich ordentlich. Bürste dir das Haar und zieh dein neues Hemd an.«
»Vielleicht waren es aber auch nicht die Boxer. Vielleicht war es diese Angel«, sagte Ben und zögerte an der Tür.
»Welche Angel?«
»Die, die Tante Lucy gesehen hat. Erinnerst du dich nicht, Mutter? Du hast mir erzählt, daß sie das Jadepony aus dem Haus des Prinzen gestohlen hat. Ich nehme an, sie klaut noch immer.«
»Und sie wäre jetzt genau zweiundachtzig Jahre alt«, sagte Georgina. »Ziemlich alt, um rumzuschleichen und Dinge zu stehlen, meinst du nicht? Du Dummerchen, hm?«
Aber als Ben gegangen war, drehte sich Georgina zu Hugh um und runzelte die Stirn.
»Lach mich jetzt nicht aus, aber seit wir hier sind, habe ich schon ein sehr komisches Gefühl.«
»Ich habe immer ein komisches Gefühl, wenn ich in diesem verrückten Drachenhaus bin. Es ist wie in der Vorhölle. Ein Schwebezustand zwischen zwei Welten.«
»Ich frage mich, ob Tante Suzie diesen Drachen in die Bank gegeben hat.«

»Nachdem sie ihn und andere Wertgegenstände jahrelang hat herumliegen lassen? Außer sie mißtraut ihrem gegenwärtigen Liebling wirklich. Schließlich sind ihre Schätze ihre Waffen. Man schließt doch nicht die Munition weg, wenn Krieg ist.«

»Ist denn Krieg?«

»In diesem Haus immer.«

»Aber am Fluß war es heute hübsch«, murmelte Georgina. Sie lehnte ihre Wange kurz gegen seine Schulter, und er streichelte ihren Kopf.

»Was wirst du heute abend anziehen?«

»Etwas, was du noch nicht gesehen hast.«

»Hübsch?«

»Ziemlich verrucht.«

»Tippe ich richtig, wenn ich vermute, daß du Miß Russell auszustechen versuchst?«

»Du tippst richtig, und ich werde sie ausstechen.«

»So lange es nicht Tante Suzie ist, kannst du's mit jeder aufnehmen.«

Georgina begann zu kichern.

»Himmel, ich strebe schließlich nicht den Himmelsthron an. Aber, Hugh, ich mißtraue dieser Amy Russell. Ich denke, ich weiß, worauf sie aus ist. Sie umgarnt den armen Charles. Entweder weil es ihr Spaß macht oder weil sie glaubt, er wird einmal sehr reich. Das ist grausam und herzlos. Angenommen, er verliebt sich in sie. Er ist noch immer zu allen Gefühlen fähig. Und ob, fürchte ich. Ich glaube, er ist ungemein empfindlich und verletzbar. Und er wird sehr reich sein, wenn irgend etwas in diesem Haus auch nur annähernd so wertvoll ist wie dieser Ching-tê-Chen-Weinkrug bei Sotheby, von dem ich dir erzählt habe. Es könnte sehr gut noch so etwas hier sein, weißt du.«

»Ich denke, ich gehe einmal hinunter und überprüfe die Geschichte unseres phantasiebegabten Sohnes«, sagte Hugh.

Er war nur wenige Minuten weg. Als er zurückkam, erzählte er, daß niemand dagewesen sei und er sich den Krug, in dem die Schirme standen, sehr gut ansehen konnte. Wer immer etwas verändert hatte, hatte es sehr schlau angefangen, denn ein halb geöffneter Gartenschirm steckte so in dem Behälter, daß er diesen fast ganz verdeckte. Aber der Stirmständer war ein abgegriffener blau-weißer Topf, wie Ben ihn beschrieben hatte. Er, Hugh, konnte sich nicht erinnern, ihn schon vorher gesehen zu haben. Aber er hätte genausogut schon sehr lange dastehen können, nicht wahr? Wer außer Ben, der immer alles erforschen mußte, schenkte dem Schirmständer Beachtung?

»Hugh, wenn wir wieder in London sind . . .« begann Georgina.

»Wirst du ein bißchen Detektiv spielen?«

»Ich denke, ja.« Georgina sah besorgt vor sich hin. »Ich glaube, jeder in diesem Haus hat irgendeinen geheimen Plan. Selbst wir, die wir einige Dinge für Ben retten wollen. Irgendwie fühle ich mich so, wie sich die Menschen damals in Peking in der Nacht von Königin Viktorias Geburtstagsparty gefühlt haben müssen - erfüllt von bösen Vorahnungen.«

»Schau, Georgie«, sagte Tante Lucy und wurde geduldig von Ben korrigiert.

»Ich bin nicht Georgie, Tante Lucy. Der auf dem Foto ist Georgie.«

Obwohl die französischen Fenster offenstanden und die Nachtluft hereinströmte, war es noch immer erdrückend warm. Es brannten zu viele Lichter, dachte Georgina. All diese Lampions in den Spalieren. Der Garten lag schummrig und gespenstisch im künstlichen Licht. Zum Fluß hin wurde es dunkler. Im Salon roch es nach Levkojen, Rosen und Weihrauch. Alles wirkte wie auf einer Bühne, auf der der Vorhang jeden Augenblick aufgehen würde. Tante Lucy zeigte Ben ihre alten Fotografien. Charles sah in seinem schwarzen Samtjackett und dem weißen Spitzenhemd wie eine Elfenbeinschnitzerei aus. Amy Russell trug das schlichte weiße Kleid von neulich und schaffte es, daß sich Georgina in ihrem eleganten Schwarzen sehr steif vorkam. Hal Jessel schritt selbstbefällig in einem rubinroten Anzug im Zimmer auf und ab und blähte seine Nasenflügel. Er hatte eine feine, ausdrucksvolle Nase, die möglicherweise diesen Geruch wahrnahm. Nicht den Duft aus dem Garten, sondern den Duft des Geldes. Schwester Jenkins, vor Gesundheit strotzend und in blumige Seide gehüllt, hielt sich stets in Charles' Nähe auf. Hugh, der liebe Hugh, saß in einem Lehnsessel und tat so, als sei er entspannt. In Wirklichkeit haßte er es, in sein Dinnerjackett eingezwängt zu sein. So viel Aufwand für eine einfache Dinnergesellschaft an einem heißen Abend.

Alle warteten auf das Erscheinen von Tante Suzie.

»Ja, lieber Junge, das sind Georgie, Henrietta und ich. Und Miß Deacon, unsere Gouvernante«, sagte Tante Lucy.

»Miß Deacon ist häßlich«, sagte Ben.

»Ja, sie war ziemlich unansehnlich, außer wenn sie ihr grünes Meermädchenkleid trug. Georgie hat es so genannt. Sie trug es zu der Party in der britischen Gesandtschaft am Geburtstag unserer Königin. Ich erinnere mich deshalb so gut, weil in deser Nacht Onkel Thomas geköpft wurde. Er war Missionar, weißt du, und die Boxer mochten die Missionare nicht. Schau, hier reiten wir auf unseren Ponys.«

»Wo ist Angel?« fragte Ben. »Warum reitete sie nicht auf einem Pony?«

»Angel?«

»Die, die du heute gesehen hast.«

»Oh, die. Die war damals schon mit Tante Lilian nach Shansi zurückgekehrt. Wir haben sie niemals wiedergesehen. Henrietta und ich waren froh. Sie war ein sehr böses Kind und hatte einen schlechten Einfluß auf Georgie, sagte Mama.«

»Wo war Miß Deacon, als ihr auf den Ponys geritten seid?«

Tante Lucy runzelte die Stirn und sah sich die verblaßten, braunen Fotos genauer an.

»Ich denke, sie war damals auch schon weg. Wir brauchten keine Gouvernante mehr, denn Mama hatte beschlossen, uns in die englische Schule zu schicken. Mama sagte, Miß Deacon einzustellen, sei sowieso ein Fehler gewesen.«

»Dann hat sie eine andere Familie gefunden?«
»Ja, ich glaube schon. In Canton. Papa wird sich darum gekümmert haben. Er war sehr um das Wohl seiner Dienstboten besorgt. Oh, sieh da . . .«
»Mutter!« rief Ben plötzlich, »dein Rücken ist nackt!«
Georgina drehte sich langsam um und fing an zu lachen. Das tief ausgeschnittene schwarze Kleid war das Raffinierteste, das sie je hatte. Aus ihrem hochgesteckten Knoten begannen sich bereits einige Haarsträhnen zu lösen, was ihr das leicht unordentliche Aussehen verlieh, das Hugh teils aufreizend, teils charmant fand.
»Mein bestes Partykleid, Ben. Gefällt es dir nicht?«
Hugh sah sie träge an. »Liebling, als femme fatale bist du ziemlich hoffnungslos. Sogar dein Sohn findet das.«
»Mutter, man sieht deine Haut!« sagte Ben entrüstet. »Bis hinunter . . . bis . . .«
»Treffend bemerkt«, murmelte Hal amüsiert. »Ein Meerjungfrauenkleid ist es nicht gerade, nicht wahr? Wie das von der Gouvernante, über die Sie gesprochen haben. Keine Schuppen und kein Schwanz. Aber trotzdem hinreißend.«
»Ach, reden Sie keinen Unsinn«, sagte Georgina. »Ich hab mich nur für Tante Suzies Party so herausgeputzt, um ihr einen Gefallen zu tun. Ich bin eigentlich nicht der Typ für so was. Genau wie mein Mann gesagt hat.«
»Welcher Typ denn? Wie die geheimnisvolle Miß Deacon?« Hal war noch immer interessiert. »Ich muß sagen, eine Gouvernante, die sich plötzlich in eine Meerjungfrau verwandelt, fasziniert mich. Und ich dachte, der Haushalt der Carringtons sei so untadelig gewesen.«
»Das war er auch«, sagte Georgina kurz.
»Besonders, nachdem Miß Deacon uns verlassen hatte, um nach Canton zu gehen«, sagte Tante Lucy geheimnisvoll. »Sie war nur sechs Monate bei uns. Danach gingen wir alle zur Schule.«
»Oh, diese Gespensterkinder hängen mir zum Hals heraus«, rief Amy Russell plötzlich. »Ihr lebt alle in einem Traum. Die Menschen werden erwachsen, alt und sterben. Mit eini-

gem Glück werden wir auch vergessen. Könnt ihr die ganze Gesellschaft denn nicht in Ruhe lassen? Ich muß sagen, ich kam hierher, um mit Leuten zusammen zu sein, die noch leben.«

»Aber dies hier ist ihr Haus, das sind ihre Sachen«, schrie Ben.

»Psst, Ben«, sagte Georgina. »Ich glaube, Amy hat irgendwie recht. Wir beschäftigen uns in diesem Haus wirklich ein bißchen viel mit der Vergangenheit. Das ist Tante Suzies Fehler. Es kommt von diesem ewigen Theater, das sie spielt.«

»Oh, mein Gott, sie spielt es auch jetzt«, murmelte Hal, als sich die Tür betont langsam öffnete und die schillernde Gestalt von Tante Suzie erschien. Diesmal war es wirklich die Kaiserinwitwe von China.

Sie trug ihre steife Kaiserrobe. Der von Stickereien eingefaßte Mandarinkragen bewirkte, daß sie ihren Kopf hoch halten mußte. Ihre Haut war leicht gelblich, wahrscheinlich geschminkt, ihre Brauen dunkel. Durch einen geschickt angebrachten Lidstrich wirkten ihre Augen etwas schräg und geschlitzt. Ihr ebenholzfarbenes Haar hatte sie zu einem Knoten aufgesteckt und mit einer juwelenbesetzten Nadel festgehalten. Nagelschilde schützten die langen Nägel der kleinen Finger. Sie trug unzählige Ringe, auch den mit der Barockperle. Aber das Auffallendste an der ganzen Erscheinung war die doppelreihige Kette aus schwarzen Perlen, die bis zur Taille reichte. Georgina konnte sich nicht erinnern, sie schon einmal gesehen zu haben.

Tante Suzie konnte mit der Wirkung ihres Auftritts zufrieden sein, denn alle starrten sie an und lange Zeit sprach niemand. Selbst Charles, der die Überspanntheiten seiner Mutter gewöhnt war, fand keine Worte.

Dann sagte Ben glücklich: »Du hast deine schönsten Drachen an, Tante Suzie«, und die ungemütliche Stille war gebrochen.

»Und die Perlen der Kaiserin, wenn mich nicht alles täuscht«, brummte Hal.

»Ich habe sie noch nie gesehen, Mutter«, sagte Charles scharf. »Wo hast du sie versteckt gehabt?«
»In der Bank natürlich.« Tante Suzie war mit ihrer Wirkung äußerst zufrieden. Das war es, was sie sich erhofft hatte. Ihre Gäste bekamen große Augen und waren sprachlos.
»Nicht dauernd!« sagte Charles ungläubig.
»Dauernd. Man läßt schließlich einen solchen Wert nicht in der Schublade herumliegen. Eigentlich« - sie befühlte die Perlen liebevoll - »habe ich sie kaum jemals in der Öffentlichkeit getragen. Ein- oder zweimal in Biarritz, als es gerade Mode war, und einmal zu einem Ball in Venedig. Aber niemals in England, seit Papa sie mir geschenkt hat.«
»Papa!« Tante Lucys für gewöhnlich trübe Augen sprühten plötzlich lebhaft. »Weshalb sollte er dir ein so wertvolles Geschenk machen? Warum nicht Henrietta oder mir?«
»Weil, offen gesagt, du nicht der Typ dafür bist, liebe Schwester. Und Henrietta war es auch nicht. Wo hättet ihr beiden alten Jungfern denn die Perlen der Kaiserin getragen, hm? In der Kirche?«
»Nachdem, was du sagst, hast du sie selbst ja auch nicht gerade häufig getragen, liebste Mutter«, bemerkte Charles.
»Ich warte immer auf die richtige Gelegenheit«, sagte Tante Suzie mit ihrer rauhen, hochnäsigen Stimme. »Ich habe mich entschieden, daß mein vierundsiebzigster Geburtstag eine solche Gelegenheit ist.«
»Diebesgut?« murmelte Amy Russel fast unhörbar.
Doch Tante Suzie hörte sie und schoß einen wütenden Blick zu ihr hinüber. Sie ist zum letztenmal hier eingeladen, dachte Georgina.
»Wie sie in den Besitz meines Vaters gekommen sind, hat überhaupt nichts damit zu tun, daß ich sie nicht getragen habe. Da meine Schwester mein Eigentumsrecht in Frage stellt, will ich euch sagen, daß Papa sie mir schenkte, um mich für meine Unscheinbarkeit zu entschädigen. Das häßliche Entlein, wie man sagen könnte. Stellt dich das zufrieden, Lucy?«
»Warst du so häßlich wie Miß Deacon, die ein Meerjung-

frauenkleid hatte?« fragte Ben sehr interessiert. »Trägst du deshalb dein Drachenkleid und die schwarzen Perlen?«
Es war eines der wenigen Male, daß Georgina sah, daß Tante Suzie sich über Ben ärgerte.
»Ich habe keine Ahnung, wie häßlich Miß Deacon war«, sagte sie eisig. »Ich habe die Frau niemals gesehen. Und mein Drachenkleid trage ich«, sie richtete sich herausfordernd auf, »weil dies eine Party ist. Wieso kümmert sich niemand um mich. Weshalb hat man mir noch keinen Champagner angeboten?«
Hal begab sich zum Bufett. »Noch niemand hat bisher Champagner getrunken, Hoheit. Wir haben auf Sie gewartet, um auf Ihre Gesundheit zu trinken.«
»Meine Gesundheit«, wiederholte Tante Suzie spöttisch. Sie tastete nach ihren Perlen. »Welch eine Lüge.«
»Auf Ihre einfach großartige Gesundheit«, sagte Hal unbeirrt. »darf ich einschenken?«

»Ist sie nicht eine herrliche Antiquität?« flüsterte er später Amy zu, als er ihr Glas nachfüllte. »Du solltest sie auch auf deine Liste setzen.«
»Sie ist ein herrliches Stück Speck«, erwiderte Amy. »Sogar du kannst besser schauspielern.«
Hals sonnige blaue Augen leuchteten vor Vergnügen.
»Amüsierst du dich denn nicht, Herzchen? Hat dir unsere kleine Georgina mit ihrem Givenchy-Kleid die Schau gestohlen?«
»Eine Kopie. Und sie hat nicht den Pfiff, um so etwas zu tragen. Sie kichert dauernd und ihre Frisur löst sich auf.«
»Und ihr lieber, harmloser Ehemann hat entdeckt, daß sie ihm so gerade gefällt. Du hattest es doch nicht etwa auf ihn abgesehen, oder? Laß dich nicht von deinem Job ablenken. Ein kleiner Flirt mit dem armen Charles, okay, aber sonst bitte keine Komplikationen. Oder es ist der Teufel los.«
»Mit Bunny? So ein Stümper!«
»Stümper hast du gesagt?« fragte Hal mit komischer Stimme. »Oje!«

Amy nahm einen großen Schluck Champagner.
»Hast du Angst vor ihm?« fragte sie verächtlich.
»Ja, ich habe Angst. Und du tätest gut daran, wenn du auch welche hättest. Hör bloß auf, dir den Mann der kleinen Georgina in den Kopf zu setzen. Halt dich lieber an Charles. Oder mich.«
»Aber das hätte Tante Suzie gar nicht gern. Entschuldige, die Kaiserinwitwe würde das gar nicht schätzen. Du bist ihr Liebling, und gnade dir Gott, wenn du fremdgehst. Du verschwindest so schnell aus ihrem Testament, wie ihre geliebten Boxer Köpfe abschlugen.«
»Aber das spielt ja keine Rolle, wenn du ordentliche Arbeit leistest, nicht wahr? Übrigens, achte auf das Kind. Laß dich nicht von ihm täuschen. Er hat Augen wie ein Luchs.«
Amy senkte unschuldig die Lider.
»Und was schlägst du vor, um an die Perlen zu kommen? Das ist eine Überraschung, hm?«
»Allerdings. So hübsche Sächelchen an der alten Pflaumenblüte.«
»Wirst du Bunny davon erzählen oder dich darauf verlassen, daß du erbst?«
»Laß mir Zeit. Und halt den Mund! Vielleicht fällt uns beiden etwas ein?«
»Worüber redet ihr beide da drüben?« ertönte Tante Suzies Stimme schneidend. »Über süße Nichtigkeiten, wette ich. Deshalb traue ich dem Champagner nicht. Er macht alle sentimental. Außerdem ist es jetzt ohnehin Zeit, zu Tisch zu gehen.«
»Wann wirst du deine Geschenke öffnen, Tante Suzie?« fragte Ben eifrig.
»Nach dem Dinner. Du siehst, wie besorgt ich bin. Ich will nicht, daß meine Gäste verhungern. Lucy, weshalb starrst du so? Hast du ein Gespenst gesehen?«
»Oh, nein, nicht schon wieder eins, Tante Lucy«, rief Georgina.
»Nein, dieses Mal ist es nicht Angel.« Tante Lucy wirkte atemlos und völlig verwirrt. »Es sind die Ringe, Suzies Ring

und meiner. Schaut!« Sie streckte ihre winzige, faltige Hand aus und zeigte den großen Perlenring an ihrem Mittelfinger. »Es ist genau der gleiche, den Suzie trägt. Und es gab nur einen, wißt ihr.«
Jeder betrachtete jetzt interessiert die beiden vollkommen gleichen Ringe.
»Dies war das Geschenk der Kaiserinwitwe an alle Damen der Gesandtschaften, die zu ihrer Teeparty geladen waren«, erklärte Tante Lucy. »Als Mama starb, gab sie ihren Ring Henrietta. Henrietta trug ihn nie und hat auch mir verboten, ihn zu tragen. Er erinnerte sie zu sehr an diese schreckliche Zeit. Aber ich dachte, für heute abend könnte ich ihn anziehen. Ich wußte nicht, daß es genau der gleiche Ring ist wie der von Suzie.«
Tante Suzie war ehrlich bestürzt. Sie runzelte die Stirn. »Ich habe den hier immer getragen. Vielleicht ist er gestohlen.« Sie betastete die herrliche Perle. »Papa scheint ziemlich schlimm gewesen zu sein.«
»Aber in dem kleinen roten Buch steht nichts davon.«
»In welchem roten Buch? In Maos?« Hal fing sich für diese schnodderige Bemerkung einen strafenden Blick von Tante Suzie ein und mußte eine Entschuldigung murmeln.
»Ich habe noch nie von irgendeinem kleinen roten Buch gehört, Tante Lucy«, sagte Georgina.
»Das kannst du auch nicht, denn Henrietta hat es sehr sorgfältig versteckt und mir gesagt, ich soll es genauso machen. Weißt du«, die alte Dame wackelte bekümmert mit dem Kopf, »es ist eine genaue Aufstellung von Papas wertvollen Errungenschaften - oder besser, Besitztümern. Das Jadepony, der gehörnte Drachen und so weiter.«
»Die Perlen?« fragte Hugh.
»Nein, die Perlen nicht. Das verstehe ich nicht. Allerdings ist ein Posten durchgestrichen. Henrietta und ich haben oft versucht, das Durchstrichene zu lesen. Aber dann gaben wir es auf und taten so, als existierten die Sachen alle überhaupt nicht. Plündern war einfach niederträchtig, ganz gleichgültig, was die Boxer angestellt haben.«

»Eines Tages mußt du uns das Buch zeigen«, sagte Hugh.
»Ich möchte es auch sehen«, sagte Tante Suzie nachdenklich. »Lucy, du verschwiegenes altes Eichhörnchen.«
Tante Lucy sah immer bekümmerter drein.
»Ich wollte gar nichts erzählen . . .«
»Erzählen? Du hast überhaupt nichts erzählt.«
»Daß Papa so unehrlich war. Das bedrückte Henrietta und mich. Und Georgie auch. Ich glaube nicht, daß Mama etwas davon wußte. Gott sei Dank! Aber dies, Suzie«, sie steckte den Ring wieder an ihren Finger, und ihre Augen waren seltsam wäßrig, »ist der echte Ring, der, den die Kaiserin Mama gab. Deiner muß eine Fälschung sein.«
»Eine Fälschung? Ich habe nie eine Fälschung besessen!«
»Nun, ich gebe zu, du hast es auch nicht nötig. Du besitzt so vieles.«

Ganz offensichtlich war Tante Suzie verwirrt. Sie saß am Kopfende der Tafel, stocherte in ihrem Essen herum und schoß auf jeden ihrer Gäste mißtrauische Blicke.
Durch die geöffneten Türen strömte die warme Nachtluft herein. Die Windglocken ließen ihr geisterhaftes Glockenspiel ertönen, und in den Bäumen schaukelten die Lampions. In dem von Kerzen erhellten Raum schien sich alles Licht zu der glitzernden, gelben Gestalt hin zu drängen, die aufrecht auf ihrem Stuhl saß, als wäre es ein Thronsessel.
Schade, dachte Georgina, daß Besitz mißtrauisch machte. Weshalb regte sich Tante Suzie so sehr darüber auf, daß sie möglicherweise nicht den echten Ring trug, den die Kaiserinwitwe Amelia Carrington geschenkt hatte? Oder grübelte sie über die geheimnisvollen Umstände nach, die dazu geführt hatten, daß es im gleichen Haus zwei solche Ringe gab? Oder zweifelte sie gar daran, daß die wundervollen schwarzen Perlen echt waren?
Erst, als sie ihre Geburtstagsgeschenke auspackte, gewann sie ihre alte Fröhlichkeit wieder zurück. Sie hob Bens Päckchen bis zuletzt auf. Sie stieß einen Freudenschrei aus, als sie das scharlachrote Banner entfaltete.

»Oh, Ben, wie aufmerksam. Und auch noch chinesische Schriftzeichen! Ich bin so dumm, ich kann sie nicht lesen. Was heißt das?«
Ben war dunkelrot vor Aufregung.
»Es heißt ›Vernichtet die Fremden!‹«, Tante Suzie.
»Ho, ho, ho! Ganz großartig! Einfach fabelhaft! Wann wollen wir Boxer spielen? Heute, im Dunkeln? Hast du genügend Mut?«
Ben bekam vor wohligem Gruseln ganz große Augen. Hastig wandte Georgina ein: »Nicht heute abend, Tante Suzie. Es ist zu spät, und wenn Ben sich zu sehr aufregt, träumt er schlecht. Außerdem glaube ich nicht, daß es im Dunkeln ganz ungefährlich ist.«
»Nicht ganz ungefährlich! In meinem Garten? Wovor hast du denn Angst, Georgina, vor Fledermäusen? Ich würde nur in die Weide klettern, meinen neuen Schal anziehen und all die Fremden erschießen.« Sie sah sich angriffslustig im Zimmer um. »Ich nehme an, ihr haltet mich alle für verrückt.«
»Sie würden wundervoll aussehen, Hoheit, wenn Sie so wie jetzt gekleidet in der Weide säßen«, sagte Hal. »Wie ein großer, goldener Fasan. Es wäre ein Jammer, einen solchen Anblick in der Dunkelheit zu versäumen.«
Tante Suzie begann langsam und heiser zu kichern. Es klang, als würde irgend etwas zerbrechen.
»Sie meinen, ich soll mich morgen wieder genauso anziehen, nur so zu Ihrem Vergnügen - mit Perlen und allem?«
»Oh, ja, tu das, Tante Suzie! Bitte!« bat Ben. »Und ich hole mir Georgies Schwert.«
»Möchtest du ein echtes chinesisches Schwert haben?« fragte Charles lakonisch. »Ich habe eines in meinem Zimmer.«
»Rede keinen Unsinn«, sagte Hugh. »Einem Kind eine so gefährliche Waffe in die Hand zu geben.«
»Oh, ich bezweifle nicht, daß Charles ganz entzückt wäre, mich enthauptet zu sehen«, sagte Tante Suzie. Das Spiel war in vollem Gang, und sie genoß ihren Geburtstag nun

doch noch. »Aber du solltest das ein bißchen mehr geheimhalten, mein lieber Junge. Prahle doch nicht so mit der Waffe herum, die du ausgewählt hast.«
Tante Lucy zog sich plötzlich zusammen, und ihre Hände verschlangen sich zu einem Knoten.
»Ich erinnere mich daran, wie sie vor der Tatarenmauer standen in ihren Tigerfellen und ihren roten Schärpen. Sie bliesen auf ihren entsetzlich lauten Trompeten und schwangen ihre Krummschwerter.«
»Wer, Liebling?« fragte Georgina sanft.
»Die Boxer und die Mandschus und die Fahnenschwinger. Die Farben haben meinen Augen weh getan, und ich bekam Ohrenschmerzen von dem Lärm. Laßt uns nicht davon sprechen, bitte. Das bringt mich ganz durcheinander. Ich glaube, ich weiß gar nicht mehr, wo ich bin.«
»Du bist auf dem Weg ins Bett, Tante Lucy«, sagte Georgina. »Und mein Soldatensohn Ben ebenfalls. Wirklich, Tante Suzie, du bist sehr rücksichtslos. Können wir in diesem Haus denn nie von etwas anderem als von Boxern sprechen?«
Suzie hob verächtlich den Kopf.
»Lucy war schon immer ein Feigling. Laßt sie doch zu Bett gehen. Morgen wird es auch wieder heiß. Genau das richtige Wetter für uns, Ben. Gute Nacht, Soldat.«

Weil er bereits überdreht und viel zu lange aufgeblieben war, setzte sich Georgina neben Bens Bett und las ihm vor:

»Ich war ein Kind in Yung-Yang,
als ich winkte und Abschied nahm.
Nach vielen Jahren erst kehrt' ich zurück
Und sah verloren Yung-Yang und mein Glück.

Ben bat immer um dieses Gedicht. Er konnte es auswendig, aber er wollte es immer wieder hören.

Ich kehre zurück in die Kinderzeit
und in meinen Träumen ich seh
die kleinen Geister der Maienzeit,
die mir winken, wenn ich geh' . . .«

Wie üblich, wurde Ben schläfrig und sein Augen fielen zu.
»Ich wünschte, ich hätte sie alle gekannt«, hörte Georgina ihn murmeln.
»Wen gekannt, Liebling?«
»Henrietta und Lucy und Georgie natürlich.«
Die Erfüllung dieses Wunsches schien in diesem Haus immer greifbar nahe. Die Vergangenheit wurde zum Gestern. Oder war sie sogar die Gegenwart?

15

Als Georgina wieder herunterkam, fand sie die Gesellschaft in Paare aufgeteilt. Tante Suzie saß auf dem hochlehnigen viktorianischen Sofa, und Hal hatte sich malerisch auf ein Kissen zu ihren Füßen gelegt. An dem offenen französischen Fenster war Charles mit Schwester Jenkins, und Hugh und Amy wanderten auf der Terrasse im Regenbogenlicht der Lampions auf und ab.
Georgina fühlte sich als fünftes Rad am Wagen, und das in diesem Kleid. Sie überlegte, welches Paar sie stören sollte. Dann beschloß sie, alleine still sitzen zu bleiben und alle Gesprächsfetzen aufzuschnappen.
Hugh und Amy auf der Terrasse waren kaum zu vernehmen, obwohl Amy heftig gestikulierte und ihre schneeweißen Ärmel immer wieder bis zu den Ellbogen zurückfielen. Sie war angeregt und lebhaft und wußte nicht, daß Hugh lieber Frauen hatte, die zuhörten. Charles und seine vollbusige Krankenschwester wechselten nur gelegentlich ein paar Worte, aber einmal glaubte Georgina gehört zu haben, wie er Eileen zu ihr gesagt hatte. Konnte er wirklich Schwester Jenkins meinen? Charles, der tyrannische Krüppel, der seine Krankenschwestern nur mit Zynismus zu behandeln pflegte?
Über Tante Suzies Unterhaltung brauchte niemand zu rätseln. Man hörte sie überall.

»Ich beabsichtige, nächste Woche nach London zu reisen, um meinen Anwalt aufzusuchen. Da ich vierundsiebzig Jahre alt geworden bin, habe ich beschlossen, meinen Letzten Willen aufzusetzen und mein Testament zu machen. Ich meine das letzte. Wörtlich. Also, lieber Junge. Du kannst wählen.«

»Wählen, Hoheit?«

»Sie wissen genau, wovon ich spreche. Die Ming-Vitrine oder den Jadekarpfen oder die Stielvasen. Ich sehe, wie Sie meine Perlen anschauen. Die nicht. Die wären auch recht unpassend, da Sie ja keine Frau haben. Die müssen an Georgina gehen. Selbst wenn sie sie niemals trägt, sie bekommt vielleicht eine Tochter.« Sie setzte sich behaglich zurück. »Das war eine Überraschung, was?«

»Das stimmt! Aber Sie haben ja diese wundervolle Begabung fürs Theater.«

»Ich weiß, lieber Junge. Ich habe meine Berufung versäumt. Nun . . . worauf fiel Ihre Wahl?«

»Sie sind zu liebenswürdig, Hoheit. Ich würde nicht einmal im Traum wagen, etwas auszuwählen. Das wäre vermessen. Wenn Sie mir eine kleine Erinnerung zurücklassen, ist das Ihre Entscheidung.«

»Seien Sie kein Heuchler. Alle sind sie hier, um etwas abzubekommen. Das weiß ich nur zu gut. Aber es macht mir nichts aus. Ich bin zu alt, um mich um Liebe oder Zuneigung zu kümmern. Das ist das Vorrecht der Jugend. Ich habe das damals nicht bekommen und werde es jetzt kaum noch erwarten. Tatsächlich macht mir dieses Spiel weit mehr Vergnügen. Ihr seid alle meine Untergebenen. Ihr müßt mir zu Willen sein, oder hinaus!« Sie machte eine weite, dramatische Geste. »Seid froh, wenn ihr eure Köpfe behalten könnt! Charles! Georgina! Wo ist Hugh und dieses Mädchen? Turteln sie miteinander? Ben ist der einzig Unschuldige von euch allen. Vielleicht entschließe ich mich sogar, ihn zu meinem Universalerben zu machen.«

»O nein, Tante Suzie, du kannst Charles nicht vergessen«, rief Georgina.

»Ich kann meine eigenen Schlachten schlagen, Georgina«, kam Charles' hohe, gepreßte Stimme.
»Du dürftest nicht kämpfen müssen. Tante Suzie, du solltest dich schämen.«
Tante Suzie gluckste vergnügt, dabei wackelte ihr Kopf vor und zurück wie bei einem Uhrenmandarin. Heute abend war das Spiel besonders vergnüglich. Sie hatte sogar das ärgerliche Geheimnis der beiden gleichen Ringe vergessen. Sie wußte nicht, weshalb sie das so tief getroffen hatte.

Auf der Terrasse sagte Amy: »Glauben Sie an die Treue in der Ehe?«
»Das wäre die ideale Situation.«
»Ein hohes Ideal - ein halbes Jahrhundert mit nur einer Frau!«
»Sie meinen, wie langweilig?«
»Nein, ich meine, wie herrlich, aber auch, wie unmöglich.«
Noch vor einer Woche hätte Hugh ihr beigepflichtet. Das Leben konnte langweilig sein. Man wurde launisch. Zweifellos würde ihm das wieder passieren. Aber das Mißtrauen, das ihn Amy gegenüber befallen hatte, als er sie in ihrem Geschäft besuchte, verstärkte sich. Die kleine Saat des Argwohns war aufgegangen und wuchs. Zu seinem Erstaunen bemerkte er, daß ihn der Mangel an Unschuld abschreckte. Es war keine sexuelle Unbefangenheit, es war etwas Arglistiges. Er wußte ihren Geist und ihren Verstand zu schätzen. Er war sicher, sie würde eine aufregende Geliebte sein. Aber da war auch eine unterschwellige Gier nach irgend etwas. Nach Männern, Reichtum oder Bewunderung? Er fand es widerlich. Außerdem war seine spitzbübische Georgina, die sich in echter Unschuld in ein viel zu mondänes Kleid gewagt hatte, im Haus, und er wollte bei ihr sein.
»Habe ich Sie schockiert?« fragte Amy mit ihrer heiseren Stimme.
»Schockiert? Was bedeutet das Wort?«
»O ja, ich weiß, Sie sind ein abgebrühter Beobachter von Verbrechen.«

»Wer spricht denn von Verbrechen?«

Amy biß sich auf die Lippen. Für den Bruchteil eines Augenblicks schien sie aus der Balance zu geraten. Hugh dachte plötzlich an die vertauschten Krüge in der Halle. Nein, das konnte nicht sein. Sie hätte mit einem jener altmodischen Reisesäcke unterwegs sein müssen. Oder mit einer riesengroßen Hutschachtel.

»Ich meinte nur, Sie sind es gewohnt, mißtrauisch zu sein. Ich habe nicht vor, ein Verbrechen zu begehen. Ich versuche nur, Sie zu verführen.«

»Ich fühle mich ungemein geschmeichelt.«

Er wußte, daß sie sich ärgerte. Sie hatte das Kinn vorgeschoben. Im Halbdunkel sah sie klein, knochig und verletzlich aus.

»Wer sind Sie, Amy? Das haben Georgina und ich uns gefragt. Sie erwarten doch nicht, daß wir glauben, Sie seien Hal Jessels Freundin.«

»Ich bin seine Partnerin. Wie ich Ihnen schon sagte. Er hat mir Betriebskapital geliehen.«

»Ich dachte, die meisten Schauspieler seien dauernd in Geldschwierigkeiten«, sagte Hugh.

Amy überhörte diese Bemerkung und lachte dünn. »Seine Freundin, du lieber Gott! Da müßte ich erst Bun . . .«

»Wen?«

»Oh, niemand. Ich habe das Gefühl, es ist nicht sehr klug, in diesem Haus über Hals Liebesleben zu reden. Weshalb lassen Sie es zu, daß sich Ihre Tante so um den Finger wikkeln läßt?«

»Tante Suzie um den Finger wickeln? Sie müssen noch eine Menge über dieses zähe alte Schlachtroß lernen. Sie wird mit Ihrem Freund Hal solange herumspielen, wie es ihr Spaß macht, und dann zückt sie ihr Schwert. Georgina und ich haben sie alle kommen und gehen sehen.«

»Wen?«

»Die Eunuchen.«

»Aber wird nicht der letzte, der in ihrer Nähe ist, wenn sie stirbt, der Glückliche sein?«

»Vielleicht. In diesem Haus sind schon viele makabre Spiele gespielt worden. Eines davon könnte einmal Wirklichkeit werden. Und wenn Charles seiner Mutter den Kopf abschlägt. Wollen wir hineingehen? Georgina müßte mittlerweile unten sein.«
Amy überlief ein Schauer.
»Welch eine verführerische Situation. Die falsche Nacht, der falsche Mond, der falsche Mann!«
»Der falsche Ort«, fügte Hugh hinzu, denn er wollte nicht zu ungalant erscheinen. Aber er wußte mit einemmal, daß er das verlorene Wesen an seiner Seite nicht einmal zu berühren wünschte. Komisch. Es mußte am Haus liegen. Er gab immer dem Haus die Schuld, wenn er schwermütig wurde. Für Ben lebten hier die Geister dieser Kinder; Georgina empfand die traurige Bestätigung, daß hier die schöne, sanfte Amelia mit ihrem puritanischen Ehemann sehr unglücklich gewesen war. Ihm selbst erschien die Atmosphäre noch düsterer, er dachte an Gier, Gewalt und Angst. Der kurze, blutige Krieg, in den die Familie unschuldigerweise verwickelt worden war, hatte nicht in Peking geendet. Seine Nachwirkungen waren hier spürbar. Ein seltsamer Gedanke für einen nüchternen Mann des Gesetzes.

Doch als er später mit Georgina oben allein war, schwand seine trübe Stimmung. Georgina hatte ihn über seine Unterhaltung mit Amy befragt, und er hatte geantwortet, es sei eine Art Schußwechsel aus dem Hinterhalt gewesen.
»Du hattest von Anfang an recht. Sie ist eine komische kleine Nuß. Verschlossen und nicht zu knacken. Verrät nichts von sich, als daß sie sich nach einem Platz in irgendeinem Bett sehnt.«
Georgina ließ das schwarze Kleid zu Boden gleiten. Sie stand in ihrem hellen Satinhöschen da und sagte, sie würde dieses Kleid nie mehr tragen.
»Es war ein Fehler. Es tut mir schrecklich leid, Hugh. Blödsinnig von mir.«
»Nicht ein bißchen. Ich fand dich reizend darin.«

»Ach wo. Du warst entsetzt, genau wie Ben.«
»Nur deshalb, weil andere Leute das anschauen konnten, was mir gehört.«
»Wirklich, Hugh? Du meinst . . . meinen Rücken, bis hinunter . . .«
»Ja, wirklich. Und wenn du dich nur ein bißchen beeilen würdest, ins Bett zu kommen, könnte ich's dir beweisen.«
Zum erstenmal liebten sie sich im Bett von Großvater Nathaniel und Großmutter Amelia. Hatten sie endlich die unglücklichen Gespenster vertrieben? Georgina lag schläfrig zusammengeringelt neben Hugh und wunderte sich über ihr Glücksgefühl.
Am nächsten Tag hielt die unzeitgemäße Hitze weiter an. Vielleicht weil es zu heiß zum Schlafen war, standen alle früh auf. Georgina schob den Vorhang beiseite und blickte hinaus. Sie sah, wie Charles in seinem Rollstuhl von Schwester Jenkins geschoben wurde, der die weiße Uniform viel besser stand als das gewöhnliche Blumenkleid, das sie gestern angehabt hatte. Sie mußten unten am Flußufer gewesen sein, um frische Luft zu schöpfen. Während Georgina den beiden zusah, bemerkte sie eine Bewegung hinter der Weide. Amy und Hal Jessel erschienen. Amy in einem Baumwollhemd und Jeans, Hal in einem sehr modischen Morgenrock aus Brokat.
»Hugh!« rief sie der formlosen Gestalt im Bett zu. »Alle sind auf, außer uns.«
»Laß sie.«
»Und da ist auch Tante Suzie und Ben. Du meine Güte, es war ihr voller Ernst, was sie gestern abend gesagt hat. Sie trägt das ganze Zeugs, um Boxer zu spielen.«
»Vielleicht war sie gar nicht im Bett.«
»Vielleicht. Sie sieht bei Tageslicht in dem gelben Brokat urkomisch aus. Ich glaube, sie hat sogar die Perlen um. Hugh, meinst du, es war ihr Ernst, daß sie mir die Perlen hinterlassen will?«
»Ich glaube, daß sie ausnahmsweise die Wahrheit gesagt hat.«

»Ich auch«, sagte Georgina unglücklich. »Was um alles in der Welt soll ich denn mit den Perlen anfangen? Ich würde sie ungern verkaufen, wenn sie der chinesischen Regierung gehören. Wie ist denn da die Rechtslage?«
»Keine Ahnung. Der Diebstahl müßte erst bewiesen werden, und nachdem das alles mehr als siebzig Jahre zurückliegt, glaube ich nicht, daß sich irgend jemand darum kümmert.«
Georgina erschauerte leicht. »Sie bringen bestimmt Unglück. Hat Tante Suzie eigentlich jemals Glück gehabt? Oder Großvater Carrington? Außerdem, kannst du dir vorstellen, wie ich aussehe, von Kopf bis Fuß mit Perlen behängt?«
»Nicht ganz. Sie sind nur für Königinnen und Primadonnen bestimmt. Und ich mach mir weder aus der einen noch aus der anderen Art von Frauen etwas.«
»Smythe ist auch da«, sagte Georgina, die noch immer aus dem Fenster sah. »Er hat seine Klippschere dabei. Da wird er an Bens Drachen arbeiten. Ben wird sich freuen. Liebling, wenn du noch nicht wach bist, wirst du's gleich sein, und zwar von dem Geschrei, das gleich ertönen wird. Ich will lieber gehen und Tante Lucy warnen, sonst denkt sie, sie ist wieder in Peking mitten in der Revolte.«
»Ein Irrenhaus«, brummte Hugh und vergrub sein Gesicht in den Kissen.«

»Du hast deine neue Schärpe an, Tante Suzie«, sagte Ben geschmeichelt.
»Natürlich habe ich die an. Ich bin heute sehr blutdürstig. Ich werde die Fremden zu Tode erschrecken.«
»Und deine Perlen hast du auch an.«
»Das habe ich dir gestern abend versprochen. Ich sagte, Tante Suzie wird die Kaiserinwitwe, Prinz Tuan, Jung Lu und die ganze Boxerarmee in einem sein.«
»Ich habe mein Gewehr«, sagte Ben.
»Diese altmodische Feuerwaffe. Sie wird dir nichts nützen, wenn ich die Tore angreife.«

»Dann werde ich mit meinem Schwert kämpfen. Die britischen Soldaten sind sehr mutig.«
»Aber sie können nichts gegen die Boxer ausrichten.«
»Sie können, wenn sie Verstärkung bekommen.«
»Aber sie bekommen keine Verstärkung, oder?«
»Doch, sie bekommen Verstärkung«, sagte Amy Russell hinter ihnen. »Ich stehe auf der Seite der Gesandtschaften.«
Tante Suzies langes Gesicht ging vor Freude ganz in die Breite.
»Ho, ho! Das wird eine richtige Schlacht! Dann solltet ihr lieber die Mauern bewachen, ihr Fremdlinge, denn ich werde aus der Weide auf euch schießen.«

»Scha, scha, scha!« Entsetzt flüchteten die Vögel aus den Bäumen, als Tante Suzies heisere Schreie den Frieden des frühen Morgens zerstörten. Sofort hörte man aus dem Gebüsch Schüsse aus Bens Spielzeuggewehr.
Verrückt, dachte Hugh, der schließlich widerwillig aus dem Bett stieg und sich verschlafen die Augen rieb. Er mußte mit Georgina und Charles sprechen. Oder es würde eines Tages noch etwas passieren . . .
Nicht eines Tages - heute. Denn noch ehe sich Hugh angezogen hatte, ertönte ein schriller Schrei, diesmal voll echter Angst, dann folgte ein Krachen, ein Platschen und Bens Geschrei: »Tante Suzie! Tante Suzie!«
Hugh zerrte seine Hose hoch und rannte zum Fenster. Er stieß einen Fluch aus und eilte zur Treppe.
Diese verrotteten Weiden, sie waren nicht so kräftig wie Eichen und hatten morsche Äste, die einfach abbrachen, wenn sie zu sehr belastet wurden. Und Tante Suzie, die beinahe ebenso breit wie hoch war, mußte an die zweihundert Pfund auf die Waage bringen. Vor allem mit dem ganzen Kaiserplunder.
Als Hugh am Fluß ankam, krabbelte sie gerade wieder ans Ufer. Eine große, triefende Ophelia. Ihre juwelenbesetzten Kämme hatte sie verloren, das schwarze Haar hing klatschnaß herab und ihr gelbes Kleid hatte sich voll Wasser geso-

gen und war dunkel vom Schlamm. Amy half ihr, während Ben verzweifelt an einem tropfnassen Arm zog. Er hatte vor Entsetzen ein ganz kleines Gesicht.

»Daddy, hilf, bitte! Ich hab sie nicht vom Baum herunter geschossen. Wirklich nicht.«

Tante Suzie landete schließlich auf der Böschung, ein riesiger, japsender Goldfisch. Sie versuchte, etwas zu sagen, brachte es aber nicht fertig. Ihr Gesicht war ebenso mit Schlamm beschmutzt wie ihr Kleid. Amy, triefend naß und blaß vor Anstrengung - oder war es Angst -, sagte, daß es möglicherweise ihr Fehler gewesen sei. Sie war hinter Tante Suzie gekrochen und hatte ein ganz klein wenig den niederen Ast geschüttelt, auf dem Tante Suzie hockte. Natürlich nicht genug, um sie herunterzuschütteln. Aber wer konnte ahnen, daß der Ast brechen würde? Suzie war mit ungeheurer Wucht im Wasser gelandet. Aber Gott sei Dank war hier so gut wie keine Strömung. Sie ist niemals Gefahr gelaufen, zu ertrinken.

Schwester Jenkins kam über den Rasen gelaufen. Ihre weiße Uniform wirkte wie eine Fahne der Barmherzigkeit. Charles, der verlassen in seinem Rollstuhl saß, gestikulierte wild und wollte wissen, was los sei. Hal lungerte auf der Terrasse herum. Er hatte offensichtlich eine Abneigung gegen Krankheit oder Unfall.

Tante Suzie schien das Bewußtsein verloren zu haben. Schwester Jenkins hob ein Augenlid und fühlte den Puls.

»Sie wird bald wieder zu sich kommen, denke ich. Ihr Puls ist sehr kräftig. Natürlich ist sie erschrocken. Sie ist nicht mehr die Jüngste.«

Georgina kam über den Rasen gestürzt.

»Was ist passiert? Ich habe etwas Brandy mitgebracht.«

»Gute Idee«, sagte Schwester Jenkins. »Genau, was wir brauchen. Mrs. Blenheim, können Sie mich hören?«

Tante Suzie bewegte sich und gab einen krächzenden Ton von sich.

»So ist's recht, Herzchen. Versuchen Sie, ein bißchen Brandy zu schlucken.«

»Wer . . .« Tante Suzie streckte mißtrauisch einen nassen Arm aus.
»Ich bin es, Tante Suzie, Georgina. Trinkst du mir zuliebe den Brandy?«
»Ich bin gefallen. Der Feind . . .« Tante Suzie trank und spuckte und trank noch einmal mit mehr Genuß. Ganz plötzlich konnte sie wieder aufrecht sitzen. Sie sah Ben und deutete auf ihn. »Weshalb weinst du, kleiner fremder Teufel?«
»Ich habe dich nicht abgeschossen, Tante Suzie.«
»Mit dem altmodischen Feuerprügel kannst du keinem Vogel weh tun.« Ihre Augen waren nun offen und vollkommen klar. »Nein, es war ein Putsch.«
»Oder der Zauberer«, sagte Ben. »Vielleicht hat er dich aus dem Baum geschüttelt.«
»Ich fürchte, es war Ihr Gewicht, Mrs. Blenheim«, sagte Amy. »Der Ast ist gebrochen. Sehen Sie, er ist abgesplittert. Ein Glück, daß ich hier war, um Ihnen zu helfen.«
Hugh bückte sich, um den Zweig und den Boden darunter zu untersuchen.
Suzies Blick ruhte auf Amy.
»Dachten Sie, ich würde nicht lebendig aus dem Fluß rauskommen? Dachten Sie, das Drachenhaus sei dann ohne Kaiserin?«
»Wir müssen ins Haus, Mrs. Blenheim«, sagte Schwester Jenkins kühl. »Können Sie gehen? Mr. Morley, würden Sie ihr helfen?«
»Komme schon«, sagte Hugh. »Ben, du solltest lieber zum Frühstück mit hineinkommen. Und Sie auch, Amy, Sie sind tropfnaß.«
Amys schmales Gesicht war vollkommen verschlossen.
»Zum Glück ist es ein warmer Tag«, sagte sie. Sie redete ein bißchen viel von Glück.
Erst als sie Tante Suzie nach oben gebracht, ins Bett gelegt und ihre durchnäßten Kleider weggeräumt hatten, entdeckten sie, daß die Perlen fehlten. Alle gehorchten ihrem Befehl und gingen zum Fluß hinunter, um zu suchen.

Schließlich fand man ein etwa fünfzehn Zentimeter langes Stück Schnur, das sich im Blätterwerk der Weide verfangen hatte. Die Perlen waren von der zerrissenen Schnur abgeglitten und verschwunden. Sie lagen wohl im Fluß. Es hatte nicht viel Sinn, im Schlamm herumzuwühlen und zu graben. Wenn die unbezahlbaren Schätze dort unten lagen, sanken sie bei jeder Bewegung nur noch tiefer. Hugh, Hal und Amy suchten wohl eine halbe Stunde, dann gaben sie auf. Georgina ging ihnen entgegen, als sie ins Haus kamen. Sie schien erleichtert.

»Schön, damit wäre ein Problem gelöst«, sagte sie.

»Der Verlust eines Vermögens!« rief Hal aus.

»Diese verdammte Idiotin«, knirschte Charles verbittert, »ich hole ein Netz und hebe den Schlamm aus.

»Ich bezweifle, daß du damit mehr Erfolg haben wirst als wir«, sagte Hugh. »Beruhige dich. Schließlich hast du ja bis gestern überhaupt nicht gewußt, daß die Perlen existieren.«

»Ich nehme an, die alte Kaiserin hat sie sich zurückgeholt«, sagte Tante Lucy. Alle blickten zu ihr hin. Niemand hatte sie hereinkommen hören. »Und das ist sehr gut so. Sie hätten nur Unglück gebracht. Wird Suzie sterben?«

Charles lachte dünn.

»Lieber Himmel, nein. Es braucht schon mehr als ein unfreiwilliges Bad, um meine Mutter umzubringen.«

»Das ist schön. Aber ich nehme an, es wird heute kein Picknick geben. Weder kaltes Huhn noch Champagner oder Möpse und keine Skizzenblocks und Sonnenschirme beziehungsweise Tragsessel. Die Rebellion hat all diesen Frivolitäten ein Ende gesetzt. Ich denke, ich gehe heim, ehe der Krieg schlimmer wird.«

»Wirklich, Tante Lucy?« fragte Georgina. »Möchtest du das?«

»Ja, das möchte ich. Ich mach mir nicht mehr viel aus dem Haus. Hier geht so viel vor sich. Es sind zu viele Leute da, die hier nichts zu suchen haben. Diese Angel gestern. Die hatte nichts Gutes im Sinn. Außerdem, Henrietta wird auf mich warten.«

Georgina warf Hugh einen raschen, fragenden Blick zu. Er nickte. Er las, wie immer, ihre Gedanken, der liebe Hugh.
»Henrietta ist nicht da, Tante Lucy. Aber Bessie. Hugh, Ben und ich werden dich nach Hause fahren.«

Das war nun wirklich eine Fahrt, die Hugh gerne unternahm, denn er brannte darauf, das kleine rote Buch zu sehen, von dem Tante Lucy gesprochen hatte. Er war jetzt davon überzeugt, daß etwas Seltsames vorging. Aber nicht im Reich der Geister, sondern im Reich sehr lebendiger Wesen.
Nach der zweistündigen Fahrt über Land war Tante Lucy erschöpft. Bessie, die treue ältere Haushälterin, erwartete sie und nickte mit dem Kopf, als habe sie nichts anderes erwartet.
»Ich habe mir gesagt, es wird zuviel für sie. Diese Schwester regt sie immer so auf. Bringt dieses ganze wirre Zeug aus der Vergangenheit zurück. Ich glaube nicht, daß die Kriege jemals ganz vorbei sind. Was meinen Sie? Sie gehen in unseren Gedanken immer weiter. Und all die alten Schwerter und Pistolen und Uniformen, die die Leute aufheben, nützen auch nichts.«
»Ich fürchte, meine Tante lebt in der Vergangenheit«, sagte Georgina.
»Ja, Miß Henrietta pflegte sie da rauszuholen. Sie war sehr praktisch, Miß Henrietta, und sie hätte auch niemals zugelassen, daß ihre Schwester immer über den Briefen ihrer Mutter sitzt, so wie in letzter Zeit.«
»Briefe von meiner Großmutter?« rief Georgina. »Ich wußte gar nicht, daß es welche gibt.«
»O ja. Jetzt, wo Miß Henrietta nicht mehr da ist, spricht Miß Lucy mit mir darüber. Sie wurden geschrieben, nachdem die Kinder zurück nach England geschickt worden waren. Ihre Großeltern sind noch in Peking geblieben. Ihre Großmutter schien großes Heimweh gehabt zu haben. Möchten Sie alle etwas Tee?«
»Ja, gerne. Nicht wahr, Hugh? Ich helfe Tante Lucy zu Bett gehen, während Sie Tee machen, Bessie.«

»Frag sie nach dem Buch«, sagte Hugh.
»Genau das habe ich vor. Ben, warum spielst du nicht ein bißchen im Garten?«
Ben seufzte und sah aus dem Fenster in den ordentlichen, von einer Mauer umgebenen Garten, der keinerlei Überraschungen barg.
»Da gibts überhaupt keine Drachen oder Zauberer«, beklagte er sich.
»Das ist ganz gut so, wenn man an die Streiche denkt, die sie einem spielen.«
»Mutter, wir haben Tante Suzie nicht gefragt, wohin sie den gehörnten Drachen getan hat.«
»Ja, richtig. Mach dir keine Sorgen, er wird irgendwo in Sicherheit sein.«
In ihrem kleinen, gemütlichen, ganz englisch eingerichteten Schlafzimmer lehnte sich Tante Lucy behaglich in die Kissen zurück und versicherte, daß sie sich jetzt, wo sie wieder zu Hause war, prächtig fühle. Sie würde zum Abendessen ein wenig Suppe nehmen. Ja, natürlich, Georgina könne gern Mamas Briefe sehen. Sie seien in der Schachtel aus marokkanischem Leder in der obersten Schublade des Schreibtischs. Man mußte sie bei gutem Licht lesen, da die Tinte schon sehr verblaßt war.
»Schließlich sind sie vor dreiundsiebzig Jahren geschrieben worden, und ich glaube nicht, daß die chinesische Tinte jemals sehr gut war. Lies sie laut, Liebes. Ich möchte sie hören.«
»Meine geliebten Kinder,
Papa und ich vermissen euch sehr. Ich mehr als Papa, denn er ist mit dem Laden beschäftigt, und ich bin hier allein in diesem einsamen Haus. Ich höre den Windglocken zu und Lis gefangenen Vögeln im Hof. Die Mandelblüte hat schon begonnen, was bedeutet, daß der lange Winter vorüber ist. Jetzt gilt es nur noch, die Sommermonate durchzustehen, die hoffentlich nicht so heiß und trocken werden wie im letzten Jahr, während dieser entsetzlichen Belagerung. Aber dann werden wir wieder alle beisammen sein.

Wir haben gehört, daß Miß Deacon mit ein paar Amerikanern in Canton lebt. Wir werden sie möglicherweise sehen, ehe wir China verlassen, denn Papa hat vor, geschäftlich nach Canton zu reisen. Ich stehe immer in Medora Deacons Schuld, weil sie mich während meiner Krankheit so aufopfernd gepflegt hat.

Und nun zu anderen Freunden. Ah Wan macht sich im Haus nützlich. Cassidy geht es gut, aber sie freut sich ebenso wie ich auf England und auf die vertrauten englischen Dinge. Wir beide empfinden, daß es in dieser wunderschönen Stadt zu viel Kummer gegeben hat. Könnt ihr euch an Mr. Fortescue erinnern? Jemand hat eine Weide auf seinem Grab gepflanzt. Andere Gräber werden liebevoll von Angehörigen der Gesandtschaften und von freundlichen Chinesen gepflegt. Ich frage mich, ob die alte Kaiserinwitwe jemals in ihre Paläste zurückkehren wird. Sie muß sich im Exil ebenso unglücklich fühlen wie ich.

Leider gibt es noch eine sehr traurige Geschichte! Am Rand des Seerosenteichs im Park wurde das Skelett eines winzigen Babys gefunden. Es muß von Blättern bedeckt gewesen sein, die der Winterwind weggeblasen hat. Es war ein Mädchen, daher nehme ich an, es wurde von irgendeiner armen Mutter ausgesetzt, die es nicht ernähren konnte und kein Mädchen haben wollte. Die Chinesen können sehr grausam sein, das haben auch Tante Lilian und der arme Onkel Thomas erfahren müssen.«

»Georgie hat geweint, als er das hörte«, unterbrach Tante Lucy Georgina plötzlich.

»Wegen des Babys?«

»Er hat gesagt, das sei Pflaumenblüte gewesen. Und eigenartigerweise behauptete er immer, das sei seines und Angels Baby gewesen. Deshalb hat er wahrscheinlich Suzie manchmal Pflaumenblüte genannt, als sie noch ein Baby war. Er ist die Erinnerungen nicht losgeworden. Wie wir alle. Henrietta war ganz besessen, sich zu waschen, und so blieb sie ihr ganzes Leben lang. Sie sagte, wir alle seien während der Belagerung schmutzig geworden.«

»Der nächste Brief ist aus Canton«, sagte Georgina.
Tante Lucy beugte sich lebhaft interessiert nach vorn.
»Oh, ja, bitte lies ihn. Er hat große Aufregung hervorgerufen, denn er kündigte uns Suzie an.
»Meine innigst geliebten Kinder,
dies ist mein letzer Brief aus China. Morgen segeln Papa und ich mit der ›Orient Star‹ ab, die irgendwann im Oktober in Southampton anlegt. Die große Überraschung ist die, daß ihr eine neue Schwester bekommen habt. Sie wurde vor einigen Wochen geboren, ist kräftig und gesund, hat schwarzes Haar und schwarze Augen und sieht Papa sehr ähnlich. Sie heißt Suzie, und ich hoffe, ihr werdet sie alle herzlich in unserem Heim willkommen heißen. Cassidy wird sich während der Reise um sie kümmern, da ich noch immer nicht sehr kräftig bin. Diese schreckliche Krankheit während der Belagerung scheint mich sehr geschwächt zu haben, aber der Arzt versicherte mir, mir fehle nichts, was die englische Luft nicht kurieren könnte.
Papa bringt ein paar wundervolle Schätze mit nach Hause. Er beschäftigt sich sehr viel damit. Ein paar davon bekommt das Geschäft in Genf und einige gehen nach London. Aber er sagt, er will die kostbarsten für sich selbst behalten. Unser Heim an der Themse wird dann ein bißchen chinesisch. Das ist nicht mein Geschmack, aber solange Papa glücklich darüber ist, bin ich es auch.«

»Selbst damals«, sagte Georgina, »schien Großvater sehr selbstsüchtig gewesen zu sein.«
»Er war immer selbstsüchtig, starrköpfig und streng. Jeder fand, Suzie schlage ihm nach. Aber das Komische war, daß sich Mama, die Papa trotz seiner Strenge sehr liebte, nicht viel aus Suzie zu machen schien. Sie mußte sich immer überwinden. Außerdem hatte Suzie ihr die Gesundheit geraubt. Mama ist nie wieder richtig gesund geworden.
»Sie erwähnt Miß Deacon gar nicht«, sagte Georgina. »Obwohl sie doch geschrieben hatte, sie würden sie in Canton treffen.«

»Medora . . . So ein hübscher Name! Aber keine hübsche Person. Sie hat mich ein wenig in Angst versetzt. Sie hatte eine so wilde Phantasie. Ich glaube, sie war eine Rebellin. Das war damals schon Mode unter der Jugend.«

»Sie mußte also entlassen werden?«

»Nur weil wir zur Schule gingen.«

»Glaubst du, das war der wirkliche Grund, Tante Lucy?«

Aber Tante Lucys kurze Periode der Klarheit war vorüber.

»Ich habe sie gestern gesehen, Nein, das war nicht sie, es war Angel. Keine von beiden hatte etwas Guts im Sinn.«

»Weshalb sagst du so etwas?«

»Weshalb?« Die verschwommenen blauen Augen schienen durch Georgina hindurchzublicken. »Weil die Menschen so gierig sind. Immer stehlen, rauben oder töten sie. Georgina . . . bist du das? Wie nett von dir, mich zu besuchen. Hast du Georgie mitgebracht?«

»Ben, Tante Lucy.«

»Ben, natürlich. Er sieht Georgie so ähnlich. Verstehst du, nichts geht jemals zu Ende . . . Ich habe immer zu Henrietta gesagt, das Leben ist wie ein Garten, die Saat, die man streut, wächst weiter und immer weiter . . .«

Georgina wollte die Briefe mitnehmen. Es gab etwas Wichtiges zwischen den Zeilen, da war sie ganz sicher. Nicht nur Großmutter Amelias Traurigkeit. Daran konnte Großvater mit seiner herrschsüchtigen Art schuld sein. Noch etwas: Sie war neugierig, was Hugh in dem kleinen schäbigen Lederbüchlein entdeckt hatte.

Er war ganz aufgeregt.

»Schau«, sagte er, »dies ist eine Aufstellung von Tante Suzies wertvollsten Sachen. Das Jadepony, der gehörnte Drachen, die Mei-Ping-Schale, der Ching-tê-Chen.«

»Hast du gesagt Ching-tê-Chen?«

»So steht es hier geschrieben.«

»Dann könnte es der Krug sein, der bei Sotheby verkauft wurde! Tante Suzies Schirmständer! Hugh, er könnte es wirklich sein!«

Hugh sah sie lange nachdenklich an.

»Verlieren wir nicht gleich die Fassung. Wir werden Nachforschungen anstellen.«
»Und die Perlen?« fragte Georgina aufgeregt.
»Seltsamerweise gibt es keine Aufzeichnung von irgendwelchen Perlen.«
»Vielleicht weil sie gestohlen waren.«
»Ich wette, das sind einige der anderen Sachen auch. Aber eine Zeile ist durchgestrichen.«
»Laß mich sehen. Oh, es besteht keine Hoffnung, unter diesem Geschmier etwas zu erkennen, oder?«
»Überhaupt keine. Ich nehme an, dein Großvater hat das auch beabsichtigt.«
»Könnten es die Perlen sein? Und er hat es sich überlegt und gefunden, es sei zu gefährlich, sie aufzuführen? Schließlich konnte er ja für Plünderung im Kaiserpalast erschossen werden.«
»Vielleicht. Ich bezweifle, ob wir das jemals erfahren werden.«
Georgina nickte bedauernd. »Jedenfalls hat sie jetzt die alte Mutter Themse. Ich betrachte das als den passenden Abschluß einer ziemlich unrühmlichen Tat in Großvaters Leben. Und Tante Suzie wird ohne die Dinger im Haus etwas sicherer sein.«
»Warum sagt du das?«
»Nachdem sie sie herumgezeigt hat, wird sich das bei ihren wenig seriösen Gästen rasch herumsprechen.«
»Ich fürchte, das ist bereits passiert.«
»Was meinst du damit?«
»Oh, ich habe eben nun einmal ein Kriminalistenhirn. Ich glaube, ich habe heute morgen unter der Weide Spuren von Sägemehl gesehen.«
»Hugh! Du meinst, jemand hat absichtlich diesen Ast angesägt? Jemand, der wußte, daß sich die verrückte Tante Suzie draufsetzen würde?«
»Vielleicht nur, um ihn leicht zu lockern. Ich kann es nicht beschwören. Und ich beabsichtige nicht, in dieser Richtung etwas zu unternehmen, ehe wir nicht Erkundigungen we-

gen des Ching-tê-Chen Kruges eingezogen haben. Wir müssen einen Beweis haben, wenn wir Anzeige erstatten wollen.«

Georgina war blaß geworden.

»Du meinst, wenn Tante Suzie Anzeige erstatten wird. Es sind ihre Sachen.«

»Diese alte Frau«, sagte Hugh, »verdient einen Denkzettel. Dieses bösartige Spiel mit ihrem Testament! Ihr beklagenswertes Gefolge, diese jämmerlichen Eunuchen, zu quälen. Wir können sie nicht so weitermachen lassen. Um deinetwillen und um Bens willen . . .«

»Ich will dieses Diebesgut nicht«, sagte Georgina heftig.

»Nein. Aber trotzdem bist du mit einem Mann verheiratet, der das Gesetz achtet. Und aus diesem Grund ein verdammt gutes Geheimnis zu schätzen weiß. Übrigens, hier ist noch ein Stückchen Geheimnis.«

»Was ist das?«

»Etwas in chinesischen Schriftzeichen am Schluß dieses Buches. Hat dein Großvater Mandschu gesprochen?«

»Ja.«

»Dann ist das zweifellos seine Schrift. Sie ist so verblaßt, daß es schwierig sein wird, sie zu entziffern. Ich nehme an, es ist nur die Liste seiner Schätze in Chinesisch, für den Fall, daß dieses Buch jemals in die Hände von Chinesen fallen sollte. Er scheint ein vorsichtiger Mann gewesen zu sein. Wir könnten das Buch zu Bens Freunden in das Restaurant bringen und ihnen damit eine Nuß zum Knacken geben.«

»Aber es steht nichts drin, was die beiden Perlenringe erklärt«, sagte Georgina auf halbem Weg nach London. »Wieso Tante Lucy und Tante Suzie einen haben. Ich glaube, das ist das größte Rätsel.«

»Vielleicht der Schlüssel für alles übrige?« vermutete Hugh.

Peking

Juli 1900

16

Jetzt, nachdem alles wieder ruhig und sicher war und keine Scharfschützen wie Raubvögel in den Bäumen hockten, keine schreienden Boxer an die Tore hämmerten, keine Alarmglocken schrillten und keine Geschosse den Boden aufspritzen ließen, strömten die Menschen zur großen Mauer. Sie drängten sich auf den Rampen, die auf die Mauer führten, und blickten über die zerstörte Stadt. Was sie sahen, war entsetzlich: Die Straßen lagen voller Leichen. Soldaten in ihren einst furchterregenden scharlachroten Hemden, Frauen in blutdurchtränkten Kleidern, die kleinen Gestalten von Kindern, Pferde, die von den umherstreunenden Hunden bis aufs Skelett abgenagt waren. Waren denn alle Menschen tot? Es war so ungewöhnlich still. Über allem schwebte der Rauch abgebrannter Feuer.

Der Blick über die Verbotene Stadt dagegen bot ein Bild ungestörten Friedens. Blühende Bäume, schimmernde Seen, rote Dächer und Marmortiger in Marmorhöfen. Die großen Tore standen offen, waren aber von Truppenabordnungen bewacht. Es durfte in der Verbotenen Stadt keine Plünderei und keine sinnlose Zerstörung geben, gleichgültig, wie berechtigt der Wunsch nach Rache auch sein mochte.

Trotzdem waren viele der zuletzt eingetroffenen Soldaten, die in allen Sprachen redeten, ganz wild darauf, zu plündern. Sie hatten einen langen, ermüdenden Marsch hinter sich und wollten eine Entschädigung. Die in der Stadt noch bestehenden Läden waren längst von unternehmungslustigen chinesischen Kulis durchwühlt worden, die nun ihre Ware auf Handkarren feilboten. Ballen handgesponnener

Hanchow-Seide, lange Mandarinroben aus Zobelpelz, Jade und Elfenbein. Die fremden Soldaten kauften gierig und sinnlos alles, was sie bekommen konnten.
Die chinesischen Frauen wurden von indischen Truppen erschreckt, die ihnen ihre bescheidenen Schmuckstücke raubten. Die dunkelbraunen Männer aus den heißen Ebenen Bengalens mit ihren Turbanen lachten maßlos über die Schreie der Frauen und ließen erst von ihnen ab, als zwei mutige Missionarinnen mit Stöcken auf sie losgingen. Da packten sie ihre Tornister und machten sich auf die Suche nach leichterer Beute. Im Handumdrehen saßen sie an den Straßenecken und trieben schwungvoll Handel mit Silber, Porzellan, Seide und Jade.
Man ließ sie gewähren, denn was sie taten, war verhältnismäßig harmlos - gewissermaßen Soldatensold. Und die Inder hegten eine tiefe Liebe zum Handel. Aber die Verbotene Stadt war tabu. Die Eunuchen, die nicht mit der Kaiserin geflohen waren, trieben selbst die unerschrockensten und wagemutigsten Plünderer in die Flucht. Ihr wildes Aussehen, ganz zu schweigen von ihren Krummschwertern, die in der Sonne blitzten, war ein viel abschreckenderes Mittel als ein Offizier, der nur Befehle hätte erteilen können.
Die Carringtons hatten sich bisher noch nicht aus dem Schutz der Gesandtschaft gewagt. Amelia war noch immer geschwächt von ihrer Krankheit, und Lilian schien kaum zu bemerken, daß der entsetzliche Lärm aufgehört hatte. Henrietta war glücklich, denn sie hatte endlich die Erlaubnis erhalten, ein richtiges Bad zu nehmen. In einem alten Blechzuber, den Ah Wan irgendwo gefunden hatte. Sogar ein sauberes Kleid und eine Schürze lagen für sie bereit. Angel und Lucy unterzogen sich weniger gern der gleichen Prozedur. Georgie lehnte sich offen dagegen auf. Alle Soldaten waren schmutzig und voller Staub. Papa doch auch.
Aber Papa ließ Georgie im Stich, denn er erschien gewaschen und rasiert, mit glänzend gebürstetem Haar und trug sein gutes Tweedjackett. Er hatte es vor acht Wochen abgelegt, um das Hemd und die Buschjacke anzuziehen, in de-

nen er während der ganzen Belagerung gekämpft hatte. Er war hager und hohlwangig, ein Bündel Knochen, wie Mama sagte, aber seine Augen glänzten. Er war in der Tat so laut, lebhaft und witzig, daß Mama mißtrauisch fragte, ob er in der zerstörten Bar des Peking Hotels die Ankunft der Befreiungstruppen gefeiert habe.
Gewiß habe er das getan, gab er freimütig zu. Monsieur Chamot hatte seinen letzten Vorrat an Champagner hervorgezaubert und ein paar Flaschen guten französischen Weins, sogar einige Büchsen Kaviar. Papa hatte von der Schlacht von Tientsin gehört und von der Gefahr, die noch immer auf dem Land herrschte, wo sich verstreute Gruppen von Boxern herumtrieben. Aber ihre eigene Sicherheit in der Stadt war nun gewährleistet. Später wollte er nachsehen, was von seinem Geschäft übriggeblieben war. Er wußte, es war bis auf den Grund zerstört, aber er hoffte und betete, daß die Keller, in denen er seine Ware versteckt hatte, unangetastet geblieben waren.
»Sei vorsichtig«, flehte Mama.
»Mach dir keine Sorgen, ich habe ganz bestimmt nicht vor, mich nach all diesen dunklen Nächten auf der Mauer nun lebendig begraben zu lassen. Übrigens, ich glaube, eine Menge Leute brennen darauf, die Gelegenheit wahrzunehmen und den Kaiserlichen Palast ein wenig zu inspizieren. Aber er wird bewacht, um Plünderungen zu verhindern. Ihr Kinder, schlagt euch also den Gedanken aus dem Kopf, da herumzuschnüffeln.«
Seine Worte galten Georgie und Angel, aber er sah dabei Miß Deacon an. Sie öffnete schon den Mund, um etwas zu sagen, änderte aber ihre Absicht. Trotzdem war es, als ob zwischen ihr und Papa eine geheime Botschaft ausgetauscht worden war, dachte Georgie. Papa war ausnahmsweise nicht kalt und abweisend zu ihr gewesen. Er war zu erregt, und, ihren glänzenden Augen nach zu schließen, sie ebenfalls. Georgie hatte das komische Gefühl, daß die beiden der Versuchung nicht würden widerstehen können, sich bei sich bietender Gelegenheit Dinge aus dem Palast der

Kaiserin anzueignen. Hatte Papa schließlich nicht auch sein und Angels Jadepony behalten?
Er, Georgie, setzte sich in seinen geliebten alten Weidenbaum. Angel konnte kommen, wenn sie wollte. Vor einiger Zeit hatte sie gesagt, sie würde das Grab von Pflaumenblüte in Ordnung bringen. Aber nun, da Lucy zu ihrem beständigen Schatten geworden war, kümmerte sie sich überhaupt nicht um Pflaumenblüte. Man mußte Angel immer alles nachsehen, sagte Mama, weil sie ein so schweres Los zu tragen habe. Es kam Georgie aber so vor, daß sie immer nur das haben wollte, was lebendig war, und das, was tot war, vergaß sie. Er würde Pflaumenblüte nie vergessen. In einer Laube aus grünen Blättern ruhte sie in seinem Herzen.
Er würde Lady MacDonald fragen, ob er am Goldfischteich eine Chrysantheme pflanzen dürfte. Einfach so, weil er es wollte, weil er in der Weide sitzen und ihr beim Wachsen zusehen könnte. Weil er zuschauen wollte, wie der Reiher an den Teich kam, weil er hören wollte, wie die Pfeifchen an den Füßen der Tauben vibrierten. Die Stille nach all dem Lärmen und Schreien und Trompetenblasen hatte ihn schläfrig und benommen gemacht. Er wollte auch weiterhin still sein. Er wollte sein ganzes übriges Leben sehr still und sehr friedlich sein.
»Das ist das Ergebnis dieser schrecklichen Ernährung«, sagte Mama zu jemand. »Es ist ein Wunder, daß sie überhaupt noch Kraft haben. Ich glaube, Georgie schläft ein.«
Ihre Arme legten sich um ihn. Ihm fiel ein, daß es schon lange her war, seit er auf ihrem Schoß gesessen hatte, aber er konnte es jetzt doch nicht tun, ohne für ein Baby gehalten zu werden. Aber er hätte es gern getan.
»Unser Held«, sagte Papa gut gelaunt und zauste sein Haar. »Du hättest ein Gewehr zur Hand genommen, wenn man es vor dir verlangt hätte, nicht wahr, mein Sohn? Nun, ich gehe einmal und sehe nach, was los ist. Wir müssen Lady MacDonalds Gastfreundschaft noch ein bißchen länger in Anspruch nehmen, Liebes, aber ich finde bald ein Haus für uns.«

Mama sah ihn mit großen Augen an.
»Wollten wir denn nicht nach Hause zurück?« fragte sie ängstlich.
»Wir werden sehen, meine Liebe. Laß uns nichts übereilen. Mit der chinesischen Regierung werden neue Verhandlungen geführt. Nach dieser Barbarei müssen sie sich den Fremden gegenüber großzügig zeigen. Außerdem ist es unmöglich, in nächster Zeit eine Passage auf einem Schiff zu bekommen. Zu viele Leute möchten von hier weg. Warten wir ab.«
Mamas Blicke folgten Papa, als er den Raum verließ. Sie hielt ihre Tränen der Enttäuschung unter Kontrolle, aber nur, weil die Kinder sie beobachteten.

Medora rannte Nathaniel über den Hof nach.
»Darf ich mit Ihnen kommen, Mr. Carrington?«
»Wo denken Sie, daß ich hingehe?«
»In die Verbotene Stadt. Ich möchte sie so gerne sehen.«
»Sie haben sie gesehen, als sie bei der Teegesellschaft der Kaiserin waren.«
»Nur ein klein wenig davon, und das scheint so lange her zu sein.«
Sie hatte sich bei ihm untergehakt. Ihr Gesicht glühte vor Aufregung. Sie hätte über den weißen chinesischen Mond springen können, so sehr beflügelte sie ihre Begeisterung. Es war ein wundervolles, mitreißendes Gefühl. Leider hatte man es selten, aber wenn, fegte es alle vergangenen Depressionen und alle Unzufriedenheit hinweg.
Nathaniel lächelte sie an. Sie fühlte sich ermuntert und sagte: »Sie waren mir gegenüber in letzter Zeit schrecklich kurz angebunden, Mr. Carrington.«
»Wirklich? Das tut mir leid. Es war eine böse Zeit. Aber jetzt ist sie Gott sei Dank vorüber. Und ich stehe immer in Ihrer Schuld, weil Sie meine Frau so gut gepflegt haben während ihrer Krankheit.«
»Dann können Sie jetzt etwas gutmachen«, sagte Medora listig. »Nehmen Sie mich mit.«

Nathaniel sah ihr in die Augen.
»Dann müssen Sie gehorchen. Weichen Sie nicht von meiner Seite. Wir müssen uns an den Wachen und an den verdammten Eunuchen vorbeimogeln.«
»Ich möchte sehen, wo die Kaiserinwitwe schlief«, sagte Medora glücklich. »Ich wette, es ist das verschwenderischste Zimmer, das es jemals gegeben hat.«
In Wirklichkeit erwies sich das Schlafzimmer, das sie, von mißtrauischen Eunuchen begleitet, endlich fanden, alles andere als verschwenderisch. Medora konnte es einfach nicht glauben, daß sie in dem Raum stand, in dem diese unglaubliche Frau, die Kaiserinwitwe von China, ein ganz normaler Mensch war, der Ruhe und Erholung brauchte. Ihr Bett aus Ziegelsteinen, unter dem im Winter ein Feuer angezündet werden konnte, sah hart und unbequem aus. Die Bettvorhänge waren aus schlichtem, weißem Krepp und aprikosenfarbener Seide. Die Kissen strömten einen dezenten Duft nach getrockneten Rosenblättern aus. Im übrigen standen einige Lackmöbel herum, ein Becken aus Bronze und ein paar Handtücher lagen auf einem Tisch. Eine Fotografie von König Viktoria stand auf einem Tischchen neben dem Bett. Eine mächtige Königin betrachtete die andere. Überall tickten exquisite Emailuhren, als sei sich die Kaiserin der Zeit in besonderem Maße bewußt gewesen.
Neugierig öffnete Medora die Schubladen. Seidenpyjamas und Umhänge der Kaiserin, Fläschchen und Tuben mit Kosmetikartikeln, Fingernagelschützer, Kämme und Haarnadeln aus Amethyst und Gold und die breiten Slippers, die ihre ungebundenen Fuße verrieten. In den Schränken Reihen um Reihen steifer, bestickter Tuniken, Kleider und aufwendiger Kopfputz. Und im Geheimfach einer Lackkommode - Nathaniel war mit derartigen Möbelstücken vertraut - lag Schmuck, der noch nicht vergraben worden war, wie die Kaiserin befohlen hatte.
Ein ungeheurer Eunuch stand unter der Tür und machte ein fürchterliches Gesicht. Er wußte, er lief Gefahr, um einen Kopf kürzer gemacht zu werden, wenn die Befehle sei-

ner Herrin nicht ausgeführt wurden. Mit einer gebieterischen Handbewegung deutete er an, daß Nathaniel und Medora gehen sollten. Nathaniel sagte etwas in Mandschu. Nur seiner Kenntnis dieser Sprache war es zu verdanken gewesen, daß sie überhaupt bis hierher vordringen konnten. Aber der Eunuche war offensichtlich wütend, daß die weißen Fremdlinge es gewagt hatten, bis in den privatesten Bereich seiner Herrin zu gehen. Sein Befehl war unmißverständlich und drohend.
»Gehen wir lieber«, sagte Nathaniel und legte seine Hand auf Medoras Arm. »Man soll das Glück nicht versuchen. Es genügt, wenn ein betrunkener Soldat irgend etwas Unüberlegtes tut, und das Blutvergießen beginnt von neuem.«
»Aber es war wundervoll«, sagte Medora, als sie durch die weiten farbenprächtigen Zimmerfluchten und über kleine, von der Sonne beschienene Höfe gingen, in denen die Tauben gurrten. »Ich hätte niemals gedacht, daß ich so viel sehen würde. Ehrlich, das entschädigt mich für alles, was wir durchgemacht haben.«
»Wir sind Glückspilze. Wir leben noch.«
»Ich weiß.«
»Und jetzt will ich feststellen, was von meinem Laden noch übrig ist.«
»Darf ich mitkommen?«
Er warf ihr einen Seitenblick zu, als er zustimmend nickte. Er hielt noch immer ihren Arm fest, und seine Augen glänzten vor ungeheurer Erregung. Sie erkannte, daß er in der gleichen Stimmung war wie sie: neugierig und voller Lebensfreude.
Der Laden in der zerstörten Straße war nur noch Gerümpel aus Holz und Ziegeln. Das Schild »James Carrington & Sons« hing herunter, und die Eingangstür war eingedrückt. Sie stiegen vorsichtig über Schutt und zerbrochenes Glas. Es war sogar möglich, ins dunkle Innere zu kriechen. Nathaniel begann, die Trümmer wegzuräumen, um an den Boden über der Falltür zu gelangen. Schließlich gelang es ihm, die Tür hochzuheben.

Im Keller war es stockfinster, aber er hatte Kerzen mitgebracht. Außerdem kannte er jeden Zoll im Laden. Er stieg die Leiter hinunter zwischen die sorgfältig aufgestapelten Kisten und bat Medora, noch einen Augenblick zu warten, bis sich die Luft verbessert hatte. Es war recht stickig, nachdem der Raum acht Wochen lang wie ein Grab versiegelt gewesen war. Aber alles sei in Ordnung, verkündete er triumphierend. Er wußte das, noch ehe er eine Kerze angezündet hatte. Sein Schreibtisch sah noch genauso aus, wie er ihn verlassen hatte. Die verpackten Wertsachen waren unbeschädigt. Natürlich lag überall Staub. Aber guter Gott, die Karaffe mit spanischem Sherry, die er hatte stehenlassen, war unberührt. Der Sherry war durchaus trinkbar.
»Kommen Sie herunter«, rief er Medora zu.
Er hatte zwei Kerzen angezündet und sie in eine Schale gestellt, wo sie Wachs vertropften und ein gespenstisches Licht auf ihre Umgebung warfen. Sie beleuchteten auch Nathaniels Gesicht, so daß Medora den Ausdruck höchster Erregung wahrnehmen konnte. Der Mann war ein Fanatiker in bezug auf seine Schätze. Sie hielt ihn sogar für fähig, einen Mord zu begehen. Er war unendlich erleichtert gewesen, als man ihm sagte, daß seine Frau nicht sterben würde. Aber diesen Triumph hatte sie damals nicht in seinem Gesicht gesehen. Was war die Ursache dafür? Daß seine Kostbarkeiten in Sicherheit waren oder war es ihre Anwesenheit? Sie wollte das letztere annehmen. Ihr Herz hämmerte wie wild, als sie die Leiter hinunterstieg in die seltsame Atmosphäre von Halbdunkel, Kerzenlicht und Staub. Sie stolperte über einen Teppich und bückte sich, um ihn zu glätten und den aufgewirbelten Staub zu entfernen.
»Schon gut«, sagte Nathaniel weich.
»Schade. Ist er nun verdorben?«
»Nein, das macht ihm nichts. Schauen Sie, was ich habe!«
Er hatte einen rundlichen Gegenstand aus seiner Tasche genommen und hielt ihn unters Kerzenlicht. Es war ein kleiner vergoldeter Drachen aus Bronze mit angriffslustig gespreizten Pfoten und einem zum Schrei geöffneten Maul.

Eine humorvolle Skulptur und wunderbar gearbeitet. Und gerade eben noch hatte Medora ihn auf einem Tisch neben dem Thron der Kaiserinwitwe gesehen.
»Sie haben ihn gestohlen!« japste sie.
Nathaniel begann leise zu lachen. »Ja, ich habe ihn gestohlen. Diesem Eunuchen direkt unter der Nase weg.«
»Aber Sie sagten doch, man darf nichts nehmen.«
»Ich fand, ich wäre ein Narr, wenn ich mir keine Belohnung holte. Diese gelben Teufel sollen ruhig etwas zahlen für das, was sie mir angetan haben. Meine Frau wäre fast gestorben, die Kinder beinahe verhungert und vor Angst fast verrückt geworden. Und ich mußte all diese blutigen Kämpfe durchstehen. Ich brauche meine kleine Rache! Außerdem habe ich selten etwas gesehen, was ich mehr gewünscht hätte als diesen gehörnten Drachen.« Er balancierte den komischen kleinen Kerl, der an ein wütendes Baby erinnerte, auf seiner Handfläche. »Ist er nicht vollkommen? Aus der Sechsten Dynastie, nehme ich an.«
»Sie nehmen sich, was Sie sich wünschen, nicht wahr?«
»Ja. Das tue ich. Meine Frau darf natürlich niemals etwas davon erfahren. Ich habe noch etwas.«
»Und was?«
Er blickte amüsiert in ihr bleich gewordenes Gesicht, als er die lange Schnur mit dunklen Kügelchen hochhielt. Nein, keine Kügelchen - märchenhafte, rauchschwarze Perlen.
»Von der Kaiserin!« flüsterte Medora.
»Ich habe in ihrem Schlafzimmer ein paar Taschenkunststückchen gemacht.« Mit einer sorglosen Bewegung legte er ihr die Perlenkette um den Hals.
Sie betastete sie ungläubig. »Die schwarzen Perlen der Kaiserin von China!«
»So etwas gefällt Ihnen, nicht war? Es scheint Größe zu vermitteln.«
»Das ist keine Täuschung, das ist Wirklichkeit? O mein Gott! Was haben Sie damit vor?«
»Sie einstweilen zu verstecken. Meine Frau würde sie gewiß nie tragen, selbst wenn sie ehrlich erworben wären. Sie

würde auch gar nicht gut damit aussehen. Sie passen eher zu Ihnen« - seine Stimme war tiefer geworden -, »Sie haben etwas Unergründliches!«
»Ich, unergründlich?«
»Genauso sehen Sie jetzt aus.« Er zog sie an sich.
»Mr. Carrington . . .«
»Zieh deine Bluse und deinen Rock aus.« Seine Finger glitten über ihren Rücken und liebkosten sie, wie sie zuvor den kleinen Drachen liebkost hatten. »Wofür hast du den Teppich ausgeschüttelt?« fragte er.

Angel war es müde, dauernd am Goldfischteich zu bleiben. Dort fand sie es jetzt langweilig, wo sie doch jetzt weiter umhergehen durften. Sie hatte es außerdem satt, daß Georgie dauernd in der Weide saß und vor sich hin brütete. Sie schüttelte heftig an dem Ast, auf dem er saß. Er war nicht darauf vorbereitet gewesen und fiel herunter.
»Warum hast du das getan?« fragte er böse. »Ich wäre beinahe auf das Grab von Pflaumenblüte gefallen.«
»Weil du so langweilig bist. Gehen wir irgendwo hin. Gehen wir in die Verbotene Stadt.«
»Du weißt, daß wir das nicht tun können. Die Soldaten lassen uns gar nicht hinein.«
»Dann gehen wir auf die Mauer.«
»Auf der Mauer waren wir schon. Da gibt es nichts zu sehen, nachdem die Boxer jetzt weg sind.«
»Dann schauen wir nach, ob das Geschäft deines Vaters noch in Ordnung ist. Er wird sich freuen, wenn wir ihm sagen, daß alles noch da ist.«
»Das ist zu weit«, sagte Georgie zögernd.
»Nur die Gesandtschaftsstraße hinunter. Du hast doch nicht etwa Angst, oder?«
»Natürlich nicht.«
»Das klingt aber ganz danach. Dieser Krieg hat einen Angsthasen aus dir gemacht.«
»Ich war noch nie einer«, sagte Georgie entrüstet. »Und der Krieg ist vorüber.«

»Dann komm schon!«
Angel war besonders schlechter Laune, und da war es ratsam, nachzugeben. Georgie hatte beschlossen, nach all den Kämpfen und dem Morden, das er erlebt hatte, für den Rest seines Lebens stets nachzugeben. Um des Friedens willen.
Niemand hielt sie auf. Die Soldaten schienen nach ihrem langen Marsch müde zu sein. Gruppenweise saßen sie im Schatten der Mauer und zeigten einander ihre Beute. Einer hatte eine goldene Gürtelschnalle und eine hübsche Louis-XV-Uhr, ein anderer versuchte, eine große Porzellanschale in seinen Sack zu stecken. In wenigen Tagen würde die ganze Stadt ihrer Schätze beraubt sein. Ein alter Chinese ging auf und ab und bot demütig klebrige, süße Kuchen auf einem Tablett feil. Er hatte einen dünnen, grauen Bart und schwarze Schlitzaugen, deren Ausdruck sich nicht veränderte, wenn die Soldaten sein Angebot ablehnten. Die Dächer des Kaiserpalastes schimmerten orange und zinnoberrot in der heißen Sonne. Es roch schlecht. Abgemagerte Hunde und Katzen streunten umher wie Gespenster. Alle Lampions und farbigen Reklameschilder, die zu dem chinesischen Straßenbild gehörten, waren verschwunden. Georgie bereute schon bald, daß sie gegangen waren. Was sollte es schon zu sehen geben, wo doch die ganze Straße zerstört war. Papas Geschäft würde schließlich nicht als einziges stehengeblieben sein. Und er wollte nicht sehen, daß alles, was Papa so geliebt hatte, in Schutt und Asche zerfallen war.
Angel dagegen war ruhelos, wie die gespenstischen Katzen. Ihr dünner Körper mit den abstehenden Schulterblättern schlängelte sich an allen Hindernissen vorbei. Sie war es, die plötzlich ausrief: »Hier ist es. Schau, das ist das Schild.«
»Es ist alles kaputt«, sagte Georgie. »Ich hab's ja gewußt!«
»Ja, aber vielleicht sind doch noch Sachen übriggeblieben. Sieh doch, die Falltür ist offen. Gehen wir hinunter.«
»Meinst du?« sagte Georgie zögernd. »Vielleicht ist da . . .«
»Was?«
»Ein toter Boxer?«

»Du hast schon mehr tote Boxer gesehen. Ich hab dir ja gesagt, du bist ein Angsthase.«
»Bin ich nicht.«
Vorsichtig stiegen sie über den Schutt und spähten durch die viereckige Falltür in den Keller.
»Da brennen Kerzen!«, zischte Georgie. »Jemand . . « Er zögerte und starrte hinunter. »Da unten ist jemand. Sieht aus wie . . .«
Auch Angel sah hinunter. »Miß Deacon!«
»Papa!« Georgie packte Angels Arm und zog sie zurück. Als er wieder zu Atem kam, flüsterte er: »Was tun die?«
Angels Gesicht war ganz schmal geworden und bekam einen wissenden Ausdruck. »Die machen ein Baby.«
»Ein Baby?!« sagte Georgie ungläubig.
Jetzt war es Angel, die ihn auf die Straße hinauszog.
»Wir müssen gehen.«
»Warum?«
»Erwachsene können verrückt werden.«
»Wenn sie ein Baby machen?«
»Nein, wenn ihnen jemand dabei zuschaut.«
Georgie hatte seine Gleichgültigkeit vollständig abgelegt. Er war äußerst verwirrt, aber ebenso neugierg. Papa ohne Hosen!
»Angel, wieso weißt du das?«
»Weiß ich was?«
»Daß es das ist, was sie tun?«
»Weil es eben so gemacht wird, du dummer kleiner Junge. Aber untersteh dich ja nicht, auch nur ein Wort davon zu sagen.«
»Warum?«
»Weil die Leute nicht mögen, wenn man sie verpetzt.«
Georgie verstand das. Er war dazu erzogen worden, niemanden zu verpetzen. Trotzdem . . .
»Angel?«
»Was ist? Komm doch, du bist so langsam.«
»Aber das müßte doch Mama sein, mit der Papa ein Baby macht?«

»Ich nehme an, dein Papa ist ein Chinese geworden und möchte mehrere Frauen haben.«
»Ich glaube eigentlich nicht, daß Mama das gefallen wird.«
»Genau deshalb sollst du nichts sagen.«
Georgie nickte. Er wußte, er würde niemals etwas davon sagen, denn Mama wäre tief traurig, nur eine von mehreren Frauen zu sein. Er war erschrocken, aber unter dem Schreck fühlte er eine seltsame Freude und Erregung. »Angel.«
»Ja?«
»Ich wußte, daß die Babys so gemacht werden.«
»Lügner! Ich habe die Bauern auf den Feldern gesehen. Du aber nicht.«
»Ich weiß es trotzdem«, sagte Georgie.
Eine Woche später verkündete Papa zwei wichtige Dinge. Er hatte ein Haus gefunden, in das sie einziehen konnten. Es hatte fünf Höfe, und es gab sogar noch Möbel dort: Betten, Sofas, Stühle, Geschirr und Küchenutensilien. Nathaniel hatte ein paar vertrauenerweckende chinesische Jungen aufgetrieben, die aufräumten und putzten. Es war ihm außerdem gelungen, einen kleinen Lebensmittelvorrat zu ergattern: Mehl, Reis, Eier, Melonen und Kartoffeln. Sie würden schon am nächsten Tag einziehen.
Das andere, was er ihnen mitteilen wollte, war, daß Miß Deacon beschlossen hatte, wegzugehen. Sie wollte nach Canton. Schließlich war sie nach China gekommen, um das Land kennenzulernen, und man konnte es ihr nicht übelnehmen, daß sie von Peking genug hatte. Ein amerikanischer Exporteur in Canton würde sich um sie kümmern. Sie würde Peking verlassen, sobald wieder Züge fuhren.
Und ehe man wieder eine neue Gouvernante einstellte, sollten die Kinder lieber in die englische Schule gehen. Dort würden sie Spielgefährten finden. Sie brauchten Gesellschaft, vor allem Lucy, die viel zu schüchtern und verschlossen war. Und nun, da Lilian sich entschlossen hatte, nach Shansi zurückzukehren - noch eine Neuigkeit -, würden sie auch Angel verlieren.
Bald nach Beendigung der Belagerung hatte Lilian ihre

stumpfe Verzweiflung überwunden. Ihre ernsten Augen waren noch immer in die Ferne gerichtet. Sie wurde die Bilder des Grauens nicht los. Aber jetzt sprach sie wenigstens wieder und lachte sogar manchmal.

Amelia freute sich über diesen Fortschritt am meisten.

»Du kannst nicht ewig trauern, mein Liebling. Du bist zu jung, und Angel braucht dich.«

»War Angel ungezogen?«

»Nun, ein ganz klein wenig. Sie und Georgie sind lieb, wenn sie getrennt sind. Aber vereint sind sie Nervensägen. Oh, ich beklage mich nicht. Sie haben einander geholfen, diese schreckliche Zeit durchzustehen, und es ist ihnen kein Leid geschehen.«

»Sie ist ein willensstarkes Kind, genau wie ihr Vater. Deshalb muß ich dafür sorgen, daß ihre Kräfte in die Richtung gelenkt werden, die er für gut befunden hätte. Sie wird eine großartige Missionshelferin.«

»Lilian, sie ist erst acht.«

»Niemand ist zu jung, um zu beginnen, pflegte Thomas zu sagen. Er würde von uns erwarten, daß wir sein Werk fortsetzen. Deshalb müssen wir zurück.«

In dieser entschlossenen Stimmung war Lilian beinahe ebenso unzugänglich wie in ihrer Verzweiflung. Amelia, die insgeheim aufatmete, daß sich dieses Problem von selbst löste, konnte nur sagen: »Georgie wird Angel vermissen. Ich muß dir gestehen, daß er eigentlich immer erwartet hatte, Angel hätte Flügel.

Über Miß Deacons Abreise nach Canton schien niemand besonders bekümmert zu sein. Georgie war sehr enttäuscht, daß sie kein Baby im Arm trug, und war überzeugt, daß Angel doch gelogen hatte. Man mußte jemand mögen, um mit ihm ein Baby zu machen, und Papa sah die arme Miß Deacon an, als würde er sie hassen. Jetzt, nachdem sie wieder in einem eigenen Haus wohnten, kam Papa nicht einmal mehr ins Schulzimmer, um ihnen ein Motto für den Tag zu geben. Es war, als wollte er nicht in Miß Deacons Nähe kommen. Vielleicht deshalb, weil sie ihm das Baby nicht ge-

macht hatte. Sie selbst war ein bißchen wie Tante Lilian geworden, sehr still und versonnen, doch gelegentlich flammten ihre Augen ärgerlich auf, und sie sagte dann, sie könne es kaum erwarten, nach Canton zu reisen. Sie konnte noch nie lange am gleichen Ort bleiben. »Ich bin schließlich nicht dazu bestimmt, Kinder zu unterrichten«, sagte sie gehässig. »Das war nur ein vorübergehender Spaß.«
»Machen Sie sich denn gar nichts aus uns?« fragte Henrietta.
»Oh, doch, ihr seid alle süß. Aber ich bin ein schrecklich ruheloses Geschöpf. Wenn ich eine Erfahrung gemacht habe . . .« sie hob die Schultern vielsagend, »möchte ich weiterziehen.« Sie machte sich wirklich nichts aus ihnen, dachte Georgie. Kein Wunder, daß Papa kaum mit ihr sprach und sich täglich nach dem Fortschritt der Reparaturarbeiten an der Eisenbahnstrecke erkundigte.
Noch viele andere Menschen wollten Peking verlassen. Einige waren bereits mit Wagen oder auf Mulis unterwegs und zogen die lange, ermüdende und noch immer riskante Reise einem Verbleiben in der zerstörten Stadt vor. Aber diejenigen, die blieben, versuchten entschlossen, das Beste aus der Situation zu machen. Die Congers waren in die amerikanische Gesandtschaft zurückgekehrt. Das Haus war noch bewohnbar, obwohl das Eßzimmer als Waschküche für das Krankenhaus benutzt worden war und die amerikanischen Marinesoldaten andere Räume als Schlafsäle und die Küche als Messe verwendet hatten. Teile des Gebäudes waren vollständig zerstört.
Lady Comerford hatte Lady MacDonalds Einladung angenommen, in der britischen Gesandtschaft zu bleiben, da ihr eigenes Haus und all ihr Hab und Gut leider verbrannt waren. Sie zog in ein größeres Zimmer um, und einer ihrer Dienstboten kam, um sich um sie zu kümmern. Das munterte sie auf. Gott habe sie offensichtlich vergessen, sonst hätte er sie während der Belagerung hinweggerafft.
Auch Colonel Manners fand weiterhin Unterschlupf in der Gesandtschaft. Nach Beendigung der Kämpfe hatte er die

Unterweisung der jugendlichen Truppen eingestellt. Aber er fand ein Betätigungsfeld im Krankenhaus, wo noch immer viele Verwundete auf Strohsäcken auf dem Fußboden lagen. Die Sandsäcke waren von den Fenstern entfernt worden - der ohrenbetäubende Lärm hatte aufgehört. Aber es herrschte noch immer Mangel an Moskitonetzen, und die Fliegen wurden zur Plage. Die hilfloseren unter den Patienten waren froh, wenn jemand den Fächer betätigte und die ekelhaften Fliegen wegscheuchte beziehungsweise, wenn sie jemanden hatten, mit dem sie reden konnten. Colonel Manners verfügte über einen Schatz an Geschichten aus den Opiumkriegen, die ungemein beliebt waren. Er gewann seine ganze Spannkraft zurück. Wenn er noch zehn Jahre lebte, würde er viele Geschichten über seine Rolle, die er in diesem kurzen, aber heftigen und blutigen Krieg gespielt hatte, zu erzählen wissen.
Das Leben kehrte wieder in seine normalen Bahnen zurück, als Sir Claude und Lady MacDonald ihre Absicht verkündeten, eine Dinnerparty zu geben. Sie waren nach England zurückberufen worden. Es sollte sowohl eine Abschiedsparty für besondere Freunde als auch eine Feier anläßlich der überstandenen Belagerung sein.

17

Der Tisch sah bemerkenswert festlich aus, wenn man bedachte, daß das Angebot an frischen Nahrungsmitteln noch immer beschränkt war. Silber und Kristall funkelten, und das Mittelstück bestand aus Chrysanthemen, diesen vollkommenen Blüten, die nur chinesische Gärtner hervorzuzaubern wußten. Alle hatten sich festlich gekleidet. Die Herren trugen weiße Dinnerjacketts, die Damen Abendkleider, die sowohl dem Feuer als auch der Verarbeitung zu Sandsäcken entgangen waren.
Amelia trug ihr beiges Spitzenkleid, eine lange Kette aus

gelblich schimmernden Perlen und ihre ellbogenlangen Handschuhe aus Satin, die Cassidy frisch gewaschen hatte. Sie erholte sich langsam von der schrecklichen Müdigkeit, die ihrer Krankheit gefolgt war, und sie hatte auch ein wenig an Gewicht zugenommen, obwohl Cassidy sie noch immer deprimierend dünn fand. Aber keine der Frauen sah blühend aus. Die schlechte Ernährung hatte ihrer Gesichter blaß und ihr Haar stumpf gemacht. Nur verglichen damit, wie sie noch vor ein paar Wochen ausgesehen hatten, waren sie jetzt ausgesprochene Schönheiten. Es war so erholsam, anständig angezogen zu sein, auf einer Party herumzustehen, Höflichkeiten auszutauschen und über Nichtigkeiten zu plaudern.

Amelia sah immer wieder Nathaniel an, der ebenfalls abgenommen hatte. Sein Gesicht war hager, sein Körper so ohne Fleisch, daß das Dinnerjackett direkt an ihm schlotterte. Er war kein Soldat, und daß er so unvermittelt in harte Kämpfe verwickelt worden war, hatte ihm seinen Stempel aufgedrückt. Er war reizbar, nervös und empfindlich. Aber die Zeit machte alles wieder gut. Die schrecklichen Erlebnisse würden nach und nach verblassen.

Es gab jedoch eine andere kleine Episode, die Amelia nicht aus ihrem Gedächtnis streichen konnte, obwohl sie sich die größte Mühe gab, die Bedeutung nicht zu überschätzen. Eines Nachts, vor nicht allzu langer Zeit, hatte jemand an Nathaniels Schlafzimmertür geklopft. Als die Tür nicht geöffnet wurde, hörte Amelia unterdrücktes Schluchzen. Dann war es wieder ruhig.

Am Morgen nach diesem Zwischenfall kündigte Nathaniel Miß Deacons bevorstehende Abreise an. Das Mädchen selbst zeigte keinerlei Zeichen mitternächtlicher Tränen. Im Gegenteil, sie hatte einen harten, entschlossenen Ausdruck, als sei der Wechsel ganz nach ihrem Wunsch.

»Auf zu neuen Gefilden«, sagte sie schnippisch. »Ja, Mrs. Carrington, so bin ich.«

Es war Nathaniel, der angegriffen aussah, als gehe ihm Miß Deacons Fröhlichkeit sehr zu Herzen.

Amelia kannte die Zeichen nur zu gut. Nathaniel fürchtete, den Versuchungen dieser seltsamen, unberechenbaren jungen Frau zu erliegen, und war klug genug, sie aus seiner Umgebung zu entfernen. Sie sollte dankbar sein und seine Tat schätzen. Statt dessen litt Amelia darunter, daß er so verletzlich war. Man konnte es einem friedfertigen Mann, der nur schöne Dinge liebte und suchte und von einem Augenblick zum anderen mit der Gewalt konfrontiert wurde, nicht verübeln, wenn er Versuchungen ausgesetzt war. Ganz unweigerlich suchte er die Schönheit und die Gesundheit, und sie selbst war leider durch ihre Krankheit noch immer sehr angegriffen.

Bei der Dinnerparty sprachen alle von der Zukunft. Die Männer planten einen neuen Golfplatz, den sie anlegen wollten - ein und eine halbe Meile lang mit großartigen natürlichen Hindernissen. Die Tribüne an der Rennbahn sollte auch sofort wieder aufgebaut werden. Nathaniel sagte, er habe ein sehr vielversprechendes Pony gefunden, das er für Rennen trainieren wollte. Es war so gutartig, daß auch die Kinder gefahrlos darauf reiten konnten.

»So ein Glück, daß alle Ihre Kinder überlebt haben«, sagte Lady Comerford zu Amelia.

»Ja, nicht wahr? Lucy hat uns arg erschreckt, als sie krank wurde, aber glücklicherweise hat sie sich sehr rasch erholt. Ich hoffe nur, die Erinnerung an diese schrecklichen Wochen bleibt ihnen nicht allzu lebhaft im Gedächtnis.«

»Sicherlich nicht«, beruhigte Colonel Manners sie. »Sie sind viel zu jung. Ich wette, sie haben die ganze Geschichte praktisch schon vergessen. Oder sie erinnern sich an den Spaß, an die roten Schärpen der Boxer, an die Tigerfellröcke der Bannerträger, an die Trompeten und an all das andere Drum und Dran.«

»Ich bin sicher, Henrietta erinnert sich daran, daß sie nicht baden konnte«, sagte Amelia. »Sie ist ein nervenaufreibend wählerisches Kind.«

»Ich höre, Sie verlieren Ihre Gouvernante«, sagte Lady Comerford.

»Miß Deacon? Ja. Sie scheint leidenschaftlich gern zu reisen.«
»Ganz gut, daß sie weiterzieht«, sagte Nathaniel. »Sie ist ein wenig zu unstet, um eine gute Gouvernante zu sein.«
»Aber ich werde niemals vergessen, wie gut sie zu mir während meiner Krankheit war«, sagte Amelia. »Sie hat mir buchstäblich das Leben gerettet. Dafür stehen wir immer in ihrer Schuld, nicht wahr, Nathaniel?« Sie hoffte, niemand würde bemerken, wie sich sein Gesicht anspannte.
»Natürlich. Ich sorge dafür, daß man sich in Canton um sie kümmert. Danach, hoffe ich, wird sie nach Hause zurückkehren. Sie ist wirklich zu jung und unvernünftig, um allein in der Weltgeschichte umherzureisen.«
»Ein eigenartiges Wesen«, sagte Lady Comerford. »Halb Engel, halb Teufel, hab ich immer gedacht.«
»Ach, hören Sie auf, sie ist nur ein Kind«, sagte Colonel Manners lebhaft. »Ich habe noch nichts Teuflisches an ihr entdeckt. Finde sie eigentlich nur besonders unattraktiv. Zu dünn und zu langbeinig. Wie ein Storch, aber ohne dessen Funktion, hoffe ich.«
Er lachte laut über seinen Witz. Amelia wunderte sich, weshalb ihr Herz so unangenehm pochte. Sicherlich . . . nein, daran hatte sie nie gedacht!
»Nun, der gute Teil in ihr hat mich gepflegt«, sagte sie sanft. »Aber ich habe nie behauptet, sie zu verstehen.«
Nathaniel stand hinter ihr und legte ihr den Spitzenschal um die Schultern.
»Du sollst dich nicht erkälten, Liebste.« Seine Stimme klang besorgt, und in seinen Augen lag eine große Zärtlichkeit. »Die Abende treiben einen ins Haus, wie wir in England sagen würden. Ich fürchte, wir bekommen bald einen von diesen unangenehmen Sandstürmen aus der Wüste Gobi. Ich habe Amelia dazu überredet, noch einen Winter hier auszuhalten. Es wird ihr gefallen, wenn alles wieder in normalen Bahnen läuft.«
Was war normal? Das fragte sich Amelia oft. War es normal, so zu tun, als merke man nichts von den Leidenschaf-

ten des Ehemannes? War es normal, sich mit seiner väterlichen Zärtlichkeit und Fürsorge zu bescheiden? Aber was sollte sie sonst tun? Sie beschloß, wieder chinesische Gedichte zu lesen und Unterricht in Seidenmalerei zu nehmen, obwohl sie niemals hoffen konnte, es den einheimischen Künstlern gleichzutun. Vielleicht konnte sie so viel Mandschu lernen, daß sie die Dienstboten verstand. Der Winter würde schon vorübergehen.

»Es wird ja nun keine Empfänge mehr im Kaiserpalast geben«, bemerkte Lady Comerford. »Wir müssen wohl für unsere eigene Unterhaltung sorgen. Ich bin gespannt, ob die Kaiserin sich jemals wieder in Peking sehen läßt.«

»Oh, das wird sie«, ertönte Sir Claudes Stimme. »Wir hörten, daß sie in Shansi hofhält. Ich weissage, daß sie in ein oder zwei Jahren mit Triumph zurückkehrt. Aber machen Sie Ihre Geschäfte, solange Sie noch können, Carrington. Wer weiß, welche Gesetze in Zukunft gemacht werden. Die Chinesen werden die Fremden doch vertreiben.«

Nathaniel lächelte vor sich hin. »Ich werde Ihren Rat befolgen, Sir. Aber ich habe bisher auch nicht schlecht abgeschnitten.«

Noch spät in derselben Nacht, nach ihrer Rückkehr von der trotz allem ernsten und traurigen Dinnerparty bei den MacDonalds, bei der zu viele Gesichter gefehlt hatten, schrieb Nathaniel in sein kleines ledergebundenes Buch:

1 grünes Mongolenpony aus Jade - Ming
1 gehörnter Drachen aus Bronze - Sechste Dynastie (wahrscheinlich existiert nur ein einziges Gegenstück)
1 Kette aus schönsten schwarzen Perlen, vormals im Besitz der Kaiserinwitwe Ts-U-Hsi.

Keiner dieser in seinem kleinen Buch verzeichneten Gegenstände war für den Verkauf bestimmt. Sie sollten der Mittelpunkt seiner eigenen Sammlung sein, die die schönste in ganz England werden mußte. Er war ein Mann, dem Besitz vielleicht sogar mehr bedeutete als seine Familie, jedenfalls unendlich mehr als diese eigenartige wilde, junge Frau, für die er eine vorübergehende Leidenschaft empfunden hatte. Nachdem diese Verirrung, verursacht durch die Erregung eines besonderen Tages, vorüber war, wollte er sie so bald wie möglich außer Reichweite haben. Amelia, seine Kinder, seine Wertsachen, nichts davon sollte durch diese sehr junge und unmoralische Abenteurerin in Gefahr gebracht werden. Selbst wenn er ihrem völlig unbegründeten Wunsch nachgeben sollte, ihr die Perlen der Kaiserin zu schenken.

Sie war ein bißchen verrückt, erkannte Nathaniel befremdet. Aber sie war damit einverstanden gewesen, in Frieden abzureisen, sobald die Züge wieder fuhren. Das konnte jetzt jeden Tag der Fall sein. Die Pfeife würde ertönen, der Rauch würde sich schwarz über die Landschaft wälzen, Telegrafendrähte würden summen, und die Bauern auf den Feldern würden dem fliegenden Monster ausdruckslos nachschauen und schließlich akzeptieren, daß es da war und da blieb. Bald würden die kalten Winterwinde wehen, die Weiden ihre Blätter verlieren. Auf den kahlen Bäumen säßen fette Krähen, und die letzten Kamelkarawanen aus der Mongolei erreichten ihr Ziel. Man könnte vielleicht noch einmal, bevor der Winter richtig einsetzte, die Chinesische Mauer besuchen und die Ming-Gräber, diesmal leider ohne den jungen Rupert Fortescue.

Nathaniel schüttelte die Gedanken ab, seufzte und strich den Eintrag ›1 Kette aus schönsten schwarzen Perlen, vormals im Besitz der Kaiserinwitwe Ts-U-Hsi‹, wieder durch. Vermutlich blieb ihm nichts anderes übrig, als sie Medora zu geben. Obgleich es ihn schmerzte, sich von einem so wundervollen Wertgegenstand zu trennen, genoß er die Geste. Wie viele Männer waren schon so großzügig?

England

Juni 1975

18

Seit Sonntag abend, seit sie vom Drachenhaus nach Hause zurückgekehrt war, wartete Amy auf einen Anruf. Gewöhnlicherweise war sie von kühler Intelligenz und entschlossen, das zu bekommen, was sie sich wünschte. Jetzt aber war sie verärgert und frustriert, war unkonzentriert und nervös. Die Wut einer abgewiesenen Frau? Kaum. Hugh Morley war so aufregend auch wieder nicht. Aber es machte sie wütend, daß er so sehr unter dem Einfluß seiner hausbackenen und naiven Frau stand. Er sollte ein Draufgänger sein. Er sah doch gut aus und war recht amüsant. Sie hätten eine Menge Spaß miteinander haben können. Sie fühlte sich verlassen und verschmäht, eine Gemütslage, die sie schon vor Jahren überwunden zu haben glaubte. Dadurch wurde sie rachsüchtig und skrupellos.
Wegen Bunnys Anruf war sie keineswegs nervös. Wie sie schon zu Hal, der bemerkenswert energielos war, gesagt hatte, weigerte sie sich, sich von diesem komischen, kleinen Mann beeindrucken zu lassen. Denn das war er, ein komischer, kleiner Mann mit dunkler Brille und einer - wie er meinte - tiefen und geheimnisvollen Stimme, die gefährlich klingen sollte. Zugegeben, er hatte eine Menge nützlicher Talente. Aber sie hatte auch Talent. Sie war für ihn von gleichem Nutzen wie er für sie.
Trotzdem hatte sie einige Schwierigkeiten, ihre Stimme gelangweilt klingen zu lassen, als das Telefon schließlich läutete und sie aus einem leichten Schlaf weckte.
»Ja, Mr. Beaumont. Sie sind doch Mr. Beaumont, nicht wahr?«

»Tun Sie das nicht noch einmal, Amy Russell.«
»Was?« Trotz ihrer Entschlossenheit, ruhig zu bleiben, jagte ihr die rauhe Stimme einen Schreck ein.
»Voraussetzen, daß ich der Anrufer bin, und gleich meinen Namen nennen.«
»Aber . . .«
»Angenommen, es wäre Ihr Freund, Mr. Hugh Morley, gewesen. Ich habe Erkundigungen über ihn eingezogen. Er hat einen ziemlich guten Ruf als junger Rechtsanwalt.«
»Ach, er!« rief sie verächtlich. »Weshalb macht es etwas aus, wenn er Ihren Namen hört?«
»Es macht. Aber ich habe nicht angerufen, um Sie zu schelten. Ich bin ein netter Mensch. Ich möchte Sie nur für morgen zum Tee einladen. Ich hoffe, Sie können kommen.«
Dies war eine neue Vertrautheit. Zum Tee. Wo wohnte er? Bisher hatten sie sich nur in der Anonymität des Hotels ›Richmonde‹ getroffen.
»Im Cheyne Walk«, sagte er, als könne er ihre Gedanken hören. »Ich habe eine sehr bescheidene Wohnung. Wie wär's um fünf? Läuten Sie bitte zweimal, damit ich weiß, wer es ist.«
»Sie mögen keine Überraschungen?« Amy bemühte sich um Gelassenheit.
»Das tun nur Narren, oder nicht?«
Das Telefon klickte. Mr. Bunny Beaumont legte es darauf an, das letzte Wort zu haben, was ihm auch meistens gelang. Und Amy war wütend auf sich, weil sie zitterte. Sie mußte aufstehen und ein Glas Brandy trinken, damit sie das blödsinnige Zittern loswurde.
Sie war froh, daß die Vorladung so bald stattfinden sollte. Schade, daß Bunny Beaumont keine Überraschungen mochte, denn er würde eine erleben.

Der Ching-tê-Chen-Krug, sagte der junge Mann bei Sotheby, sei an einen texanischen Millionär verkauft worden. Als Verkäufer dieses Kruges war Mr. Vincent Beaumont angegeben, dessen Adresse das ›Richmonde‹ in Genf war.

»Eine Schweizer Bank, natürlich«, sagte Hugh. »Ganz einfach. Haben Sie vielen Dank.«
»Ich hoffe, es liegt kein Betrug vor ...«
»Das ist durchaus möglich, aber das hat nichts mit Ihrer Firma zu tun. Ich beglückwünsche Ihre Experten, die einen solch seltenen Krug genau schätzen konnten.«
Da spielte noch ein anderer Experte mit, vermutete Hugh. Jemand, der den Krug in Tante Suzies Haus ausfindig gemacht hatte. Jemand mit mehr als nur flüchtigen Kenntnissen chinesischer Künste.
Er hatte den Besuch bei Sotheby in seiner Mittagspause gemacht. Am Nachmittag mußte er wieder im Gericht sein. Die verhältnismäßig langweilige und anspruchslose Verhandlung gab ihm Gelegenheit, über das nachzudenken, was er erfahren hatte.
Ab Abend schlug Georgina vor, mit dem Hotel ›Richmonde‹ zu telefonieren und Mr. Vincent Beaumont zu verlangen. Am liebsten wäre sie geflogen, um diesen geheimnisvollen Herrn von Angesicht zu Angesicht zu sehen. Das, sagte Hugh, wäre nicht nur unbesonnen, sondern schon tollkühn. Es war durchaus möglich, daß es hier um mehr ging als nur um einen Ching-tê-Chen-Krug. Der von Tante Suzie befand sich vielleicht ganz woanders. Man konnte nicht herumrennen und wilde Anklagen wegen Betrug oder Diebstahl erheben.
»Warum ist dann Tante Suzies Krug verschwunden?« fragte Georgina ganz logisch. »Da steckt diese Amy Russell dahinter, da bin ich ganz sicher. Sie hat ein Fuchsgesicht. Und bedenke, wir haben auch den gehörnten Drachen nicht gefunden. Das ist eine hübsche Rarität, die man ganz leicht mitnehmen kann. Ich weiß nicht, Hugh, ich habe das Gefühl, eine Menge Sachen verschwinden aus dem Drachenhaus. Auch die Perlen.«
»Wo die sind, wissen wir. Wenn Charles sie nicht inzwischen aus der Themse gefischt hat. Aber gehen wir Schritt für Schritt vor. Wir müssen versuchen, mehr über Mr. Vincent Beaumont herauszubekommen.«

Das Hotel ›Richmonde‹ war hilfsbereit, aber enttäuschend. In der Tat, Mr. Vincent Beaumont hatte dort gewohnt. Er war ein ziemlich regelmäßiger Gast. Aber leider war er vor einigen Tagen abgereist. Seine ständige Adresse konnte das Hotel natürlich nicht bekanntgegeben.

»Lebt Mr. Beaumont in England?«

»Tut mir leid, Sir.«

»In London?« Hugh ließ nicht locker.

»Ich bin nicht befugt . . .«

»Wie schade!« Hugh schoß einen Pfeil aufs Geratewohl ab. »Mr. Beaumont sammelt orientalisches Porzellan, und ich glaube, er hat ein Stück, an dem ich interessiert bin.«

»Dann schlage ich vor, Sie setzen sich mit den Fernöstlichen Galerien in Verbindung, Sir. Ich glaube, Mr. Beaumont ist dort Kunde.«

»In Genf?«

»Ein sehr bekanntes Geschäft, eine alteingesessene Firma. Es hatte früher einen englischen Besitzer, James Carrington. Sie haben sicher davon gehört, wenn Sie Sammler sind.«

Hugh legte den Hörer auf und klatschte in die Hände.

»Was sagst du dazu, Georgina? Der Laden deines Großvaters. Und ich wette, Amy Russel weiß besser darüber Bescheid als du. Diese Jobs in Genf. Ausgerechnet! Dummes Zeug! Sie hat sich für die Dauer des Verkaufs bei Sotheby aus dem Staub gemacht.«

»Ich habe dir ja gesagt, sie führt etwas im Schilde«, sagte Georgina ruhig. »Was willst du tun?«

»Sie aufsuchen. Ich denke, sie arbeitet sozusagen als Spürhund. Meinst du nicht?«

»Ich dachte, du magst sie.«

»Sie hat mich gereizt; das gebe ich zu. Sie reizt mich jetzt sogar noch mehr. Aber auf ganz andere Weise.«

»Was hat sie bloß mit Mr. Vincent Beaumont zu tun?«

»Ich nehme an, er ist der Big Boß.«

»Prinz Tuan«, murmelte Georgina.

»Was?«

»Tante Suzie, die Kaiserinwitwe, muß doch einen Prinz

Tuan haben, der gegen sie intrigiert. Sollten wir ihr eigentlich sagen.«

»Ich glaube nicht, daß wir sie verängstigen sollten.«

»Tante Suzie und verängstigen! Sie wäre entzückt. Du weißt, sie schwärmt doch davon, Feinde zu haben.«

»Hast du heute mit ihr gesprochen?«

»Ja, ich habe sie angerufen, um mich zu erkundigen, wie es ihr geht. Sie machte einen verärgerten und gelangweilten Eindruck. Sie sagte, daß die wichtigtuerische Schwester Jenkins ihr Bettruhe verordnet hat für den Fall eines nachträglichen Schocks. Die Möpse hatten keinen Morgenspaziergang, und Charles stellt sich wegen seines Gartens an. Er hat den gnzen Morgen damit verbracht, mit seiner langen Schaufel Löcher zu graben und Sachen einzupflanzen, obwohl es viel zu heiß und trocken dazu ist. Und Schwester Jenkins nimmt Sachen weg, um sie abzustauben, und stellt sie nicht wieder an den richtigen Platz.«

»Schwester Jenkins staubt ab? Ich dachte, sie sei sich für derartige niedrige Arbeiten viel zu gut.«

»Ich nehme an, Tante Suzie hat es ihr befohlen. Du weißt ja, daß kein Dienstmädchen bei ihr bleibt. Es geschieht ihr ganz recht, daß sie nichts wiederfindet. Ich frage mich, ob auf diese Art auch der kleine Drachen verschwunden ist.«

»Der wird wieder auftauchen. Aber möglicherweise nicht im Drachenhaus.«

»Jetzt bist du aber zu mißtrauisch, Hugh.«

»Und ich werde noch viel mißtrauischer, wenn so ein Drachen ganz zufällig in irgendeiner Auktion auftaucht. Aber wir werden das Puzzle zusammengesetzt haben, bevor es dazu kommt. Das wichtigste ist jetzt, Amy aufzusuchen.«

»Willst du nicht zuerst anrufen?«

»Keineswegs. Ich ziehe es vor, sie zu überraschen. Aber bevor ich hingehe, würde ich vorschlagen, daß du, ich und Benn bei Ho Ming essen gehen. Ben wird das gefallen.«

»Und wir lassen Großvaters kleines rotes Buch übersetzen?«

»Genau.«

»Ja«, sagte Georgina langsam. »Das machen wir. Hugh?«

»Ja, Liebes?«
»Ich bin so froh, daß du sicher bist, Amy nicht zu mögen.«
»So ist es«, sagte Hugh lakonisch. »Aber das habe ich schon gemerkt, bevor ich ahnte, daß sie nichts Gutes vorhat.« Er zwickte Georgina in die Wange. »Aber du würdest doch auch nicht wollen, daß ich ein Bursche bin, der Frauen überhaupt nicht bemerkt, oder?«
»Andere Frauen nicht«, sagte Georgina.

Bis zum Mittag hatte sich der Himmel zugezogen, und es sah aus, als wäre es jetzt vorbei mit der Hitze. Amy rieselten trotz der Wärme kalte Schauder den Rücken hinunter. Das kam nicht nur von dem Gedanken an das bevorstehende Treffen mit Bunny Beaumont. Es war die Überraschung, die sie für ihn hatte. Sie durfte sich nicht einschüchtern lassen. Sie durfte die Nerven nicht verlieren. Sie mußte ihre Forderung stellen und daran festhalten.
Sie hatte erkannt, daß die harte Arbeit und der Konkurrenzkampf einer Innendekorateurin nichts für sie waren. Die steifen viktorianischen Bilder, Chintz und Tapeten, Stühle und Sofas mit Knöpfchenleisten waren sterbenslangweilig. Sie wollte in die aufregende Welt unschätzbarer Antiquitäten zurückkehren. Und diesmal nicht als Ladengehilfin, und sei sie noch so versiert, sondern als Besitzerin eines eigenen Geschäfts. Es war ihr unmöglich erschienen, daß dies einmal Wirklichkeit werden könnte, daß sie fähig sein würde, bei den großen Auktionen in London, New York und Genf mitzubieten.
Seit letzter Woche sah sie den Weg vor sich.
Als sie nach Chelsea unterwegs war, begann es zu regnen. Die Luft wurde fast augenblicklich frischer, es roch nach feuchten Blättern und Gras. Ein leichter, kühler Wind erhob sich. Die lange, der Jahreszeit nicht gemäße Hitze war vorüber. Die Schritte der Menschen wurden schneller, Schirme tauchten auf. Amy stand an der Bushaltestelle. Sie zog die schmalen Schultern hoch. Um den Kopf hatte sie einen Schal gebunden. Sie hatte weder einen Regenmantel

noch einen Schirm dabei. Wenn sie zurückging, würde sie zu spät kommen. Lieber wollte sie durchnäßt ankommen, als zu spät. Es war lebenswichtig, Bunny bei bester Laune zu halten.
Seltsamerweise durchnäßte der Regen nicht nur ihre Kleider, sondern dämpfte auch ihre Hochstimmung. Sie empfand mehr Besorgnis als Begeisterung, als sie auf den Klingelknopf an Bunnys Wohnblock drückte und auf die rauhe Stimme wartete. Würde er verärgert sein, weil sie auf eigene Faust gehandelt und Hal aus diesem kleinen Coup ausgeschlossen hatte? Würde er den Löwenanteil von dem verlangen, was er als Kriegsbeute bezeichnete? Wenn er ekelhaft werden sollte, würde es ihr gelingen, ihren Willen trotzdem durchzusetzen? Sie reckte sich. Natürlich würde es ihr gelingen. Sie würde die Probe bestehen.
Trotzdem, als sie ihren Namen hörte und gebeten wurde, einzutreten, glaubte sie, eine Zentnerlast in ihrer Handtasche mitzuschleppen. Hätte sie vielleicht doch versuchen sollen, ihre eigene Beute ohne Bunnys Hilfe loszuschlagen? Nein, das wäre hoffnungslos gewesen. Aber er mußte ihr versprechen, Hal nichts davon zu sagen. Hal war sehr jähzornig und konnte bösartig werden, wenn man ihn reizte. Er wäre fähig, ihren Laden zu zertrümmern und einen kleinen Krieg anzuzetteln.
»Komm herein, mein Engel. Oje, Sie sind ja ganz naß. Wie unangenehm.«
»Ich weiß. Ich hatte vergessen, daß es in England regnen kann.«
»Es kann und es regnet. Das Badezimmer ist da drüben, falls Sie sich ein wenig in Ordnung bringen wollen. Brauchen Sie nicht zu lange; der Tee ist fertig.«
Die Vorhänge waren dauernd zugezogen, wie Amy vermutete. Bunny Beaumont war ein Nachtmensch wie Hal. Zuerst konnte sie die tief im Sessel versunkene Gestalt kaum sehen. Aber als sie aus dem Badezimmer zurückkam, hatten sich ihre Augen an das Dämmerlicht gewöhnt, und sie konnte den Mann deutlicher erkennen. Vor allem des-

halb, weil er keine Sonnenbrille trug. Seine Augen waren seltsam hell und gerötet. Mit seinen verschrumpelten, geröteten Wangen und dem weißen Haar hatte er etwas von einem Hasen. Man wußte plötzlich, warum er diesen Spitznamen hatte. Das war fast unausbleiblich. Er war ein Albino. Offensichtlich spielte er seinen Spitznamen mit Genuß aus, denn er trug eine Fliege, eine über seinem runden Bauch fest zugeknöpfte Brokatweste und ein kariertes Jackett. Eine wunderliche Figur. Der Hase aus Alice im Wunderland. Aber damit nicht genug: Das Wandbrett hinter seinem Sessel enthielt eine Sammlung von Spielzeughasen, einige abgegriffen und schäbig, andere neu und flauschig.
»Wie ich sehe, schauen Sie sich meine Sammlung an«, sagte er mit seiner tiefen, rauchigen Stimme. »Meine Freunde unterstützen meine Grillen und schenken mir zu Weihnachten oder zum Geburtstag süße kleine Häschen. Von weichen, wolligen Häschen geht eine große Beruhigung aus. Ich weiß, andere Leute mögen lieber Teddybären. Zweifellos habe ich seit meiner frühesten Kindheit irgendein Trauma. Ich kann mich nicht an die Ursachen erinnern. Aber macht das etwas? Ich schäme mich nicht meines Hobbys. Allerdings ist es ein weiter Weg bis zu chinesischen Antiquitäten. Diesen Gedanken kann ich in Ihren klugen Augen lesen. Was ist Ihre Schwäche, mein Engel, abgesehen von Geld und Männern?«
»Ich mag Männer«, sagte Amy leichthin. »Aber das würde ich nicht als Schwäche bezeichnen. So weit würde ich es nicht kommen lassen.«
Hugh, dachte sie. Schade um Hugh, mit dem hätte es Spaß gemacht. Er hätte sie nicht so geringschätzig behandeln sollen. Sie stellte die Handtasche auf den Boden.
»Nein? Sie erschrecken mich. So selbstzufrieden. Haben Sie dieses steinerne kleine Herz geerbt?«
»Vielleicht. Aber Sie kennen ja meine Herkunft, nicht wahr?« Plötzlich hatte sie es gar nicht mehr eilig, ihre Handtasche zu öffnen, und wurde geschwätzig. »Meine Mutter sagte immer, ich sei das Ebenbild meiner Großmutter. Als

sie, meine Großmutter, acht Jahre alt war, mußte sie während des Boxeraufstands in China zusehen, wie ihr Vater enthauptet wurde. Dieses Trauma ging auf meine Mutter über und dann auf mich. Wenigstens hat man mir das immer gesagt, wenn ich als Kind schwierig war. Und dann wiederholte sich die ganze Geschichte. Meine Eltern wurden in China von der kommunistischen Befreiungsarmee gefangengenommen. Und vermutlich getötet, denn ich habe nie wieder etwas von ihnen gehört. Ich war damals in England in der Schule. Von da an war ich meist allein.«
»Recht interessante Herkunft, nicht wahr?« sagte Bunny. »Ich würde meinen, Ihr Urgroßvater, der enthauptet wurde, ist für Ihre Erbanlagen verantwortlich. Intolerant, hochtrabend, den Kopf voll biblischer Schwülstigkeiten. So zu tun, als wäre er Gott. Erkannten die Missionare denn nicht, welchen Schaden sie anrichteten. Ich bin der festen Überzeugung, daß dieser kleine, äußerst unbedeutende Krieg niemals stattgefunden hätte, wäre es nicht der Missionare wegen gewesen.«
»Es war kein unbedeutender Krieg.«
»Nicht für jene, die ihn beerbt haben. Für die nicht. Für Leute wie Sie und die alte Dame, die in ihrem Haus an der Themse mit all ihren gestohlenen Schätzen lebt. Der lange Schatten der Vergangenheit. Ein Melodrama. Ich liebe es. Es ist mir ein Zeitvertreib.«
»Möchten Sie denn gar nicht wissen, was am Wochenende geschehen ist?« fragte Amy spitz.
»Aber selbstverständlich. Doch wollen wir vor dem Geschäftlichen nicht Tee trinken? Milch oder Zitrone? Und langen Sie bei den heißen Brötchen zu. Ich tue es auch. Ich hoffe, unser gemeinsamer Freund Hal hatte ein angenehmes Wochenende. Wie war die alte Dame, lenkbar?«
»Sie versprach, diese Woche nach London zu fahren, um ihr neues Testament zu unterzeichnen.«
»Ausgezeichnet. Das bedeutet zweifellos besondere Vergünstigungen für Hal. Aber Testamente sind eine unsichere Sache. Unser Weg ist der bessere. Still und unauffällig.«

»Aber ich bezweifle, ob sie jetzt noch nach London reist«, unterbrach Amy.
Seine hellen Augen öffneten sich weit.
»Weshalb nicht? Was ist passiert?«
»Sie hatte einen Unfall. Sie fiel in den Fluß und hätte leicht ertrinken können. Sie ertrank nur nicht, weil ich da war.«
»Sie haben sie gerettet? Da sind Sie ja eine richtige Heldin, nicht wahr?«
Amy sah ihren Gastgeber fest an. Sie wich diesem eigenartigen Blick nicht aus.
»Ich hatte dafür gesorgt, daß der Weidenast, auf dem sie immer saß, brechen und sie hinunterfallen würde. Und dann habe ich sie gerettet.«
»Guter Gott! Sie überraschen mich mehr und mehr. Weshalb haben Sie sie gerettet, kamen Ihnen Bedenken?«
»Oh, ich hatte nicht vor, sie umzubringen. Ich wollte nur eine Gelegenheit, etwas für mich selbst zu bekommen. Für mich«, wiederholte sie mit Betonung. »Und ich bekam es.«
»So?« sagte Bunny weich. »Sie haben sich also Gedanken gemacht. Ich ahnte schon, daß dies ein Risikofaktor sei, den ich mit Ihnen eingehen würde. Sie sind eine sehr unternehmungslustige und ehrgeizige junge Dame. Aber nachdem Sie diesen Gegenstand für sich genommen haben, weshalb erzählen Sie mir davon?«
»Weil ich Ihre Hilfe brauche, um . . . um ihn zu verkaufen.«
»Sie, mit Ihren Kenntnissen? Ich dachte, Sie hätten sich schon an chinesischem Elfenbein die Zähne ausgebissen.«
»Es handelt sich weder um Elfenbein noch Prozellan, noch um Jade. Sehen Sie.«
Amy öffnete ihre Handtasche und nahm das dicke Ledersäckchen heraus. Sie zog es auf und schüttete die Perlen auf den Tisch. Sie lagen da wie ein dunkel schimmernder Teich. Bunny zog hörbar den Atem ein.
»Schwarze Perlen. Einst Eigentum des chinesischen Throns. Habe ich recht?«
»Ja.«
»Aber wo hat die alte Hexe . . . ich meine, wieso hat nie-

mand davon gewußt? Ein solcher Wert! Weshalb wollte sie diesen Schatz nicht zeigen?«
»Das hat sie ja getan, an ihrem Geburtstag letztes Wochenende. Vorher hat sie sie kaum getragen.«
»Ein fürstliches Geschmeide«, murmelte Bunny wie hypnotisiert.
»Ein königliches«, sagte Amy gepreßt. »Meines.«
Bunny stocherte langsam und nachdenklich mit dem Finger in den Perlen herum. »Donner und Blitz«, sagte er. »Auch mich berauscht der Anblick.«
»Sie haben also die alte Dame in den Fluß geworfen, um diese Perlen zu bekommen?«
Amy nickte.
»Ich wußte, die Alte würde dieses dämliche Boxerspiel spielen und dabei die Perlen tragen.« Sie kicherte leise. »Alle glauben, die Perlen seien im Schlamm der Themse versunken. Der arme Charles wird wochenlang fischen.«
Bunny lehnte sich zurück.
»Weiß Hal davon?«
»Nein. Ich sagte Ihnen schon, sie gehören mir.«
»Sie standen nicht in Ihrem Vertrag, meine Liebe. Nicht eine derartige Vergütung.«
»Ich bin bereit, Ihnen zwanzig Prozent zu geben. Der Rest gehört mir.«
»Und ich soll einen Käufer finden?«
»Weshalb hätte ich Ihnen sonst davon erzählt? Sie hätten niemals etwas davon erfahren. Die alte Dame hat sie erst am Samstag von der Bank geholt. Nur zu dem Zweck, uns zu verblüffen. Sie ist ein eitles, altes Monster.«
»Und ich vermute, sie hat euch verblüfft.« Bunny ließ ein halbes Dutzend Perlen in seiner Hand umherrollen. »So berühmte Perlen. Es wird nicht leicht sein!«
»Dummes Zeug. Man kann Halsketten daraus machen. Ohrringe. Wer weiß schon, daß es die schwarzen Perlen der Kaiserin von China sind?«
»Glücklicherweise niemand. Sonst könnten einige Leute davor zurückschrecken und denken, sie seien blutbefleckt.«

»Alles in diesem unheimlichen alten Haus ist blutbefleckt.«
»Und was glauben Sie, sind die Dinger wert?« fragte Bunny listig.
»Ich weiß nicht. Dreißigtausend, vierzigtausend.«
»Mehr als das, wenn man sie als ganze Kette verkaufen könnte. Aber stückchenweise an der Hintertür?«
»Wieviel also?«
»Was sind Sie doch für ein habgieriges kleines Mädchen. Vielleicht die Hälfte der von Ihnen erwähnten Summe. Ich kenne einen Mann in Amsterdam, der mir einen Gefallen schuldig ist.« Bunny sah Amy verschlagen an. Halbe-halbe«, sagte er.
»Nein, das ist unfair. Sie haben den Weinkrug bekommen. Die hier gehören mir.«
»Halbe-halbe«, wiederholte Bunny. »Entweder Sie nehmen an, oder Sie lassen es bleiben. Da fällt mir ein, ich könnte mir Westenknöpfe aus Perlen machen lassen. Ziemlich extravagant, nicht? Ich liebe es, extravagant zu sein. Wie ein mandschurischer Prinz. Kommen Sie, liebes Kind, schmollen Sie nicht. Sie haben sich bis jetzt großartig gehalten. Aber denken Sie daran, dies ist mein Werk. Ohne mich hätten Sie von allem nichts gewußt.«
»Es war Hal, der Mrs. Blenheim kennenlernte«, sagte Amy starrsinnig.
»Das streite ich gar nicht ab. Aber was der liebe Hal in seinem wunderschönen Kopf hat, ist nicht größer als das Gehirn eines Spatzen. Bei ihm reicht es höchstens bis zu einem Tang-Pferd oder bestenfalls bis zu einem Stückchen Jade. Sie und ich, wir haben den Blick für die Größe. Sie möchten reich sein. Ich möchte reich sein. Noch etwas Tee?«
»Nein, danke.«
»Wir sind gezwungen, einander zu vertrauen«, fuhr Bunny salbungsvoll fort. »Ich glaube, ich kann Ihnen vertrauen. Aber Sie dürfen mich nicht verärgern. Das ist das einzig Wichtige, was ich von meinen Freunden erwarte. Daß sie mich nicht verärgern. Hal weiß das. Andere wissen das.«

Amy fühlte sich durch den Blick aus den weißen Augen wie gelähmt. Sie war sprachlos. Es war dumm, sich jetzt nach Beendigung des Gesprächs zu fürchten, aber plötzlich fielen ihr Hals Worte ein, daß sie diesen aalglatten Mann nicht unterschätzen sollte. All ihre mutigen Vorsätze, sich durchzusetzen, schwanden dahin. Wie konnte sie sich nur so einschüchtern lassen von Bunny Beaumont, der kein Blut in seinen Adern hatte, sondern nur Baumwolle wie ein ausgestopfter Spielzeughase?

Trotzdem hatte sie Angst, und sie wußte ganz genau, daß sie auf seine Bedingungen eingehen würde. In einigen Tagen würde sie seiner Aufforderung nachkommen und sich ihren Anteil am Verkauf der Perlen holen. Dann würde sie London verlassen, würde ganz von der Bildfläche verschwinden. Sie würde beten, Bunny nie wiederzusehen.

Aber es war ungerecht, denn nun würde sie das Jadepony niemals bekommen, das wirklich und rechtmäßig ihr gehörte. Ihre Großmutter hatte ihr das gesagt. Am Ende ihres Lebens hatte Großmutter ihr die Geschichte des heißen Tages in Peking erzählt, an dem sie und ihr Cousin Georgie in Prinz Sus verlassenem Palast das wunderschöne Jadepony gefunden hatten. Es war für sie eine herbe Enttäuschung gewesen, daß Onkel Nathaniel es konfisziert und niemals zurückgegeben hatte. Eine Gaunerei erzeugt die andere, dachte Amy, genauso wie ein Krieg den anderen auslöst. Sie empfand keinerlei Schuldgefühle, als sie Pläne schmiedete, wie sie sich ihren Anteil am Carrington-Vermögen sichern könnte.

19

Amy hatte Hals Besuch erwartet und war überrascht, daß er erst um zehn Uhr abends kam. Er wirkte aufgeregt und ruhelos. Er wanderte dauernd im Zimmer umher, hob Sachen auf und stellte sie wieder weg. Dabei murmelte er: »Mist!

Wenn man mal mit den richtigen Dingen Umgang gehabt hat . . . wie du nur zu gut weißt . . .«

»Nimm dir was zu trinken und setz dich hin«, sagte Amy. Ihre eigenen Nerven waren zum Zerreißen gespannt seit ihrem Besuch bei Bunny. »Ich weiß nicht, was dich so aufregt.«

»Ich habe eine neue Rolle. In einer Serie mit sechsundzwanzig Folgen. Ein ganzes Jahr Arbeit. Endlich Sicherheit. Ist das nicht wundervoll?«

»Also keine weiteren Besuche im Drachenhaus?« fragte Amy scharf.

»Gott sei Dank, nein. Ich bin mit den Dingen zufrieden, die ich bereits habe.«

»Ist das klug? Wäre es nicht besser, sich langsam zurückzuziehen?«

»Wenn das berühmte Testament unterzeichnet und widerrufen und nochmals unterzeichnet und wieder unterzeichnet ist? Dieses Testament hängt wie ein Damoklesschwert über mir. Das ganze Theater, die schmachtenden Blicke, die ekelhaften Fingernägel machen mich physisch krank.« Hal schüttelte es; und das war echt. »Die dumme alte Närrin hält das Testament für ihre wirkungsvollste Waffe. Ich würde es ihr am liebsten ins Gesicht schleudern.«

»Ich dachte, du hast es auf ein oder zwei Tang-Pferde abgesehen.«

»Zugegeben, ich hätte nicht nein gesagt, wenn sie mir über den Weg gelaufen wären. Aber diese Rolle hat meine Pläne geändert. Ich gehe kein Risiko mehr ein. Du und Bunny, ihr müßt ohne mich auskommen. Du kannst meinetwegen dem armen Charles den Hof machen.«

»Angenommen ich will auch nicht mehr dahin?«

»Aber du bist die Expertin. Ich war nur der Führer. Bunny wird es nicht zulassen, daß du aussteigst. Nicht nach dem Erfolg mit dem Weinkrug. Er war ganz aus dem Häuschen deswegen. Hat er dir das gesagt?«

»Ist er das denn?«

»Nun, er weiß nicht, wie man mit Frauen umgeht. Man

könnte es vielleicht so nennen. Aber er ist zufrieden mit dir, und er wird dich nicht gehen lassen.«

»Natürlich wird er. Ich bin frei. Ich kann schon morgen London verlassen, wenn ich will.«

»Um was zu tun?«

»Um mein eigenes Geschäft zu gründen. Vielleicht in Paris oder Rom.«

»Und du glaubst, Bunnys lange Klauen würden dich da nicht erreichen?«

›Aber Sie dürfen mich nicht verärgern. Hal weiß das. Andere wissen das.‹ . . . Die belegte Stimme klang ihr noch im Ohr.

»Weshalb sollte er das tun?« fragte sie unsicher.

»Weil du für ihn nützlich bist. Ich war es auch, als ich das Drachenhaus und seine Schätze entdeckte und diese schreckliche Kaiserin. Aber jetzt hat man mir den Kopf getätschelt, weil ich ein guter Junge war, und mir gesagt, daß man mich entschuldigt. Glaube mir, solange noch Gold in der Mine ist, wird Bunny dich nicht auslassen. Besonders jetzt« - Hals sonnige blaue Augen sahen Amy bewundernd an - »nach dem Coup mit den Perlen.«

»Er hat es dir gesagt?«

»Ich habe sie gesehen. Er hat sie in einer Schüssel liegen. Wie Riesenkaviar.«

»Dieser Idiot! Weshalb versteckt er sie nicht?«

»Selbst Superhasen haben ihre Fehler. Bunnys Fehler ist, daß er sich's nicht verkneifen kann, sie immer wieder anzuschauen.«

»Er wird sie doch sonst niemandem zeigen?«

»Wer weiß? Er hat ein paar seltsame Freunde auf den finsteren Wegen seines Lebens. Donnerwetter, das ist gut! Vielleicht beginne ich zu schreiben. Das wollte ich schon immer. Ich bin ein Künstler, wirklich, nicht jemand mit eisernen Nerven wie du. Wenn man sich vorstellt, ihre Kaiserliche Hoheit ins Wasser zu werfen, sie aber geschickterweise nicht ertrinken zu lassen. Hast du sie denn nicht fast erwürgt, als du die Perlen abgerissen hast?«

»Nein«, sagte Amy kurz.
»Du hast Glück gehabt.«
Es läutete an der Tür - lang und gebieterisch.
Amy sprang in die Höhe, und Hal hob den Kopf.
»Wer ist das? Erwartest du jemand?«
»Um elf Uhr nachts?«
Hal stand zögernd auf.
»Wird doch nicht die Polizei sein?«
»Weshalb denn?«
»Du glaubst nicht, daß die alte Dame gestorben sein könnte?«
»Ach, halt den Mund!« Als die Glocke ein zweitesmal läutete, ging Amy entschlossen durch den Laden. »Wer ist da?« rief sie durch die geschlossene Tür hindurch.
»Hugh Morley.«
»Um Himmels willen!« Aufgeregt hantierte sie an dem Schloß. Wollte er nun doch? Eine Art aufgewärmte Leidenschaft. Der hatte vielleicht Ideen!
»Was machen Sie zu dieser nachtschlafenden Zeit hier?«
»Ich überlegte mir, ob Sie mir und Georgina vielleicht helfen könnten, ein Geheimnis aufzuklären. Nein, das hat nicht bis morgen Zeit, wenn es das ist, was Sie gerade sagen wollten. Oh, wie ich sehe, ist Hal hier. Das spart Zeit.«
»Weshalb spart das Zeit? Wirklich, Hugh, Sie reden manchmal in Rätseln.«
»Wirklich? Es könnte aber keine geeignetere Zeit für ein bißchen Offenheit und Wahrheit geben.« Hugh war ins Wohnzimmer getreten und lehnte sich entspannt an den Kamin. Das schöne, alte Bild mit der sonnenbeschienenen Szene hing über seinem Kopf.
»Möchten Sie etwas trinken? Irgend etwas zu essen?« Amy machte Ausflüchte und wußte, daß sie damit ihre Schwäche zeigte. Sie fing an, sich zu fürchten.
»Nein, danke. Georgina, Ben und ich haben soeben eine chinesische Mahlzeit zu uns genommen.«
»Wirklich? Dann ist es also doch nicht so dringend, das Geheimnis zu lösen?«

»Eigentlich haben Georgina und ich bereits einen Teil geklärt. Wir sind der Meinung, alles wird zusammenpassen, wenn wir den Aufenthaltsort von Mr. Vincent Beaumont kennen.«
»Wer?« Amys Stimme klang spitz und scharf.
»Mr. Vincent Beaumont. Der Mann, der diesen berühmten Ching-tê-Chen-Weinkrug verkauft hat, nachdem Sie ihn aus Tante Suzies Haus entwendet hatten, Amy Russell. Sie streiten das doch nicht ab, oder?«
»Ich weiß ehrlich nicht, wovon Sie reden.«
»Ach, hören Sie auf. Ich hätte nicht gedacht, daß ein so erfinderisches Mädchen wie Sie solche Klischees gebrauchen würde. Sie wissen ganz genau, wovon ich rede. Sie erkannten den Ching-tê-Chen-Krug, ersetzten ihn durch einen billigen, ähnlichen Krug und schafften ihn via Mr. Vincent Beaumont zu Sotheby. Ich möchte diesen Herrn wirklich dringend sprechen, denn er besitzt hunderttausend Pfund, die der Familie meiner Frau gehören.«
»Was für eine alberne Geschichte!« rief Amy aus. »Wirklich, jeder, der dieses verrückte Haus betritt, scheint einen Tick zu bekommen. All dieses Herumschreien und Kriegspielen. Das reinst Irrenhaus. Hal, was sagst du dazu? Weißt du, was Hugh meint?«
»Keinen Schimmer«, sagte Hal. »Was mich betrifft, das Drachenhaus und ich haben einander Lebewohl gesagt. Ich habe eine wundervolle neue Rolle bekommen und . . .«
Hugh unterbrach ihn barsch: »Und die werden Sie nicht spielen, wenn Sie mir nichts von Mr. Vincent Beaumont erzählen. Wo ist er und wer ist er?«
Hal war sehr blaß geworden. Feigling, dachte Amy. Aber ihre Hände fühlten sich auch etwas feucht an.
»Hören Sie mal, das ist ziemlich unverschämt. Wenn ich keine Lust habe, über Bun . . .«
Amys magerer Körper straffte sich. Sie mußte ihre Wut über Hals Dummheit zurückhalten.
»Bunny«, sagte sie. »Hugh weiß nicht, von wem du sprichst.«

»Im Gegenteil, ich denke doch«, sagte Hugh. »Ich hörte Sie selbst diesen Namen am Wochenende nennen. Mr. Bunny Beaumont.«
»Genau«, sagte Amy sorglos. »Harmlos und unschuldig, nicht wahr? Nicht der Name eines Gauners. Und was wollen Sie tun, wenn Hal und ich nicht gern über Freunde sprechen?«
»Eine polizeiliche Untersuchung würde ich vornehmen lassen, wegen dem Verschwinden gewisser Wertgegenstände aus dem Drachenhaus und deren illegalem Verkauf. Und glauben Sie nur nicht, ich wüßte nicht, wovon ich rede. Ich bin Strafrechtler, das wissen Sie ja.«
»Darüber besteht wohl kein Zweifel«, murmelte Amy.
»Es ist außerdem sehr wahrscheinlich, daß Sie wegen versuchten Mordes angeklagt werden.«
»O nein, ich hatte nicht die geringste Absicht, sie zu töten«, rief Amy, ehe sie verhindern konnte, daß ihr die Worte über die Lippen kamen. Dann stand sie da, wie erstarrt und entsetzt über das, was sie getan hatte. Aber Mord - niemals! Sie hatte ihr ganzes Leben lang viel zuviel von Leichen und Gewalt gehört.
»Setzen Sie sich«, sagte Hugh freundlich. »Möchten Sie etwas trinken?«
Sie schüttelte den Kopf. Sie konnte weder Hugh noch Hal in die Augen sehen. Es war dieses Wort: Mord. Sie mochte unehrlich sein, aber sie war keine Mörderin.
»Ich habe sie gerettet«, flüsterte sie.
»Und die Perlen?« sagte Hugh. »Aber lassen wir die Perlen. Georgina und ich wissen davon und wollen sie eigentlich nicht unbedingt wiedersehen. Ich denke, sie bringen nur Unglück. Aber nun zu Mr. Beaumont.«
Es war eigenartig, aber Hughs feindseliger Blick brachte Amy ganz außer sich.
Sie begann, mit weinerlicher Stimme sehr schnell zu reden. Sie war das, was sie immer gewesen war, trotz ihres selbstsicheren Gehabes, ein verlassenes Kind, eine Außenseiterin, ein vom Glück vergessener Mensch.

»Meine Großmutter, Angel, war ihr ganzes Leben lang eifersüchtig auf die Carrington-Kinder. Henrietta, Lucy und Georgie. Sie sagte, die hatten alles. Nette Eltern, liebevolle Fürsorge, Besitz. Das einzig Wertvolle, was sie je besessen hatte, hatte ihr Onkel Nathaniel weggenommen. Und sie mußte zurück in die verhaßte Armseligkeit von Shansi, wo sie so tun mußte, als sei sie religiös, weil ihre Mutter und ihr toter Vater das von ihr erwarteten. Aber sie war niemals religiös, obwohl sie einen Missionar heiratete. Sie war ihr ganzes Leben lang verbittert. Diese Verbitterung ist auch auf meine Mutter übergegangen. Auch sie haßte China und starb dort. Sie wurde in einem anderen Krieg getötet. Und ich blieb als Waise zurück in einer Schule in England, wo ich schon immer die Ärmste gewesen bin. Ich wußte einfach, ich mußte reich werden, und ich wollte es auf die gleiche Weise werden wie mein Großonkel Nathaniel. Durch etwas Geschicklichkeit und etwas Unredlichkeit. Es war ein Schnellstart, denn meine Liebe zur chinesischen Kunst ist echt. Ich habe einen sechsten Sinn dafür, genauso wie Großonkel Nathaniel. Sie waren sehr zufrieden mit mir, als sie mir einen Job in den Fernöstlichen Galerien gegeben hatten. Sie sagten, ich sei ein Span vom alten Holz. Dort fand mich Bunny«, fügte sie hinzu.

»Amy, halt den Mund!« fuhr Hal sie an.

»Jetzt kann ich nicht mehr«, sagte Amy und begann zu weinen. »Ich kann nur immer wieder sagen, es begann mit dem Boxeraufstand, als meinem Urgroßvater der Kopf abgeschlagen wurde. Dieser verdammte Krieg geht in unserer Familie immer weiter, und ich vermute, er hört nicht eher auf, als bis all dieses geklaute Zeug verschwunden ist. Bunny Beaumont wohnt in Cheyne Walk. Ich habe die Nummer seiner Wohnung irgendwo aufgeschrieben.«

»Amy!« rief Hal leichenblaß.

Amy stand an ihrem Schreibtisch und wühlte in Papieren herum. Von hinten sah sie dünn, zusammengekrümmt und unendlich hilflos aus. Ein Ebenbild ihrer Großmutter? Die Gestalt, die Tante Lucy auf der Treppe gesehen hatte?

Hugh wußte es nicht. Er sagte sich, daß dies vielleicht auch nur Theater sei. Er durfte nicht schwach werden.
Er überquerte das Zimmer und nahm Amys Arm.
»Haben Sie die Nummer? Gut. Wir werden alle gehen.«
»Ich nicht . . .« begann Hal.
»O doch, Sie auch. Sonst sehe ich mich leider gezwungen, die Polizei zu rufen.«

Knapp eine Stunde später mußte er tatsächlich die Polizei rufen. Aus Mr. Bunny Beaumonts Wohnung. Er benützte dazu das Telefon in Bunnys extravagantem, mit blauem Satin ausgeschlagenen Schlafzimmer mit dem breiten Bett, in dem sein Besitzer niemals mehr liegen würde.
Denn dieser Herr hing über der Rückenlehne eines tiefen Sessels im Wohnzimmer. Sein Körper war ebenso schlaff und schlapp wie der eines ausgestopften Kaninchens. Auf dem Teppich lagen fünf oder sechs schimmernde Kügelchen: die Perlen, die dem Dieb entglitten waren. Die Schale, in der Hal sie einige Zeit vorher hatte liegen sehen, lag unter dem Tisch. Das war das einzige Anzeichen eines Kampfes.
Er hatte wahrscheinlich Angst davor gehabt, meinte Hal mit erstickter Stimme. Ein oder zwei seiner Freunde waren stark . . . nun, Seeleute oder so etwas. Wild auf alles, was sie in die Finger bekommen konnten.
»Wie Sie sagten, Mr. Morley . . .« Hals Lippen waren vor Schreck so gefühllos, daß er die Worte kaum herausbrachte, ». . . die Perlen der Kaiserin scheinen kein Glück zu bringen.«
Er sah aus, als würde er gleich in Ohnmacht fallen. Amy, die Grund zur Ohnmacht gehabt hätte, riß sich zusammen. Sie sah um einige Zentimeter größer aus. Und sie trug den Kopf sehr hoch, als sie aus dem Zimmer ging. Widerwärtigkeiten waren ihr so vertraut. Es war, als wäre sie wieder zu Hause. Sie würde sich nicht unterkriegen lassen. Sie war nicht geschaffen für ein leichtes Leben, ebensowenig wie ihr Urgroßvater, Thomas Beddow.

20

Auf der Fahrt zum Drachenhaus an diesem schönen Maimorgen sagte Ben: »Sie war unheimlich gut im Boxerspielen.«
»Wer?« fragte Georgina.
»Miß Russell. Ich wollte, sie wäre wieder dort.«
»Sie wird nicht da sein«, sagte Hugh. »Alter Knabe, du wirst dein ganzes Leben lang Menschen treffen, die kommen und gehen. So steht es geschrieben, sagt man.«
»Wo steht es geschrieben? In dem kleinen Buch, das Ho Ming dir gestern abend vorgelesen hat?«
»Manches davon.«
»Bist du deshalb heute nicht ins Büro gegangen und ich nicht in die Schule?«
»Teilweise.«
»Ist es in Mandschu geschrieben?«
»Ja. Eine Sprache, die dein Großvater beherrscht hat.«
»Tante Suzie nicht. Sie konnte nicht lesen, was auf ihrer Schärpe stand.«
»Und heute gibt es keine Boxerspiele«, sagte Georgina.
»Oh, Mutter, es ist so ein schöner Tag. Ich bin sicher, Tante Suzie . . . .«
»Tante Suzie muß sich noch von ihrem Sturz in den Fluß erholen.«
»Das war dieser alte Zauberer in der Weide«, sagte Ben wütend.
»Ben!« Georginas Gesicht war ernst. »Es gibt keinen Zauberer. Das ist nur deine Phantasie. Und du bist jetzt zu groß für solche Phantasiespiele.«
»Tante Suzie ist nicht zu groß dafür, und sie ist viel größer als ich.«
»Sie wird auch keine solchen Spiele mehr spielen. Es tut mir leid, Ben. Aber man muß einmal erwachsen werden. Tante Suzie hat länger gebraucht als die meisten Leute.«
»Die Kinder sind auch nicht erwachsen geworden«, murmelte Ben.

»Henrietta, Lucy und Georgie? Aber natürlich.«
»Nein, sind sie nicht! Sie sind noch immer Kinder. Ich höre sie.«
»Er könnte recht haben«, murmelte Hugh. »Keines von denen ist auf normale Weise aufgewachsen, nicht einmal dein reizender, verträumter Vater. Und Angel offensichtlich auch nicht. Das Trauma dieser Belagerung scheint sie nie mehr losgelassen zu haben. Ben hat auch irgend etwas davon mitbekommen. Aber keine Sorge«, er senkte die Stimme, »heute ist Schluß damit.«
Ben lehnte sich in seinem Sitz zurück und ließ die weiche Luft durch das geöffnete Fenster über sein Gesicht streichen. Er dachte an Pflaumenblüte, an gurrende Tauben, an einen Reiher am Teich und an die heiße Sonne, die vor seinen Augen flimmerte.

In dem verdunkelten Zimmer öffnete Tante Suzie ihre Augen. Trotz ihres Nickerchens fühlte sie sich noch immer ungewöhnlich müde. Diese neunmalkluge Schwester von Charles sagte, das sei natürlich. Sie leide an den Nachwirkungen des Schocks. Es wäre ratsam, noch ein oder zwei Tage Ruhe zu bewahren.
Aber die Möpse winselten, weil sie hinauswollten, und Tante Suzie haßte es, hier oben allein zu sein. Sie glaubte dauernd, schlürfende Geräusche zu hören, als suche jemand etwas. Dies war nichts als Einbildung und nur eine Erinnerung an jene Tage, als Papa durchs Haus strich und seine Schätze kontrollierte. Während der letzten Jahre seines Lebens hatte er hier allein gelebt mit einer Haushälterin und einem Gärtner. Er muß sich sehr einsam gefühlt haben, wenn er an seine schöne Frau gedacht hat und an die Kinder, als sie noch alle beisammen waren.
In seinem späteren Leben war er ganz in seiner Sammlung aufgegangen. Vielleicht weil sie einen beständigen und unveränderlichen Wert darstellte, etwas, das nicht vergehen konnte. Suzie hatte sich seine Gunst erworben, als sie sich im Alter von zwölf oder dreizehn Jahren ernsthaft für die

schönen Dinge zu interessieren begann. Aber obwohl Papa ihre Gesellschaft willkommen geheißen hatte, sah er sie immer irgendwie abweisend an. Vielleicht weil sie ein linkisches, pummeliges Schulmädchen war. Er mußte immer daran denken, daß Mama direkt beleidigt war, daß sie ein so unansehnliches Kind hatten, ein häßliches Entlein, das niemals ein Schwan werden würde.

Sie konnte nichts für ihr Aussehen. Dieser bittere Schmerz aus ihrer Kindheit hatte sie nie ganz verlassen. Ein wenig gemildert wurde er, als sie nach dem Tod ihres Vaters Anspruch auf das Drachenhaus und seine Schätze hatte.

Aber als sie an diesem warmen Sommernachmittag in ihrem dämmrigen Schlafzimmer lag, mußte sie sich eingestehen, daß sie eigentlich im Drachenhaus niemals glücklich gewesen war, nicht einmal während der letzten dreißig Jahre als seine Herrin und Besitzerin. Es war für sie mit zu vielen Erinnerungen an schmerzliche Erlebnisse und Demütigungen verbunden. Henrietta hatte in ihrer wichtigtuerischen Art Lucy befohlen, die Tür zum Schulzimmer zu schließen: »Wir wollen Suzie nicht hier oben haben. Dieses Baby! Sie verdirbt uns das ganze Spiel.« Und Georgie hatte in völliger Unschuld gesagt, sie sähe mit ihrem schwarzen Haar und ihren schwarzen Augen wie ein chinesischer Teufel aus. Sie gehöre bestimmt nicht zu ihrer Familie. Und Mama berichtigte diese Bemerkung überhaupt nicht. Das war am grausamsten.

Wenn sie also wie ein chinesischer Teufel aussah, weshalb sollte sie sich dann nicht wie einer benehmen? Sie hatte es während einer turbulenten Kindheit und einer schmerzlichen Jugend getan. Und später waren ihr Launen und Gefühlsausbrüche und ein eiserner Wille zur Gewohnheit geworden. Das änderte sich auch während ihrer beiden Ehen nicht und auch nicht während ihres unrühmlichen Versuchs als Mutter.

Sie war in diesem dunklen Haus vollkommen egozentrisch und rücksichtslos geworden, aber niemals glücklich. Und einsam, trotz ihrer Möpse und ihrer Schränke voll schwe-

rer, bestickter Kleider aus Satin und Seide, trotz des Gefolges schöner, serviler junger Männer und trotz ihrer Phantasien.
Niemand schloß sie aus, wie es Henrietta und Lucy in der Vergangenheit getan hatten. Niemand machte ihr die Herrschaft streitig. Und ihr Sohn war durch eigenes Verschulden ihr Gefangener geworden, so daß sie nie allein war. Doch sie war ratlos und unzufrieden und niedergedrückt von der Vergangenheit, erdrückt von den Erinnerungen und von dem, was sie nicht mehr wußte.
Nachwirkungen des Schocks, sagte Schwester Jenkins. Ja, das mußte es sein.
Es bedurfte jedoch nur Georginas Anruf, um Suzie wieder zu beleben. Georgina, Hugh und Ben kamen, um sie zu besuchen. Sie hatten ihr etwas zu erzählen. Was konnte das sein?
Das spielte keine Rolle. Sie würde aufstehen und Bens Lieblingskleid mit dem Drachen anziehen. Ben war ihr Liebling, mehr noch als Hal. Hal würde verschwinden, wenn er seine Belohnung bekommen hatte. Das kannte sie nur zu gut. Sie ließ sich von ihm unterhalten und zerstreuen, aber nicht zum Narren halten. Deshalb wurde die Belohnung noch etwas zurückgestellt. Sie hatte ihre Absicht geändert. Sie würde vorerst nicht nach London gehen und ihr Testament ändern. Ihr Unfall hatte nagende Zweifel hinterlassen.
Aber Ben war vollkommen unschuldig. Als sie an ihn dachte, leuchtete in ihren Augen eine seltene Zärtlichkeit auf. Sie wußte, was sie tun würde. Heute wollte sie ihm das Jadepony schenken.
Als sie danach suchte, entdeckte sie, daß die Zwillingskarpfen aus seltener weißer Jade nicht auf ihrem Platz auf dem Sofatischchen im Salon standen. Wo hatte man die bloß hingestellt? Du lieber Himmel, der gehörnte Drachen war auch weg. Was fiel diesen dummen Dienstboten ein, daß sie die Sachen einfach verstellten? Sie kannten die Regeln. Nichts durfte je vom Platz gerückt werden.
Oder war ein Dieb dagewesen?

»Charles!« schrie sie in Panik. »Charles!«
Dann fiel ihr ein, daß Charles im Garten war, zweifellos in Begleitung der treu ergebenen Schwester Jenkins. Also eilte sie aus dem Haus, eine ganz und gar chinesische Gestalt in einer steifen, gestickten Robe, einen Kamm im hoch aufgesteckten Haar und zugekniffenen Schlitzaugen wegen der hellen Sonne.
Auf ihren breiten Füßen klapperte sie die Treppe hinunter zur Pergola und dann zu Charles' geschütztem Garten. Die Möpse schnauften und winselten hinter ihr her. Die Windglocken über der Terrasse klingelten gespenstisch, wie ein halbvergessener Traum.
»Mutter!« Charles sah mißbilligend zu ihr auf. »Was rennst du denn bei dieser Hitze da herum?«
»Sie sollte nicht«, sagte Schwester Jenkins. »Was ist denn bloß los, Mrs. Blenheim?«
»Meine Sachen verschwinden! Der Karpfen, der Drachen, weiß Gott was noch alles.«
Charles scharrte mit seinem langstieligen Rechen in der Erde herum.
»Ich nehme an, du hast sie nur verlegt. Andererseits, was kannst du schon erwarten, wenn du so eigenartige Leute ins Haus bringst. Manchmal denke ich, sie sollten eigentlich in Begleitung eines Detektivs von Scotland Yard auftreten.«
»Charles, wie kannst du es wagen!«
»Nun, durch ihre Schrullen hast du deine Perlen verloren. Übrigens, ich habe Vorkehrungen getroffen, daß morgen eine gründliche Durchsuchung des ganzen Flußteils vorgenommen wird. Und wegen der anderen Dinge würde ich mir keine Sorgen machen. Ich wette, die tauchen wieder auf. Willst du nicht meinen Garten bewundern? Sieh dir die Peonien an.«
Tante Suzie warf einen flüchtigen Blick auf die welken Köpfe der roten und weißen Peonien. Ein Stückchen kahle Erde erregte ihre Aufmerksamkeit.
»Was ist dort drin? Du hast gesagt, daß du gesät hast. Weshalb ist der Samen bei dem Regen nicht aufgegangen?«

Charles sah blitzschnell zu Schwester Jenkins hinüber, die überraschenderweise einen eigenartigen Laut von sich gab, wie unterdrücktes Lachen. Unverschämtes Ding, dachte Tante Suzie wütend. Diese beiden stecken unter einer Decke.

»Was habt ihr beide vor? Ich muß sagen, Schwester, Sie erlauben Ihrem Patienten seltsame Dinge.«

Als wolle sie Tante Suzies Zorn noch schüren, legte Schwester Jenkins ihre dickliche Hand vertraulich auf Charles' Schulter. Und er besaß die Unverfrorenheit, sie dort zu dulden, als sei ihm der körperliche Kontakt angenehm. Charles, der Eunuche!

»Mutter, Eileen und ich haben eine Überraschung für dich. Wir werden heiraten.«

»Eileen? Wer ist Eileen?« schrie sie hysterisch.

»Das ist Eileen, Mutter. Wir schlafen sei drei Monaten zusammen. Ich bin nicht so behindert, wie ich dachte. Ich hoffe, die Neuigkeit enttäuscht dich nicht.«

»Das erfindest du doch alles nur. Das bildest du dir ein. Du lebst in einem Traum. Nicht wahr, Schwester? Bestärken Sie ihn etwa darin?«

»Wenn du damit meinst, Mutter, daß Eileen mir hilft, wieder normal zu werden, dann hast du recht. Und deshalb liebe ich sie.«

»Du kannst nicht gehen!«

»Nein, das kann ich nicht. Und wir beide wissen, daß auch keine Hoffnung besteht, jemals wieder laufen zu können. Aber es gibt Ausgleichsmöglichkeiten dafür. Nicht wahr, Eileen? Eine davon ist, daß wir das Drachenhaus verlassen wollen, sobald wir eine eigene Wohnung gefunden haben.«

»Und wovon gedenkst du zu leben? Von dem Verdienst deiner Frau?«

»Jedenfalls nicht von dir, das steht fest.«

»Aber dann bin ich allein!« tobte Tante Suzie. »Ich bin eine alte Frau. Du könntest wenigstens so viel Geduld haben und warten, bis ich gestorben bin. Ich würde dir sogar versprechen . . .«

»Nicht doch schon wieder das berühmte Testament zu ändern! Mein Gott! Eileen und ich haben nicht vor, dieses Spielchen mitzumachen. Wir kommen sehr gut zurecht.«
Tante Suzie legte plötzlich ihren Arm über die Augen. Hinter den Bäumen ragte dunkel das Haus auf. Es schien auf sie zu warten wie ein finsteres Gefängnis voller Geräusche und Geister aus vergangenen Tagen.
Sie fühlte sich schwindlig und krank. Sie setzte sich auf einen Gartenstuhl und dachte daran, daß Charles schon immer gelogen hatte. Dieses Wunschdenken, ein normaler, zeugungsfähiger Mann zu sein! Wie grausam von Schwester Jenkins, ihn darin noch zu unterstützen. Was konnte sie diesem unverschämten, drallen Weib bieten, damit sie sich davonmachte? Wenn man einen Feind nicht töten konnte, mußte man ihn bestechen.
Scha, scha, scha, töten, töten töten . . .

»Tante Suzie! Schläfst du?« ertönte Bens klare Stimme.
»Ist alles in Ordnung, Tante Suzie?« fragte Georgina und beugte sich besorgt über sie. »Du siehst schrecklich blaß aus. Charles, was ist mit ihr los?«
»Sie leidet noch immer unter dem Schock«, sagte Charles. »Nicht wahr, Schwester?«
»Sie hätte in ihrem Zimmer bleiben sollen«, sagte Schwester Jenkins.
»Wir sind gerade angekommen, Tante Suzie. Hugh, komm und hilf ihr ins Haus.«
»Um mir noch einen Schock zu versetzen?« erkundigte sich Tante Suzie, und die Kraft kehrte in ihre Stimme zurück.
»Ich fürchte, ja«, sagte Hugh widerstrebend. »Aber erst, nachdem du ein bißchen Brandy getrunken hast.«
»Ich bin vollkommen in Ordnung«, sagte Tante Suzie auf halbem Weg ins Haus. »Mir ist nur soeben mitgeteilt worden, daß mein Sohn seine Krankenschwester zu heiraten beabsichtigt. Ich muß dieses Luder mit irgend etwas bestechen, damit sie weggeht. Was habe ich denn, womit ich sie bestechen kann?«

»Nichts«, sagte Hugh.
»Was meinst du damit? Mit einem Haus voller Wertsachen, auf die sie sicherlich ein Auge geworfen hat . . .«
»Aber nichts davon gehört dir, Tante Suzie.«
»Hugh«, sagte Georgina. »Nicht jetzt. Bring Tante Suzie erst hinein. Ben, warum siehst du nicht nach, wie Smythe mit dem Drachen vorankommt?«

Im Wohnzimmer saß Tante Suzie selbstherrlich auf dem Sofa, als säße sie auf dem Drachenthron. Sie lehnte Brandy ab und steuerte bezeichnenderweise direkt das Thema an.
»Als mein Vater starb, hinterließ er sein Vermögen zu gleichen Teilen seinen Kindern. Ich wählte die chinesischen Sachen, die anderen zogen Bargeld vor. Sie waren empfindlich, weil es sich um Diebesgut, um unrechtmäßig erworbenes Eigentum handelte. Lauter solchen Unsinn. Ihr Verlust erwies sich als mein Vorteil. Nicht daß jemand von uns 1930 geahnt hätte, wie hoch asiatische Kunst im Wert steigen würde. Und weder Henrietta noch Lucy, noch dein Vater, Georgina, haben sich darüber beklagt, als es soweit war. Sie waren alle gleichermaßen geschäftsuntüchtig und nicht berechnend. Und ich auch nicht. Ich wollte mich nur an der Schönheit dieser Dinge erfreuen und wissen, daß ich sie besaß. Das habe ich all diese Jahre getan. Aber jetzt, Hugh, triffst du diese ungeheuerliche Feststellung, daß keines dieser Dinge mir gehört.«
»Ich fürchte, das ist wahr, Tante Suzie. Dem Gesetz nach.«
»Wurde ich enterbt?« fragte sie mit tiefer, gekränkter Stimme.
»Nein, du bist nicht enterbt worden - du hattest überhaupt nicht erben können.«
Tante Suzies Gesicht legte sich in tausend Fältchen.
»Warum? War ich so verhaßt?«
»Nein, nein, das ist es nicht, Tante Suzie«, sagte Georgina.
»Aber deine Mutter . . . Hugh, sag du es ihr.«
»Georgina versucht dir zu erklären, Tante Suzie, daß du nicht Amelias Kind bist. Du bist unehelich geboren. Und

entsprechend dem Gesetz, das beim Tod deines Vaters in Kraft war, waren außerehelich geborene Kinder nicht erbberechtigt, es sei denn, sie wurden besonders erwähnt. Das Testament deines Vaters besagt nur, daß er sein Vermögen seinen Kindern hinterläßt. Nach dem Gesetz aber waren das ausschließlich Henrietta, Lucy und Georgie.«

»Nicht Suzie!« Der Schrei kam von der alten Dame, als sei sie zutiefst gekränkt über das Unrecht an einem anderen Menschen, an dem kleinen, häßlichen, unerwünschten Kind von damals. »Hat sich Papa denn überhaupt nichts aus Suzie gemacht?«

»Er kannte möglicherweise das Gesetz nicht«, sagte Georgina beruhigend. »Ich bezweifle nicht, daß er dir ebenso deinen Anteil zukommen lassen wollte. Er hatte nur nicht bedacht, daß deine außereheliche Geburt eine Rolle spielte.«

»Doch machte er eine Bemerkung in dem kleinen roten Buch, in dem er seine Wertsachen verzeichnete«, sagte Hugh. »Er ließ es in Henriettas Obhut. Möglicherweise, weil er dachte, sie würde eine kluge Hüterin sein und sich näher damit beschäftigen, wenn sie die Gelegenheit für gekommen hielt.«

»Und warum hat sie sich nicht damit beschäftigt?« fragte Tante Suzie.

»Weil es chinesisch geschrieben war und sie sich nie die Mühe gemacht hat, es übersetzen zu lassen. Möglicherweise hielt sie den Eintrag für unwichtig oder dachte, er bezieht sich nur auf das Verzeichnis der Wertgegenstände. Deine Geburt wäre tatsächlich schwer nachzuweisen gewesen, da du und deine Mutter in Canton wart, und ich bezweifle, ob man dort ein Geburtenregister aufbewahrt hat.«

»Mein Geburtsdatum wurde in die Familienbibel eingetragen.«

»Sehr lange danach, glaube ich. Beim Tod deiner Mut . . . bei Amelias Tod.«

Tante Suzie faltete die Hände und saß sehr still.

»Wer war meine Mutter?« fragte sie endlich.

»Kannst du das nicht erraten?«

»Nein. Irgendein kleines Luder, das mein Vater während der Belagerung aufgegabelt hat? Jemand, der ihn für ein oder zwei Stunden lang die Angst vergessen ließ? Eine chinesische Prostituierte von der Willow Lane?«

»Tante Suzie, du bist nicht gerecht Großvater gegenüber«, rief Georgina.

»Gerecht! Dieser rücksichtslose Mann! Nahm sich alles, was er wollte, immer und überall und bezahlte niemals dafür, dieser Schuft!«

»Nein, Tante Suzie.« Georgina nahm Suzies geballte Faust in ihre Hand. »Er hat auf seine Weise gelitten. Ich denke, er hat sie sehr begehrt. Medora Deacon, die Gouvernante der Kinder. Aber ich glaube, er hätte seine Gefühle beherrschen können, wäre nicht die Anspannung der Belagerung gewesen. Die Nerven dieser Leute damals mußten zum Zerreißen gespannt gewesen sein und seine besonders, da Amelia fast an Typhus gestorben wäre. Medora hatte sie gepflegt und ihr das Leben gerettet. Medora selbst war ein leidenschaftliches Mädchen, ein Nachtfalter, der nur für den Augenblick lebte. Meinst du nicht auch, Hugh? Ich glaube, Großvater hatte gar keine große Chance, ihr zu entgehen. Sie war entschlossen, ihn zu bekommen.«

»Und woher willst du das wissen, meine kluge Nichte? Hast du Beweise dafür oder bedienst du dich der berühmten Intuition einer feinfühligen Frau? An der es meiner eigenen Mutter offensichtlich gemangelt hat.«

»An etwas anderem mangelte es ihr nicht«, sagte Hugh. »Und wenn es nur der Wunsch nach Rache war. Ich glaube, nach modernen Erkenntnissen war sie schizophren veranlagt. Damals wußte man davon noch nichts. Der Brief an deinen Vater ist genau in seinem Notizbuch kopiert.«

»Laß mich sehen!« Tante Suzie griff nach dem Buch.

»Du könntest nichts damit anfagen; denn dein Vater war so vorsichtig, ihn ins Chinesische zu übersetzen. Georgina und ich ließen ihn uns gestern abend übersetzen. Soll ich laut vorlesen?«

»Bitte.«

»Mein lieber Mr. Carrington. Unser Baby wurde vor sieben Tagen hier in Canton geboren. Es ist ein Mädchen, und wenn Sie nicht kommen und es holen, muß ich leider eine Reise aufs Land unternehmen und einem alten chinesischen Brauch zufolge das Baby neben der Straße aussetzen, was, wie Sie wissen, keinerlei Aufregung verursachen würde in diesem barbarischen Land. Ich weiß nicht, was Sie mit dem Kind anfangen werden, aber denken Sie daran, daß Ihre Frau mir ihr Leben verdankt. Das mag sie vielleicht dazu bewegen, ein wenig nachsichtig zu sein. Ich werde dem Baby sein Erbe mitgeben. Außerdem möchte ich, daß es Ts-U-Hsi heißt, nach der Kaiserinwitwe, die ich immer ungeheuer bewundert habe. Was mich betrifft, muß ich frei sein.«

Als Hugh aufgehört hatte zu lesen, nickte Tante Suzie nachdenklich. Georgina dachte, es sei eine Zustimmung zu Medoras Wunsch, frei zu sein. Sie selbst war auch so.
Dann fragte sie: »Was war mein Erbe?«
»Die schwarzen Perlen. Dein Vater scheint sie Medora gegeben zu haben. Nun ist auch die Sache mit dem Ring der Kaiserin klar. Deine Mutter muß mit den anderen Damen auf der Teegesellschaft der Kaiserin gewesen sein, als die Ringe verschenkt wurden.«
»Dann gehören wenigstens die Perlen mir, falls sie wiedergefunden werden.«
»Falls sie wiedergefunden werden, ja. Aber setze keine zu großen Hoffnungen darauf.«
Tante Suzie entging die besondere Betonung in Hughs Stimme. Sie blickte in die Ferne, ihre Augen verschwanden ganz unter den gesenkten Lidern.
»Ich glaube, ich will sie nicht. Mir liegt nur an dem letzten Teil meines Erbes, den mein Vater mir bewahrt hat. An dem Namen der Kaiserin.« Und beinahe schnippisch fügte sie hinzu, indem sie mit einer Handbewegung auf die gelackten Tischchen und Wandschirme und Porzellanvasen deutete: »Und wem gehören diese Sachen nun alle?«

»Genaugenommen deiner Schwester Lucy und Georgina«, antwortete Hugh. »Aber wir werden niemals über die Besitzrechte reden. Georgina und ich haben beschlossen, die Sachen nach deinem Tod an ein Museum zu geben. Wir müssen dich nur darum bitten, Tante Suzie, nichts davon als Vermächtnis in dein Testament zu setzen und diese gierigen unehrlichen jungen Männer nicht mehr hier herumlungern zu lassen. Mit anderen Worten, keine Machtspiele mehr zu spielen, wie die Kaiserinwitwe es tat, denn diese Spielchen sind gefährlich. Du hättest dabei umgebracht werden können. Jemand anderer wurde ermordet, und zwar auf sehr unangenehme Weise.«

Tante Suzie schenkte diesen Eröffnungen keinerlei Interesse. Sie war verloren in ihren eigenen Gedanken.

»Man hätte mir schon lange sagen sollen, wer ich bin. Schon vor langer, langer Zeit. Wie hat man mich gedemütigt! Das hat mich böse gemacht. Selbst meinem Sohn gegenüber. Ich glaube, Charles hat ein oder zwei der Wertsachen in seinem Garten eingepflanzt. Den kleinen gehörnten Drachen vielleicht und das Pony. Ihr seht, die Gewohnheit des Stehlens vererbt sich. Ich wollte Ben heute ohnehin das Jadepony schenken.«

»Tante Suzie!« rief Georgina gerührt.

»Nein, Georgina, sieh mich nicht so an. Mit vierundsiebzig ist man zu alt, um weinen zu lernen.« Sie streifte plötzlich die langen, aus Türkisen geschnittenen Nagelschützer ab. »Kann mir jemand eine Schere besorgen? Ich muß meine Nägel schneiden, bevor ich gehe.«

»Was meinst du?« fragte Hugh überrascht. »Du hast doch nicht etwa vor, von hier wegzugehen. Das ist dein Haus. Du hast es gekauft.«

»Ich will es nicht mehr. Ich glaube, ich habe es nie gewollt. Ich werde in Zukunft im Ausland leben.«

»Wo?« fragte Georgina.

»Irgendwo in der Sonne. Ich werde mit St. Tropez beginnen. Dort hatte ich einmal vergnügte Ferien. Will mir jemand beim Packen helfen?«

»Jetzt?«
»Weshalb warten? Sag Smythe, er soll den Wagen vorfahren. Hugh, du erkundigst dich vielleicht nach Flugverbindungen.«
Hugh war völlig fassungslos.
»Wie steht es mit einer Unterkunft?«
»Oh, ich komme einfach an«, sagte Tante Suzie großartig. »Jeder wird sich an mich erinnern.«
»Sie ist verrückt«, murmelte Hugh, als Tante Suzie festen Schrittes und mit hocherhobenem Kopf den Raum verließ.
»Sie ist wundervoll, Hugh. Das mußt du zugeben. Die anderen drei Carrington-Kinder mögen vielleicht normaler gewesen sein, aber sie ist die einzige, die Glanz und Ausstrahlung hat und mit ihrer Persönlichkeit Menschen faszinieren kann.«
»Und sie ist eine ausgezeichnete Schauspielerin.«
Trotzdem vergossen Georgina und Ben Tränen, als Tante Suzie zwei Stunden später aufrecht und majestätisch im Fond ihres Daimlers von dem unseligen Haus Abschied nahm. Sie verließ die verkrüppelte Weide und ihren zerstörten Traum, um sich ins Exil zu begeben, das nie mehr enden sollte.
Nun ist alles vorüber, dachte Ben traurig und spürte, wieviel er verloren hatte. Die Gewehre hatten aufgehört zu feuern. Jetzt war es ganz still im Garten.